Iwan Turgenjew, geboren am 9. 11. 1818 in Orel, ist am 3. 9. 1883 in Bougival bei Paris gestorben.

Turgenjew ist einer der bedeutendsten Vertreter des russischen Realismus im 19. Jahrhundert. Er stand in engem Kontakt zur westeuropäischen Literatur seiner Zeit und war mit Flaubert, Mérimée, Auerbach, Heyse und Storm befreundet.

Sein Roman *Väter und Söhne* (Otzy i deti, 1862) ist ein Paradigma für den Generationenkonflikt geworden. Er behandelt den Zusammenstoß zwischen Vätern und Söhnen in der Zeit der Aufhebung der Leibeigenschaft in Rußland.

»Dieser Roman ist die Selbstbesinnung eines historischen Moments, er ist die Stimme einer sozialen und politischen Wende. Gleichzeitig aber, und dies macht den Fall groß und beinahe einzigartig, ist er eben ein tendenzloses und reines Werk, so durchaus gekonnt und geglückt, so untadelhaft wie kein zweites im Schaffen seines Urhebers und wie nur ganz wenige in diesem Jahrhundert der großen Romane.«

Bruno Frank

insel taschenbuch 64
Iwan Turgenjew
Väter und Söhne

IWAN TURGENJEW
VÄTER UND SÖHNE

INSEL

Vom Dichter autorisierte,
erstmalig 1869 erschienene Übertragung.
Textrevision von Marianne Bühnert.

insel taschenbuch 64
Erste Auflage 1974
Copyright Insel Verlag 1911
Alle Rechte vorbehalten
Vertrieb durch den Suhrkamp Taschenbuch Verlag
Umschlag nach Entwürfen von Willy Fleckhaus
Satz: LibroSatz, Kriftel
Druck: Nomos Verlagsgesellschaft, Baden-Baden
Printed in Germany

8 9 10 11 – 92

VÄTER UND SÖHNE

ERSTES KAPITEL

»Nun, Pjotr, siehst du noch nichts?« So fragte — es war am 20. Mai 1859 — auf der Landstraße nach X. in Rußland ein Mann von fünfundvierzig Jahren, der in einem Paletot und karierten Beinkleidern barhäuptig und staubbedeckt vor der Tür einer Schenke stand. Der Bediente, an den er diese Frage richtete, war ein junger blonder Mensch mit vollen Backen und kleinen matten Augen, dessen rundes Kinn ein farbloser Flaum bedeckte.

Alles an diesem Bedienten, von den pomadisierten Haaren und den mit Türkisen geschmückten Ohrringen an bis zu seinen studierten Bewegungen, verriet einen Diener von der neuen Fortschrittsgeneration. Aus Rücksicht auf seinen Herrn blickte er herablassend auf die Landstraße und antwortete mit Würde:

»Man sieht absolut nichts!«

»Nichts?« fragte der Herr.

»Absolut nichts!« wiederholte der Diener.

Der Herr seufzte und ließ sich auf die Bank nieder. — Während er so mit übergeschlagenen Beinen dasitzt und seine Augen nachdenklich umherschweifen läßt, wollen wir die Gelegenheit benutzen, den Leser mit ihm bekannt zu machen.

Er heißt Nikolai Petrowitsch Kirsanow und besitzt fünfzehn Werst von der Schenke ein Gut mit zweihundert Bauern; dort hat er (wie er sich auszudrücken beliebt, seit er sich der neuen Ordnung gemäß mit ihnen arrangierte) eine ›Pachtung‹ errichtet, die zweitausend Deßjatinen[1] umfaßt. Sein Vater, einer unserer Generale von 1812, ein

Mann von wenig Bildung, sogar roh, ein Russe vom reinsten Wasser, aber ohne einen Schatten von Bösartigkeit, war unter dem Harnisch ergraut. Zum Brigadegeneral und später zum Kommandanten einer Division ernannt, bewohnte er die Provinz, wo er mit Rücksicht auf seinen Rang eine ziemlich bedeutende Rolle spielte. Nikolai Petrowitsch, sein Sohn, war in Südrußland geboren, ebenso dessen älterer Bruder Pawel, auf den wir noch zu sprechen kommen. Er war bis zum Alter von vierzehn Jahren von Hofmeistern erzogen worden, je billiger, desto besser, umgeben von knechtisch willfährigen Adjutanten und anderen Individuen von der Intendanz oder dem Generalstab. Seine Mutter, eine geborene Koljasin, die unter dem väterlichen Dach Agathe geheißen, hatte verheiratet den Namen Agafokleja Kusminischna Kirsanowa angenommen und verleugnete in nichts das Auftreten, das die Frauen der höheren Offiziere charakterisiert; sie trug prachtvolle Hüte und Hauben, rauschende seidene Roben, trat in der Kirche immer zuerst vor, um das Kreuz zu küssen, sprach viel und sehr laut, reichte alle Morgen ihren Kindern die Hand zum Kuß und gab ihnen jeden Abend ihren Segen; mit einem Wort — sie war die große Dame der Provinzialhauptstadt. Obwohl Nikolai Petrowitsch für eine Memme galt, so wurde er doch als der Sohn eines Generals gleich seinem Bruder Pawel zum Militärdienst bestimmt, allein am selben Tage, an dem er zum Regiment einrücken sollte, brach er ein Bein und hinkte von da an sein Leben lang, nachdem er zwei Monate im Bett zugebracht hatte. Somit gezwungen, auf die Wahl der Soldatenkarriere für seinen Sohn zu verzichten, blieb dem Vater nur übrig, ihn in den Zivildienst zu bringen; er führte ihn nach zurückgelegtem achtzehntem Jahr nach Petersburg, um ihn dort auf der Universität studieren zu lassen. Pawel erhielt im nämlichen Jahr den Offiziersrang in einem Garderegiment. Die beiden jungen

Leute nahmen eine gemeinschaftliche Wohnung und lebten dort unter der keineswegs strengen Überwachung eines Oheims von mütterlicher Seite, eines höheren Beamten. Ihr Vater war wieder zur Division und seiner Frau zurückgekehrt. Von fernher sandte er seinen Söhnen ganze Stöße grauen Papiers zu, bedeckt mit einer Schrift, die die geübte Hand eines Regimentsschreibers verriet. Am Ende jedes Briefes las man aber in einem sorgfältig ausgezirkelten Namenszug die Worte: ›Pjotr Kirsanow, Generalmajor‹. Im Jahre 1835 verließ Nikolai Petrowitsch die Universität mit dem Titel eines Kandidaten, und in demselben Jahre übersiedelte der General, der nach einer unvorhergesehenen Inspektion in den Ruhestand versetzt worden war, mit seiner Frau für immer nach Petersburg. Er hatte sich nahe dem Taurischen Garten ein Haus gemietet und war im Englischen Klub zugelassen worden, als ihn plötzlich ein Schlaganfall seiner Familie entriß. Agafokleja Kusminischna folgte ihm bald nach; sie konnte sich in das zurückgezogene Leben, das sie in der Hauptstadt nun zu führen hatte, nicht finden. Der Verdruß, nun sozusagen sich selbst in den Ruhestand versetzt zu sehen, führte sie rasch dem Grabe zu. Was Nikolai Petrowitsch anbelangt, so hatte er sich noch bei Lebzeiten seiner Eltern und zu ihrem großen Bedauern in die Tochter des Hauseigentümers, eines Subalternbeamten, verliebt. Sie war eine junge Person von angenehmen Gesichtszügen und einem nicht ungebildeten Geist; sie las in den ›Revuen‹ die ernsthaftesten Artikel der ›wissenschaftlichen Abteilung‹. Bald nach beendeter Trauerzeit wurde die Hochzeit gefeiert, und der glückliche Nikolai Petrowitsch zog sich, nachdem er die ihm durch väterliche Protektion verschaffte Stelle im Ministerium der Domänen quittiert hatte, mit seiner Mascha in ein Landhaus nahe dem Wasserbau- und Forstinstitut zurück; später mietete er sich in der Stadt eine kleine hübsche Wohnung mit einem etwas kalten Salon und einer wohlgehaltenen Treppe; endlich zog er sich ganz aufs Land zurück, wo ihn seine Frau bald mit einem Sohn beschenkte. Die beiden Gatten führten ein ruhiges und glückliches Leben; sie verließen sich fast nie, spielten vierhändig auf dem Piano und sangen Duette. Die Frau trieb Blumenzucht und überwachte den Geflügelhof; der Mann beschäftigte sich mit der Landwirtschaft und ging von Zeit zu Zeit auf die Jagd. Arkardij, ihr Sohn, wuchs heran und lebte in gleicher Weise und Heiterkeit. So gingen zehn Jahre wie ein Traum dahin. Allein 1847 starb Madame Kirsanowa, ein unerwarteter Schlag, der ihren Mann so schwer traf, daß seine Haare in wenigen Wochen ergrauten. Er wollte sich eben anschicken, zu seiner Zerstreuung ins Ausland zu reisen, als das Jahr 1848 das Reisen unmöglich machte. Gezwungen, auf sein Landgut zurückzukehren, brachte er dort einige Zeit in vollkommener Untätigkeit zu, dann aber legte er Hand an, Verbesserungen in seiner Verwaltung einzuführen. Zu Anfang des Jahres 1855 führte er Arkadij nach Petersburg auf die Universität und blieb dort drei Winter bei ihm, fast ohne das Haus zu verlassen und in stetem Verkehr mit den jungen Kameraden seines Sohnes. Während des Winters 1858 hatte er ihn nicht gesehen, und wir begegnen dem Vater jetzt im Monat Mai des folgenden Jahres mit bereits ganz weiß gewordenem Kopf, etwas füllig und in gebeugter Haltung. Er erwartet seinen Sohn, der jetzt eben die Universität mit dem Titel Kandidat verließ, ganz so, wie er selbst es seinerzeit getan.

Der Bediente, mit dem er soeben gesprochen hatte, war mittlerweile aus Takt, vielleicht auch weil er nicht gerade unter den Augen seines Herrn bleiben wollte, ins Hoftor getreten und schickte sich an, seine Pfeife anzuzünden. Kirsanow senkte das Haupt und heftete die Augen auf die wurmstichigen Stufen der Treppe; ein großes, scheckiges junges Huhn mit langen gelben Beinen ging dort tapsig auf und ab; eine ganz mit Asche gepuderte Katze betrachtete es nicht allzu freundschaftlich von der Höhe des Geländers, auf dem sie kauerte. Die Sonne brannte; aus der dunklen Stube, die den Eingang zur Herberge bildete, drang der Geruch von frischgebackenem Roggenbrot. Kirsanow überließ sich seinen Träumereien. Mein Sohn ... Kandidat ... Arkascha ... diese Worte gingen ihm nicht aus dem Kopf. Er gedachte seiner Frau: »Sie hat uns zu früh verlassen«, murmelte er traurig vor sich hin. In diesem Augenblick ließ sich eine große Taube auf die Straße nieder und lief schnell auf eine Wasserlache bei einem Brunnen zu; Kirsanow beobachtete sie, sein Ohr aber vernahm schon in der Ferne das Geräusch eines Wagens. — »Das könnte wohl der Herr Sohn sein«, meinte der Bediente, der plötzlich vom Hoftor herbeikam.

Kirsanow stand hastig auf und sah die Landstraße hinab. Es währte nicht lange, so erschien ein mit drei Pferden bespannter Tarantas. Bald auch gewahrte Kirsanow den Rand einer Studentenmütze und darunter die teuren Züge eines bekannten Gesichts ...

»Arkascha! Arkascha!« rief Kirsanow und begann mit emporgehobenen Händen zu laufen. Einige Augenblicke später hafteten seine Lippen auf der bartlosen, sonnverbrannten und staubigen Wange des jungen Kandidaten.

ZWEITES KAPITEL

»Erlaube mir, mich abzuklopfen, Papa,« sagte Arkadij mit
vor Ermüdung etwas heiserer, aber wohlklingender Stimme, freudig die väterlichen Liebkosungen erwidernd, »ich
mache dich ja ganz staubig!«

»Tut nichts, tut nichts«, erwiderte Kirsanow mit gerühr-
tem Lächeln, gleichzeitig jedoch versuchte er den Mantel-
kragen seines Sohnes und seinen eigenen Paletot abzu-
stäuben. »Laß dich nur ansehen, laß dich nur ansehen!«
setzte er hinzu und trat einige Schritte zurück. Dann lief
er schnell der Schenke zu und rief: »Allons! kommt her,
Pferde heraus, geschwind, geschwind!«

Kirsanow schien viel bewegter zu sein als sein Sohn; es
war eine eigene Unruhe an ihm, und er schien fast außer
Fassung. Arkadij trat ihm in den Weg.

»Erlaube mir«, sagte er, »dir meinen Freund Basarow vorzustellen, von dem ich dir in meinen Briefen oft gesprochen habe. Er will die Liebenswürdigkeit haben, einige
Zeit bei uns auf dem Lande zuzubringen.«

Kirsanow kehrte sich schnell um und schritt auf einen
jungen Mann zu, der soeben vom Tarantas herabgestiegen
war, eingehüllt in einen mit Schnüren besetzten langen,
weiten Mantel; er schüttelte ihm kräftig die rote breite
Hand, die dieser nicht allzu eifrig dargeboten hatte.

»Ihr Besuch freut mich sehr«, sagte er zu ihm. »Erlauben
Sie mir, Sie um Ihren und Ihres Herrn Vaters Namen zu
bitten.«

»Jewgenij Wassiljew«, antwortete Basarow langsam mit
gehobener Stimme, und indem er den Kragen seines Man-

tels zurückschlug, ließ er Kirsanow sein Antlitz vollkommen sehen. Er hatte ein langes mageres Gesicht mit offener Stirn, eine oben breite, nach der Spitze zu feiner werdende Nase, große grünliche Augen und lang herabhängende sandfarbige Favoris; ein ruhiges Lächeln lag auf seinen Lippen; seine ganze Physiognomie drückte Intelligenz und Selbstvertrauen aus.

»Ich hoffe, mein lieber Jewgenij Wassiljewitsch«, erwiderte Kirsanow, »daß Sie sich bei uns nicht langweilen werden.«

Basarows Lippen öffneten sich ein wenig, allein er antwortete nichts und begnügte sich damit, seine Mütze zu lüften. Trotz seines dichten Haarwuchses von tiefem Kastanienbraun ließen sich leicht die mächtigen Wölbungen seines breiten Schädels wahrnehmen.

»Arkadij«, fragte plötzlich Kirsanow, zu seinem Sohn gewendet, »soll man gleich anspannen, oder wollt ihr euch vorher ein wenig ausruhen?«

»Wir wollen uns zu Hause ausruhen, Papa, laß anspannen.«

»Sogleich, sogleich«, erwiderte Kirsanow lebhaft. »He! Pjotr, hörst du? Allons! Mach, daß wir aufs schnellste fortkommen!«

Pjotr, der in seiner Eigenschaft als perfekter Bedienter sich darauf beschränkt hatte, von ferne zu grüßen, statt seinem Herrn die Hand zu küssen, verschwand von neuem hinter der Stalltür.

»Ich bin in der Kalesche gekommen«, sagte Kirsanow zögernd zu seinem Sohn, »aber es gibt Pferde für deinen Tarantas . . .«

Während er so mit Arkadij sprach, trank dieser frisches Wasser, das ihm die Wirtin in einem zinnernen Krug gebracht, und Basarow, der sich soeben seine Pfeife angezündet hatte, trat zu dem mit dem Ausspannen der Pferde beschäftigten Kutscher.

»Ich bin nun in Verlegenheit«, sagte Kirsanow, »meine Kalesche ist nur zweisitzig. Wie machen wir's?«

»Er fährt im Tarantas«, erwiderte Arkadij halblaut, »kümmere dich nicht um ihn, ich bitte dich, er ist ein vortrefflicher Junge und macht keine Umstände, du wirst es sehen.«

Kirsanows Kutscher fuhr mit der Kalesche vor.

»Lustig, spute dich, du alte Haareule!« rief Basarow seinem Postillion zu.

»Hast du's gehört, Mitjucha?« rief ein anderer Postillion, der mit den Händen in den Hintertaschen seines Tulups[2] einige Schritt entfernt stand; »Der Herr hat dich eine Haareule genannt, der hat recht.«

Mitjucha begnügte sich, statt aller Antwort den Kopf zu schütteln, daß seine Mütze wackelte, und nahm seinem mit Schaum bedeckten Sattelpferd die Zügel ab.

»Geschwind, geschwind, helft ein wenig, ihr Burschen!« rief Kirsanow, »ihr sollt ein gutes Trinkgeld haben.«

Einige Minuten später waren die Pferde angespannt. Nikolai Petrowitsch bestieg mit seinem Sohn die Kalesche, Pjotr schwang sich auf den Bock. Basarow sprang in den Tarantas, drückte seinen Kopf in ein Lederkissen, und die beiden Gefährte fuhren in raschem Trabe davon.

DRITTES KAPITEL

»So wärst du nun also Kandidat und wieder auf dem Weg nach Hause«, sagte Kirsanow zu seinem Sohn und legte ihm die Hand bald auf die Schulter, bald aufs Knie.

»Was macht mein Oheim?« fragte Arkadij, der trotz seiner aufrichtigen und kindlichen Freude doch gern der Unterhaltung eine ruhigere Wendung gegeben hätte.

»Er ist wohl; er hatte die Absicht, mit mir dir entgegenzufahren; er hat sich aber, warum, weiß ich nicht, wieder anders besonnen.«

»Und du hast lange auf mich gewartet?« fragte Arkardij.

»Seit beinahe fünf Stunden.«

»Wirklich? wie gut du bist!«

Arkadij wandte sich zu seinem Vater und drückte ihm einen schallenden Kuß auf die Wange. Kirsanow antwortete darauf mit einem leisen Lächeln:

»Du wirst sehen, was ich dir für ein hübsches Reitpferd habe zurichten lassen! Und dein Zimmer ist auch tapeziert worden.«

»Bekommt Basarow auch eins?«

»Man wird ihn unterbringen, sei ruhig . . .«

»Sei freundlich gegen ihn, ich bitte dich; ich kann dir nicht sagen, wie befreundet wir sind!«

»Kennst du ihn schon lange?«

»Nein.«

»Darum hab ich ihn auch im vorigen Winter nicht kennengelernt. Womit beschäftigt er sich?«

»Hauptsächlich mit den Naturwissenschaften. Aber er weiß alles; nächstes Jahr will er sein Doktorexamen machen.«

»Ah, er studiert Medizin«, erwiderte Kirsanow und schwieg einige Minuten.

»Pjotr«, fragte er plötzlich den Bedienten, »sind das nicht welche von unsern Bauern, die da unten vorüberfahren?«

Der Bediente wandte den Kopf nach der Seite, die ihm sein Herr mit der Hand bezeichnete. Mehrere Wägelchen, deren Pferde abgezäumt waren[3], rollten schnell auf einem engen Seitenweg dahin; auf jedem ein oder zwei Bauern in offenen Tulups.

»Tatsächlich«, antwortete der Bediente.

»Wo gehen denn die hin? Etwa in die Stadt?«

»Sehr wahrscheinlich; die gehen in die Schenke«, sagte Pjotr mit verächtlichem Ton und neigte sich etwas zum Kutscher, wie um diesen zum Zeugen zu nehmen. Allein der Kutscher gab durchaus kein Zeichen der Zustimmung; er war ein Mann vom alten Regime, der keine von den Tagesideen teilte.

»Die Bauern machen mir dieses Jahr viel Sorge«, sagte Kirsanow zu seinem Sohn; »sie zahlen ihre Abgaben nicht. Was soll man da machen?«

»Bist du mit den Tagelöhnern mehr zufrieden?«

»Ja«, erwiderte Kirsanow zwischen den Zähnen; »allein man verführt sie mir; das ist das Üble. Und dann arbeiten sie doch nicht mit wahrem Eifer und verderben das Ackergerät. Doch sind wenigstens die Felder eingesät. Mit der Zeit wird sich alles machen. Es scheint, du interessierst dich jetzt für die Landwirtschaft?«

»Es fehlt euch hier an Schatten, das ist schade«, sagte Arkadij, ohne auf die Frage seines Vaters zu antworten.

»Ich habe auf der Seite des Hauses, die dem Nordwind ausgesetzt ist, eine große Markise über dem Balkon herrichten lassen«, erwiderte Kirsanow, »man kann jetzt im Freien zu Mittag speisen.«

»Das sieht wohl etwas zu sehr nach einer Villa aus. Übri-

gens tut es nichts. Welch reine Luft atmet man hier! Wie
würzig ist sie! Ich glaube wahrhaftig, dieser herrliche
Geruch ist unserem Lande eigentümlich. Und wie der
Himmel...«

Arkadij hielt hier plötzlich inne, warf einen schüchternen
Blick hinter sich und schwieg.

»Gewiß«, antwortete Kirsanow; »du bist hier geboren,
und folglich muß alles in deinen Augen...«

»Nach meiner Meinung liegt am Ort, wo man geboren ist,
sehr wenig«, unterbrach ihn Arkadij.

»Doch...«

»Nein, der tut absolut nichts zur Sache.«

Kirsanow sah seinen Sohn verstohlen an, und die beiden
öffneten während der Fahrt von einer halben Werst[4]
kaum den Mund.

»Ich weiß nicht, ob ich dich schon davon in Kenntnis gesetzt habe«, nahm endlich Kirsanow wieder das Wort,
»daß deine alte gute Jegorowna gestorben ist.«

»Wirklich? Die gute alte Frau! Und Prokofitsch, lebt er
noch immer?«

»Ja, der ist noch derselbe, immer zänkisch, wie vor alters.
Du wirst keine großen Veränderungen in Marino finden,
ich sag's dir voraus.«

»Hast du noch denselben Verwalter?«

»Das ist vielleicht die einzige Veränderung, die ich vorgenommen habe. Den habe ich fortgeschickt, nachdem ich
mich entschlossen, keine freien Dworowys[5] mehr im
Dienst zu behalten oder wenigstens ihnen keine Funktion
anzuvertrauen, die irgendeine Verantwortlichkeit mit sich
führt.«

Arkadij wies mit den Augen auf Pjotr.

»Il est libre, en effet[6]«, sagte Kirsanow, »allein, er ist ein
Kammerdiener. Als Verwalter habe ich jetzt einen Bürger,
der mir ein intelligenter Mann zu sein scheint. Ich gebe
ihm jährlich zweihundertfünfzig Rubel. Übrigens«, fuhr

Kirsanow fort und strich dabei über Stirn und Augenbrauen, eine Bewegung, die ihm eigen war, wenn er sich in Verlegenheit fühlte, »ich habe dir soeben gesagt, du werdest keine Veränderung in Marino finden. Ganz richtig ist das nicht, und ich halte es für meine Pflicht, dich vorher in Kenntnis zu setzen, obgleich dennoch . . .«

Hier hielt er inne und fuhr bald darauf französisch fort: »Ein strenger Moralist würde ohne Zweifel meine Aufrichtigkeit unpassend finden, allein erstens könnte das, was ich dir anvertrauen will, doch nicht geheim bleiben, und zweitens weißt du wohl, daß ich stets meine eigenen Ansichten über die Beziehungen zwischen Vater und Sohn gehabt habe. Nach all dem gebe ich übrigens zu, daß du das Recht haben würdest, mich zu tadeln . . . In meinem Alter . . . mit einem Wort . . . das junge Mädchen . . . von dem du wahrscheinlich schonst hast sprechen hören . . .«

»Fenitschka?« fragte Arkadij ungezwungen.

Kirsanow errötete etwas.

»Sprich den Namen nicht so laut aus, ich bitte dich. Ja . . . nun, sie wohnt jetzt im Hause; ich habe ihr . . . zwei kleine Stübchen eingeräumt. Übrigens kann alles wieder geändert werden.«

»Warum denn? Papa, ich bitte dich!«

»Wird dein Freund einige Zeit bei uns bleiben? Es wird etwas Verwirrung machen . . .«

»Meinst du Basarows wegen, so hast du unrecht. Er ist über all das hinweg.«

»Nein, auch deinetwegen«, fuhr Kirsanow fort. »Fatalerweise ist der Flügel des Hauses nicht in bestem Stand.«

»Das wird sich finden, Papa; es kommt mir aber vor, als suchtest du dich zu entschuldigen. Was hast du doch für ein zartes Gewissen!«

»Ja, ohne Zweifel, ich sollte mir ein Gewissen daraus machen«, meinte Kirsanow, der mehr und mehr errötete.

»Geh doch, lieber Vater, ich bitte dich!« erwiderte Arka-

dij mit wohlwollendem Lächeln. ›Welche Idee, sich des-
wegen entschuldigen zu wollen‹, sagte der junge Mann zu
sich selbst, und indem er diesem Gedanken nachhing, erwachte in ihm eine nachsichtige Zärtlichkeit für die gute
und schwache Natur seines Vaters, mit einem gewissen
Gefühl von geheimer Überlegenheit verbunden.

»Sprechen wir von der Sache nicht weiter, ich bitte dich«,
fuhr er fort, im unwillkürlichen Genuß jener geistigen
Unabhängigkeit, die ihn so hoch über jede Art von Vorurteil erhob.

Kirsanow, der fortfuhr, sich die Stirn zu reiben, betrachtete ihn zum zweitenmal durch die Finger und fühlte es
wie einen Stich im Herzen . . . allein er mußte sich doch
selbst anklagen.

»Hier beginnen unsere Felder«, hob er nach langem
Schweigen an.

»Und das Gehölz gegenüber, gehört uns das nicht auch?«
fragte Arkadij.

»Doch; ich habe es aber eben jetzt verkauft, und es wird
vor Ende des Jahres noch geschlagen werden.«

»Warum hast du es verkauft?«

»Ich hatte Geld nötig; übrigens werden ja ohnehin alle
diese Ländereien bald den Bauern gehören.«

»Und diese zahlen dir keine Abgaben?«

»Das ist die Frage; zuletzt werden sie wohl bezahlen
müssen.«

»Es tut mir leid um das Gehölz«, sagte Arkadij, indem
er sich umschaute.

Das Land, durch das sie fuhren, war nicht gerade male-
risch. Eine weite angebaute Ebene erstreckte sich bis zum
Horizont, und der Boden erhob sich stellenweise nur, um
sich bald wieder zu senken; nur selten erschienen kleine
Wäldchen, und etwas weiter ab schlängelten sich mit nied-
rigem, vereinzeltem Gesträuch bekleidete Schluchten hin,
die ziemlich getreu den Zeichnungen entsprachen, wie sie

sich auf den alten, noch von der Regierung der Kaiserin Katharina her datierenden Flurkarten finden. Hier und da stieß man auf kleine Bäche oder auf Weiher, die von nackten Ufern oder von schlechten Dämmen eingehegt waren; dann kamen arme Dörfer, deren niedrige Häuschen schwarze, zerfetzte Strohdächer trugen; armselige Scheunen zum Dreschen des Getreides, mit Wänden aus geflochtenen Baumzweigen und enormen, vor leeren Tennen gähnenden Toren; Kirchen, die einen aus Backsteinen, von denen der Putz abfiel, die andern aus Holz, mit schiefstehenden Kreuzen am Giebel und von schlecht unterhaltenen Gottesäckern umgeben. Arkadij fühlte sein Herz etwas beklommen. Als ob es so hätte sein müssen, hatten alle Bauern, die ihnen in den Weg kamen, ein klägliches Aussehen und ritten auf kleinen Mähren. Die Weidenbäume an der Straße[7] mit ihren zerrissenen Rinden und ihren abgerissenen Zweigen nahmen sich wie Bettler in Lumpen aus, Kühe mit ungestriegeltem Fell, mager und scheu, weideten gierig das Gras längs der Gräben ab; man hätte glauben können, sie seien eben irgendwelchen mörderischen Klauen entkommen, und mitten im Glanz des Frühlings mahnte der Anblick dieser armen Tiere an das weiße Gespenst des endlosen, unbarmherzigen Winters mit seinem Frost und seinen Schneestürmen. — ›Nein‹, sagte Arkadij zu sich, ›das ist keine reiche Gegend; sie zeigt nichts von Wohlstand, nichts von beharrlichem Fleiß; so kann sie unmöglich bleiben, da muß eine Änderung geschaffen werden . . . Aber wie greift man das an?‹
Während Arkadij hierüber nachdachte, war um ihn her der Lenz in schönster Entwicklung. Überall lichtes Grün: unter dem sanften Atem eines warmen, leichten Windes schwoll und glänzte alles, die Bäume, die Büsche, das Gras; von allen Seiten ertönten die nie endenden Triller der Lerchen, Kiebitze wiegten sich rufend über den feuchten Wiesen oder liefen stumm über die Ackerschollen weg;

Raben, deren schwarzes Gefieder sich schön von dem zarten Grün der Saaten abhob, ließen sich da und dort sehen; nur im Roggen, der schon zu bleichen begann, waren sie schwerer zu unterscheiden, kaum dann, wenn ihre Köpfe auf einen Augenblick das wallende Meer überragten. Arkadij bewunderte dies Gemälde, und seine trüben Gedanken schwanden allmählich. Er legte seinen Mantel ab und heftete einen so freudigen und kindlichen Blick auf seinen Vater, daß dieser sich nicht enthalten konnte, ihn von neuem in seine Arme zu schließen.

»Bald sind wir da«, sagte Kirsanow; »sobald wir auf diese Anhöhe gekommen sind, sehen wir das Haus. Wir beide werden uns verstehen, Arkadij; du hilfst mir unser Gut verwalten, wenn es dich nicht zu sehr langweilt. Wir müssen uns eng aneinander anschließen und einander ganz kennenlernen. Nicht wahr?«

»Gewiß«, antwortete Arkadij, »aber welch herrlicher Tag!«

»Zu Ehren deiner Ankunft, mein Lieber. Ja, der Frühling steht in seinem schönsten Glanz. Übrigens geht mir's wie Puschkin, du entsinnst dich der Verse:

> Frühling, holde Liebeszeit,
> Wie beschleicht mich Traurigkeit!«

»Arkadij!« rief Basarow von seinem Tarantas her. »Schick mir ein Streichholz; unmöglich, die Pfeife in Brand zu bringen.«

Nikolai Petrowitsch schwieg, und Arkadij, der ihm mit einiger Überraschung, aber nicht ohne Interesse zugehört hatte, beeilte sich, ein silbernes Büchschen aus seiner Tasche zu langen und Pjotr damit zu Basarow zu schicken.

»Willst du eine Zigarre?« rief dieser.

»Gern«, antwortete Arkadij.

Pjotr brachte mit dem Büchschen eine dicke schwarze

Zigarre, die Arkadij sogleich zu rauchen anfing, deren Geruch aber so stark war, daß Kirsanow, der in seinem Leben nie geraucht hatte, unwillkürlich die Nase abwandte, doch ohne seinem Sohn, den er nicht stören wollte, seinen Widerwillen zu verraten.

Eine Viertelstunde später hielten die beiden Gefährte vor dem Peristyl eines noch neuen Holzhauses, dessen Mauern grau verblendet und dessen eisernes Dach rot angestrichen war. Dies war Marino, sonst auch der ›Neuhof‹ oder — von den Bauern — der ›Häuslerhof‹ genannt.

VIERTES KAPITEL

Die Ankunft der Herren versammelte nicht jene Menge
von Dworowys auf der Treppe, wie dies wohl ehemals
zu geschehen pflegte; ein kleines zwölfjähriges Mädchen
erschien unter der Tür und bald hernach ein junger Bursche, Pjotr sehr ähnlich, in grauer Livree mit weißen
Wappenknöpfen; es war der Diener von Pawel Petrowitsch. Stillschweigend öffnete er die Wagentür und
schlug das Spritzleder des Tarantas zurück. Kirsanow, ge-
folgt von seinem Sohne und Basarow, durchschritt einen
düstern, schlecht möblierten Saal, in dessen Hintergrund
für einen Augenblick die Gestalt einer jungen Frau sichtbar wurde; dann führte er seine Gäste in ein nach dem
neuesten Geschmack ausgestattetes Zimmer.

»Da wären wir nun zu Hause«, sagte Kirsanow, während
er seine Mütze abnahm und die Haare schüttelte. »Vor
allen Dingen wollen wir zu Nacht speisen und uns ausruhen.«

»Ich werde einen Bissen nicht verschmähen«, erwiderte
Basarow, streckte sich und warf sich auf ein Sofa.

»Ja ja, geschwind das Abendessen«, fuhr Kirsanow fort
und stampfte, ohne eigentlich zu wissen, warum, mit den
Füßen. »Da kommt ja gerade Prokofitsch.«

Ein magerer Mann in den Sechzigern, mit weißem Haar
und braunem Gesicht, war in das Zimmer getreten. Er
trug einen kastanienbraunen Frack mit kupfernen Knöpfen
und eine rosarote Krawatte. Er küßte Arkadij die Hand,
grüßte Basarow und stellte sich, die Hände auf dem Rük-
ken, an der Tür auf.

»Da wäre er nun, Prokofitsch«, redete ihn Nikolai Petrowitsch an. »Endlich haben wir ihn wieder. Nun, wie findest du ihn?«

»Ei, im allerbesten Stand«, erwiderte der Greis lächelnd, allein alsbald nahm er wieder seine ernsthafte Haltung an und zog die dichten Augenbrauen zusammen. »Soll ich den Tisch decken«? fragte er mit wichtiger Miene.

»Ja ja, sei so gut. Aber würde Jewgenij Wassiljitsch nicht vielleicht gern vorher in sein Zimmer gehen?«

»Nein, ich danke. Sie sind wohl so gütig, diese Art Felleisen und diesen Fetzen dahin bringen zu lassen?« setzte er hinzu, indem er seinen Mantel auszog.

»Ganz wohl! Prokofitsch, nimm den Rock des Herrn.« Der alte Kammerdiener faßte den ›Fetzen‹ mit einigem Staunen an, hob ihn über seinen Kopf empor und entfernte sich auf den Zehenspitzen. — »Und du, Arkadij, willst du nicht auf dein Zimmer gehen?«

»Ja, ich möchte mich gern ein wenig säubern«, antwortete Arkadij. Während er jedoch der Tür zuschritt, trat ein Mann von mittlerem Wuchs in den Salon, der einen englischen Swit von dunkler Farbe, eine nach der letzten Mode niedrige Krawatte und lackierte Halbstiefel trug. Es war Pawel Petrowitsch. Er schien etwa fünfundvierzig Jahre alt zu sein; seine sehr kurz geschnittenen grauen Haare hatten den tiefen Glanz des noch unbearbeiteten Silbers, die Züge seines klaren, faltenlosen Gesichts von gallichtem Teint waren von großer Regelmäßigkeit und mit äußerster Feinheit gezeichnet. Man sah wohl, daß er einst sehr schön gewesen sein mußte, besonders fielen seine schwarzen und länglich geschnittenen feucht glänzenden Augen auf. In Pawels elegantem Äußeren hatte sich noch die jugendliche Harmonie und etwas schwungvoll Aufstrebendes erhalten, das die Schwere der Erde nicht zu kennen scheint und gewöhnlich mit dem zwanzigsten Jahre verlorengeht. Pawel zog seine wohlgeformte

Hand mit den langen, rosenroten Nägeln aus der Hosentasche, eine Hand, deren Schönheit noch von schneeweißen, am Handgelenk von großen Opalen zusammengehaltenen Manschetten erhöht wurde, und bot sie seinem Neffen dar. Nachdem das europäische shake-hands vollzogen war, gab er ihm nach russischer Sitte drei Küsse, das heißt, er berührte dreimal seine Wange mit seinem parfümierten Schnurrbart und sagte: »Sei willkommen.«

Sein Bruder stellte ihm auch Basarow vor, er neigte sich jedoch kaum gegen ihn, ohne ihm die Hand zu reichen, steckte sie vielmehr wieder in die Hosentasche.

»Ich glaubte schon, ihr kämet heute nicht mehr«, sagte er mit wohlklingender Stimme und zeigte, sich anmutig wiegend und die Schultern hebend, seine schönen weißen Zähne. »Ist euch unterwegs etwas zugestoßen?«

»Zugestoßen ist uns nichts«, erwiderte Arkadij, »wir haben uns nur Zeit gelassen. Jetzt aber sind wir hungrig wie die Wölfe. Treibe Prokofitsch ein wenig an, Papa; ich komme gleich wieder.«

»Wart, ich begleite dich!« rief Basarow und erhob sich schnell; damit gingen die beiden jungen Leute hinaus.

»Wer ist *das*?« fragte Pawel.

»Ein Freund von Arkascha; wie er mir sagt, ein sehr intelligenter junger Mann.«

»Er bleibt einige Zeit hier?«

»Ja.«

»Der haarbuschige Gesell?«

»Ja, wahrscheinlich.«

Pawel trommelte mit seinen Nägeln leicht auf den Tisch.

»Ich finde, Arkadij s'est dégourdi«, fuhr er fort; »es freut mich sehr, ihn wiederzusehen.«

Das Abendessen ging in ziemlicher Stille vorüber. Basarow namentlich sprach fast nichts, aß aber um so mehr. Kirsanow erzählte mehrere Vorfälle aus seinem Pächterleben, wie er es nannte, setzte seine Ansichten über die

Maßregeln auseinander, die seiner Meinung nach die Regierung hinsichtlich des Komitees[8], der Deputationen, der notwendig gewordenen Aushilfe durch Maschinenarbeit usw. ergreifen sollte. Pawel — der nie zu Nacht speiste — ging langsam im Zimmer auf und ab, trank von Zeit zu Zeit schluckweise Rotwein aus einem kleinen Glase und warf noch seltener ein Wort oder vielmehr einen Ausruf, wie ah! ei! hm!, dazwischen.

Arkadij erzählte Neuigkeiten von Petersburg, allein er fühlte sich etwas verlegen, wie dies meist bei jungen Leuten der Fall ist, die, nachdem sie kaum die Kinderschuhe vertreten haben, wieder an den Ort zurückkommen, wo man gewöhnt war, sie als Kinder zu betrachten und demgemäß zu behandeln. Er machte unnötig lange Phrasen, vermied, das Wort Papa auszusprechen, und ließ sich's sogar einfallen, es durch ›Vater‹ zu ersetzen, was er dann freilich nur zwischen den Zähnen murmelte; mit affektierter Gleichgültigkeit schenkte er sich viel mehr Wein ein, als ihm schmeckte, hielt sich aber für verbunden, ihn zu trinken. Prokofitsch ließ ihn nicht mehr aus den Augen und bewegte immer die Lippen, als ob er etwas kaute. Fast unmittelbar nach beendigtem Souper trennte man sich.

»Weißt du auch, daß dein Onkel ein kurioser Kauz ist?« sagte Basarow, der sich auf Arkadijs Bett gesetzt hatte und eine kurze Pfeife rauchte. »Diese Eleganz auf dem Lande! Das ist wahrlich seltsam. Und seine Nägel! Die könnte man auf die Ausstellung schicken.«

»Du weißt nicht«, entgegnete Arkadij, »daß er der Löwe seiner Zeit war; ich erzähle dir einmal seine Geschichte. Er war ein bezaubernder Mann, der allen Weibern den Kopf verrückte.«

»*Das* also ist es! Er lebt noch in der Erinnerung jener schönen Zeit. Unglücklicherweise gibt es hier aber keine Eroberungen zu machen. Ich konnte nicht satt werden, ihn zu betrachten; diese komischen Vatermörder! Man meint, sie seien aus Marmor, und wie glattrasiert sein Kinn ist! Arkadij, weißt du, daß all das höchst lächerlich ist?«

»Ich geb es zu, aber nichtsdestoweniger ist er ein ausgezeichneter Mensch.«

»Ein echtes Stück Altertum. Dein Vater, das ist ein braver Mann. Er sollte es bleiben lassen, Verse zu lesen; er wird wenig von der Landwirtschaft verstehen, aber ein guter Kerl ist er.«

»Mein Vater ist ein seltener Mensch.«

»Hast du bemerkt, wie verlegen er war; wahrhaftig ganz schüchtern.«

Arkadij erhob den Kopf, um zu zeigen, daß er es wenigstens nicht sei.

»Es ist ein komisches Volk, diese grauköpfigen Romantiker. Sie geben ihrem ganzen Nervensystem eine derartige Entwicklung, daß das Gleichgewicht darüber verlorengeht. Laß uns jetzt aber zu Bett gehen. Ich habe in meinem Zimmer zwar eine englische Wascheinrichtung, aber die Tür schließt nicht. Doch über so etwas setzt man sich hinweg; das englische Lavoir bleibt immer ein Fortschritt.«

Basarow entfernte sich, und Arkadij fühlte sich von großem Wohlbehagen ergriffen. Es ist ein süßes Ding, unter dem väterlichen Dach zu schlafen, in dem wohlbekannten alten Bett, unter einer Decke, die befreundete Hände, vielleicht die der guten Amme, genäht haben, diese zärtlichen und unermüdlichen Hände, die das Kind auferzogen. Arkadij gedachte wieder seiner Jegorowna und wünschte ihr die ewige Glückseligkeit; zum Beten brachte er's nicht einmal für sich selbst.

Beide Freunde schliefen bald ein; nicht so einige andere Bewohner des Hauses. Kirsanow hatte die Rückkehr seines Sohnes sehr aufgeregt. Er legte sich zwar nieder, löschte das Licht aber nicht; den Kopf auf die Hand gestützt, hing er noch lange seinen Gedanken nach. Sein Bruder blieb, in einem breiten Lehnstuhl hingestreckt, vor einem im Kamin brennenden schwachen Steinkohlenfeuer bis gegen ein Uhr nach Mitternacht sitzen. Er hatte sich nicht ausgekleidet, nur die lackierten Halbstiefel hatte er mit roten chinesischen Pantoffeln vertauscht. Er hielt die letzte Nummer des ›Galignani‹[9] in der Hand, las aber nicht. Seine Augen waren auf den Kamin gerichtet, auf dem eine bläuliche Flamme hin und her schwankte ... Gott weiß, was er dachte; aber es war nicht die Vergangenheit allein, in der seine Träumereien umherirrten; der Ausdruck düsterer Versunkenheit lag auf ihm, was nicht der Fall ist, wenn man sich bloß Erinnerungen hingibt. Im Hintergrund eines kleinen Zimmerchens auf der Rückseite des Hauses saß, in eine blaue Duschegrejka[10] gekleidet, mit einem weißen Tuch über dem schwarzen Haar, eine junge Frau namens Fenitschka, die, obwohl vor Schlaf fast umsinkend, Ohr und Augen auf eine halbgeöffnete Tür gerichtet hielt, durch die man ein kleines Bett mit einem schlafenden Kinde gewahrte; man hörte sein gleichmäßiges ruhiges Atmen.

FÜNFTES KAPITEL

Basarow war am folgenden Morgen zuerst erwacht und
alsbald aus dem Hause gegangen.

›Nun‹, sagte er zu sich, ›schön ist das Land da herum eben
nicht, das kann man nicht sagen.‹

Als Kirsanow seine Bauern ablöste, behielt er für seine
neue Wirtschaft nur ungefähr vier Deßjatinen ganz ebe-
nen und unbebauten Bodens übrig. Auf diesem baute er
sich ein Wohnhaus und die nötigen Wirtschaftsgebäude;
seitwärts legte er einen Garten an und grub einen Teich
und zwei Brunnen; aber die Bäume, die er pflanzte, kamen
schlecht fort, der Teich füllte sich langsam, und das Wasser der Brunnen war salzig. Doch gaben die Akazien und
die Fliedersträucher des Boskketts dann und wann einigen
Schatten, und jetzt wurde dort das Mittagessen oder der
Tee eingenommen. Basarow durchwandelte rasch alle
Fußwege des Gartens, besichtigte den Hühnerhof, den
Stall, entdeckte zwei junge Dworowys, mit denen er sofort Bekanntschaft machte, und nahm sie mit, um in einem
Sumpf, eine Werst vom Hause entfernt, Frösche zu
fangen.

»Wozu brauchst du deine Frösche, Herr?« fragte ihn eines
der Kinder.

»Das will ich dir sagen«, erwiderte Basarow, der die besondere Gabe hatte, Leuten der unteren Volksklasse Vertrauen einzuflößen, obwohl er sie, weit entfernt von
eigentlicher Herablassung, gewöhnlich ziemlich unsanft behandelte. »Ich schneide die Frösche auf und sehe nach,
was in ihrem Innern vorgeht. Da wir beide, du und ich,

auch solche Frösche sind, aber Frösche, die auf zwei Füßen gehen, so lerne ich dann daraus, was in unserem eigenen Leib vorgeht.«

»Und warum willst du das wissen?«

»Damit ich mich nicht irre, wenn du krank wirst und ich dir helfen soll.«

»Also bist du ein ›Doktor‹?«

»Ja.«

»Wasja, hör einmal, der Herr sagt, wir seien Frösche.«

»Ich fürchte mich vor den Fröschen«, antwortete Wasja, ein barfüßiges Kind von etwa sieben Jahren mit weißen Flachshaaren, in einen Kasak von grobem grauem Tuch mit stehendem Kragen gekleidet.

»Warum soll man sie denn fürchten? Beißen sie denn?«

»Vorwärts, ihr Philosophen, ins Wasser!« rief Basarow.

Kaum war Basarow ausgegangen, als auch Kirsanow erwachte und aufstand. Er ging in Arkadijs Zimmer, den er schon angekleidet traf. Vater und Sohn traten auf die Terrasse, über der eine Markise ausgespannt war; ein kochender Samowar erwartete sie auf einem Tisch zwischen dichten Fliederbüschen. Die kleine Dienerin, die den Abend zuvor zuerst unter dem Peristyl zu ihrer Begrüßung erschienen war, kam alsbald und meldete mit feiner Stimme:

»Fedosja Nikolajewna ist nicht ganz wohl und läßt fragen, ob Sie sich den Tee gütigst selbst bereiten wollen oder ob sie Dunjascha schicken soll.«

»Ich werde ihn selbst bereiten«, gab Kirsanow schnell zur Antwort. »Wie trinkst du ihn lieber, Arkadij? Willst du Rahm oder Zitrone?«

»Mir ist Rahm lieber«, sagte Arkadij, und nach kurzem Schweigen fuhr er in fragendem Tone fort:

»Lieber Papa . . . ?«

Kirsanow betrachtete seinen Sohn mit einiger Verlegenheit.

»Was meinst du?« fragte er ihn.

Arkadij schlug die Augen nieder.

»Verzeih, Papa, wenn dir meine Frage ungelegen ist, aber deine Offenheit von gestern gibt mir das Recht, gleichfalls aufrichtig zu sein. Wirst du nicht böse werden?«

»Sprich!«

»Du ermutigst mich zu der Frage ... Wenn Fen ... wenn *sie* den Tee nicht servieren will — bin ich nicht die Ursache?«

Kirsanow wandte etwas den Kopf.

»Vielleicht ...«, gab er endlich zur Antwort; »Sie denkt ... sie schämt sich.«

Arkadij warf einen raschen Blick auf den Vater.

»Da hat sie sehr unrecht«, gab er zur Antwort. »Du kennst meine Ansichten.« (Arkadij gefiel sich in diesem Ausdruck.) »Es wäre mir äußerst leid, wenn ich dich auch nur im mindesten in deinem Leben, in deinen Gewohnheiten stören würde. Zudem weiß ich gewiß, daß du keine schlechte Wahl getroffen und daß, wenn du ihr erlaubt hast, unter unserem Dache zu leben, sie dessen auch würdig ist. Überhaupt aber ist ein Sohn nicht der Richter seines Vaters, und ich zumal ... und noch dazu eines Vaters wie du, der niemals meine Freiheit in irgend etwas beschränkt hat ...«

Arkadij hatte die ersten Worte mit zitternder Stimme vorgebracht; er kam sich großherzig vor, und doch begriff er gleichzeitig wohl, daß es das Ansehen hatte, als lese er seinem Vater die Lektion; aber der Laut unserer eigenen Stimme berauscht, und Arkadij trug das Ende seines kleinen Diskurses mit Festigkeit und selbst etwas deklamatorischem Tonfall vor.

»Ich danke dir, Arkascha«, gab ihm der Vater mit unterdrückter Stimme zur Antwort, indem er sich wiederholt Stirn und Augenbrauen rieb. »Deine Vermutungen sind begründet. Es ist sicher, daß, wenn das junge Mädchen nicht eine empfehlenswerte Person wäre ... Es ist nicht bloß die Anwandlung einer Laune ... In der Tat, es setzt mich in Verlegenheit, über alles das mit dir zu reden, aber einsehen wirst du wohl, daß es ihr fast nicht möglich war, hier vor dir zu erscheinen, zumal am ersten Tag nach deiner Ankunft.«

»Wenn dem so ist«, rief Arkadij in einer neuen Anwandlung von Edelmut, »so will ich sie selbst begrüßen«, und damit sprang er vom Stuhl auf. »Ich werde es ihr auseinandersetzen, daß sie vor mir nicht zu erröten braucht.«

»Arkadij«, rief sein Vater und stand gleichzeitig auf, »tu mir den Gefallen ... das geht nicht an ... Da unten ... Ich habe dich ja noch nicht in Kenntnis gesetzt ...«

Allein sein Sohn hörte ihn schon nicht mehr; mit einem Sprung hatte er die Terrasse verlassen. Kirsanow verfolgte ihn mit den Augen und sank in höchster Unruhe in seinen Stuhl zurück. Sein Herz klopfte heftig. Kamen ihm die fremden Beziehungen, die notwendig zwischen seinem Sohn und ihm eintreten mußten, zum Bewußtsein; dachte er darüber nach, ob es von Arkadij nicht rücksichtsvoller gewesen wäre, wenn er jede Anspielung auf das Verhältnis vermieden hätte, oder machte er sich Vorwürfe über seine Schwäche? Dies war schwer zu unterscheiden. Alle diese Gefühle wogten in seiner Brust durcheinander. Die Röte, die seine Stirn überzogen hatte, blieb beharrlich, und sein Herz klopfte nach wie vor heftig.

Da ließen sich beschleunigte Schritte hören, und Arkadij erschien wieder auf der Terrasse.

»Wir haben jetzt Bekanntschaft gemacht, lieber Vater«, rief er triumphierend und zärtlich zugleich. »Fedosja Nikolajewna ist wirklich unwohl und wird erst später kommen. Aber warum hast du mir nicht gesagt, daß ich ein Brüderchen habe? Ich hätte es schon gestern mit derselben Freude geküßt, mit der es soeben geschah.«

Nikolai Petrowitsch wollte antworten; er wollte sich erheben und die Arme ausbreiten. Arkadij warf sich ihm an den Hals.

»Wie? Man küßt sich noch einmal?« rief Pawel hinter ihnen.

Sein Erscheinen war Vater und Sohn gleich willkommen; es ist uns oft nicht leid, wenn den rührendsten Situationen ein Ziel gesetzt wird.

»Wundert dich das?« erwiderte Kirsanow heiter. »Da kommt endlich Arkascha nach langer Zeit wieder heim; ich habe seit gestern noch nicht einmal Zeit gehabt, mir ihn recht anzusehen.«

»Mich wundert das keineswegs«, erwiderte Pawel, »es geht mir ja selbst fast wie dir.«

Arkadij trat auf seinen Oheim zu, der ihm abermals die Wangen mit seinem parfümierten Schnurrbart streifte.

Pawel setzte sich an den Tisch. Er trug ein elegantes Morgenkostüm nach englischem Geschmack; ein kleiner Fes zierte seinen Kopf. Dieser Kopfputz und eine nachlässig geknüpfte Krawatte waren wie eine Andeutung der Freiheit, zu welcher das Landleben berechtigt; aber der gestärkte Hemdkragen, diesmal farbig, wie es die Mode für eine Morgentoilette vorschreibt, umschloß mit der gewöhnlichen Unbiegsamkeit sein wohlrasiertes Kinn.

»Wo ist denn dein neuer Freund?« fragte er Arkadij.

»Er ist schon ausgegangen; er steht gewöhnlich sehr früh auf und macht irgendeinen Ausflug. Man darf sich aber nicht um ihn bekümmern, er haßt die Förmlichkeiten.«

»Ja, das sieht man wohl.«

Pawel strich langsam Butter auf sein Brot.

»Denkt er längere Zeit hierzubleiben?«

»Das weiß ich nicht; er will auch seinen Vater besuchen.«

»Wo wohnt sein Vater?«

»In unserem Gouvernement, etwa achtzig Werst von hier. Er hat dort ein kleines Besitztum. Er ist ein alter Militärchirurg.«

»Ti ... ti ... ti ... Den Namen kenn ich ja, glaub ich. Nikolai, erinnerst du dich nicht eines Doktors Basarow, der in der Division unseres Vaters diente?«

»Ja, ich glaube mich seiner zu erinnern.«

»Ganz gewiß. Also der Doktor ist sein Vater, he!« sagte Pawel und bewegte den Schnurrbart. »Und was ist denn eigentlich Herr Basarow Sohn?« setzte er langsam hinzu.

»Was er ist?« Arkadij lachte. »Soll ich Ihnen, lieber Onkel, sagen, was er *eigentlich* ist?«

»Tu mir diesen Gefallen, mein teurer Neffe.«

»Er ist ein Nihilist.«

»Wie?« fragte der Vater. Pawel aber erhob sein Messer, dessen Spitze ein Stückchen Butter trug, und blieb unbeweglich.

»Ja, er ist ein Nihilist«, wiederholte Arkadij.

»Ein Nihilist!« sagte Kirsanow. »Das Wort muß aus dem Lateinischen nihil: nichts kommen, soweit ich es beurteilen kann, und bedeutet mithin einen Menschen, der ... nichts anerkennen will.«

»Oder vielmehr, der nichts respektiert«, sagte Pawel, der sein Butterbrot zu streichen fortfuhr.

»Ein Mensch, der alle Dinge vom Gesichtspunkte der Kritik aus ansieht«, erwiderte Arkadij.

»Kommt das nicht auf dasselbe heraus?« fragte der Onkel.

»Nein, durchaus nicht; ein Nihilist ist ein Mensch, der sich vor keiner Autorität beugt, der ohne vorgängige Prüfung kein Prinzip annimmt, und wenn es auch noch so sehr im Ansehen steht.«

»Und damit bist auch du einverstanden? Das ist recht und gut?« erwiderte Pawel.

»Je nachdem, lieber Onkel. Es gibt Leute, die sich dabei wohlbefinden, wie im Gegenteil andere, die sich ganz schlecht dareinzufinden wissen.«

»Wahrhaftig? Nun, ich sehe, das geht über meinen Gedankenkreis. Leute der alten Zeit, wie ich, denken, daß es durchaus nötig ist, gewisse Prinzipien« (Pawel sprach dies Wort wie die Franzosen mit einer gewissen Weichheit aus, während Arkadij im Gegensatz dazu es hart akzentuierte) »ohne Prüfung, um deinen Ausdruck zu gebrauchen, anzunehmen. Vous avez changé tout cela. Gebe euch Gott Gesundheit und den Generalsrang[11]! Was uns betrifft, so wollen wir uns damit begnügen, euch zu bewundern, meine Herren . . . wie sagtest du doch?«

»Nihilisten!« antwortete Arkadij, indem er auf jede Silbe Nachdruck legte.

»Ja, wir zu unserer Zeit, wir hatten Hegelisten, jetzt sind es Nihilisten. Wir werden sehen, wie ihr es angreift, um im Nichts, im Vakuum, wie unter einer pneumatischen Maschine zu existieren. Und jetzt, lieber Bruder, sei so gut und zieh die Glocke, ich möchte meinen Kakao trinken.«

Nikolai Petrowitsch läutete und rief: »Dunjascha!« Allein statt Dunjascha war es Fenitschka selbst, die erschien. Sie war eine junge Frau von etwa dreiundzwanzig Jahren, weiß und rund, mit schwarzen Augen und dunklem Haar; ihre Lippen waren rot und voll wie die eines Kindes und ihre Hände zierlich und fein. Ihr Anzug bestand aus einem Kattunkleid und einem ganz neuen blauen Halstuch, das über ihre runden Schultern geworfen war; sie hielt eine große Tasse Schokolade in der Hand; indem sie diese vor Pawel niederstellte, schien sie ganz außer Fassung, und die feine, durchsichtige Haut ihres Antlitzes färbte sich mit lebhaftem Rot. Sie schlug die Augen nieder und blieb nahe dem Tisch stehen, auf den sie sich mit den Fingerspitzen stützte. Sie sah aus, als ob sie sich über ihr Kommen Vorwürfe mache und doch zugleich fühle, daß sie nicht ohne ein Recht dazu gekommen sei.

Pawel runzelte streng die Augenbrauen, Kirsanow war gänzlich verwirrt.

»Guten Morgen, Fenitschka«, murmelte er endlich.

»Guten Morgen«, erwiderte sie mit einer nicht lauten, doch wohlklingenden Stimme; dann zog sie sich langsam wieder zurück, nachdem sie verstohlen einen Blick auf Arkadij geworfen hatte, den dieser mit freundlichem Lächeln erwiderte. Sie wiegte sich im Gehen ein wenig in den Hüften; es stand ihr aber sehr gut.

Nachdem sie gegangen war, herrschte auf der Terrasse einige Augenblicke tiefes Schweigen. Pawel trank seinen Kakao. Langsam hob er den Kopf . . .

»Da kommt ja der Herr Nihilist, dem's endlich gefällt, zu erscheinen«, sagte er halblaut. Wirklich war Basarow, über die Rabatten wegschreitend, eben in den Garten eingetreten. Der Paletot und die leinenen Beinkleider waren beschmutzt, eine Sumpfpflanze war um seinen alten runden Hut geschlungen. In der rechten Hand hielt er einen kleinen Sack, in dem sich etwas bewegte. Er kam mit großen Schritten auf die Terrasse zu, neigte ein wenig den Kopf und sagte:

»Guten Morgen, meine Herren, entschuldigen Sie, wenn ich etwas spät zum Tee komme. Ich werde sogleich wieder erscheinen, ich muß mich vorher meiner Gefangenen entledigen.«

»Sind das Blutegel?« fragte Pawel.

»Nein, Frösche.«

»Wollen Sie die essen oder aufziehen?«

»Ich brauche sie zu Untersuchungen«, antwortete Basarow gleichgültig und trat ins Haus.

»Wahrscheinlich seziert er sie«, fuhr Pawel fort. »Er glaubt nicht an Prinzipien, aber er glaubt an die Frösche.«

Arkadij warf auf seinen Onkel einen Blick des Mitleids, und Kirsanow zuckte fast unmerklich die Achseln. Pawel begriff übrigens selbst, daß sein Witzwort ihm nicht gelungen war — und fing an, über Landwirtschaft zu spre-

chen; er erzählte bei dieser Gelegenheit, daß der neue
Verwalter mit seiner gewohnten Beredsamkeit sich über
den Arbeiter Foma beklagt habe, mit dem er nichts anzufangen wisse. Der Kerl sei ein wahrer Äsop, sagte der
Verwalter, er wisse den üblen Burschen, vor dem jedermann das Kreuz schlage, nicht zu verwenden, kaum sei er
bei der Arbeit, so mache er Dummheiten, reiße aus — und
— gesehen hat man ihn.

SECHSTES KAPITEL

Basarow erschien bald wieder; er nahm Platz und schickte sich an, Tee zu trinken, wie wenn er den Samowar hätte erschöpfen wollen. Die beiden Brüder sahen ihm stillschweigend zu, während Arkadij wiederum diese von der Seite her beobachtete.

»Sind Sie weit weg gewesen?« fragte endlich Kirsanow.

»Bis zu einer Art von Sumpf bei Ihrem Espenwald. Dort sind fünf oder sechs Bekassinen vor mir aufgestiegen; die kannst du schießen, Arkadij.«

»Sie selbst sind wohl nicht Jäger?«

»Nein.«

»Sie beschäftigen sich hauptsächlich mit Physik?« fragte Pawel.

»Ja, mit Physik und überhaupt mit den Naturwissenschaften.«

»Man behauptet, die Germanen hätten in diesen Wissenschaften seit einigen Jahren große Fortschritte gemacht.«

»Ja, darin sind die Deutschen unsere Meister«, erwiderte Basarow nachlässig. Pawel hatte den Ausdruck ›Germanen‹ ironisch gebraucht, erzielte aber damit keine große Wirkung.

»Sie haben für die Deutschen eine sehr hohe Achtung?« fuhr er mit erzwungener Höflichkeit fort. Er fing an, eine dumpfe Erregung in sich zu fühlen. Seine aristokratische Natur konnte Basarows ungeniertes Auftreten nicht ertragen. Dieser Chirurgensohn zeigte nicht nur keine Spur von Verlegenheit, sondern antwortete ihm auch schroff und keineswegs verbindlich, und der Ton seiner Stimme hatte etwas Grobes, das an Insolenz streifte.

»Die Gelehrten dieses Landes sind verdienstvolle Burschen«, sagte Basarow.

»Jawohl, jawohl. Wahrscheinlich haben Sie von den russischen Gelehrten keinen so schmeichelhaften Begriff?«

»Wohl möglich.«

»Eine solche Unparteilichkeit macht Ihnen viel Ehre«, fuhr Pawel fort und richtete sich mit etwas aufgeworfenem Kopf empor. »Übrigens hat uns Arkadij Nikolajewitsch schon gesagt, daß Sie ja in Sachen der Wissenschaft gar keine Autorität anerkennen. Wie verträgt sich das mit der Ansicht, die Sie soeben aussprechen? Ist das wirklich wahr, daß Sie keine Autorität anerkennen?«

»Warum sollte ich's tun? Und an was müßte ich glauben? Beweist man mir eine vernünftige Sache, bin ich damit einverstanden, und alles ist gesagt.«

»Demnach sagen die Deutschen immer nur vernünftige Dinge?« murmelte Pawel Petrowitsch, und sein Gesicht nahm einen solchen Ausdruck von Gleichgültigkeit und Unempfindlichkeit an, daß man hätte glauben können, er habe sich in eine irdischen Gemütsbewegungen ganz unzugängliche Sphäre erhoben.

»Nicht immer«, erwiderte Basarow mit verhaltenem Gähnen, wie wenn er zu verstehen geben wollte, daß ihm dieser müßige Streit lästig werde.

Pawel betrachtete Arkadij mit einem Ausdruck, der zu sagen schien: Man muß zugeben, daß dein Freund nicht gerade höflich ist.

»Was mich anbelangt«, fuhr er mit lauter Stimme und nicht ohne einige Anstrengung fort, »ich gestehe in Demut, daß ich die Herren Deutschen nicht sehr liebe. Ich verstehe darunter die echten Deutschen und nicht die Deutschrussen. Übrigens weiß man auch, was an diesen ist. Ja, die Deutschen in Deutschland sind nicht mein Geschmack. Vormals waren sie noch erträglich; sie hatten bekannte Namen: Schiller, Goethe zum Beispiel. Mein

Bruder hat für diese Schriftsteller eine ganz besondere Verehrung. Jetzt aber gewahre ich unter ihnen nur Chemiker und Materialisten.«

»Ein guter Chemiker ist zwanzigmal nützlicher als der beste Poet«, sagte Basarow.

»Wirklich?« erwiderte Pawel und hob die Augenbrauen, wie wenn er soeben erwache. »Die Kunst scheint also für Sie eine gänzlich wertlose Sache?«

»Die Kunst, Geld zu gewinnen und die Hühneraugen gründlich zu vertreiben«, rief Basarow mit verächtlichem Lächeln.

»Vortrefflich! Wie Sie zu scherzen geruhen! Das kommt auf eine vollständige Negation heraus. Gut! Immerhin, Sie glauben also nicht an die Wissenschaft?«

»Ich habe schon die Ehre gehabt, Ihnen zu sagen, daß ich an gar nichts glaube. Was verstehen Sie unter dem Wort Wissenschaft im generellen Sinn? Es gibt Wissenschaften, wie es Handwerke, wie es Professionen gibt. Eine Wissenschaft in dem Sinne, den Sie dem Wort beilegen, gibt es nicht.«

»Das ist ganz gut. Sie verneinen wohl ebenso alle anderen Prinzipien, auf welchen unsere soziale Ordnung ruht?«

»Ist das etwa ein — politisches Verhör?« fragte Basarow.

Pawel erblaßte ein wenig. Kirsanow hielt es an der Zeit, sich in die Unterhaltung zu mischen.

»Wir wollen über all das später des längeren sprechen, mein lieber Jewgenij Wassiljitsch; Sie werden uns dann alle Ihre Ansichten auseinandersetzen und wir Ihnen dagegen die unsrigen mitteilen. Was mich anbelangt, so freut es mich zu hören, daß Sie sich mit den Naturwissenschaften beschäftigen. Man hat mir gesagt, daß in der letzten Zeit Liebig erstaunliche Entdeckungen hinsichtlich der wirtschaftlichen Behandlung des Bodens gemacht habe. Da können Sie mir in meinen agronomischen Arbeiten zu Hilfe kommen und trefflichen Rat geben.«

»Mit Vergnügen, Nikolai Petrowitsch; allein, lassen wir Liebig beiseite. Ehe man ein Buch öffnet, muß man lesen können, und wir kennen noch nicht einmal das Abc . . .«

›Nun, du bist doch ein wahrhafter Nihilist‹, dachte Kirsanow. — »Wie dem auch sei«, erwiderte er, »so werden Sie mir erlauben, mich vorkommendenfalls an Sie zu wenden. Aber, lieber Bruder, ist es nicht Zeit, sich mit dem Verwalter zu besprechen?« Pawel erhob sich.

»Ja«, sagte er, ohne seine Rede an einen der Anwesenden zu richten, »es ist ein Unglück, vier oder fünf Jahre nacheinander auf dem Lande zu wohnen, fern von allen großen Geistern. Man wird allmählich ein wahrer Dummkopf. Man gibt sich alle Mühe, das, was man gelernt hat, nicht zu vergessen; allein, pah! Eines schönen Morgens wird man gewahr, daß das lauter Läpperei war, nichts als müßiges Zeug, womit sich heutzutage kein verständiger Mensch mehr beschäftigt; man wird belehrt, daß man ein Faselhans ist. Was tun? Es scheint, daß die Jugend entschieden klüger ist als wir Alten.«

Pawel drehte sich langsam auf dem Absatz um und entfernte sich mit gemessenen Schritten. Sein Bruder folgte ihm.

»Ist er immer von dieser Stärke?« fragte Basarow kalt, als kaum die Tür geschlossen war.

»Hör, Jewgenij«, erwiderte sein Freund, »du bist zu schroff gegen ihn gewesen, du hast ihn verletzt.«

»Wirklich? Man hätte ihn wohl schonen sollen, diesen Maulwurfaristokraten! Aber all das ist nichts als Eigenliebe, Gewohnheiten des ehemaligen Löwen, Geckentum. Warum hat er seine Rolle in Petersburg nicht weitergespielt, da er sich dazu berufen fühlte? Übrigens: Gott segne ihn! Ich habe eine ziemlich seltene Spezies von Dyticus marginatus[12] gefunden, ich will sie dir zeigen.«

»Ich habe dir versprochen, seine Geschichte zu erzählen«, sagte Arkadij.

»Wessen Geschichte, des Dyticus?«

»Geh mit deinen Scherzen, die Geschichte meines Onkels. Du wirst sehen, daß er nicht der Mann ist, für den du ihn hältst. Anstatt ihn lächerlich zu machen, solltest du ihn vielmehr bedauern.«

»Möglich! Aber warum bist du so vernarrt ihn ihn?«

»Man muß gerecht sein, Jewgenij.«

»Ich wüßte nicht, warum.«

»Genug! Hör zu . . .«

Arkadij schickte sich an, seinem Freunde die Geschichte seines Oheims zu erzählen. Der Leser findet sie in dem folgenden Kapitel.

SIEBENTES KAPITEL

Pawel Petrowitsch Kirsanow hatte seine erste Kindheit
mit seinem Bruder Nikolai unter dem väterlichen Dache
zugebracht; dann war er in das Pagenkorps eingetreten.
Auffallend schön, selbstgefällig, ein wenig spöttisch und
von koketter Reizbarkeit (was damals in der Mode war),
gefiel er natürlich allgemein. Kaum Offizier geworden,
trat er in die große Welt. Überall empfing man ihn mit
offenen Armen, er ließ sich's wohl sein, mißbrauchte sein
Glück und beging tausend Torheiten, allein das schadete
ihm nichts. Die Frauen waren in ihn vernarrt, die Männer
behandelten ihn als einen Gecken und beneideten ihn
doch im stillen. Er lebte, wie schon erwähnt, mit seinem
Bruder zusammen und hatte ihn sehr lieb, obschon dieser
ihm in nichts glich. Nikolai Petrowitsch hinkte ein wenig;
auch er hatte ein angenehmes, aber ernstes Gesicht, sanfte,
verschleierte Augen und spärliches Haar; er war träg, las
aber gern und floh die große Welt. Pawel brachte die
Abende nie zu Hause zu; er hatte sich den wohlverdienten
Ruf der Kühnheit und Gewandtheit erworben (als erster
hatte er unter den jungen Leuten von Stand gymnastische
Übungen in Mode gebracht), seine Lektüre jedoch beschränkte sich im ganzen auf fünf oder sechs französische
Romane. Mit achtundzwanzig Jahren Hauptmann geworden, stand ihm eine glänzende Laufbahn offen, als sich
plötzlich alles änderte.
Man erinnert sich in Petersburg noch der Fürstin R. In
der Periode, von der wir reden, erschien sie von Zeit zu
Zeit in der Residenz. Ihr Gemahl war ein Mann von guter

Erziehung, aber ein wenig beschränkt, und sie hatten keine Kinder. Die Fürstin ging plötzlich für lange Zeit auf Reisen, kehrte unerwartet nach Rußland zurück und führte sich in allem höchst befremdend auf. Sie galt für leichtfertig und kokett; allen Vergnügungen gab sie sich mit Leidenschaft hin, tanzte bis zum Umsinken, scherzte und lachte mit den jungen Leuten, die sie vor dem Diner im Zwielicht ihres Salons empfing[13], und brachte die Nächte betend und weinend zu, ohne einen Augenblick Ruhe finden zu können. Oft blieb sie bis zum Morgen in ihrem Zimmer, die Arme in Herzensangst ringend oder blaß und kalt über die Blätter eines Psalters gebückt. Kam der Tag, so verwandelte sie sich wieder in die elegante Dame, machte Besuche, lachte, schwatzte und warf sich auf alles, was ihr die geringste Zerstreuung zu bieten vermochte. Sie war von herrlichem Wuchs; ihr Haar war licht und schwer wie Gold und fiel ihr bis über die Knie herab; doch zählte man sie nicht zu den Schönheiten, in ihrem Gesicht waren nur die Augen schön, und auch das ist vielleicht zuviel gesagt, denn diese Augen waren ziemlich klein und grau, ihr Blick jedoch, lebhaft und tief, sorglos bis zur Kühnheit und träumerisch bis zur Trostlosigkeit, war ebenso rätselhaft wie bezaubernd. Etwas Außerordentliches strahlte daraus wider, selbst wenn ihr die unbedeutendsten Worte über die Lippen kamen. Ihre Toilette war immer von erlesenem Geschmack.

Pawel begegnete ihr auf einem Ball, tanzte mit ihr eine Masurka, während welcher sie kein vernünftiges Wort mit ihm sprach, und leider verliebte er sich leidenschaftlich in sie. An schnelle Erfolge gewöhnt, gelangte er auch diesmal, wie immer, rasch zum Ziel, doch die Leichtigkeit dieser Eroberung erkältete ihn nicht. Im Gegenteil fühlte er sich mehr und mehr an diese Frau gefesselt, die selbst dann, wenn sie ganz Hingebung war, in ihrem Herzen noch immer eine geheimnisvolle Fiber zu behalten schien, die man vergeblich zu begreifen suchte. Gott weiß, was sie dabei verheimlichte. Man hätte glauben sollen, sie stehe unter der Herrschaft übernatürlicher Kräfte, die nach Laune mit ihr spielten, und ihr nicht eben umfassender Geist habe die Kraft nicht, mit solchen Gegnern den Kampf aufzunehmen. Ihr ganzes Leben bot nur eine Reihe unerklärlicher Handlungen dar; an einen Mann, den sie kaum kennengelernt hatte, richtete sie sofort Briefe, die sie in den Augen ihres Gemahls kompromittieren konnten, und liebte sie, so hatte doch ihre Liebe einen seltsamen Schimmer von Traurigkeit; sie lachte und scherzte nicht mehr mit dem, den sie sich jetzt erkoren hatte, sie betrachtete ihn und lieh ihm ihr Ohr mit einer Art von Erstaunen. Oft und meist unerwartet wurde dies Staunen zum stummen Schrecken, und ihr Gesicht nahm dann einen düstern und wilden Ausdruck an; sie schloß sich in ihr Schlafzimmer ein, und legten ihre Frauen das Ohr an die Tür, so hörten sie ein dumpfes Stöhnen. Mehr als einmal, wenn Pawel von einer zärtlichen Zusammenkunft mit ihr nach Hause kam, fühlte er im Herzen den bittern Verdruß, den sonst ein definitives Mißlingen erzeugt.

»Hab ich nicht alles erhalten, was ich wollte?« fragte er sich, und doch blutete ihm das Herz fort und fort. Eines Tages gab er ihr einen Ring mit einem Stein, auf dem eine Sphinx eingraviert war.

»Was ist das?« fragte sie.

»Eine Sphinx?«

»Ja«, antwortete er, »und diese Sphinx sind Sie.«

»Ich?« erwiderte sie und erhob langsam ihren unbeschreiblichen Blick zu ihm. »Wissen Sie, daß ich mich dadurch geschmeichelt fühle?« fuhr sie mit einem kaum merklichen Lächeln, aber mit demselben rätselhaften Ausdruck ihres Blickes fort.

Pawel litt viel, solange er die Fürstin R. liebte; allein, als sie anfing, ihm Kälte zu zeigen, und dies geschah bald, war er nahe daran, den Verstand zu verlieren. Verzweiflung und Eifersucht verzehrten ihn, er ließ ihr keinen Augenblick Ruhe und verfolgte sie überall; gelangweilt von seinen Verfolgungen, reiste sie ins Ausland. Pawel nahm seinen Abschied, trotz allen Bitten seiner Freunde, trotz dem Rat seiner Vorgesetzten, und folgte der Spur der Fürstin. So brachte er vier Jahre auf Reisen zu, bald war er wieder mit ihr vereinigt, bald verließ er sie in der Absicht, sie nicht wiederzusehen; er errötete über seine Schwäche und verwünschte sie . . . allein es half nichts. Das Bild dieser Frau, dieses unbegreifliche, wahrhaft magische Bild, aus dem sich kein Sinn herausfinden ließ, hatte sich seiner Seele zu tief eingeprägt. Als sie sich in Baden wiedersahen, stellte sich fast das alte Verhältnis wieder her, ihre Liebe schien größer als je; allein, das dauerte kaum einen Monat. Die Flamme, die sich eben wiederbelebt hatte, erlosch abermals und für immer. Den unvermeidlichen Bruch voraussehend, wollte Pawel wenigstens ihr Freund bleiben — als ob mit einer solchen Frau eine Freundschaft möglich wäre. Sie verließ heimlich Baden und mied ihn von diesem Tag an beharrlich. Pawel kehrte nach Rußland zurück und versuchte, seine alte Lebensweise wiederaufzunehmen, aber vergeblich. Er war unaufhörlich in Bewegung und fand nirgends Ruhe; doch besuchte er die Salons und behielt alle Gewohnheiten eines Weltmannes bei; seiner Eitelkeit konnte es zwar schmeicheln, zwei oder drei neue Eroberungen gemacht zu haben; aber im Grunde hatte er sowohl sich als andere aufgegeben und versuchte sich in nichts mehr. Er wurde schnell alt, fing an zu ergrauen, nahm die Gewohnheit an, seine Abende im Klub zuzubringen, wo er sich, verzehrt von Bitterkeit und Langeweile, mit mürrischer Gleichgültigkeit in die Gespräche mischte; wie jedermann weiß, ein schlechtes Zeichen. Die Idee, zu heiraten, konnte ihm natürlich nicht in den Sinn kommen. So schwanden mit erstaunlicher Geschwindigkeit fast zehn Jahre seines müßigen Lebens dahin.

Nirgends verläuft die Zeit schneller als in Rußland, wenn nicht vielleicht noch rascher im Gefängnis. Eines Abends als Pawel im Klub speiste, erfuhr er, daß die Fürstin R. jüngst in Paris gestorben sei, in einem Zustand, der nahe an Wahnsinn grenzte. Er stand von seinem Stuhl auf und ging — hier und da wie versteinert an den Spieltischen stehenbleibend — lange in den Sälen des Klubs auf und ab; doch kehrte er zur gewöhnlichen Stunde nach Hause zurück. Bald darauf erhielt er ein Paket mit seiner Adresse und fand darin den Ring, den er einst der Fürstin gegeben hatte. Sie hatte ein Kreuz auf die Sphinx geritzt und befohlen, Pawel zu sagen, daß dies die Lösung des Rätsels sei.

Dieser Tod war zu Anfang des Jahres 1848 erfolgt, in eben der Zeit, als Nikolai Petrowitsch, nachdem er seine Frau verloren hatte, nach Petersburg kam. Pawel hatte seinen Bruder, seit dieser sich auf das Land zurückgezogen, kaum gesehen, Nikolais Hochzeit war in die ersten Tage von Pawels Bekanntschaft mit der Fürstin gefallen. Zurückgekehrt vom Ausland, hatte er ihn zwar besucht und sich vorgenommen, zwei oder drei Monate bei ihm zuzubringen, um sich an seinem Glück zu weiden; aber schon nach einer Woche reiste er wieder ab. Sein Bruder und er waren damals zu verschieden in ihren Ansichten. Dieser Abstand hatte sich aber im Jahr 1848 sehr vermindert. Nikolai war Witwer geworden, und Pawel, der soeben den Gegenstand seiner Erinnerungen verloren hatte, versuchte zu vergessen. Kirsanow hatte die Genugtuung, ein geordnetes Leben geführt zu haben; sein Sohn wuchs unter seinen Augen heran; Pawel dagegen trat als einsamer Junggeselle in die Dämmerung des Lebens, in jene traurige Periode des Beklagens, welches der Hoffnung, und der Hoffnung, welche dem Beklagen gleicht, in die Periode, wo die Jugend vorüber und das Alter noch nicht eingetreten ist. Niemand konnte diese Zeit peinlicher erscheinen als Pawel; mit seiner Vergangenheit hatte er alles verloren.

»Ich lade dich nicht mehr ein, nach Marino zu kommen«, sagte Kirsanow eines Tages zu ihm. (Den Namen Marino hatte er seinem Landsitz zum Andenken an seine Frau gegeben.) »Du langweiltest dich dort zu Lebzeiten Marjas, um wieviel mehr jetzt.«

»Damals bin ich eben zu töricht und zu wenig beständig gewesen«, erwiderte Pawel; »jetzt bin ich ruhiger, vielleicht weiser. Erlaubst du mir's, so stehe ich nicht an, dir zu folgen und mich für immer bei dir niederzulassen.«

Statt aller Antwort umarmte ihn Kirsanow; doch verging fast ein Jahr, ehe Pawel dazu kam, seinen Entschluß auszuführen. Nachdem er sich aber einmal auf dem Lande festgesetzt hatte, verließ er es nicht mehr, selbst nicht während der Wintermonate, die Kirsanow bei seinem Sohn in Petersburg zubrachte. Er las viel, besonders englische Bücher, seine ganze Lebensweise trug ein englisches Gepräge; er besuchte die Gutsbesitzer in der Nachbarschaft selten und entfernte sich nur zuweilen, um den Wahlen beizuwohnen, wo er sich meist schweigend verhielt und den Mund bloß auftat, um mit seinen liberalen Ausfällen und Scherzen die noch auf das alte Regime schwörenden Gutsbesitzer zu erschrecken, ohne sich selbst deshalb den Vertretern der neuen Generation zu nähern. Man beschuldigte ihn allgemein des Hochmuts, allein man achtete ihn seiner aristokratischen Manieren und des Glücks wegen, das er früher bei den Frauen gehabt; man respektierte ihn seiner gewählten Toilette wegen und weil er stets die besten Zimmer der ersten Hotels bewohnte, fein aß und eines Tages sogar mit Wellington beim Herzog von Orleans diniert hatte; weil er sich nie auf Reisen begab, ohne ein silbernes Necessaire und einen

Reisebadeapparat bei sich zu führen; weil er sich mit ganz besondern und höchst ›distinguierten‹ Wohlgerüchen parfümierte; weil er vollendet Whist spielte und doch immer verlor; endlich aber achtete man ihn auch sehr wegen seiner vollkommenen Ehrenhaftigkeit. Die Damen des Bezirks betrachteten ihn als einen höchst anziehenden Melancholiker, er aber schenkte ihnen nicht die mindeste Beachtung.

»Du wirst mir zugeben, Jewgenij«, sagte Arkadij, indem er seine Erzählung schloß, »daß du meinen Oheim falsch beurteilt hast. Ich will von den vielen Diensten nicht reden, die er meinem Vater erwiesen, dem er gar manchmal all sein disponibles Geld gab — du weißt wahrscheinlich nicht, daß sie die Güter gemeinschaftlich haben —; aber ich versichere dich, daß er gegen jedermann gefällig ist, sei es, wer es wolle, und daß er sich immer auf die Seite der Bauern stellt, obwohl er sich ihnen nie nähert, ohne sich mit einer Flasche Kölnischen Wassers zu bewaffnen.«

»Versteht sich«, antwortete Basarow, »die Nerven!«

»Mag sein; aber er hat ein gutes Herz. Übrigens fehlt es ihm auch nicht an Geist, und oft hat er mir vortreffliche Vorschläge gegeben, zumal in bezug auf die Frauen.«

»Aha, er hat sich an seinem eigenen Milchtopf verbrannt und bläst nun auf das Wasser anderer[14]. Das ist die alte Geschichte.«

»Mit einem Wort«, fuhr Arkadij fort, »er ist sehr unglücklich, das ist gewiß. Es wäre wahrlich unrecht, ihm darum böse zu sein.«

»Wer spricht denn davon!« erwiderte Basarow. »Was ich aber nichtsdestoweniger behaupte, ist, daß ein Mann, der sein ganzes Leben auf die Karte einer Weiberliebe gesetzt hat und der, wenn diese Karte verliert, sich davon so niederbeugen läßt, daß er zu nichts mehr taugt, kein Mann, kein Individuum männlichen Geschlechts ist. Du sagst, er sei unglücklich, das will ich nicht bestreiten; aber ganz hat er seine Torheit noch nicht erschöpft. Ich bin überzeugt, daß er sich für einen vollendeten Mann hält, weil er den ›Galignani‹ liest und hier und da einem Bauern die Knute erspart.«

»Vergiß nicht die Erziehung, die er genossen, die Zeit, in der er gelebt hat«, antwortete Arkadij.

»Seine Erziehung?« rief Basarow. »Ein Mann muß sich selbst erziehen, wie ich es auch getan. Was die Zeit betrifft, so sehe ich nicht ein, warum wir von ihr abhängig sein sollten. Im Gegenteil, sie mußte von uns abhängen. Nein, mein Lieber, in all dem sehe ich nur Schwäche und Läpperei. Und dann, was soll es mit den mysteriösen Beziehungen zwischen einem Mann und einer Frau für eine Bewandtnis haben? Wir Physiologen kennen die wahre Natur dieser Beziehungen! Studier einmal den Bau des Auges; ich möchte wohl wissen, ob du den Stoff zu dem rätselhaften Blick, von dem du sprachst, darin finden wirst. Das ist nur Romantik, Abschweifung, Künstlergerede. Da ist's gescheiter, wir untersuchen meinen Hornflügler.«

Damit begaben sich die beiden Freunde in Basarows Zimmer, in dem bereits eine Mischung von einem medizinisch-chirurgischen Geruch und dem von billigem, schlechtem Tabak herrschte.

ACHTES KAPITEL

Pawel blieb nicht lange bei dem Gespräch seines Bruders mit dem Verwalter zugegen. Dieser, ein Mann von hohem Wuchs, mager, mit listigem Auge, honigsüßer, flüsternder Stimme, beantwortete die Bemerkungen von Nikolai Petrowitsch mit einem ewigen: »Ganz gewiß, ohne allen Zweifel«, wobei er stets beflissen war, die Bauern als Trunkenbolde und Diebe hinzustellen. Die neue Betriebsart, die man soeben eingeführt, tat ihre Dienste nur mit Knarren, wie ein schlecht geschmiertes Rad oder ein von einem Landhandwerker aus grünem Holz angefertigtes Möbel. Das schlug jedoch Kirsanows Mut keineswegs nieder, obwohl er oft seufzte und nachdenklich wurde; er begriff wohl, daß ohne Geld die Sache nicht in Gang zu bringen sei, und Geld war gerade das, was ihm fehlte. Arkadij hatte die Wahrheit gesagt: Pawel Petrowitsch war seinem Bruder mehr als einmal zu Hilfe gekommen; mehr als einmal, wenn er sah, wie dieser sich den Kopf zerbrach, um sich aus einer Verlegenheit zu ziehen, hatte er sich langsam dem Fenster genähert und zwischen den Zähnen gemurmelt: »Mais je puis vous donner de l'argent.«
Und er hatte ihm auch wirklich oft geholfen; allein diesmal saß er selbst auf dem trocknen, und darum hatte er es vorgezogen, sich zu entfernen. Häusliche Erörterungen verursachten ihm überhaupt eine unüberwindliche Langeweile; zudem schien es ihm immer, Kirsanow greife, trotz all seinem Eifer und all seinen Anstrengungen, die Sache falsch an, aber doch war es ihm selbst unmöglich, seinem

Bruder zu zeigen, was er zu tun hätte. ›Meinem Bruder fehlt es an Erfahrung‹, sagte er sich, ›er wird betrogen.‹ Kirsanow dagegen hatte eine hohe Meinung von Pawels praktischem Verstand und fragte ihn immer um Rat.

»Ich bin ein schwacher, unentschlossener Mann, ich habe mein Leben fern von der Welt zugebracht«, pflegte er zu sagen. »Du hast lange mittendrin gelebt, du kennst die Leute, du hast einen Adlerblick.«

Anstatt ihm zu antworten, drehte sich Pawel um, doch versuchte er nicht, seinem Bruder den Irrtum zu nehmen.

Auch diesmal ließ er Kirsanow in seinem Kabinett und schritt den Korridor entlang, der durch das Haus lief. Vor einer kleinen Tür blieb er stehen, schien einen Augenblick zu zaudern, strich den Schnurrbart und klopfte leise an.

»Wer ist da?« fragte Fenitschka, »herein!«

»Ich bin's«, antwortete Pawel und öffnete die Tür. Fenitschka sprang mit dem Kind auf den Armen vom Stuhl auf; schnell gab sie dieses einer Frau, die damit hinausging; sie selbst brachte eilends ihr Brusttuch in Ordnung.

»Verzeihen Sie, wenn ich gestört habe«, sagte Pawel, ohne sie anzusehen; »ich wollte nur fragen ... Man schickt, glaube ich, heute in die Stadt ... Lassen Sie mir doch grünen Tee mitbringen.«

»Wieviel wünschen Sie?« fragte Fenitschka.

»Ein halbes Pfund wird genügen. — Sie haben ja hier, wenn ich nicht irre, eine Änderung vorgenommen«, fügte er hinzu und warf einen raschen Blick um sich, der Fenitschka streifte; »ich spreche von den Vorhängen«, bemerkte er, da er sah, daß sie ihn nicht verstand.

»Ja. Nikolai Petrowitsch war so gut, mir ein Geschenk damit zu machen, sie sind aber schon lange da.«

»Es ist aber auch schon lange her, daß ich nicht zu Ihnen gekommen bin. Jetzt sind Sie gut logiert.«

»Dank Nikolai Petrowitsch«, sagte Fenitschka leise.

»Sind Sie hier besser untergebracht als in Ihrer vorigen Wohnung hinten im Hof?« fragte Pawel artig, aber ohne seinem Ernst etwas zu vergeben.

»Gewiß, viel besser.«

»Wer bewohnt jetzt die Zimmer, die Sie im Seitenbau innehatten?«

»Die Wäscherinnen.«

»Oh!«

Pawel schwieg. ›Jetzt wird er gehen‹, dachte Fenitschka; aber er ging nicht, blieb unbeweglich stehen und spielte leicht mit den Fingern.

»Warum haben Sie den Kleinen forttragen lassen?« sagte Pawel endlich. »Ich habe die Kinder gern, zeigen Sie ihn mir.«

Fenitschka errötete vor Verlegenheit und Freude. Sie fürchtete Pawel; er sprach nur sehr selten mit ihr.

»Dunjascha!« rief sie. »Bringen Sie Mitja herein«, (Fenitschka duzte keinen der Dienstboten) »aber nein, warten Sie, man muß ihn erst umkleiden.« Damit wandte sie sich dem Nebenzimmer zu.

»Das ist nicht nötig«, rief ihr Pawel nach.

»Es dauert nicht lange«, erwiderte Fenitschka und ging eilends hinaus.

Pawel, nun allein, sah sich aufmerksam um. Das kleine Zimmer, in dem er sich befand, war sehr reinlich gehalten. Es roch darin nach Kamille, Melisse und Pfefferminze, vermischt mit einem Geruch von Firnis, denn der Fußboden war frisch gestrichen. Die Wände entlang standen Stühle mit lyraförmigen Rücklehnen, die der verstorbene General von seinem letzten Feldzug in Polen mitgebracht hatte. Hinten im Zimmer befand sich ein Bett mit Kattunvorhängen; daneben stand ein mit eisernen Reifen beschlagener Koffer mit gewölbtem Deckel. In der entgegengesetzten Ecke brannte eine kupferne Lampe vor einem großen und düstern Bild des heiligen Nikolaus; ein kleines porzellanenes Ei hing an einem durch den Heiligenschein geschlungenen roten Band auf der Brust des Heiligen; auf den Fenstersimsen waren wohlverschlossene Töpfe mit Eingemachtem vom vorigen Jahr aufgestellt. Fenitschka hatte eigenhändig mit großen Buchstaben auf die Papierdeckel geschrieben: ›Schwarze Johannisbeeren‹. Kirsanow zog diese Konfitüre jeder anderen vor. Von der Decke hing an einer langen Schnur ein Vogelkäfig herab; ein grüner Zeisig mit gestutztem Schwanz sang und sprang unaufhörlich darin herum, so daß der Käfig immer hin und her schwankte und Hanfsamenkörner mit leichtem Geräusch auf den Boden niederfielen. An der Wand zwischen den beiden Fenstern hingen über einer Kommode mehrere Photographien von Kirsanow in verschiedenen Stellungen; ein herumziehender Künstler hatte sie angefertigt. Auch eine Photographie von Fenitschka selbst hing daneben; ein Gesicht ohne Augen, mit gezwungenem Lächeln, hob sich von einem schwarzen Grund ab; mehr konnte man nicht unterscheiden. Über dem letzten Porträt runzelte der General Jermolow[15] im Tscherkessenmantel die Augenbrauen, nach den Bergen am fernen Horizont hinüberblickend; ein kleiner an demselben Nagel aufgehängter Strang Seide beschattete seine Stirn.

Fast fünf Minuten lang ließ sich aus der benachbarten Kammer ein Geräusch von Tritten und Geflüster hören. Pawel nahm einstweilen ein abgenutztes Buch von der Kommode; es war ein einzelner Band von Massalskijs Roman ›Die Strelitzen‹. Er blätterte darin, da ging die Tür auf, und Fenitschka, Mitja auf dem Arm, trat ein. Das Kind trug ein rotes, am Kragen mit Borte besetztes Hemdchen; seine Mutter hatte ihn gewaschen und gekämmt; er atmete laut, strampelte mit Händen und Füßen wie gesunde Kinder zu tun pflegen; so klein er war, so wirkte doch die Eleganz seines Anzuges auf ihn, sein vollbackiges Gesichtchen drückte seine Befriedigung aus. Fenitschka hatte ihren eigenen Haarputz nicht vergessen und ein neues Krägelchen angelegt; sie hätte sich übrigens die Mühe sparen können. Gibt es denn in der Tat etwas Reizenderes in der Welt als eine junge, schöne Mutter mit ihrem Kind auf dem Arm?

»Welch ein Bursche!« sagte Pawel freundlich und streichelte Mitjas doppeltes Kinn mit der äußersten Nagelspitze seines Zeigefingers; das Kind betrachtete den Zeisig und fing an zu lachen.

»Das ist dein Onkel«, sagte Fenitschka, neigte den Kopf zum Knaben und schüttelte ihn leicht, während Dunjascha eilends ein Räucherkerzchen anzündete und auf eine Kupfermünze unter das Fenster stellte.

»Wie alt ist er?« fragte Pawel.

»Sechs Monate; seinen siebenten tritt er am elften dieses Monats an.«

»Ist es nicht sein achter, Fedosja Nikolajewna?« wagte Dunjascha einzuwenden.

»Nein, sein siebenter, ganz gewiß.«

Das Kind sah den Koffer an, lachte und packte plötzlich mit der ganzen Hand Nase und Lippen seiner Mutter.

»Kleiner Schelm!« sagte Fenitschka und ließ ihn gewähren.

»Er ähnelt meinem Bruder«, sagte Pawel.

›Wem als ihm sollte er denn sonst ähnlich sehen?‹ dachte Fenitschka.

»Ja«, fuhr Pawel fort, wie wenn er mit sich selbst gesprochen hätte, »die Ähnlichkeit ist zweifellos.«

Aufmerksam, fast traurig fing er an, Fenitschka zu betrachten.

»Das ist dein Onkel«, wiederholte sie, diesmal mit kaum hörbarer Stimme.

»Ei, sieh da, Pawel, dich suche ich«, rief plötzlich Kirsanow.

Pawel wandte sich rasch um; sein Gesicht zog sich in

Falten; allein in dem Antlitz seines Bruders sprach sich soviel Glück und Dankbarkeit aus, daß es ihm unmöglich war, nicht mit einem Lächeln darauf zu antworten.

»Dein Kind ist prächtig«, sagte er und sah auf seine Uhr. »Ich war hereingekommen, um eine Bestellung auf Tee zu machen . . .«

Pawel nahm wieder sein gewöhnliches, gleichgültiges Wesen an und verließ unverzüglich das Zimmer.

»Ist er von selbst gekommen?« fragte Kirsanow.

»Ja, er hat geklopft und kam dann herein.«

»Und Arkascha? Ist er seitdem nicht mehr bei dir gewesen?«

»Nein. — Wäre es nicht vielleicht besser, ich bezöge mein altes Logis wieder, Nikolai Petrowitsch?«

»Warum das?«

»Ich glaube, für einige Zeit wäre es gut.«

»Aber . . . nein«, gab Kirsanow stotternd zur Antwort. »Jedenfalls ist es jetzt zu spät . . . Guten Morgen, Dicker«, fuhr er mit plötzlicher Lebhaftigkeit fort und küßte das Kind auf die Wange, dann neigte er sich tiefer und drückte seine Lippen auf die Hand, mit der Fenitschka Mitja hielt und die sich milchweiß von dem roten Hemdchen des Kindes abhob.

»Was machen Sie, Nikolai Petrowitsch?« flüsterte die junge Frau und schlug die Augen nieder, hob sie jedoch langsam wieder . . . Der Ausdruck ihrer Augen war bezaubernd, wenn sie so von unten herauf mit naivem und zärtlichem Lächeln jemand ansah.

Kirsanow hatte die Bekanntschaft Fenitschkas folgendermaßen gemacht: Drei Jahre zuvor war er genötigt, eine Nacht im Wirtshaus eines kleinen Landstädtchens, ziemlich weit entfernt von seinem Gut, zuzubringen. Die Reinlichkeit des Zimmers und die blendende Weiße des Leinenzeugs überraschten ihn aufs angenehmste. ›Ist die Wirtin vielleicht eine Deutsche?‹ fragte er sich; allein er hatte sich getäuscht. Sie war eine Russin im Alter von etwa fünfzig Jahren, sorgfältig gekleidet, mit intelligentem, sanftem Gesicht und ernstem Wesen. Während er Tee trank, unterhielt er sich mit ihr, und sie gefiel ihm sehr. Damals hatte er sich eben in seinem neuen Hause eingerichtet, und da er keine Leibeigenen mehr in seinem Dienst haben wollte, so sah er sich nach freien Dienern um. Die Wirtin ihrerseits klagte über die Seltenheit der Reisenden, über die schlechten Zeiten; er schlug ihr vor, die Wirtschaftsführung in seinem Hause zu übernehmen; sie willigte ein. Ihr Mann war schon lange tot, nur eine Tochter war geblieben, Fenitschka. Zwei oder drei Wochen nach der Zurückkunft Kirsanows kam Arina Sawischna (so hieß die neue Haushälterin) mit ihrer Tochter in Marino an und richtete sich im Seitenbau des Hauses ein. Das Glück war Kirsanow günstig gewesen. Arina führte die Haushaltung vortrefflich. Niemand bekümmerte sich damals um Fenitschka, die schon volle siebzehn Jahre zählte; sie lebte ruhig wie ein Mäuschen in seinem Loch, nur am Sonntag konnte Kirsanow in einer Ecke der Dorfkirche das feine Profil eines zarten Mädchengesichts wahrnehmen. So verging mehr als ein Jahr.

Da trat eines Morgens Arina in Kirsanows Kabinett, und nachdem sie ihn, ihrer Gewohnheit gemäß, mit tiefer Verbeugung begrüßt hatte, fragte sie ihn, ob er kein Mittel wisse, um ihrer Tochter zu helfen, der ein Funken aus dem Ofen ins Auge gesprungen sei. Kirsanow machte, wie alle Gutsbesitzer auf dem Lande, den Hausdoktor und hatte sich sogar eine homöopathische Apotheke angeschafft. Er ließ Fenitschka sogleich zu sich holen. Als diese hörte, daß der Herr sie zu sich befohlen habe, war sie sehr erschrocken, doch folgte sie ihrer Mutter. Kirsanow führte sie an ein Fenster und faßte ihren Kopf mit beiden Händen. Nachdem er ihr rotes, entzündetes Auge genau untersucht hatte, verordnete er Umschläge mit

einem Wasser, das er selbst bereitete. Dann riß er ein
Stück von seinem Taschentuch ab und zeigte, wie es ge-
macht werden müsse. Als er damit fertig war, wollte sich
Fenitschka zurückziehen, Arina aber rief: »Küß doch dem
Herrn die Hand, du Dummköpfchen.« Kirsanow ließ dies
nicht zu, sondern küßte sie, selber ganz verwirrt, auf die
Stirn, während sie sich ihm entgegenbog. Fenitschkas
Auge war bald geheilt, allein der Eindruck, den sie auf
Kirsanow gemacht hatte, erlosch nicht so bald. Er glaubte
noch immer diese feinen weichen Haare zwischen den
Fingern zu halten, glaubte immer das weiße, reine, schüchtern erhobene Antlitz und die halbgeöffneten Lippen zu
sehen, zwischen denen die Zähne wie kleine Perlen in der
Sonne funkelten. Von da an betrachtete er sie sonntags in
der Kirche viel aufmerksamer und suchte Gelegenheit,
mit ihr zu sprechen. Anfänglich beantwortete sie dies
freundliche Entgegenkommen mit spröder Scheu, und als
sie ihm einmal gegen Abend auf einem engen Fußweg,
der durch ein Roggenfeld lief, begegnete, warf sie sich,
um ihm zu entgehen, mitten in das wogende, mit Zyanen
und Wermut untermischte Kornfeld. Er gewahrte ihren
Kopf durch das Goldnetz der Ähren, hinter welchem sie
ihn wie ein wildes Tierchen belauschte, und rief ihr
freundlich zu:
»Guten Abend, Fenitschka, ich beiße nicht.«
»Guten Abend«, murmelte sie, ohne ihren Zufluchtsort zu
verlassen.
Allmählich aber gewöhnte sie sich an ihn. Da starb plötzlich ihre Mutter an der Cholera. Was sollte nun aus ihr
werden? Sie hatte schon den Ordnungssinn und den Verstand, der ihre Mutter auszeichnete; aber sie war so allein,
und Kirsanow schien so gütig, so rücksichtsvoll ... Wir
brauchen das Weitere nicht zu erzählen.
»Also ist mein Bruder nur so mir nichts, dir nichts zu dir
gekommen? Er hat angeklopft und ist hereingetreten?«

»Ja.«

»Nun, das gefällt mir. Laß mich Mitja ein wenig schaukeln.«

Und Kirsanow schwang seinen Sohn bis an die Decke empor, zur großen Freude des Kleinen und zur großen Unruhe seiner Mutter, die, sooft sie ihn so hoch oben sah, ihre Arme nach seinen nackten Füßchen ausstreckte.

Pawel hatte sich wieder in sein elegantes Kabinett zurückgezogen, einen schön tapezierten Raum mit einer Waffentrophäe über einem persischen Teppich, dunkelgrün gepolsterten Nußbaummöbeln, einem in Eichenholz geschnitzten Bücherschrank im Renaissancestil, Bronzestatuetten auf einem prächtigen Schreibtisch und einem Marmorkamin. Dort warf er sich auf seinen Diwan, legte die Hände unter den Kopf und blieb so, unbeweglich, fast mit einer Miene der Verzweiflung zur Decke aufblickend. Plötzlich, sei's um den Ausdruck seines Gesichts in der Dunkelheit zu bergen, sei's aus welchem anderen Grunde sonst, erhob er sich wieder, ließ die schweren Vorhänge an den Fenstern herab und warf sich aufs neue auf den Diwan.

NEUNTES KAPITEL

An demselben Tage machte auch Basarow die Bekanntschaft Fenitschkas. Er ging mit Arkadij im Garten spazieren und erklärte ihm, warum gewisse Bäume und besonders gewisse junge Eichen nicht fortkommen wollten.

»Ihr solltet hier mehr Pappeln und Tannen pflanzen, auch meinetwegen Linden, vorausgesetzt, daß ihr mehr Erde anfahren laßt. Das Boskett da kommt gut fort, denn Akazien und Flieder sind gutmütige Teufel, die verlangen keine Pflege. Halt! Da ist jemand im Boskett.«

Es war Fenitschka, die sich dort mit Dunjascha und Mitja befand. Basarow blieb stehen, und Arkadij nickte Fenitschka wie einer alten Bekannten zu.

»Wer ist das?« fragte Basarow, nachdem sie sich ein wenig entfernt hatten. »Die ist hübsch!«

»Von wem sprichst du?«

»Sonderbare Frage, da ist doch nur eine hübsch!« Arkadij setzte ihm nun mit wenigen Worten und nicht ohne Verlegenheit Fenitschkas Stellung im Hause auseinander.

»Ei«, erwiderte Basarow, »es scheint, dein Vater liebt die guten Bissen. Er gefällt mir, dein Vater. Wahrhaftig ein munterer Bursche. Aber«, setzte er hinzu, »wir müssen Bekanntschaft machen«, und damit wandte er sich wieder dem Boskett zu.

»Jewgenij«, rief ihm Arkadij erschrocken nach, »sei klug, ich bitte dich!«

»Beruhige dich«, antwortete Basarow, »ich habe die Hörner abgestoßen, ich kenne die Welt.« Damit näherte er sich Fenitschka und zog die Mütze.

»Erlauben Sie, daß ich mich Ihnen selbst vorstelle«, sagte
er höflich grüßend. »Ich bin ein Freund Arkadij Nikola-
jitschs und ein friedlicher Mensch.«
Fenitschka stand auf und betrachtete ihn, ohne ihm zu
antworten.
»Was für ein schönes Kind!« fuhr Basarow fort. »Seien
Sie unbesorgt, ich habe noch niemandem Unglück gebracht[16]. Warum hat das Kind so rote Wangen? Zahnt
es?«
»Ja«, sagte Fenitschka; »er hat schon vier Zähne, und sein
Zahnfleisch ist wieder geschwollen.«
»Lassen Sie mich's sehen, und haben Sie keine Angst, ich
bin Mediziner.«
Basarow nahm den Knaben auf den Arm, was dieser zum
großen Erstaunen Fenitschkas und Dunjaschas ohne Wi-
derstand und Erschrecken geschehen ließ.
»Ich sehe schon — es ist alles in Ordnung; er bekommt
famose Kinnbacken. Stößt dem Kinde etwas zu, so lassen
Sie mich rufen. Und Sie selbst befinden sich wohl?«
»Ja, Gott sei Dank!«
»Da darf man immerhin Gott danken; die Gesundheit ist
das höchste Gut. Und Sie?« sagte Basarow, indem er sich
an Dunjascha wandte.
Dunjascha, im Hause ein sehr zurückhaltendes Mädchen,
draußen sehr ausgelassen, brach statt aller Antwort in ein
schallendes Gelächter aus.
»So ist's recht. Da, nehmen Sie Ihren dicken Buben
wieder.«
Fenitschka nahm ihm das Kind wieder ab.
»Wie ruhig war er auf Ihrem Arm!« sagte sie leise.
»Alle Kinder sind's, wenn ich sie nehme«, antwortete Basarow; »ich habe ein Geheimnis dafür.«
»Kinder fühlen sofort, wer sie gern hat«, meinte Dunjascha. »Jawohl«, bestätigte Fenitschka. »Mitja geht nicht
zu jedermann.«

»Ginge er auch gern zu mir?« fragte Arkadij, der einige Schritte davon stand, und trat in die Laube.

Als er Mitja jedoch auf den Arm nehmen wollte, warf dieser den Kopf zurück und fing zur größten Verlegenheit Fenitschkas zu schreien an.

»Er ist noch nicht an mich gewöhnt, später wird er auch zu mir gehen«, sagte Arkadij gutmütig, und die beiden Freunde gingen weiter.

»Wie, sagst du, heißt sie?« fragte Basarow.

»Fenitschka — Fedosja«, erwiderte Arkadij.

»Und mit ihrem Vatersnamen? Es ist immer gut, auch den zu wissen.«

»Nikolajewna.«

»Bene. Was mir an ihr gefällt, ist, daß sie nicht allzu verlegen ist. Das mißfällt vielleicht dem einen oder dem andern. Abgeschmackt. Warum sollte sie verlegen sein? Sie ist Mutter, also hat sie recht.«

»Gewiß«, erwiderte Arkadij, »allein mein Vater?«

»Auch er ist in seinem Rechte.«

»Da bin ich doch nicht ganz deiner Meinung.«

»Dir liegt, scheint's, nicht daran, die Erbschaft zu teilen?«

»Schämst du dich nicht, mir einen solchen Gedanken zuzutrauen?« rief Arkadij entrüstet. »Wahrhaftig nicht von *dem* Gesichtspunkt aus tadle ich meinen Vater. Ich meine, er hätte sie heiraten müssen.«

»Ei, ei«, erwiderte Basarow ruhig, »welche Seelengröße! Du legst der Heirat noch eine Bedeutung bei, das hätte ich nicht von dir geglaubt.«

Das Gespräch stockte, und die Freunde gingen einige Schritte weiter.

»Ich habe jetzt eure Güter sorgfältig in Augenschein genommen«, fuhr Basarow fort. »Das Zugvieh ist in schlechtem Stand, und die Pferde sind nicht besser. Ebenso steht es auch um die Baulichkeiten, und die Tagelöhner scheinen mir reine Faulenzer zu sein. Euer Verwalter ist entweder ein Dummkopf oder ein Spitzbube. Ich bin mir über ihn noch nicht ganz im klaren.«

»Du bist heute sehr streng, Jewgenij.«

»Und eure braven Bauern werden deinen Vater hübsch anführen; ich sehe das kommen. Du kennst das Sprüchlein: ›Der russische Bauer ist dumm, aber er verschlingt den lieben Gott auf einmal.‹«

»Ich fange an zu glauben, daß mein Onkel recht hat; du hast entschieden eine schlechte Meinung von den Russen.«

»Und warum nicht? Das einzige Verdienst des Russen besteht eben darin, daß er eine abscheuliche Meinung von sich selbst hat; übrigens liegt auch nichts daran. Woran was liegt, ist, zu wissen, daß zweimal zwei vier ist; alles übrige will absolut nichts sagen.«

»Wie? Auch die Natur selbst will absolut nichts sagen?« erwiderte Arkadij und warf einen Blick auf die buntfarbigen Felder, über die das Licht der untergehenden Sonne einen sanften Schein ergoß.

»Auch die Natur will in dem Sinne, den du ihr augenblicklich beilegst, absolut nichts sagen. Die Natur ist kein Tempel, sondern eine Werkstätte, und der Mensch ist ein Arbeiter darin.«

Plötzlich trafen die getragenen Tonschwingungen eines Violoncells das Ohr der Spaziergänger. Die Töne kamen aus dem Hause. Der Musiker spielte mit Gefühl, aber mit ungeübter Hand Schuberts ›Erwartung‹, und diese süße Melodie durchdrang die Luft wie Honiggeruch.

»Was hör ich?« rief Basarow erstaunt.

»Das ist mein Vater.«

»Dein Vater spielt Violoncell?«

»Ja.«

»Wie alt ist er denn?«

»Vierundvierzig Jahre.«

Basarow brach in ein schallendes Gelächter aus.

»Worüber lachst du?«

»Wie? Ein Mann von vierundvierzig Jahren, ein pater familias, spielt im Gouvernement X. Violoncell?«

Basarow lachte noch stärker; allein Arkadij, so groß auch sein Respekt vor seinem Lehrmeister war, fühlte nicht die mindeste Lust, ihm diesmal nachzuahmen.

ZEHNTES KAPITEL

So vergingen beinahe zwei Wochen. Das Leben der Bewohner von Marino verlief sehr einförmig. Arkadij machte den Sybariten, und Basarow arbeitete. Man hatte sich an seine Verachtung der Formen, an seine kurze, barsche Redeweise gewöhnt. Fenitschka zumal war mit ihm so vertraut geworden, daß sie ihn einmal in der Nacht wekken ließ, als Mitja einen Anfall von Krämpfen bekam. Basarow kam, blieb fast zwei Stunden, bald lachend, bald gähnend, und half dem Kinde. Wer aber Basarow vom Grund seiner Seele verabscheute, das war Pawel: in seinen Augen war er ein anmaßender, unverschämter, zynischer Mensch, ein wahrer Plebejer, der ihm, ihm, Pawel Kirsanow, wenig Achtung erwies und sich vielleicht gar erfrechte, ihn zu verachten. Sein Bruder Nikolai fürchtete zwar den jungen Nihilisten ein wenig und bezweifelte sehr, daß er auf Arkadij günstig einwirke; allein er hörte ihm doch mit Vergnügen zu und wohnte gern seinen physikalischen und chemischen Versuchen bei. Basarow hatte ein Mikroskop mitgebracht und beschäftigte sich stundenlang mit dem Instrument. Auch die Domestiken hatten sich an Basarow gewöhnt, obwohl er sie von oben herab behandelte; sie sahen in ihm mehr einen ihresgleichen als einen Herrn. Dunjascha kicherte gern mit ihm und warf ihm heimlich bedeutungsvolle Blicke zu, wenn sie trippelnd wie ein Wachtelchen an ihm vorüberkam. Pjotr, ein beschränkter, von Eigenliebe ganz erfüllter Mensch mit immer sorgenvoller Stirn, dessen Verdienst darin bestand, daß er immer einen höflichen Gesichts-

ausdruck zeigte, buchstabieren konnte und seinen Rock
fleißig bürstete, entrunzelte sein Gesicht und lächelte sogar, wenn ihm Basarow die geringste Aufmerksamkeit
schenkte. Die jungen Domestiken endlich folgten dem
Doktor wie junge Hunde. Der alte Prokofitsch war der
einzige, der ihn nicht liebte; er bediente ihn bei Tisch mit
sichtlichem Widerwillen, nannte ihn Abdecker, Lump und
sagte, daß er mit seinem langen Backenbart einem Schwein
im Busch gleiche. Prokofitsch war in seiner Art nicht
weniger Aristokrat als Pawel Petrowitsch selbst.

Es war im Anfang des Monats Juni, des schönsten im
Jahr. Das Wetter war herrlich; die Cholera war zwar im
Anzug, aber die Bewohner des Gouvernements X. fürch-
teten sie nicht besonders. Basarow stand morgens sehr
früh auf und streifte zwei oder drei Werst vom Hause
umher, nicht um spazieren zu gehen (er konnte das Spazierengehen nicht leiden), sondern um Pflanzen und Insekten zu sammeln. Manchmal begleitete ihn Arkadij. Hie
und da kamen die beiden Freunde auf dem Heimweg ins
Streiten, und gewöhnlich war Arkadij der Besiegte, obgleich er viel mehr sprach als sein Gefährte. Eines Tages,
als sie lange ausblieben, ging ihnen Kirsanow im Garten
entgegen; bei dem Boskett angekommen, hörte er rasche
Schritte und Stimmen der jungen Leute. Sie traten von der
andern Seite in das Boskett und konnten ihn nicht sehen.

»Du kennst meinen Vater nicht«, sagte Arkadij. Kirsanow
rührte sich nicht.

»Dein Vater ist ein guter Kerl«, antwortete Basarow,
»allein er ist reif für die Rumpelkammer, er hat ab-
gedankt, sein Lied ist zu Ende.«

Kirsanow lauschte . . . Arkadij schwieg.

Der ›abgedankte‹ Mann blieb noch einige Augenblicke in
seinem Versteck; dann schlich er vorsichtig weg und ins
Haus zurück.

»Dieser Tage beobachtete ich, was er wohl treibt; er las

Puschkin«, fuhr Basarow fort. »Mach ihm begreiflich, ich bitte dich, daß das abgeschmackt ist. Er ist kein Jüngling mehr und sollte all den Plunder ins Feuer werfen. Wer interessiert sich in unsern Tagen noch für Romantik und Poesie? Gib ihm irgendein gutes Buch zu lesen.«

»Was könnte man ihm denn geben?« fragte Arkadij.

»Man könnte zum Beispiel mit ›Kraft und Stoff‹ von Büchner[17] beginnen.«

»Daran dachte ich auch schon«, erwiderte Arkadij; »das Buch ist leichtverständlich.« —

»So wären wir denn gerichtet«, sagte Kirsanow an diesem Abend zu seinem Bruder; »wir sind reif für die Rumpelkammer, unser Lied ist zu Ende. Basarow hat vielleicht nicht so unrecht. Was mir bei alledem nur leid tut, ist, daß ich eben jetzt hoffte, mich eng und freundschaftlich an Arkadij anzuschließen, und jetzt seh ich, daß ich zurückgeblieben bin, er hat mich überholt, und wir können uns nicht mehr verstehen.«

»Inwiefern hat er dich überholt, und was unterscheidet ihn denn so sehr von uns andern?« rief Pawel ungeduldig.

»Das ist dieser Herr, dieser Nihilist, der ihm alles das in den Kopf gesetzt hat. Dieser Knochenflicker ist mir unerträglich; es ist ein wahrer Scharlatan; ich bin überzeugt, er versteht trotz seiner Frösche selbst von der Physik nicht viel.«

»Nein, lieber Bruder, da irrst du dich doch wohl«, antwortete Kirsanow, »intelligent und unterrichtet ist er.«

»Und dieses Selbstgefühl! Es ist wahrhaft empörend!« fuhr Pawel fort.

»An Selbstgefühl fehlt's ihm nicht, das gebe ich zu«, erwiderte der Bruder; »es ist, scheint's, unvermeidlich. Aber eins ist mir zu stark. Ich tue mein möglichstes, um mit dem Jahrhundert Schritt zu halten; ich habe meinen Bauern eine menschliche Existenz verschafft und eine Pachtung auf meinen Gütern eingerichtet, womit ich mir im

ganzen Gouvernement den Namen eines ›Roten‹ erworben
habe; ich lese, ich studiere und bemühe mich, auf der
Höhe dessen zu bleiben, was dem Lande not tut, und
trotzdem soll nun mein Lied zu Ende sein. Aber unmöglich ist's dennoch nicht, daß sie recht haben!«

»Wieso?«

»Höre! Heute sitze ich da und lese im Puschkin; eben fing
ich ›Die Zigeuner‹ an, da nähert sich mir Arkadij leise
mit einer Art zärtlicher Teilnahme, nimmt mir wie einem
Kinde sanft das Buch aus der Hand und steckt mir ein
andres, ein deutsches Buch zu; dann lächelte er und ging,
mit Puschkin in der Hand, fort.«

»Wahrhaftig? Und was für ein Buch hat er dir gegeben?«

»Da ist es.«

Kirsanow zog aus der Hintertasche seines Rockes die
neunte Auflage von Büchners vielbesprochenem Buch.

Pawel blätterte darin.

»Arkadij beschäftigt sich also mit deiner Erziehung«,
sagte er; »hast du's versucht, das Ding da zu lesen?«

»Ja.«

»Nun, und . . .?«

»Entweder bin ich ein Dummkopf, oder der Verfasser ist
nicht recht bei Trost. Aber gewiß bin ich ein Dummkopf.«

»Hast du denn dein Deutsch nicht vergessen?« fragte
Pawel.

»Nein.«

Pawel drehte das Buch in den Händen herum und sah
seinen Bruder verstohlen an. Beide schwiegen.

»Apropos«, sagte Kirsanow, der das Gespräch auf etwas
anderes lenken wollte, »ich habe einen Brief von Kojasin
erhalten.«

»Von Matwej Iljitsch?«

»Ja. Er ist in X. angekommen, um das Gouvernement zu
inspizieren. Das ist jetzt ein Mann von Bedeutung; er

schreibt mir, daß er als unser Verwandter sehr wünsche, uns bei sich zu sehen, und lädt mich ein, mit dir und Arkadij in die Stadt zu kommen.«

»Wirst du hingehen?« fragte Pawel.

»Nein, und du?«

»Ich auch nicht. Ich halte es keineswegs für notwendig, um seiner schönen Augen willen einen Weg von fünfzig Werst zu machen. Matwej will sich uns in seinem ganzen Glanze zeigen. Hol ihn der Teufel! Er könnte mit dem Beamtenweihrauch zufrieden sein. Da wäre er also Geheimrat; die große Herrlichkeit! Wenn ich im Dienst geblieben wäre, wenn ich das Halsband des Elends weitergetragen hätte, so wäre ich jetzt Generalleutnant; übrigens sind wir ja in der Rumpelkammer.«

»Ja, lieber Bruder. Es ist, wie es scheint, Zeit, daß wir unsere Särge bestellen und die Arme auf der Brust kreuzen«, sagte Kirsanow mit einem Seufzer.

»Was mich anbelangt«, erwiderte Pawel, »so werde ich mich nicht so leicht ergeben; ich werde diesem feinen Doktor noch eine Schlacht liefern. Du kannst darauf zählen.«

Die Schlacht fand noch an demselben Abend beim Tee statt. Pawel war schon ganz aufgeregt und schlagfertig in den Salon gekommen. Er wartete nur auf einen Anlaß, um sich auf seinen Feind zu werfen; allein, er mußte lange warten. Basarow sprach gewöhnlich nicht viel in Gegenwart der ›beiden Alten‹, wie er das Brüderpaar nannte; auch war er diesen Abend schlecht aufgelegt und schlürfte eine Tasse nach der andern in vollkommenem Stillschweigen. Pawel verging vor Ungeduld; endlich fand sich doch der erwünschte Anlaß. Das Gespräch hatte sich einem Gutsbesitzer der Umgegend zugewendet.

»Das ist ein Dummkopf, ein schlechter Aristokrat«, sagte Basarow ruhig, der ihn von Petersburg her kannte.

»Erlauben Sie mir die Frage«, wandte sich Pawel mit zitternden Lippen an ihn, »ob nach Ihrer Ansicht die Worte Dummkopf und Aristokrat gleichbedeutend sind?«

»Ich habe ›schlechter Aristokrat‹ gesagt«, antwortete Basarow, nachlässig seinen Tee schlürfend.

»Das ist wahr, allein ich vermute, daß bei Ihnen die Aristokraten und die schlechten Aristokraten gleichbedeutend sind. Ich glaube, Ihnen bemerken zu müssen, daß ich nicht dieser Ansicht bin. Ich glaube, sagen zu dürfen, daß ich allgemein als ein liberaler Mann, der den Fortschritt liebt, anerkannt bin; aber eben darum achte ich die Aristokraten, die echten Aristokraten. Denken Sie, mein lieber Herr«, (Basarow erhob die Augen zu Pawel) »denken Sie, mein lieber Herr«, wiederholte er mit verstärkter Stimme, »nur an die englischen Aristokraten. Sie lassen kein Jota von ihren Rechten ab und achten nichtsdestoweniger die der anderen; sie fordern, was man ihnen schuldig ist, und lassen es nie an dem fehlen, was sie selbst anderen schulden. Die Aristokratie war's, die England die Freiheit gab, und sie ist deren festeste Stütze.«

»Das ist ein altes, schon oft gehörtes Lied«, antwortete Basarow; »allein, was wollen Sie damit beweisen?«

»Ich will Ihnen damit beweisen, mein lieber Herr, daß ohne das Bewußtsein der eigenen Würde, ohne Selbstachtung — Gefühle, die im Wesen der Aristokratie liegen — jede solide Grundlage für das ... bien public ..., für das Staatsgebäude fehlen würde. Das Individuum, die Persönlichkeit, mein teurer Herr, das ist die Hauptsache. Die menschliche Persönlichkeit muß feststehen wie ein Fels, denn darauf beruht alles. Ich weiß sehr wohl, daß Sie meine Manieren, meine Kleidung, alles, auch mein Reinlichkeitsbedürfnis, lächerlich finden; das alles aber fließt aus der Selbstachtung, aus dem Pflichtgefühl, ja ja, mein Herr, aus dem Pflichtgefühl. Ich wohne hier hinten in der Provinz, aber ich vernachlässige mich darum nicht, ich achte den Menschen in meiner Person.«

»Erlauben Sie, Pawel Petrowitsch«, antwortete ihm Basarow; »Sie sagen, daß Sie sich selbst achten, und doch sitzen Sie mit übereinandergeschlagenen Armen da. Welchen Nutzen soll das dem ›bien public‹ bringen? Auch wenn Sie sich nicht selbst achteten, würden Sie's nicht anders machen.«

Pawel Petrowitsch erblaßte.

»Das ist eine ganz andere Frage«, erwiderte er; »ich fühle mich keineswegs aufgelegt, Ihnen jetzt auseinanderzusetzen, warum ich mit übereinandergeschlagenen Armen dasitze, wie Sie zu sagen belieben. Ich wollte mich darauf beschränken, Ihnen ins Gedächtnis zu rufen, daß die Aristokratie auf einem Prinzip beruht und daß nur unmoralische oder Menschen ohne allen Wert in unseren Tagen ohne Prinzipien leben können. Ich sagte dies Arkadij schon am Tage nach seiner Ankunft, und Ihnen kann ich es heute nur wiederholen. Hab ich nicht recht, Nikolai Petrowitsch?«

Kirsanow machte mit dem Kopfe ein Zeichen der Zustimmung.

»Aristokratie, Liberalismus, Prinzipien, Fortschritt«, wiederholte Basarow. »Wie viele unserer Sprache fremde Wörter, und ganz unnötige! Ein echter Russe nähme sie nicht umsonst.«

»Was braucht er denn, Ihrer Ansicht nach? Hört man Sie, so stehen wir außerhalb der Humanität, außerhalb ihrer Grenze. Das ist etwas stark. Die Logik der Geschichte fordert . . .«

»Was brauchen wir diese Logik? Wir können sie ganz gut entbehren.«

»Wie?«

»Ei nun, ich denke, Sie brauchen auch keine Logik, um einen Bissen Brot zum Munde zu führen, wenn Sie Hunger haben. Was sollen alle diese Abstraktionen?«

Pawel erhob die Hände.

»Wir verstehen das alles nicht mehr«, sagte er. »Sie beschimpfen das russische Volk. Ich begreife nicht, wie es möglich ist, keine Prinzipien, keine Regeln anzuerkennen. Sagen Sie, wodurch lassen denn Sie sich im Leben leiten?«

»Ich habe Ihnen schon gesagt, lieber Onkel«, fiel Arkadij ein, »daß wir keine Autorität anerkennen.«

»Unser Handeln bestimmt nur die Rücksicht auf das Nützliche, das heißt auf das, was wir für nützlich erkennen«, fügte Basarow hinzu; »heutzutage scheint es uns nützlich, zu verneinen, und wir verneinen.«

»Alles?«

»Durchaus alles.«

»Wie? Nicht nur die Kunst, die Poesie, sondern auch — ich nehme Anstand, es zu sagen ...«

»Alles«, wiederholte Basarow mit unbeschreiblicher Ruhe. Pawel sah ihm fest ins Auge; diese Antwort hatte er nicht erwartet. Arkadij wurde rot vor Freude.

»Erlaubt, erlaubt«, sagte Kirsanow, »ihr verneint alles, oder, um mich genauer auszudrücken, ihr reißt alles ein; aber man muß auch wieder aufbauen.«

»Das geht uns nichts an ... vor allen Dingen muß der Platz abgeräumt werden.«

»Die gegenwärtige Lage des Volkes erfordert dies«, fügte Arkadij ernsthaft hinzu, »wir müssen diese Pflicht erfüllen. Wir haben nicht das Recht, uns den Befriedigungen des persönlichen Egoismus hinzugeben.«

Diese letzte Phrase mißfiel Basarow; sie schmeckte nach Philosophie, das heißt nach Romantik, denn er bezeichnete mit diesem Wort auch die Philosophie; allein er hielt es nicht für angebracht, seinem jungen Zögling zu widersprechen.

»Nein, nein«, rief Pawel in plötzlicher Erregung, »ich mag nicht glauben, daß ihr Herren die rechte Meinung vom russischen Volk habt, daß ihr seine Forderungen, seine geheimen Wünsche versteht. Nein! Das russische Volk ist anders, als ihr es darstellt. Es hat eine heilige Scheu vor der Tradition, es ist patriarchalisch gesinnt, es kann nicht leben ohne Glauben . . .«

»Ich versuche nicht, Ihnen zu widersprechen«, erwiderte Basarow, »ich will sogar anerkennen, daß Sie diesmal recht haben.«

»Aber wenn ich recht habe . . .«

»So ist damit durchaus nichts bewiesen.«

»Durchaus nichts«, wiederholte Arkadij mit der Sicherheit eines erfahrenen Schachspielers, der einen gefährlichen Zug seines Gegners voraussieht und keineswegs durch diesen außer Fassung zu geraten scheint.

»Warum soll das nichts beweisen?« fragte Pawel mit Erstaunen. »Also trennt ihr euch von eurem Volk?«

»Und wenn dem so wäre? Das Volk glaubt, wenn es donnert, der Prophet Elias fahre im Himmel spazieren. Muß ich darum diese Meinung teilen? Sie glauben, mich aus der Fassung zu bringen, wenn Sie mir sagen, das Volk sei russisch? Bin ich's denn nicht auch?«

»Nein, nach allem, was Sie soeben sagten, sind Sie kein Russe. Ich kann Sie als solchen nicht anerkennen.«

»Mein Großvater führte den Pflug«, antwortete Basarow mit hochfahrendem Stolz, »fragen Sie den nächsten besten Ihrer Bauern, wen er lieber als Landsmann anerkennt, Sie oder mich! Sie verstehen ja nicht einmal, mit ihm zu reden.«

»Und Sie, der Sie mit ihm zu reden wissen, Sie verachten ihn.«

»Warum nicht, wenn er's verdient? Sie tadeln die Richtung meiner Gedanken, aber wer sagt Ihnen, daß sie eine zufällige, daß sie nicht vielmehr durch den Gesamtgeist dieses Volkes bestimmt ist, welches Sie so gut verteidigen?«

»Gehn Sie doch! Die Nihilisten sind wohl gar notwendig?«

»Seien sie es oder nicht; uns kommt es nicht zu, darüber zu entscheiden. Setzen Sie nicht auch voraus, daß Sie zu irgend etwas gut sind?«

»Meine Herren, meine Herren, bitte werden Sie nicht persönlich!« rief Kirsanow und stand auf.

Pawel lächelte, legte seinem Bruder die Hand auf die Schulter und drückte ihn leicht auf den Stuhl zurück.

»Sei ruhig«, sagte er zu ihm, »ich werde mich nicht vergessen, und zwar gerade auf Grund jenes Gefühls von Würde, das dieser Herr so laut verhöhnt. Herr Doktor, erlauben Sie«, fuhr er, aufs neue gegen Basarow gewendet, fort, »Sie glauben vielleicht, daß Ihr Standpunkt neu ist. Der Materialismus, den Sie predigen, stand schon mehr als einmal in Ehren und hat sich stets als ungenügend erwiesen . . .«

»Schon wieder ein fremdes Wort«, erwiderte Basarow. Er fing an, ärgerlich zu werden, und sein Gesicht hatte eine unangenehme Kupferfarbe angenommen. »Vor allen Dingen sage ich Ihnen, wir predigen nicht; das liegt nicht in unserer Art.«

»Was tut ihr denn?«

»Das will ich Ihnen sagen. Wir haben damit angefangen, die Aufmerksamkeit auf diese Leuteschinder von Beamten, auf den Mangel an Straßen, auf die geringe Entwicklung von Handel und Wandel, auf die Art und Weise zu lenken, wie bei uns Justiz geübt wird.«

»Ja ja, ihr müßt alles aufdecken, ihr seid Divulgatoren[18]; das ist, wenn ich nicht irre, der Name, den man euch gibt. Ich bin mit eurer Kritik zum größten Teil einverstanden, aber . . .«

»Ferner haben wir bald eingesehen, daß es nicht hinreicht, über unsere fressenden Wunden zu schwatzen, was schließlich doch nur auf platten Doktrinarismus hinausliefe, wir haben uns überzeugt, daß unsere vorgeschrittenen Männer, unsere ›Divulgatoren‹, durchaus nichts leisteten, daß man sich damals mit Dummheiten beschäftigte, wie zum Beispiel mit der ›Kunst um der Kunst willen‹, mit der ›ihrer selbst unbewußten schöpferischen Kraft‹, dem Parlamentarismus, der Notwendigkeit der Advokaten und mit tausend andern solchen Alfanzereien, während wir an unser tägliches Brot denken sollten, während uns der krasseste Aberglaube erstickt, während alle unsere Aktiengesellschaften aus Mangel an ehrlichen Leuten Bankrott machen, während sogar die Aufhebung der Leibeigenschaft, womit sich die Regierung so viel zu schaffen macht, am Ende nicht einmal Gutes stiftet, weil unser Bauer imstande ist, sich selbst zu bestehlen, um in die Kneipen zu laufen und vergiftete Getränke zu saufen.«

»Gut«, erwiderte Pawel, »ganz gut. Ihr habt das alles herausgefunden und seid dennoch nicht entschlossen, etwas Ernsthaftes zu unternehmen.«

»Doch, wir sind dazu entschlossen«, erwiderte Basarow rauh, brach aber plötzlich ab und machte sich Vorwürfe, vor diesem Edelmann so weit mit der Sprache herausgegangen zu sein.

»Und ihr beschränkt euch darauf, zu schimpfen?«

»Wir schmähen, wo es nötig ist.«

»Und das heißt man also Nihilismus?«

»Jawohl, das heißt man Nihilismus!« wiederholte Basarow, diesmal jedoch in besonders herausforderndem Ton.

Pawel schloß ein wenig die Augen.

»Recht so!« sagte er mit sichtlich erzwungener Ruhe. »Der Nihilismus soll also alles heilen, und ihr seid unsere Erretter, unsere Helden. Vortrefflich! Aber warum schmäht ihr denn so die andern, die ihr Schwätzer nennt? Schwatzt ihr denn nicht wie sie?«

»Pah! Wenn wir uns einen Vorwurf zu machen haben, so ist es gewiß nicht der«, murmelte Basarow zwischen den Zähnen.

»Wie? Bildet ihr euch wirklich ein, zu handeln oder auch nur die Aktion vorzubereiten?«

Basarow schwieg; Pawel erbebte, fand aber rasch die Fassung wieder.

»Hm! . . . Handeln, umstürzen«, fuhr er fort; »aber wie kann man umstürzen, ohne auch nur zu wissen, warum man umstürzt?«

»Wir stürzen um, weil wir eine Kraft sind«, sagte Arkadij pathetisch.

Pawel sah seinen Neffen an und lächelte.

»Jawohl, die Kraft hat keine Rechenschaft zu geben«, setzte Arkadij hinzu und richtete sich hoch auf.

»Unglücklicher!« rief Pawel, außerstande, länger an sich zu halten. »Wenn du dir nur wenigstens darüber Rechenschaft geben wolltest, was du in Rußland mit deiner lächerlichen Phrase behauptest! Das ist doch wahrlich zu stark; es gehört die Geduld eines Engels dazu, all das zu ertragen! Die Kraft! Daran fehlt es auch dem wilden Kalmücken und dem Mongolen nicht; aber wozu kann sie uns dienen? Was uns teuer sein muß, das ist die Zivilisation; ja ja, meine lieben Herren, die Früchte der Zivilisation. Und sagt mir nicht, daß diese Früchte wertlos seien; der schlechteste Schmierer von einem Schildermaler, un barbouilleur, der elendeste Fiedler, der um fünf Kopeken den ganzen Abend Polkas und Walzer spielt, sind nützlicher als ihr; sie sind doch Repräsentanten der Zivilisation und nicht der plumpen Kraft der Mongolen! Ihr haltet euch für vorgeschrittene Leute, und euer eigentlicher Platz wäre in einer kalmückischen Kibitke. Die Kraft! Bedenkt doch, ihr Herren von der Kraft, daß ihr im ganzen ein Dutzend seid und daß die andern nach Myriaden, nach Millionen zählen und daß diese euch nicht erlauben werden, ihren heiligsten Glauben mit Füßen zu treten; sie werden euch zermalmen!«

»Wenn sie uns zermalmen, so müssen wir's uns gefallen

lassen«, erwiderte Basarow, »allein, Sie rechnen falsch. Wir sind viel zahlreicher, als Sie glauben.«

»Wie? Ihr glaubt im Ernst, das ganze Volk zur Vernunft bringen zu können?«

»Sie sollten wissen, daß ein Kreuzerlicht genügte, um die ganze Stadt Moskau in Brand zu stecken[19]«, erwiderte Basarow.

»Da haben wir's. Zuerst ein fast fanatischer Hochmut und dann eine geschmacklose Ironie. Damit reißt man die Jugend fort, damit verführt man die unerfahrenen Herzen solcher Jungen. Da ist so einer, der fast in Verzückung vor Ihnen steht!« (Arkadij wandte sich finster zur Seite.) »Und diese Ansteckung hat sich schon weit verbreitet. Man versichert mich, daß unsre Maler in Rom keinen Fuß mehr in den Vatikan setzen; sie heißen Raffael einen Stümper, bloß weil er, wie sie sagen, als Autorität gilt, und doch sind die, die ihn so nennen, das Unvermögen selbst; ihre Phantasie geht nicht über das bekannte ›Junge Mädchen am Brunnen‹ hinaus, sie mögen tun, was sie wollen, sie kommen nicht darüber, und selbst *diese* Malerei ist abscheulich. Und solche Burschen stehen bei euch in hoher Achtung, nicht wahr?«

»Ich meinesteils«, erwiderte Basarow, »gebe nicht einen Groschen für Raffael, und ich denke, die andern sind nicht mehr wert als er.«

»Bravo, bravo, hörst du's, Arkadij! So müssen sich die jungen Leute jetzt ausdrücken. Oh, ich verstehe vollkommen, warum sie sich an euch drängen. Sonst fühlten sie die Notwendigkeit, sich zu unterrichten; da es ihnen darum zu tun war, nicht für Ignoranten zu gelten, waren sie gezwungen zu arbeiten. Jetzt können sie einfach sagen: ›'s ist ja doch alles einfältiger Plunder auf dieser Welt!‹, und das Kunststück ist gelungen. Sie haben allen Grund, sich zu freuen. Vormals waren sie bloß Laffen, und nun sind sie im Sturm in Nihilisten verwandelt.«

»Mir scheint, daß Sie das Gefühl persönlicher Würde, wovon Sie soviel Aufhebens machen, vergessen«, erwiderte phlegmatisch Basarow, während Entrüstung die Stirn seines Freundes rötete und seine Augen belebte. »Unsere Erörterung hat uns viel zu weit geführt, und ich glaube, wir tun gut daran, hier abzubrechen. Ich wäre einverstanden mit Ihnen«, fügte er im Aufstehen hinzu, »wenn Sie mir in unserer Gesellschaft eine einzige, auch nur eine Einrichtung bezeichnen können, die nicht verdiente, ganz und erbarmungslos abgeschafft zu werden.«

»Eine Million könnte ich Ihnen nennen, eine Million«, rief Pawel. »Da ist zum Beispiel die Gemeinde.«

Ein kaltes Lächeln verzog Basarows Lippen.

»Was die Gemeinde anbelangt«, erwiderte er, »so würden Sie besser tun, darüber mit Ihrem Bruder zu reden. Er muß, denk ich, wissen, was man heutzutage von der Gemeinde, von der Solidarität der Bauern untereinander, von ihrem Mäßigkeitssinn[20] und von vielen andern Scherzen der Art zu halten hat.«

»Und die Familie, die Familie, wie wir sie noch bei unserem Landvolk finden!« rief Pawel Petrowitsch.

»Das ist abermals ein Kapitel, worauf Sie nach meiner Meinung besser nicht weiter eingingen. Folgen Sie meinem Rat, Pawel Petrowitsch, und lassen Sie sich zwei oder drei Tage Zeit, darüber nachzudenken. Für den Augenblick wird Ihnen nichts einfallen. Nehmen Sie unsere Stände der Reihe nach durch und prüfen Sie genau; indessen werden wir, Arkadij und ich . . .«

»Alles ins Lächerliche ziehen«, fiel Pawel Petrowitsch ein.

»Nein, wir werden uns damit beschäftigen, Frösche zu sezieren. Komm, Arkadij! Auf Wiedersehen, meine Herren!«

Die beiden Freunde entfernten sich. Pawel und sein Bruder blieben allein und schauten sich im ersten Augenblick nur schweigend an.

Dann hob Pawel an: »Dahin also ist es mit unserer Jugend gekommen! Das sind unsere Nachfolger!«

»Unsere Nachfolger!« wiederholte Kirsanow mit einem tiefen Seufzer. Er hatte während des ganzen Streits wie auf Kohlen gesessen und sich damit begnügt, von Zeit zu Zeit einen traurigen Blick auf Arkadij zu werfen. — »Weißt du wohl, lieber Bruder, welche Erinnerung das in mir wachruft? Eines Abends stritt ich mich lebhaft mit meiner verstorbenen Mutter; sie schrie und wollte mich nicht anhören. Endlich sagte ich zu ihr: ›Sie können mich allerdings nicht verstehen; wir gehören zwei verschiedenen Generationen an.‹ Diese Worte verletzten sie sehr; aber ich sagte mir: ›Was ist da zu machen? Die Pille ist bitter, und doch muß sie geschluckt werden.‹ So kommen auch jetzt unsere Nachfolger zu uns und sagen: ›Ihr seid nicht von unserer Generation, schluckt die Pille!‹«

»Du bist gar zu bescheiden und gutmütig«, antwortete Pawel; »ich bin im Gegenteil überzeugt, daß wir viel mehr im Recht sind als alle diese jungen Herren, wenn auch unsere Sprache vielleicht ein wenig veraltet — vieilli — ist, und wenn wir auch ihre Selbstüberschätzung nicht besitzen... Dabei sind sie so affektiert. Fragt man sie bei Tische: ›Wollen Sie roten oder weißen Wein?‹, so geben sie zur Antwort: ›Es ist Grundsatz bei mir, Rot vorzuziehen‹, und das mit einer Baßstimme und einer so lächerlich wichtigen Miene, als ob die ganze Welt auf sie blicke...«

»Wünschen Sie keinen Tee mehr?« fragte Fenitschka durch die halbgeöffnete Tür; sie hatte Anstand genommen, während des Streits den Salon zu betreten.

»Nein, du kannst den Samowar wegnehmen«, erwiderte Kirsanow, stand auf und ging vor ihr hinaus. Pawel sagte zur ihr kurz »Bon soir« und suchte sein Zimmer auf.

ELFTES KAPITEL

Eine halbe Stunde später trat Kirsanow in den Garten und lenkte seine Schritte nach seinem Lieblingsboskett. Traurige Gedanken bedrängten ihn. Zum ersten Mal hatte er die Kluft ermessen, die ihn von seinem Sohn trennte; ihm ahnte, daß sie sich mit jedem Tag erweitern werde. Umsonst also hatte er in Petersburg zwei Winter hindurch ganze Nächte mit der Lektüre der neuen Werke verbracht; umsonst hatte er den Unterhaltungen der jungen Leute aufmerksam gelauscht; der Eifer, mit dem er sich in ihre lebhaften Erörterungen gemischt hatte, war unnütz gewesen. ›Mein Bruder behauptet, daß wir recht haben‹, dachte er, ›und, alle Eigenliebe beiseite, scheint mir's selber auch, daß sie der Wahrheit ferner sind als wir. Und doch fühle ich, daß sie etwas haben, was wir nicht haben, eine gewisse Überlegenheit... Ist das die Jugend? Nein, sie ist es nicht allein. Sollte diese Überlegenheit nicht darin bestehen, daß ihnen weniger als uns die Herrengewohnheiten aufgeprägt sind?‹
›Aber die Poesie verachten?‹ sprach er bald nachher zu sich. ›Nichts für die Kunst, nichts für die Natur fühlen?...‹
Er blickte ringsumher, als ob er zu begreifen suchte, wie es möglich sei, die Natur nicht zu lieben... Der Tag neigte sich rasch zu Ende. Die Sonne hatte sich hinter einem Espenwäldchen versteckt, das, eine halbe Werst vom Garten entfernt, einen endlosen Schatten über die stillen Felder warf. Ein Bauer trabte auf einem Schimmel den schmalen Pfad am Waldsaum entlang; obgleich er im

Schatten war, zeigte sich doch seine ganze Gestalt deutlich dem Blick, und man konnte sogar einen Flicken auf der Achsel seines Rockes unterscheiden; die Beine des Pferdes bewegten sich mit einer dem Auge wohltuenden Regelmäßigkeit. Die Sonnenstrahlen drangen durch Busch und Baum und färbten die Espenstämme mit einem warmen Ton, der ihnen den Anschein von Tannenstämmen gab, während sich über den bläulichen Blättern der blasse, von der Abenddämmerung leicht gerötete Himmel wölbte. Die Schwalben flogen sehr hoch, der Wind hatte sich fast ganz gelegt; verspätete Bienen summten schwach und halbverschlafen in den Blüten des Fliedergebüsches, und ein Mückenschwarm tanzte über einem einzeln in die Luft ragenden Zweig. ›Mein Gott, wie schön!‹ dachte Kirsanow, und Verse, die er vor sich hin zu sagen liebte, wollten ihm über die Lippen treten, als er an Arkadij und an ›Kraft und Stoff‹ dachte und — schwieg. Doch blieb er sitzen und überließ sich dem süßen, traurigen Genuß einsamen Träumens. Das Landleben hatte ihm den Geschmack dafür beigebracht; es war noch nicht lange her, als er wie heute im Hof jenes Wirtshauses saß und seinen Sohn erwartete, aber welch eine Veränderung war seitdem vor sich gegangen! Sein damals noch ungewisses Verhältnis zu Arkadij war jetzt bestimmt ausgesprochen ... und wie? Das Bild seiner verstorbenen Frau trat ihm vor die Seele, nicht wie er sie in den letzten Jahren gekannt hatte, nicht als die gute, heitere, freundliche Hausfrau, sondern als junges, schlankes Mädchen mit schuldlosem, fragendem Blick, das Haar in dichten Flechten über dem kindlichen Nacken, mit einem Wort, so, wie er sie zum ersten Mal sah, zu der Zeit, da er die Vorlesungen an der Universität besuchte. Als er ihr auf der Treppe des Hauses, das er damals bewohnte, begegnete, stieß er sie aus Versehen an und entschuldigte sich in seiner Verlegenheit mit den Worten: »Pardon, monsieur!«

Sie senkte das Köpfchen, lächelte und fing, wie plötzlich erschreckt, zu laufen an; auf dem Treppenabsatz aber warf sie ihm einen raschen Blick zu, nahm eine ernsthafte Miene an und errötete. Darauf die ersten schüchternen Besuche, die halben Worte und das halbe Lächeln, die Stunden des Zweifels und der Betrübnis, und wieder das Entzücken der Leidenschaft, und endlich die Trunkenheit des Glücks ... Was war aus all dem geworden? Wohl war er später in der Ehe so glücklich gewesen wie möglich ... ›Aber doch‹, mußte er sich sagen, ›gleicht nichts jenen ersten süßen Augenblicken der Glückseligkeit; ach, warum können sie nicht ewig dauern und nur mit dem Leben erlöschen!‹

Er versuchte es nicht, diese Gedanken weiter zu verfolgen; aber jene glückliche Zeit hätte er festhalten mögen durch eine mächtigere Kraft als das Gedächtnis; er hätte wieder an der Seite seiner geliebten Marja sein, ihre weiche Wange streicheln, ihren warmen Atem fühlen mögen, und schon schien es ihm, als ob über seinem Haupte ...

»Nikolai Petrowitsch«, fragte dicht neben dem Gebüsch Fenitschka, »wo sind Sie?«

Er erbebte. Nicht als ob er ein Gefühl von Reue oder Scham empfunden hätte ... Es war ihm nie eingefallen, den mindesten Vergleich zwischen seiner Frau und Fenitschka anzustellen; aber es schmerzte ihn, daß diese ihn in diesem Augenblick überraschte. Ihre Stimme rief ihm augenblicklich seine grauen Haare, sein frühzeitiges Alter, seine gegenwärtige Lage ins Gedächtnis zurück ... Die feenhafte Welt, in deren Räume er sich aufgeschwungen, diese Welt, die sich bereits auf den verschwommenen Nebeln der Vergangenheit abhob, erblaßte und verschwand.

»Hier bin ich«, antwortete er; »ich komme gleich; geh nur.« — ›Das‹, sagte er sich fast im gleichen Moment,

›sind wieder die Herrengewohnheiten, deren ich soeben noch gedachte.‹

Fenitschka warf einen Blick in das Gebüsch und entfernte sich still. Jetzt erst bemerkte er zu seinem großen Erstaunen, daß die Nacht ihn in seinen Träumereien überrascht hatte. Rings um ihn her war es dunkel und still, und Fenitschkas Antlitz war ihm in den wenigen Sekunden, da sie vor der Laube erschien, so bleich und zart vorgekommen. Er stand auf, um in sein Zimmer zu gehen; aber sein gerührtes Herz hatte sich noch nicht wieder beruhigt, und er ging langsam im Garten auf und ab, die Augen bald gesenkt, bald zum Himmel erhoben, der schon voller Sterne glühte. Lange, fast bis zur Ermüdung, war er so gegangen, und doch wollten sich Aufregung und Unruhe in seiner Brust nicht legen. Wie hätte sich Basarow über ihn lustig gemacht, wenn er von diesem Zustand Kenntnis gehabt hätte! Arkadij sogar hätte ihn getadelt. Seine Augen hatten sich mit Tränen gefüllt, mit Tränen, die ohne Grund quollen; für einen Vierziger, einen Hausherrn und Ökonomen war das noch tausendmal schlimmer als Violoncellspielen. Kirsanow setzte seinen Spaziergang fort und konnte sich nicht entschließen, in sein friedliches Nest zu gehen, in das Haus, das mit seinen erleuchteten Fenstern so freundlich einlud; er fand einfach nicht den Mut, den Garten und die Dunkelheit zu verlassen, der frischen Luft, die ihm die Stirne kühlte, dieser Trauer, dieser Aufregung zu entsagen ...

Da trat ihm Pawel bei einer Wendung des Weges entgegen. »Was hast du denn?« fragte ihn dieser. »Du siehst bleich aus wie ein Gespenst. Bist du krank? Du tätest wohl daran, zu Bett zu gehen.«

Kirsanow erklärte mit einigen Worten seine Empfindungen und ging ins Haus. Pawel lief bis ans Ende des Gartens; auch er fing an, nachzudenken und die Augen zum Himmel aufzuschlagen. Aber seine schönen Augen spiegelten nur den Sternenschein wider. Er war kein Romantiker, und die Träumerei paßte nicht zu seinem leidenschaftlichen Wesen; er war ein prosaischer Mensch, wenn auch zärtlichen Gefühlen nicht unzugänglich, ein Menschenfeind französischer Art.

»Höre!« sagte am gleichen Abend Basarow zu seinem Freund. »Ich habe einen prächtigen Einfall. Dein Vater sagte uns heute, daß er von dem großen Hans, eurem Vetter, eine Einladung erhalten habe. Er will nicht hingehen; wie wär's, wenn wir eine Tour nach X. machten? Du bist in die Einladung dieses Herrn mit einbegriffen. Du siehst, was hier für ein Wind weht; die Reise wird uns gut tun, wir sehen die Stadt. Es kostet uns höchstens fünf oder sechs Tage.«

»Und du kehrst mit mir hierher zurück?«

»Nein, ich muß zu meinem Vater. Du weißt, daß er höchstens zwanzig Werst von X. entfernt wohnt. Ich habe sie lange nicht gesehen, ihn und meine Mutter; ich muß ihnen die Freude machen. Es sind brave Leute, und mein Vater ist überdies ein drolliger Kauz. Zudem haben sie nur mich, ich bin ihr einziges Kind.«

»Bleibst du lange?«

»Ich glaube nicht. Vermutlich werde ich mich dort langweilen.«

»Aber du besuchst uns auf dem Rückweg?«

»Je nachdem; ich weiß es noch nicht. Nun? Einverstanden? Reisen wir?«

»Einverstanden«, antwortete Arkadij gleichgültig.

Im Grunde war er mit dem Vorschlag seines Freundes sehr zufrieden; er hielt es aber für nötig, sich das nicht merken zu lassen; so schickte sich's für einen echten Nihilisten. Am nächsten Morgen reiste er mit Basarow nach X. Die Jugend von Marino bedauerte ihre Abreise; Dunjascha vergoß sogar einige Tränen ... Pawel aber und sein Bruder, ›die Alten‹, wie Basarow sagte, atmeten wieder freier.

86

ZWÖLFTES KAPITEL

Der Stadt X., wohin sich die beiden Freunde begaben, stand als Gouverneur ein noch junger Mann vor, der, wie man es oft in Rußland findet, Fortschrittsmann und Despot zugleich war. Schon bald nach seinem Dienstantritt war er so geschickt gewesen, sich nicht nur mit dem Adelsmarschall, einem pensionierten Generalstabsoffizier, großem Pferdezüchter und nebenbei sehr gastfreundlichem Mann, sondern auch mit seinen eigenen Beamten zu überwerfen. Die Differenzen, die daraus hervorgingen, hatten in dem Maße zugenommen, daß der Minister sich veranlaßt sah, einen Vertrauensmann an Ort und Stelle zu senden, um die Dinge wieder ins Geleis zu bringen. Diese Sendung war Matwej Iljitsch Koljasin, dem Sohn jenes Koljasin übertragen, der ehemals Vormund der Brüder Kirsanow gewesen war. Er war, obwohl schon über die Vierziger hinaus, gleichfalls ein Beamter von der jungen Schule; er hatte sich vorgenommen, ein Staatsmann zu werden, und trug auch bereits zwei Sterne auf der Brust. Einer derselben war übrigens nur ein ausländischer, wenig geschätzter Orden. Gleich dem Gouverneur, über den er zu urteilen kam, galt er für einen Fortschrittsmann, und so einflußreich er auch war, unterschied er sich doch wesentlich von andern Beamten seines Rangs. Er hatte allerdings eine sehr hohe Meinung von sich und besaß eine grenzenlose Eitelkeit, doch waren seine Formen einfach, und in seinem Blick lag etwas Ermunterndes; er hörte mit Wohlwollen zu und lachte so natürlich, daß man ihn beim ersten Begegnen für einen

›guten Kerl‹ hätte halten können. Übrigens war er ganz der Mann, wenn es die Umstände erforderten, rücksichtslose Strenge walten zu lassen.

»Energie ist unerläßlich«, sagte er, »l'énergie est la première qualité d'un homme d'État.« Trotz dieser stolzen Sprache aber ward er fast immer düpiert, und jeder nur etwas erfahrene Beamte führte ihn an der Nase herum. Matwej Iljitsch machte viel Aufhebens von Guizot und bemühte sich, jeden, der ihn anhören wollte, zu überzeugen, daß er keiner von jenen zurückgebliebenen Beamten sei, von jenen Bürokraten, wie man ja so viele findet; daß seiner Wahrnehmung keine der großen Erscheinungen des sozialen Lebens entgehe ... Derartige Schlagworte waren ihm durchaus vertraut. Auch den literarischen Bewegungen folgte er; aber er gefiel sich darin, es mit einer majestätischen Herablassung zu tun, ungefähr wie ein Mann von reiferem Alter manchmal auf ein paar Augenblicke einem Auflauf von Straßenjungen nachgeht. In Wirklichkeit hatte Matwej Iljitsch die Staatsmänner aus der Regierungszeit Alexanders I. nicht sehr überholt, die damals in Petersburg, wenn sie sich auf eine Soiree bei Madame Swetschina vorbereiteten, morgens ein Kapitel aus Condillac lasen; nur seine Formen waren etwas zeitgemäßer. Er war ein gewandter Höfling, ein höchst feiner Mann, nichts weiter; er hatte keinen Begriff von Geschäften und auch nicht allzu viel Geist; aber sein eigenes Interesse verstand er sehr gut. Darüber konnte ihn niemand täuschen, und dies ist ein Talent, dem man sein Verdienst nicht abstreiten kann.

Matwej Iljitsch empfing Arkadij mit dem einem aufgeklärten Beamten eigenen Wohlwollen, wir möchten fast sagen, mit Heiterkeit. Doch ward er bei der Nachricht etwas verstimmt, daß die übrigen Eingeladenen auf dem Lande zurückgeblieben seien. »Dein Papa war immer ein Original«, sagte er zu Arkadij und ließ die Quasten seines prächtigen Samtschlafrocks durch die Finger gleiten; dann wandte er sich rasch zu einem jungen Beamten in streng zugeknöpfter Interimsuniform und herrschte ihn mit Amtsmiene an: »Nun, und Sie?« Der junge Mann, dem langes Schweigen die Lippen versiegelt hatte, richtete sich auf und betrachtete seinen Vorgesetzten mit dem Ausdruck der Überraschung. Matwej Iljitsch aber schenkte ihm, nachdem er ihn so verblüfft hatte, nicht die geringste Beachtung mehr. Unsere Oberbeamten lieben es insgemein, ihre Untergebenen zu verblüffen; die Mittel aber, deren sie sich dazu bedienen, sind ziemlich verschieden. Eines ist sehr beliebt, ›is quite a favourite‹, wie die Engländer sagen: Der Oberbeamte versteht plötzlich die einfachsten Worte nicht mehr, als ob er von Taubheit befallen wäre. Er fragt zum Beispiel nach dem Wochentag. Man antwortet ihm untertänigst:

»Freitag, Euer Exzellenz.«

»He? Was? Was ist... Was sagen Sie?« versetzt darauf der Oberbeamte gedehnt.

»Es ist heute Freitag, Euer Exzellenz.«

»Wie, was, was ist mit dem Freitag, was für ein Freitag?«

»Freitag, Euer Exzellenz, ein Wochentag.«

»Wie, du nimmst dir heraus, mich belehren zu wollen?«

Ein Oberbeamter dieses Schlags war Matwej Iljitsch, trotz all seinem Liberalismus.

»Ich rate dir, mein Lieber«, sagte er zu Arkadij, »dem Gouverneur deinen Besuch zu machen. Du verstehst mich; wenn ich dir diesen Rat gebe, so darfst du darum nicht denken, ich halte noch an der alten Regel fest, daß man den Autoritäten den Hof machen muß; ich rate dir's, weil der Gouverneur ganz einfach ein Mann comme il faut ist; überdies hast du doch wohl die Absicht, unsere Gesellschaft zu besuchen. Ich hoffe, du bist kein Bär? Der Gouverneur gibt übermorgen einen großen Ball.«

»Werden Sie demselben auch beiwohnen?« fragte Arkadij.

»Er gibt ihn ja meinetwegen«, sagte Matwej Iljitsch fast mitleidig. »Du tanzest doch?«

»Ja, aber ziemlich schlecht.«

»Um so schlimmer, es kommen einige hübsche Frauen, und zudem ist es für einen jungen Mann eine Schande, nicht tanzen zu können. Ich wiederhole dir, ich sage dies nicht aus Anhänglichkeit an den alten Brauch, ich meine durchaus nicht, der Geist stecke in den Beinen, aber den Byronismus finde ich lächerlich, il a fait son temps.«

»Glauben Sie denn, lieber Onkel, daß der Byronismus . . .«

»Ich werde dich mit unsern Damen bekannt machen. Ich nehme dich unter meine Fittiche«, erwiderte Matwej Iljitsch mit wohlgefälligem Lächeln. »Da wirst du warm sitzen! He?«

Ein Bedienter trat ein und meldete den Präsidenten der Finanzkammer, einen Greis mit honigsüßem Blick und eingekniffenen Lippen, der für die Natur schwärmte, zumal im Sommer, wenn, wie er sagte, ›die fleißige Biene aus jeder Blume ihr Schöppchen zapft.‹

Arkadij zog sich zurück.

Er fand Basarow in dem Gasthaus, in dem sie abgestiegen waren, und es gelang ihm, ihn zu überreden, mit zum Gouverneur zu gehen.

»Meinetwegen«, sagte er, »wenn man den kleinen Finger gegeben hat, so muß man auch die Hand reichen. Wir sind gekommen, um die Herren Gutsbesitzer kennenzulernen. Also lernen wir sie kennen.«

Der Gouverneur empfing die jungen Leute freundlich, aber er lud sie nicht ein, sich zu setzen, und blieb selbst auch stehen. Er hatte immer eine Amtsmiene; kaum aufgestanden, steckte er sich in seine große Uniform, legte eine enganschließende Krawatte an und ließ sich die Zeit nicht, sein Frühstück in Ruhe zu nehmen, um ja nichts von seinen Geschäften zu versäumen. Er hatte im Gouvernement den Spitznamen ›Bourdaloue‹, keineswegs mit Anspielung auf den berühmten französischen Prediger, sondern auf das Wort ›Bourde‹, das bekanntlich ›Flause‹ bedeutet. Er lud Arkadij Kirsanow und Basarow zu seinem Balle ein und wiederholte diese Einladung nach ein paar Minuten, wobei er sie für zwei Brüder nahm und ihnen den Namen ›Kajasrow‹ gab.

Als sie das Haus des Gouverneurs verließen, begegneten sie einer Droschke, die plötzlich anhielt; ein junger Mann mittlerer Größe, in einem polnischen Schnurrock nach der Mode der Slawophilen, sprang heraus und lief mit dem Rufe: »Jewgenij Wassiljitsch!« auf Basarow zu.

»Ah, Sie sind's, Herr Sitnikow«, sagte Basarow, ohne stehenzubleiben. »Was führt Sie hierher?«

»Stellen Sie sich vor, ich bin ganz zufällig hier«, erwiderte dieser, wandte sich nach der Droschke, winkte fünf-, sechsmal mit der Hand und rief: »Fahr nach, fahr nach! Mein Vater«, fuhr er fort, indem er über die Gosse sprang, »hat ein Geschäft hier und hat mich ersucht... Ich habe heute erfahren, daß Sie auch hier sind, und komme eben von Ihnen her.« (In der Tat fanden die Freunde bei ihrer Rückkunft in den Gasthof eine umgebogene Karte vor, die auf der einen Seite den Namen Sitnikow in lateinischen, auf der andern in slawischen Lettern trug.) »Ich hoffe doch, Sie sind nicht beim Gouverneur gewesen?«

»Hoffen Sie nicht! Wir kommen von ihm her.«

»Ah, dann gehe ich auch hin. Jewgenij Wassiljitsch, stellen Sie mich doch Ihrem Herrn ... diesem Herrn vor.«

»Sitnikow — Kirsanow«, murmelte Basarow, ohne anzuhalten.

»Es freut mich sehr«, hob Sitnikow, gegen Arkadij gewendet, mit anmutigem Lächeln an, während er seine

Handschuhe, die von der ausgesuchtesten Eleganz waren, rasch auszog. »Ich habe schon viel von Ihnen reden hören. Ich bin ein alter Bekannter von Jewgenij Wassiljitsch und darf mich sogar seinen Schüler nennen. Ich verdanke ihm meine Umwandlung.«

Arkadij warf die Augen auf den umgewandelten Schüler Basarows; sein kleines, glattes Gesicht und seine regelmäßigen Züge hatten einen unruhigen, gespannten, aber beschränkten Ausdruck; seine Augen blickten stier und unstet zugleich, sein Lachen sogar, kurz und trocken, hatte etwas Wirres.

»Sie werden mir kaum glauben«, fuhr er fort; »als Jewgenij Wassiljitsch mir zum erstenmal erklärte, man brauche keine Autorität anzuerkennen, empfand ich eine solche Freude ... ich fühlte mich wie neugeboren! ›Endlich doch einmal ein Mann!‹ sagte ich mir. Apropos, Jewgenij Wassiljitsch, Sie müssen unbedingt eine hiesige Dame besuchen, die ganz auf Ihrer Höhe steht und für die Ihr Besuch ein wahres Fest sein wird; Sie müssen schon von ihr gehört haben.«

»Wer ist's?« fragte Basarow gelangweilt.

»Eudoxia, Jewdoxija Kukschina. Das ist eine merkwürdige Natur, emanzipiert im vollsten Sinne des Wortes, ein wahrhaft fortgeschrittenes Weib, müssen Sie wissen! Laßt uns jetzt gleich alle drei zu ihr gehen, sie wohnt zwei Schritt von hier. Wir frühstücken da ... ihr habt doch noch nicht gefrühstückt?«

»Nein.«

»Vortrefflich! Sie lebt natürlich getrennt von ihrem Mann und ist unabhängig ...«

»Ist sie hübsch?« fragte Basarow.

»Nein, das kann ich nicht sagen.«

»Warum, zum Teufel, sollen wir sie dann besuchen?«

»Scherz beiseite, sie wird uns eine Flasche Champagner auftischen.«

»Wahrhaftig! Der praktische Mann verrät sich bald. Apropos, macht Ihr Vater immer noch in Pachtgeschäften?«

»Ja«, erwiderte Sitnikow rasch mit erzwungenem Lächeln.

»Nun, kommen Sie mit?«

»Ich weiß nicht . . .«

»Du wolltest ja Beobachtungen anstellen«, sagte Arkadij halblaut.

»Und Sie, Herr Kirsanow«, fügte Sitnikow hinzu, »Sie kommen doch auch? Wir gehen nicht ohne Sie.«

»Wir können doch nicht alle drei nur so ins Haus fallen . . .«

»Das tut nichts. Die Kukschina ist ein famoses Frauenzimmer.«

»Sie wird uns also eine Flasche Champagner auftischen?« wiederholte Basarow.

»Drei«, rief Sitnikow, »ich stehe dafür.«

»Womit?«

»Mit meinem Kopf.«

»Des Papas Beutel wäre ein besseres Pfand gewesen. Aber gleichviel, gehen wir hin!«

DREIZEHNTES KAPITEL

Das kleine Haus in moskowitischem Geschmack, das Awdotja Nikitischna (Jewdoxija) Kukschina bewohnte, lag
in einer Straße, die erst kürzlich abgebrannt war; bekanntlich brennen unsere Landstädtchen alle fünf Jahre
ab. An der Eingangstür neben einer schief angenagelten
Visitenkarte hing ein Glockenzug; eine Frau in einem
Häubchen, ein Mittelding zwischen Dienerin und Gesell-
schaftsdame, kam den Besuchern im Vorzimmer entgegen.
Lauter Zeichen, daß die Herrin des Hauses eine Freundin
des Fortschritts war. Sitnikow fragte nach Jewdoxija Nikitischna. »Ah, Sie sind's, Victor!« rief eine Fistelstimme
aus dem Nebenzimmer. »Nur herein!« Sofort verschwand
die Frau im Häubchen.
»Ich bin nicht allein«, sagte Sitnikow und warf einen
Blick voll Zuversicht auf seine beiden Freunde, während
er ungeniert seinen polnischen Überrock ablegte, unter
dem eine Art englischer Sackpaletot zum Vorschein kam.
»Das tut nichts«, erwiderte die Stimme. »Entrez!«
Die jungen Leute gehorchten. Das Zimmer, in das sie ein-
traten, glich mehr einem Arbeitskabinett als einem Salon.
Papier, Briefe, russische Revuen, deren Blätter größten-
teils unaufgeschnitten waren, lagen auf den staubigen
Tischen; überall waren halbgerauchte Zigarren umher-
geworfen. Die Herrin des Hauses lag nachlässig auf einem
Ledersofa; sie war noch jung, hatte blondes Haar und
ein Spitzentuch um den Kopf geschlungen; ihre kurzfinge-
rigen Hände waren mit schweren Brasseletten geschmückt.
Sie stand auf, zog eine mit vergilbtem Hermelin gefüt-

terte Samtmantille nachlässig über die Schultern, sagte mit schmachtender Stimme zu Sitnikow: »Guten Tag, Victor«, und drückte ihm die Hand.

»Basarow — Kirsanow«, sagte dieser kurz, indem er Basarows Art vorzustellen nachäffte.

»Willkommen, meine Herren«, sagte Madame Kukschina; und die runden Augen, zwischen denen ein armes, winziges rotes Stülpnäschen hervorstand, auf Basarow heftend, setzte sie hinzu: »Ich kenne Sie«, und drückte ihm gleichfalls die Hand.

Basarow machte eine leichte Grimasse. Das unbedeutende Gesichtchen der Emanzipierten war nicht gerade häßlich, aber der Ausdruck ihrer Züge war unangenehm. Man hätte sie fragen mögen: ›Was ist dir? Hast du Hunger oder Langeweile? Fürchtest du dich vor irgend etwas? Wozu all dieses Mühen?‹ Auch sie hatte, wie Sitnikow, das Gefühl, als ob ihr fortwährend etwas die Seele zernagte. Ihre Bewegungen und ihre Sprache waren rasch und plump zugleich; sie selbst hielt sich ohne Zweifel für ein gutes und einfaches Geschöpf, und doch, was sie auch tun mochte, immer hatte es den Anschein, als beabsichtige sie, etwas anderes zu tun.

»Ja ja, ich kenne Sie, Basarow«, wiederholte sie. (Nach einem den Provinzbewohnerinnen und selbst einigen Frauen Moskaus eigenen Brauch nannte sie die Männer, die sie zum erstenmal sah, beim Familiennamen.) »Rauchen Sie eine Zigarre?«

»Eine Zigarre, wohl!« sagte Sitnikow, der sich inzwischen, ein Bein übers andere gelegt, in einem Lehnstuhl zurechtgesetzt hatte. »Aber Sie müssen uns auch ein Frühstück geben. Wir sterben vor Hunger; lassen Sie auch gleich eine Flasche Champagner bringen.«

»Sybarit!« erwiderte Jewdoxija mit Lachen. (Wenn sie lachte, sah man ihr oberes Zahnfleisch.) »Ist's nicht wahr, Basarow, daß er ein Sybarit ist?«

»Ich liebe den Komfort«, sagte Sitnikow würdevoll; »das hindert mich aber nicht, liberal zu sein.«

»Doch! doch!« rief Jewdoxija und befahl ihrem Kammermädchen, ein Frühstück zu besorgen und Champagner zu bringen. »Was halten Sie davon?« fragte sie Basarow. »Ich weiß gewiß, Sie sind meiner Ansicht.«

»Da täuschen Sie sich«, erwiderte Basarow, »ein Stück Fleisch ist besser als ein Stück Brot, selbst vom Standpunkt der chemischen Analyse.«

»Ah, Sie beschäftigen sich mit Chemie; das ist meine Passion. Ich habe sogar einen Kitt erfunden.«

»Einen Kitt? Sie?«

»Ja, ich, und wissen Sie, wozu? Zu Puppen, zu Puppenköpfen; sie sind dauerhafter. Ich bin nämlich eine praktische Frau. Aber ich bin noch nicht ganz damit im reinen. Ich muß Liebig konsultieren. Apropos, haben Sie in der ›Moskauer Zeitung‹ Kisljakows Artikel ›Über die Frauenarbeit‹ gelesen? Lesen Sie ihn, ich beschwöre Sie. Sie interessieren sich ja wohl für die Frauenfrage? Und für die Schulen ebenfalls? Was treibt Ihr Freund? Wie heißt er?«

Madame Kukschina warf diese Fragen eine nach der andern mit einer verzärtelten Nonchalance hin, ohne eine Antwort abzuwarten; verwöhnte Kinder sprechen so mit ihren Bonnen.

»Ich heiße Arkadij Nikolajitsch Kirsanow«, sagte Arkadij, »und treibe nichts.«

Jewdoxija lachte.

»Das ist allerliebst! Rauchen Sie nicht? Victor, Sie wissen, daß ich Ihnen böse bin!«

»Warum?«

»Sie fangen, wie ich höre, wieder an, für George Sand zu schwärmen. Das ist eine hinter der Zeit zurückgebliebene Frau und weiter nichts. Wie kann man wagen, sie mit Emerson zu vergleichen? Sie hat keine Idee weder von Erziehung noch von Physiologie, noch von sonst etwas. Ich bin überzeugt, sie hat nie von Embryologie sprechen hören, und wie wollen Sie diese Wissenschaft heutzutage entbehren?« (Jewdoxija streckte die Arme aus, während sie dies sagte.) »Ach, welch herrlichen Artikel hat Jelissewitsch über diesen Gegenstand geschrieben! Das ist einmal ein Genie, dieser Herr!« (Jewdoxija sagte immer ›Herr‹ statt ›Mann‹.) »Basarow, setzen Sie sich zu mir auf das Sofa. Sie wissen vielleicht nicht, daß ich mich schrecklich vor Ihnen fürchte.«

»Warum das? Da bin ich doch neugierig.«

»Sie sind ein sehr gefährlicher Herr. Sie kritisieren alles in der Welt. Aber mein Gott! Ich spreche wie eine echte Landpomeranze. Im Grunde bin ich wirklich eine Landpomeranze. Ich verwalte mein Gut selbst, und denken Sie, mein Starost[21] Jerofij ist ein wahres Original; er erinnert mich an Coopers ›Pfadfinder‹. Ich finde, daß er so etwas Waldursprüngliches hat. Da bin ich nun für immer hierher gebannt, welch unerträgliche Stadt! Nicht wahr? Aber was tun?«

»Es ist eine Stadt wie jede andere auch«, sagte Basarow trocken.

»Man beschäftigt sich hier nur mit den kleinlichsten Interessen, das ist gräßlich. Sonst brachte ich den ganzen Winter in Moskau zu ... aber der verehrungswürdige Herr Kukschin hat sich jetzt dort niedergelassen. Zudem ist Moskau jetzt ... ich weiß nicht ... es ist gegenwärtig alles anders. Ich möchte reisen; voriges Jahr war ich auch schon im Begriff, mich auf den Weg zu machen.«

»Nach Paris, ohne Zweifel?« fragte Basarow.

»Nach Paris und nach Heidelberg.«

»Heidelberg, wozu?«

»Wie! Weil Bunsen dort wohnt.«

Basarow fand auf diesen Ausruf keine Antwort.

»Pierre Saposhnikow ... Sie kennen ihn ja.«

»Nein, durchaus nicht.«

»Ist's möglich! Pierre Saposhnikow . . . er ist ja beständig bei Lydia Chostatowa.«

»Ich kenne auch die nicht.«

»Nun, Saposhnikow hat mir seine Begleitung angeboten. Ich bin allein, Gott sei Dank! Ich habe keine Kinder . . . Was habe ich da gesagt: ›Gott sei Dank?‹ . . . Übrigens ist's einerlei.« Jewdoxija drehte eine Zigarette zwischen ihren vom Tabak gelb gefärbten Fingern, zog sie über die Zungenspitze, steckte sie in den Mund und fing an zu rauchen.

Die Dienerin trat mit dem Teebrett ein.

»Ah, da ist das Frühstück! Wollen Sie einen Bissen essen? Victor, machen Sie doch die Flasche auf. Sie sollten sich darauf verstehen.«

»Mich darauf verstehen! Mich darauf verstehen!« murmelte Sitnikow.

»Gibt es hier ein paar hübsche Frauen?« fragte Basarow, im Begriff, sein drittes Glas zu leeren.

»Ja«, erwiderte Jewdoxija, »aber sie sind höchst unbedeutend. Mon amie Odinzowa zum Beispiel ist nicht übel. Nur steht sie im Ruf, ein wenig . . . Das wäre übrigens kein großes Unglück; aber da ist von Erhabenheit der Ideen, von Fülle, von all dem . . . keine Spur. Unser Erziehungssystem sollte eben geändert werden. Ich habe schon daran gedacht; unsere Frauen sind sehr schlecht erzogen.«

»Sie werden sie nicht besser machen«, sagte Sitnikow. »Man muß sie verachten, und ich verachte sie gründlich.« (Sitnikow liebte es, zu verachten und diesem Gefühl Ausdruck zu geben; er fiel besonders über ›das Geschlecht‹ her, ohne zu ahnen, daß es ihm bestimmt war, einige Monate später vor seiner Frau zu kriechen, einzig und allein deshalb, weil sie eine geborene Fürstin war.) »Da ist nicht eine, die sich zur Höhe unserer Unterhaltung erheben könnte, nicht eine, die es verdiente, daß sich ernsthafte Männer wie wir mit ihr abgeben.«

»Ich sehe nicht ein, warum sie nötig haben sollten, unsere Unterhaltung zu verstehen«, sagte Basarow.

»Von wem sprechen Sie?« fragte Jewdoxija.

»Von den hübschen Frauen.«

»Wie, Sie teilen also die Ideen Proudhons?«

Basarow richtete sich mit verächtlicher Miene auf.

»Ich teile niemandes Ideen; ich habe meine eigenen Ansichten.«

»Nieder mit den Autoritäten!« rief Sitnikow, glücklich, eine Gelegenheit zu haben, sich in Gegenwart eines Mannes, dessen gehorsamster Diener er war, energisch auszusprechen.

»Aber Macaulay selbst«, sagte Madame Kukschina . . .

»Nieder mit Macaulay!« rief Sitnikow mit Donnerstimme; »Sie nehmen Partei für diese frivolen Weibsbilder.«

»Ich kämpfe keineswegs für die frivolen Weibsbilder, sondern für die Rechte des Weibes, die ich bis zum letzten Blutstropfen zu verteidigen geschworen habe.«

»Nieder mit . . .« Sitnikow endigte seine Phrase nicht.

»Ich greife sie ja durchaus nicht an«, setzte er hinzu.

»Doch, ich sehe, daß Sie ein Slawophile sind.«

»Durchaus nicht, ich bin kein Slawophile, obgleich . . .«

»Doch! doch! Sie sind ein Slawophile. Sie sind ein Anhänger des Domostroi[22]. Es fehlt nur noch, daß Sie eine Peitsche für die Frauen in die Hand nehmen.«

»Es ist was Schönes um eine Peitsche«, fiel Basarow ein; »aber da sind wir beim letzten Tropfen angekommen . . .«

»Von was?« fragte Jewdoxija lebhaft.

»Vom Champagner, verehrte Jewdoxija Nikitischna, nicht von Ihrem Blut.«

»Ich kann nicht gleichgültig bleiben, wenn man die Frauen angreift«, fuhr Jewdoxija fort; »das ist abscheulich! Abscheulich! Statt sie anzugreifen, lesen Sie Michelets Buch ›De l'amour‹, das ist wunderbar schön! Meine Herren, sprechen wir von der Liebe«, fügte sie hinzu und ließ ihre Hand schmachtend auf das zerdrückte Kissen des Ruhebettes zurücksinken.

Ein plötzliches Schweigen folgte dieser Aufforderung.

»Warum von Liebe sprechen?« sagte Basarow. »Beschäftigen wir uns lieber mit Madame Odinzowa. So heißt sie ja wohl, nicht wahr? Wer ist diese Dame?«

»Sie ist göttlich! Göttlich!« rief Sitnikow. »Ich werde euch ihr vorstellen. Sie ist sehr klug, sehr vermögend und Witwe. Unglücklicherweise ist sie geistig noch nicht genug entwickelt, sie sollte sich unserer Jewdoxija mehr nähern. Ich trinke auf Ihre Gesundheit, Jewdoxija! Stoßet an! Et toc, et toc, et tin tin tin!«

»Victor, Sie sind ein leichtsinniger Mensch!«

Das Frühstück dauerte noch lange. Der ersten Flasche Champagner folgte eine zweite, dritte und selbst eine vierte. Jewdoxija schwatzte ununterbrochen. Sitnikow hielt ihr stand. Sie stritten sich lange, was die Ehe sei, ob ein Vorurteil oder ein Verbrechen; sie untersuchten die Frage, ob die Menschen alle mit denselben Anlagen geboren werden oder nicht und worin eigentlich die Individualität bestehe. Es kam endlich so weit, daß Jewdoxija, die Wangen vom Wein entflammt, mit ihren platten Nägeln auf den Tasten ihres verstimmten Pianos herumhämmerte und mit heiserer Stimme zuerst Zigeunerlieder und dann die Romanze von Seymour Shiff: ›Granada träumt im Schlafe‹ sang. Sitnikow, eine Schärpe um den Kopf, spielte den schwärmenden Liebhaber. Als die Sängerin an die Worte kam:

> In meiner Küsse Glut
> Eint meine Lippe sich der deinen,

konnte sich Arkadij nicht länger halten. »Meine Herren«, rief er laut, »das fängt an, etwas nach dem Narrenhaus zu schmecken!«

Basarow hatte sich darauf beschränkt, hier und da eine spöttische Bemerkung dazwischenzuwerfen, und beschäftigte sich hauptsächlich mit dem Champagner; er gähnte überlaut, erhob sich und ging mit Arkadij weg, ohne sich zu verabschieden. Sitnikow rannte ihnen nach.

»Nun, nun?« fragte er, untertänigst von einem zum andern laufend. »Hab ich's Ihnen nicht gesagt, daß sie eine merkwürdige Persönlichkeit ist? Das ist ein Weib, wie wir viele haben sollten; sie ist in ihrer Art ein Phänomen im Gebiet der höheren Sittlichkeit!«

»Gehört diese Anstalt deines Vaters vielleicht auch ins Gebiet der höheren Sittlichkeit?« fragte Basarow, auf eine Branntweinschenke zeigend, an der sie soeben vorübergingen.

Sitnikow antwortete mit seinem gewöhnlichen gewaltsamen Lächeln. Er errötete über seine Herkunft und wußte nicht, sollte er sich von Basarows unerwartetem Duzen geschmeichelt oder beleidigt fühlen.

VIERZEHNTES KAPITEL

Der Ball beim Gouverneur fand einige Tage später statt. Matwej Iljitsch war in der Tat der Held des Festes. Der Adelsmarschall erklärte jedem, der es hören wollte, daß er nur ihm zu Ehren gekommen sei. Der Gouverneur selbst fuhr, mitten im Ball und ohne seinen Platz zu verlassen, fort, mit ängstlicher Sorge der Regierungsgeschäfte zu warten. Matwej Iljitschs Leutseligkeit tat der Majestät seiner Manieren keinen Eintrag. Er sagte jedem etwas Schmeichelhaftes, diesem mit einem Anflug von Geringschätzung, jenem mit einem Anflug von Achtung; er überhäufte die Damen mit Artigkeiten en vrai chevalier français und lachte unaufhörlich mit jenem lauten Gelächter ohne Widerhall, wie sich's für einen großen Herrn schickt. Er klopfte Arkadij auf die Schulter und nannte ihn mit erhobener Stimme seinen lieben Neffen; Basarow, der einen etwas überjährigen Frack angelegt hatte, beehrte er mit einem zerstreuten, aber doch wohlwollenden Seitenblick und mit einem liebenswürdigen Gemurmel, worin man nur das Wort ›ich‹ und die Endung ›ßerst‹ unterscheiden konnte. Er streckte Sitnikow einen Finger hin und lächelte, aber mit abgewandtem Gesicht; er warf sogar der Madame Kukschina, die ohne Krinoline und mit schmutzigen Handschuhen, aber mit einem Paradiesvogel im Haar den Ball besuchte, ein »Enchanté« zu. Die Gesellschaft war zahlreich, und es fehlte nicht an Kavalieren. Die Herren im Frack drückten sich meist an den Wänden hin, während die Militärs mit Leidenschaft tanzten, besonders einer von ihnen, der fast sechs Wochen in

Paris gewesen war und von dort gewisse charakteristische Ausdrücke, wie: ›zut‹, ›ah fichtrrre‹, ›pst, pst, mon bibi‹ usw., mitgebracht hatte. Er sprach sie mit Vollendung, mit echtem Pariser Schick aus, was ihn jedoch nicht hinderte, ›si j'aurais‹ statt ›si j'avais‹ zu sagen und ›absolument‹ in der Bedeutung von ›certainement‹ zu gebrauchen; kurz, er sprach jenes Russisch-Französisch, worüber sich die Franzosen lustig machen, wenn sie's nicht für nötig halten, zu versichern, daß wir Französisch sprechen wie die Engel — ›comme des anges‹.

Arkadij tanzte, wie gesagt, wenig und Basarow gar nicht; sie zogen sich mit Sitnikow in eine Ecke des Saals zurück. Letzterer machte mit verächtlichem Lächeln Bemerkungen, die bösartig sein sollten, schaute mit herausforderndem Blick umher und schien sehr mit sich zufrieden. Plötzlich jedoch veränderte sich der Ausdruck seiner Züge, und zu Arkadij gewendet, sagte er mit einer Art Unruhe: »Da ist Madame Odinzowa.« Arkadij wandte sich um und gewahrte eine hochgewachsene, schwarzgekleidete Frau, die in der Tür des Saales stand.

Das Vornehme ihrer ganzen Erscheinung überraschte ihn. Die bloßen Arme fielen anmutig an dem schlanken Körper herab; leichte Fuchsiazweige senkten sich gleichfalls anmutig aus dem glänzenden Haar auf die schönen Schultern nieder; ihre klaren Augen, über denen sich eine weiße Stirn leicht wölbte, waren mehr ruhig und klug als sinnend. Ein kaum merkliches Lächeln schwebte auf ihren Lippen. Ihr ganzes Wesen atmete eine liebliche und sanfte Kraft.

»Sie kennen sie?« fragte Arkadij Sitnikow.

»Ganz genau. Soll ich Sie vorstellen?«

»Ich bitte darum . . . nach diesem Kontertanz.«

Basarow erblickte Frau Odinzowa ebenfalls.

»Wer ist dies Gesicht da?« fragte er. »Sie gleicht dem andern Weibervolk nicht.«

Als der Kontertanz zu Ende war, führte Sitnikow Arkadij zu Madame Odinzowa; allein er schien lange nicht so gut mit ihr bekannt zu sein, als er gesagt hatte; er verwirrte sich bald in seinen Worten, und sie sah ihn mit einer Art von Erstaunen an. Doch malte sich ein freundlicher Ausdruck auf ihrem Gesicht, als er den Familiennamen Arkadijs nannte. Sie fragte diesen, ob er ein Sohn von Nikolai Petrowitsch sei.

»Ja«, erwiderte er.

»Ich habe Ihren Vater zweimal gesehen und schon viel von ihm sprechen hören; es freut mich sehr, Ihre Bekanntschaft zu machen.«

In diesem Augenblick wurde sie von einem jungen Adjutanten zu einem Kontertanz aufgefordert. Sie nahm es an.

»Sie tanzen also?« fragte Arkadij ehrerbietig.

»Ja, aber warum fragen Sie mich das? Scheine ich Ihnen zu alt zum Tanzen?«

»Wie können Sie mir einen solchen Gedanken unterstellen! Erlauben Sie mir, Sie um die nächste Masurka zu bitten?«

Madame Odinzowa lächelte. »Gern«, erwiderte sie und sah Arkadij an, nicht mit Gönnermiene, aber so, wie verheiratete Schwestern ihre jüngeren Brüder anzusehen pflegen. Madame Odinzowa war ein wenig älter als Arkadij, sie hatte das neunundzwanzigste Jahr zurückgelegt; aber Arkadij kam sich in ihrer Gegenwart wie ein junger Student, wie ein Schüler vor, so, wie wenn der Altersunterschied noch viel größer gewesen wäre. Matwej Iljitsch trat mit majestätischer Miene auf sie zu und machte ihr Komplimente. Arkadij trat einige Schritte zurück; er ließ sie sogar während des Kontertanzes nicht aus den Augen. Sie unterhielt sich ebenso natürlich mit ihrem Tänzer wie mit Matwej Iljitsch, wobei sie Kopf und Augen langsam von einer Seite zur andern wandte. Arkadij hörte sie zwei- oder dreimal ganz leise lachen. Sie hatte vielleicht, wie fast alle russischen Frauen, eine etwas starke Nase, und ihr Teint war nicht vollkommen alabasterweiß; Arkadij mußte sich aber gleichwohl gestehen, daß er noch nie einer vollkommeneren Schönheit begegnet sei. Der Ton ihrer Stimme klang ihm fortwährend in den Ohren; es schien ihm sogar, daß die Falten ihres Kleides anders fielen als bei den Frauen um sie her, symmetrischer und reicher, und daß alle ihre Bewegungen ebenso natürlich als edel seien.

Bei den ersten Klängen der Masurka empfand Arkadij eine Art Erschütterung; er setzte sich neben seine Tänzerin und fuhr, da er nicht wußte, wie er eine Unterhaltung anknüpfen sollte, mit der Hand durch die Haare. Diese Verlegenheit dauerte aber nicht lange. Die Ruhe der Frau Odinzowa besiegte sie schnell. Ehe eine Viertelstunde verflossen war, unterhielt er sie unbefangen von seinem Vater und seinem Onkel, von seiner Lebensweise in Petersburg und auf dem Lande. Frau Odinzowa hörte ihm, den Fächer auf- und zuklappend, mit artiger Aufmerksamkeit zu. Arkadijs Geplauder wurde nur unterbrochen, wenn jemand seine Tänzerin engagierte. Sitnikow forderte sie unter anderem zweimal auf. Sie kehrte an ihren Platz zurück und spielte wieder mit ihrem Fächer; ihr Busen hob sich nicht rascher, und Arkadij nahm seine Erzählung wieder auf, glückselig, sich in ihrer Nähe zu befinden, mit ihr reden und dabei ihr Auge, ihre schöne Stirn, ihr ernstes und anmutiges Gesicht betrachten zu dürfen. Sie selbst sprach wenig; gleichwohl bekundeten ihre Worte eine gewisse Lebenserfahrung; Arkadij konnte aus einigen ihrer Bemerkungen schließen, daß sie trotz ihrer Jugend schon manche Erregungen durchgemacht und über viele Dinge nachgedacht habe.

»Wer war bei Ihnen, als Herr Sitnikow Sie mir vorstellte?« fragte sie.

»Sie haben also den jungen Mann bemerkt?« antwortete Arkadij. »Nicht wahr, er hat eine frappante Physiognomie! Er heißt Basarow und ist mein Freund.«

Arkadij fing nun an, von seinem Freund zu reden.

Er geriet dabei in solche Einzelheiten und sprach mit soviel Feuer, daß Frau Odinzowa sich nach Basarow umwandte und ihn mit Interesse betrachtete. Darüber ging die Masurka zu Ende. Arkadij bedauerte, sich von seiner Tänzerin trennen zu müssen; die Stunde mit ihr war ihm so angenehm verflossen. Nicht als ob er nicht fortwährend gefühlt hätte, daß sie ihn mit einer gewissen Herablassung behandelte, aber er wußte ihr's Dank, denn junge Herren fühlen sich von der Protektion einer schönen Frau nicht gedemütigt. Die Musik schwieg.

»Danke«, sagte Frau Odinzowa im Aufstehen. »Sie haben versprochen, mich zu besuchen; ich hoffe, Sie bringen mir Ihren Freund mit. Ich bin sehr begierig, einen Mann kennenzulernen, der den Mut hat, an nichts zu glauben.«

Der Gouverneur trat zu Frau Odinzowa, kündigte ihr an, daß das Souper bereit sei, und bot ihr mit seiner Amtsmiene den Arm. Im Weggehen kehrte sie sich nochmals nach Arkadij um und nickte ihm halb lächelnd zu. Dieser verneigte sich tief, und während er ihr mit den Blicken folgte — wie elegant schien ihm ihre Gestalt, umrauscht von den glänzenden Wogen ihres schwarzen Atlaskleides! —, sagte er sich: ›Ohne Zweifel hat sie schon völlig vergessen, daß ich auf der Welt bin.‹ Und beinahe augenblicklich kam das Gefühl einer gewissen Entsagung über ihn, die er für eine fast romanhafte Großmut hielt.

»Nun«, fragte Basarow seinen Freund, sobald dieser sich wieder in die Ecke zu ihm gesetzt hatte, »du bist glücklich gewesen? Man sagt mir soeben, daß die Dame ... hm, hm. Übrigens könnte der Herr, der mich's versichert hat, ein Dummkopf sein. Was hältst du davon? Ist sie wirklich ... hm, hm?«

»Ich verstehe den Sinn deines ›hm, hm‹ nicht«, antwortete Arkadij. »Geh mir doch, Unschuld!«

»Wenn's so gemeint ist, verstehe ich deinen Herrn nicht. Frau Odinzowa ist sehr liebenswürdig, das ist gewiß; aber sie hat ein so kaltes und stilles Wesen, daß . . .«

»Stille Wasser sind tief, weißt du!« fuhr Basarow fort. »Du sagst, sie sei kalt; das gibt ihr ja eben Wert. Liebst du Gefrorenes nicht?«

»Das ist alles möglich«, sagte Arkadij, »ich laß es unentschieden. Aber sie will deine Bekanntschaft machen und hat mich gebeten, dich zu ihr zu bringen.«

»Du mußt ihr, scheint es, ein schönes Bild von mir entworfen haben. Übrigens verarge ich dir das nicht. Mag sie sein, was sie will, eine einfache Löwin aus der Provinz oder ein emanzipiertes Weib nach Art der Kukschina, sie hat nichtsdestoweniger Schultern, wie ich noch keine gesehen habe.«

Der Zynismus dieser Worte berührte Arkadij peinlich, aber wie man's oft macht, er beeilte sich, seinem Freund wegen etwas anderem, diesem Gefühl Fremden einen Vorwurf zu machen. »Warum willst du den Frauen die Freiheit zu denken verweigern?« fragte er halblaut.

»Weil ich bemerkt habe, mein Lieber, daß alle Frauen, die von dieser Freiheit Gebrauch machen, wahre Vogelscheuchen sind.«

Damit schloß die Unterhaltung. Die beiden Freunde entfernten sich unmittelbar nach dem Souper. Madame Kukschina warf ihnen beim Gehen ein verstecktes, aber zorniges Lächeln zu. Keiner von beiden hatte ihr die mindeste Aufmerksamkeit geschenkt, und ihre Eitelkeit war dadurch schwer gekränkt. Sie blieb bis zum Schluß und tanzte noch um vier Uhr morgens mit Sitnikow eine Polka Masurka nach Pariser Art.

Mit dieser erbaulichen Aufführung endete der Ball beim Gouverneur.

FÜNFZEHNTES KAPITEL

Ich bin begierig, zu welcher Klasse von Säugetieren deine neue Bekanntschaft gehört«, sagte Basarow am folgenden Tage zu Arkadij, als sie die Treppe des Gasthofes hinanstiegen, in dem Madame Odinzowa logierte. »Ich weiß nicht, aber mir kommt die Sache verdächtig vor.«

»Du setzest mich in Staunen!« rief Arkadij. »Du, Basarow, kannst dich zum Verteidiger einer so engherzigen Moral aufwerfen, die . . .«

»Was du für ein sonderbarer Kauz bist!« erwiderte Basarow nachlässig. »Weißt du nicht, daß in der Sprache von unsereinem ›verdächtig‹ das gerade Gegenteil sagen will, das heißt, daß es da etwas zu naschen gibt? Hast du mir nicht selbst gesagt, daß sie eine sonderbare Heirat gemacht hat, obwohl es meines Erachtens keineswegs so sonderbar, sondern im Gegenteil höchst vernünftig ist, einen reichen alten Mann zu heiraten. Auf die Klatschereien gebe ich nicht viel; aber ich will gern glauben, daß sie, wie unser gelehrter Gouverneur sagt, nicht ohne Grund sind.«

Arkadij antwortete nichts und klopfte an die Zimmertür der Frau Odinzowa. Ein junger Livreebedienter führte die zwei Freunde in ein großes Zimmer, das schlecht möbliert, wie sie's in den russischen Hôtels garnis gewöhnlich sind, aber mit Blumen geschmückt war. Bald trat Frau Odinzowa selber im Morgennegligé ein. Sie erschien im Licht der Frühlingssonne noch jünger. Arkadij stellte ihr Basarow vor und wurde zu seinem großen Erstaunen gewahr, daß dieser verlegen schien, während Frau Odinzowa so ruhig war wie am Abend zuvor. Basarow fühlte selbst, daß seine Haltung einige Verwirrung verriet, und war darüber ärgerlich.

›Das ist eine schöne Geschichte! Dieses Frauenzimmer macht mir bang!‹ dachte er, und nachdem er sich ungeniert, wie es Sitnikow selber nicht besser hätte tun können, in einen Lehnstuhl geworfen hatte, fing er unter dem Blick der Frau Odinzowa, deren klare Augen ihn ruhig ansahen, mit übertriebener Sicherheit zu plaudern an.

Anna Sergejewna Odinzowa war die Tochter des Sergej Nikolajewitsch Loktjew, eines durch seine Schönheit, seine Leidenschaft für das Spiel und seine Gewandtheit in Geldsachen berühmten Edelmanns, der, nachdem er etwa fünfzehn Jahre in Moskau und Petersburg von allem möglichen Schwindel glänzend gelebt hatte, sich schließlich gründlich ruinierte und auf das Land zurückzog, wo er bald starb und seinen beiden Töchtern Anna und Katerina, die eine zwanzig, die andere zwölf Jahre alt, ein höchst unbedeutendes Vermögen hinterließ. Ihre Mutter, der von ihrer alten Größe sehr herabgekommenen fürstlichen Familie N. entsprossen, war in Petersburg zu einer Zeit gestorben, wo sich ihr Mann noch in den besten Glücksumständen befand. Als Anna Loktjew Waise wurde, war ihre Lage sehr peinlich. Die vornehme Erziehung, die sie in Petersburg genossen, hatte sie keineswegs für die häuslichen Sorgen und Verlegenheiten jeder Art vorbereitet, die ihrer im hintersten Winkel einer armen Provinz harrten. Sie kannte keinen ihrer Gutsnachbarn, und sie hatte niemand, bei dem sie sich Rat holen konnte. Ihr Vater hatte den Umgang mit den Gutsbesitzern gemieden, er verachtete sie, und sie vergalten es ihm nun, jeder in seiner Art. Dennoch verlor sie den Kopf nicht, sie schrieb sogleich an die Schwester ihrer Mutter, die Prinzessin Awdotja Stepanowna N., eine böse, hochmütige alte Jungfer, und bat sie, zu ihr zu kommen; diese kam auch und richtete sich in den schönsten Zimmern des Hauses ein; sie keifte und zankte vom Morgen bis zum Abend und ging niemals, selbst im Garten nicht, spazieren, ohne von ihrem eigenen Bedienten, einem sehr schweigsamen, zum Kammerdiener hergerichteten Leibeigenen in einer alten gelblichen Livree mit blauen Aufschlägen und dreieckigem Hut, begleitet zu sein. Anna ertrug geduldig alle Launen ihrer Tante, beschäftigte sich nebenbei mit der Erziehung ihrer Schwester und schien darein ergeben, ihre Tage in dieser Vereinsamung zu beschließen. Aber das Schicksal fügte es anders. Ein gewisser Odinzow, ein sehr reicher Mann in den Vierzigern, ein Sonderling und Hypochonder, dick und plump, aber nicht ohne Geist und im übrigen ein ehrenwerter Mann, machte ihre Bekanntschaft, verliebte sich in sie und hielt um ihre Hand an. Sie gab ihre Einwilligung; nach sechsjähriger Ehe starb er und vermachte ihr sein ganzes Vermögen. Anna Sergejewna verließ ein Jahr lang die Provinz nicht; dann trat sie mit ihrer Schwester eine Reise durch Europa an, begnügte sich aber mit dem Besuch Deutschlands und kehrte reisemüde bald wieder in ihr liebes Dorf Nikolskoje nahe bei der Stadt X. zurück.

Ihr Landhaus war sehr geräumig, es war reich möbliert und von einem prachtvollen Garten mit Gewächshäusern umgeben. Ihr verstorbener Gatte liebte es, auf großem Fuße zu leben. Anna Sergejewna kam selten in die Stadt, und dann nur in Geschäften und auf kurze Zeit. Sie war im Gouvernement nicht beliebt, ihre Heirat hatte viel Geschrei gemacht. Die böse Welt wußte allerhand Geschichten von ihr zu erzählen, zum Beispiel, sie habe ihrem Vater bei seinen Kunststückchen im Spiel geholfen; die Reise außer Landes habe stattgefunden, um die traurigen Folgen zu verbergen . . .

»Sie verstehen mich schon«, setzten die gutmütigen Seelen blinzelnd hinzu. »Die ist schon durch Feuer und Wasser gegangen«, sagten andere; und ein Spaßmacher des Städtchens, der ein Patent auf Witze zu haben glaubte, setzte regelmäßig hinzu: »das heißt, mitten durch alle Elemente.« All diese Gerüchte waren ihr nicht unbekannt, aber sie gingen bei ihr zu einem Ohr hinein und zum andern hinaus; sie besaß eine große Freiheit des Geistes und nicht wenig Festigkeit.

In einen Lehnstuhl hingestreckt, die Hände übereinandergelegt, hörte Madame Odinzowa Basarow zu. Gegen seine Gewohnheit war dieser ziemlich redselig und sichtlich bestrebt, Anna Sergejewna zu interessieren. Dies war Arkadij sehr auffällig; aber es wäre ihm unmöglich gewesen, zu entscheiden, ob es Basarow gelungen war oder nicht. Was Frau Odinzowa auch empfinden mochte, ihre Gefühle malten sich nicht deutlich in ihrem Gesicht, sie bewahrte stets denselben liebenswürdigen und feinen Ausdruck. Ihre schönen, klugen Augen waren immer aufmerksam, aber diese Aufmerksamkeit steigerte sich nie bis zur Lebhaftigkeit. Das ungewöhnliche Wesen Basarows hatte ihr im Beginn der Unterhaltung einen unangenehmen Eindruck gemacht, etwa wie ein übler Geruch oder ein schriller Ton; aber sie merkte bald, daß er befangen war, und diese Entdeckung schmeichelte ihr. Nur Trivialität war ihr unerträglich, und trivial war an Basarow sicher nichts. Es stand geschrieben, daß Arkadij heute von einem Erstaunen ins andere geraten sollte. Er dachte, Basarow werde mit einem so intelligenten und geistreichen Weibe wie Frau Odinzowa von seinen Überzeugungen und Ansichten reden; sie hatte zum voraus den Wunsch ausgesprochen, mit einem Manne zu plaudern, ›der an nichts zu glauben wage‹; statt dessen unterhielt sie Basarow von Medizin, Homöopathie und Botanik. Frau Odinzowa hatte die freien Stunden der Einsamkeit genützt, sie hatte manch gutes Buch gelesen und sprach ein sehr reines Russisch. Als sie mit einigen Worten die Musik berührte, bemerkte sie, daß Basarow kein Verehrer der Künste war, und so kam sie allmählich wieder auf die Botanik zurück, obschon sich Arkadij zu einer Abhandlung über die Nationalmelodien verstiegen hatte. Madame Odinzowa fuhr fort, ihn wie einen jungen Bruder zu behandeln; sie schien an ihm die Güte und den Freimut der Jugend zu schätzen, das war aber auch alles. Dieses ruhige, wechselnde und lebhafte Geplauder dauerte fast drei Stunden lang.

Die beiden Freunde erhoben sich endlich und machten Anstalt, zu gehen. Madame Odinzowa bot dem einen wie dem andern auf das anmutigste ihre schöne weiße Hand und sagte ihnen nach kurzem Besinnen mit einem unentschiedenen, aber wohlwollenden Lächeln: »Wenn Sie, meine Herren, die Langeweile nicht fürchten, so besuchen Sie mich in Nikolskoje.«

»Können Sie glauben«, rief Arkadij, »daß ich mich nicht überglücklich fühlen würde . . .«

»Und Sie, Herr Basarow?«

Basarow beschränkte sich darauf, sich zu verneigen, und Arkadij hatte noch einmal Gelegenheit zu einer letzten, ihn höchlich überraschenden Wahrnehmung: sein Freund wurde rot.

»Nun«, fragte er ihn auf der Straße, »denkst du immer noch, sie sei . . . hm, hm?«

»Wer weiß! Sie hält sich so zugeknöpft«, erwiderte Basarow, hielt einen Augenblick inne und setzte dann hinzu: »Eine wahre Herzogin, eine Fürstin! Es fehlt ihr nur eine Krone auf dem Kopf und eine Schleppe am Kleid.«

»Unsere Herzoginnen sprechen das Russische nicht so wie sie«, sagte Arkadij.

»Sie hat eine schwere Schule durchgemacht, mein Lieber, sie hat dasselbe Brot gegessen wie wir.«

»Darum ist sie aber nicht weniger entzückend«, fügte Arkadij hinzu.

»Ein wunderbarer Körper!« erwiderte Basarow. »Welches Prachtexemplar für einen Sektionstisch!«

»Schweig um des Himmels willen, Jewgenij! Du bist ein abscheulicher Mensch!«

»Sei nicht böse, zarte Seele! Ich geb ja zu, daß sie prima Qualität ist. Wir müssen sie besuchen.«

»Wann?«

»Übermorgen, wenn du willst. Was haben wir denn hier zu tun? Champagner trinken mit der Kukschina? Die Beredsamkeit deines Vetters, des liberalen Würdenträgers, bewundern? Machen wir uns übermorgen auf den Weg! Um so mehr, als das Nest meines Vaters ganz nahe dabei ist. Nikolskoje liegt doch auf dem Weg nach D.?«

»Ja.«

»Optime! Man muß keine Zeit verlieren. Nur Schwachköpfe verlieren ihre Zeit ... Das ist ein herrlicher Körper! Den Bissen laß ich nicht fahren.«

Drei Tage später fuhren die beiden Freunde auf der Hauptstraße nach Nikolskoje dahin. Der Tag war schön, nicht allzu heiß, und die Pferde, von dem Kutscher, der sie führte, gut gefüttert, wedelten mit den kurzen geflochtenen und aufgebundenen Schweifen. Arkadij blickte auf den Weg und lächelte, ohne zu wissen, warum.

»Gratuliere mir«, rief plötzlich Basarow, »es ist heute der 22. Juni, der Tag meines Schutzheiligen. Wir wollen sehen, ob er sich für mich interessiert. Man erwartet mich heute daheim ...« setzte er mit leiserer Stimme hinzu. »Um so schlimmer, sie werden vergeblich warten! Das ist kein großes Malheur!«

SECHZEHNTES KAPITEL

Das Haus, das Frau Odinzowa bewohnte, lag auf einem offenen kleinen Hügel in der Nähe einer steinernen Kirche mit grünem Dach und weißen Säulen, in deren Giebel ein Freskogemälde in italienischem Stil, eine Auferstehung, prangte. Ein dicker, sonnverbrannter Kriegsknecht, der, mit einem Panzerhemd angetan, im Vordergrund lag, erregte die Bewunderung der Bauern am meisten. Hinter der Kirche dehnten sich zwei Reihen Bauernhäuser, deren Schornsteine da und dort über die Strohdächer emporragten. Das Herrschaftshaus war im gleichen Stil wie die Kirche gebaut, in dem bei uns unter dem Namen des alexandrinischen bekannten; es war auch gelb gestrichen, hatte ebenfalls ein grünes Dach, weiße Säulen und einen mit einem Wappen bemalten Giebel. Der Gouvernementsbaumeister hatte die beiden klassischen Gebäude zur großen Zufriedenheit des Herrn Odinzow gebaut, der die nichtsnutzigen, willkürlich ersonnenen Neuerungen, wie er zu sagen pflegte, nicht leiden konnte. Das Haus war von den Bäumen des alten Gartens umgeben; eine Allee von steifgeschnittenen Tannen führte nach dem Haupttor.

Die jungen Leute fanden im Vorzimmer zwei große Livreebediente, deren einer sofort den Hausmeister rufen ging. Dieser, ein dicker Mann in schwarzem Frack, erschien auf der Stelle und führte die Gäste über eine mit Teppichen belegte Treppe in ein geräumiges Zimmer, wo sich bereits zwei Betten und die nötigen Toilettengegenstände befanden. Das Haus war sichtlich gut gehalten;

überall herrschte Reinlichkeit, und man atmete etwas wie den offiziellen Duft in den Empfangssalons der Ministerien.

»Anna Sergejewna läßt Sie bitten, in einer halben Stunde herunterzukommen«, sagte der Haushofmeister; »haben Sie für den Augenblick noch etwas zu befehlen?«

»Gar nichts, würdiger Diener!« antwortete Basarow. »Es wäre denn, daß Sie geruhten, uns ein Gläschen Schnaps bringen zu lassen.«

»Sehr wohl«, sagte der Haushofmeister etwas erstaunt und entfernte sich mit knarrenden Stiefeln.

»Das hat Genre!« sagte Basarow. »So nennt man's ja doch wohl bei euch Adeligen? Sie ist eine Großherzogin, ich muß es immer wieder sagen.«

»Eine famose Großherzogin!« sagte Arkadij. »Die nur so ohne weiteres zwei Aristokraten unseres Schlags zu sich einlädt.«

»Einen Aristokraten wie mich besonders, einen künftigen Doktor, Sohn eines Doktors und Enkel eines Küsters! Denn, ich weiß nicht, ob ich dir's jemals gesagt habe, ich bin der Enkel eines Küsters . . . wie Speranskij[23]«, fügte Basarow nach kurzem Schweigen halblaut hinzu. »Immerhin ist die werte Dame ein verwöhntes Glückskind; ja und wie verwöhnt! Müssen wir nicht gar den Frack anziehen?«

Arkadij begnügte sich mit einem Achselzucken . . . aber im Grunde fühlte er sich ebenfalls ein wenig eingeschüchtert. Eine halbe Stunde darauf gingen Basarow und er in den Salon hinab. Es war ein weites, hohes Zimmer, ziemlich reich, aber ohne viel Geschmack ausgestattet. Die schweren, kostbaren Möbel, die mit herkömmlicher Regelmäßigkeit an den Wänden entlang standen, waren mit braunem, goldgesticktem Stoff überzogen Herr Odinzow hatte sie durch Vermittlung eines seiner Freunde, eines französischen Weinhändlers, von Moskau kommen lassen.

Über dem Mittelsofa hing das Porträt eines blonden Mannes mit aufgedunsenem Gesicht, der die Besucher ziemlich bös anzublicken schien ... »Das muß der Selige sein«, flüsterte Basarow seinem Freund ins Ohr und fügte mit Naserümpfen hinzu: »Wie wär's, wenn wir wieder aufpackten?« In diesem Augenblick aber trat die Herrin des Hauses ein. Sie trug ein leichtes Baregekleid; ihre Haare waren glatt hinters Ohr gestrichen, eine Frisur, die im Verein mit der Frische und Reinheit des Gesichts ihr das Aussehen eines jungen Mädchens gab.

»Ich danke Ihnen, daß Sie mir Wort halten«, sagte sie; »ich hoffe, Sie werden nicht so bald wieder fortgehen. Sie werden sehen, es lebt sich hier nicht schlecht. Ich werde Sie mit meiner Schwester bekannt machen, sie spielt sehr gut Klavier. Das wird Ihnen nicht sehr gefallen, Herr Basarow; aber Sie, Herr Kirsanow, ich glaube, Sie lieben die Musik. Außer meiner Schwester haben wir noch eine alte Tante hier, und einer unserer Nachbarn kommt manchmal zu einer kleinen Spielpartie; wir sind unserer nicht viele, wie Sie sehen. Nun, setzen wir uns, wenn's gefällig ist.«

Dieser kleine ›Speech‹ wurde mit vollendeter Leichtigkeit vorgetragen. Frau Odinzowa schien ihn auswendig gelernt zu haben. Sie fing sofort eine Unterhaltung mit Arkadij an. Es ergab sich, daß ihre Mutter eine nahe Bekannte von Arkadijs Mutter gewesen war und daß diese noch als junges Mädchen sie zur Vertrauten ihrer Liebe zu Nikolai Petrowitsch gemacht hatte. Arkadij sprach mit Begeisterung von seiner Mutter; während er so plauderte, blätterte Basarow in einem Album.

»Wie ich zahm geworden bin!« sagte er zu sich selbst.

Ein hübsches Windspiel mit hellblauem Halsband lief in das Zimmer, seine Krallen klappten auf dem Fußboden; gleich darauf erschien ein junges Mädchen von ungefähr achtzehn Jahren, braun, mit dunkeln Augen und schwarzen Haaren; ihr nicht sehr regelmäßiges Gesicht hatte doch etwas Angenehmes, sie hielt ein mit Blumen gefülltes Körbchen in der Hand.

»Das ist meine Katja«, sagte Frau Odinzowa, mit dem Kopf nach ihrer Schwester hinwinkend.

Das junge Mädchen setzte sich leicht an ihre Seite und fing an, die Blumen zu ordnen. Das Windspiel, das Fifi hieß, näherte sich den beiden Gästen nacheinander, wedelte mit dem Schwanz und stieß seine kalte Nase an ihre Hand.

»Hast du das alles selbst gepflückt?« fragte Frau Odinzowa.

»Ja«, sagte Katja.

»Wird die Tante zum Tee kommen?«

»Sie wird sogleich erscheinen.«

Beim Sprechen lächelte Katja mit einem schüchternen, aber offenen Ausdruck, wobei sie mit einer Art anmutiger Herbheit von unten herauf blickte. Alles an ihr atmete die Frische der Jugend: die Stimme, der leichte Flaum ihres Gesichts, die rosigen Hände, deren innere Fläche mit weißlichen Ringen bedeckt war, und ihre etwas schmalen Schultern. Sie errötete beständig und atmete tief und rasch.

Frau Odinzowa wandte sich zu Basarow:

»Es geschieht aus lauter Artigkeit«, sagte sie zu ihm, »wenn Sie das Album ansehen, Jewgenij Wassiljitsch! Das kann Sie nicht interessieren. Setzen Sie sich doch zu uns und lassen Sie uns über irgend etwas streiten.«

Basarow trat hinzu.

»Sehr gern, aber worüber wollen Sie streiten?«

»Das gilt mir gleich. Ich sage Ihnen vorher, daß ich den Widerspruch liebe.«

»Sie?«

»Ja. Das scheint Sie zu wundern? Warum das?«

»Weil Sie, soweit ich es beurteilen kann, von kaltem und

ruhigem Charakter sind; zum Streiten gehört die Eigenschaft, sich hinreißen zu lassen.«

»Wie haben Sie's gemacht, mich in so kurzer Zeit kennenzulernen? Sie müssen vor allem wissen, daß ich ungeduldig und hartnäckig bin, fragen Sie nur Katja. Und dann lasse ich mich sehr leicht hinreißen.«

Basarow blickte Frau Odinzowa schweigend an.

»Es kann sein«, antwortete er, »Sie müssen es besser wissen als ich. Sie wollen also durchaus streiten? Wohlan. Jetzt eben hab ich in Ihrem Album die Ansichten der Sächsischen Schweiz betrachtet, und Sie haben mir gesagt, daß mich das nicht interessieren könne. Sie sagten dies, weil Sie voraussetzen, daß ich keinen Kunstsinn habe, und Sie täuschen sich nicht; aber diese Ansichten können mich recht gut von einem geologischen Standpunkt aus, vom Standpunkt der Bergformation zum Beispiel, interessieren.«

»Das gebe ich nicht zu; als Geolog müßten Sie eher zu einem Buch Ihre Zuflucht nehmen, zu einem fachwissenschaftlichen Werk, nicht zu Zeichnungen.«

»Eine Zeichnung stellt mir das mit einmal vor die Augen, was in einem Buche zehn Seiten Beschreibung erforderlich machen würde.«

Frau Odinzowa antwortete nichts.

»Sie haben also keinen Kunstsinn«, hob sie wieder an und lehnte den Arm auf den Tisch, so daß sich ihr Gesicht dem Basarows näherte. »Wie machen Sie's, ihn missen zu können?«

»Wozu ist er gut, wenn ich fragen darf?«

»Wäre es auch nur, um die Menschen zu lehren, einander zu erkennen.«

Basarow lächelte.

»Erstens«, fuhr er fort, »erreicht man das durch die Lebenserfahrung, und zweitens muß ich Ihnen sagen, daß ich's durchaus nicht für notwendig halte, jedes Individuum besonders kennenzulernen. Alle Menschen gleichen einander, dem Leib wie der Seele nach; jeder von uns hat ein Gehirn, ein Herz, eine Milz, Lungen, alles gleich gebaut. Die Eigenschaften, die man ›moralische‹ nennt, sind ebenfalls identisch bei allen Menschen; sie zeigen nur unbedeutende Unterschiede. Ein einziges Menschenexemplar genügt, um alle andern zu beurteilen. Die Menschen sind wie die Birken des Waldes; keinem Botaniker wird es einfallen, jedes Exemplar besonders zu studieren.«

Katja, die ihre Blumen langsam eine nach der andern ordnete, richtete die Augen erstaunt auf Basarow, wurde aber, als sie seinem unbefangenen, kühnen Blick begegnete, rot bis über die Ohren. Frau Odinzowa schüttelte den Kopf.

»Die Birken des Waldes!« wiederholte sie. »So ist also Ihrer Ansicht nach kein Unterschied zwischen einem dummen und einem geistreichen Menschen, zwischen Guten und Bösen?«

»O ja! wie zwischen einem gesunden und einem kranken Menschen. Die Lungen eines Schwindsüchtigen sind nicht in dem gleichen Zustande wie bei Ihnen oder bei mir, wenn auch ihr Bau der gleiche ist. Die Gründe gewisser physischer Krankheiten kennen wir annähernd; was die moralischen Krankheiten betrifft, so kommen sie von schlechter Erziehung, von all den verschiedenen Dummheiten her, womit man uns die Köpfe vollpfropft, mit einem Wort, von dem unvernünftigen Zustand unseres sozialen Rechts. Reformieren Sie die Gesellschaft, und es gibt keine Krankheiten mehr!«

Basarow sprach diese Worte mit einem Ausdruck, als wollte er sagen: glauben Sie mir oder nicht, das ist mir vollkommen gleichgültig. Er fuhr sich mit seinen langen Fingern langsam durch den Bart, und seine Blicke schweiften von einer Seite des Zimmers auf die andere.

»Und Sie glauben«, nahm Frau Odinzowa das Wort, »daß,

wenn die Gesellschaft reformiert ist, es weder Dumme noch Böse mehr geben wird?«

»Das ist jedenfalls sicher, daß es, wenn die Gesellschaft einmal vernünftig organisiert ist, vollkommen gleich sein wird, ob ein Mensch dumm oder gescheit, gut oder böse ist.«

»Ja, ich verstehe; sie werden alle die gleiche Milz haben.«

»Ganz richtig, Madame.«

Frau Odinzowa kehrte sich zu Arkadij herum.

»Was denken Sie davon?« fragte sie ihn.

»Ich teile Jewgenijs Meinung«, erwiderte dieser.

Katja sah ihn von unten herauf an.

»Sie setzen mich in Erstaunen, meine Herren«, sagte Frau Odinzowa; »aber wir werden auf all das zurückkommen. Ich erwarte meine Tante, die zum Tee kommt, man muß die alten Leute schonen.«

Anna Sergejewnas Tante, die Fürstin N., eine kleine, hagere Alte mit ganz vertrocknetem Gesicht und strengen, starren Augen, trat ins Zimmer, grüßte die beiden jungen Männer kaum und ließ sich in einem weiten Samtfauteuil nieder, der ausschließlich für sie bestimmt war. Katja schob ihr eine Fußbank unter die Füße; die Alte dankte nicht einmal mit dem Blick; sie bewegte ein wenig die Hände unter dem gelben Schal, der ihren dürren Leib beinahe ganz bedeckte. Die Fürstin liebte das Gelb; sie hatte auch goldgelbe Bänder auf der Haube.

»Wie hast du geschlafen, Tante?« fragte Frau Odinzowa mit erzwungener Freundlichkeit.

»Der Hund ist noch da«, antwortete die Alte mürrisch; und als sie bemerkte, daß Fifi ängstlich ein paar Schritte auf sie zu tat, schrie sie: »Geh weg, geh weg!«

Katja rief Fifi und öffnete die Tür. Der Hund sprang auf ihren Ruf lustig herbei, da er glaubte, es handle sich um einen Spaziergang; als er sich aber vor der Tür draußen allein sah, fing er an zu scharren und zu kläffen. Die Fürstin runzelte die Stirn; Katja stand im Begriff, hinauszugehen ...

»Der Tee wird fertig sein«, sagte Frau Odinzowa; »kommen Sie, meine Herren! Tante, willst du zum Tee kommen?«

Die Fürstin erhob sich schweigend und trat zuerst in den Speisesaal. Ein kleiner Bedienter in Kosakentracht schob mit Geräusch einen mit Kissen belegten Lehnstuhl an die Tafel, und die Fürstin nahm darin Platz; Katja, deren Amt es war, den Tee einzuschenken, bediente sie zuerst in einer mit ihrem Wappen geschmückten Tasse. Die Alte süßte ihren Tee mit Honig (sie hätte geglaubt, eine Sünde zu begehen, wenn sie Zucker dazu genommen hätte; und zudem war ihrer Ansicht nach der Zucker zu teuer; doch kostete sie ihr Unterhalt keine Kopeke). Gleich darauf fragte sie mit heiserer Stimme:

»Was sagt der Fürst Iwan in seinem Briefe?«

Niemand antwortete ihr, und die jungen Männer merkten bald, daß man sich trotz all der Ehrenbezeigungen nicht viel um sie kümmerte. ›Man hält sie als Schaustück hier ... Eine Fürstin ... das macht sich gut in einem Salon‹, dachte Basarow. Nach dem Tee schlug Frau Odinzowa einen Spaziergang vor; es fing jedoch ein wenig zu regnen an, und die ganze Gesellschaft, die Fürstin ausgenommen, begab sich in den Salon zurück. Der Nachbar, ›der eine Partie Karten liebte‹, kam; er hieß Porfirij Platonytsch; ein kleiner Mann mit dickem Bauch und kahlem Kopf, dessen kurze Beine wie auf der Drehbank gemacht aussahen, im übrigen ein liebenswürdiger, heiterer Mann. Anna Sergejewna, die fast beständig mit Basarow sprach, fragte ihn, ob er sich nicht mit ihnen in dem alten Kartenspiel ›Preference‹ messen wollte. Basarow willigte mit der Bemerkung ein, daß er sich auf die Funktionen eines Landdoktors einüben müsse.

»Nehmen Sie sich in acht«, sagte Frau Odinzowa, »Sie werden an uns Ihren Meister finden. Du, Katja«, setzte sie hinzu, »spiele Arkadij Nikolajewitsch etwas vor. Er liebt die Musik, und wir hören dich auch.«

Katja beeilte sich nicht eben sehr, sich ans Klavier zu setzen, und Arkadij, obgleich er die Musik wirklich liebte, folgte ihr widerwillig. Er sagte sich, daß Frau Odinzowa ihn offenbar loszuwerden suchte, und wie alle jungen Leute seines Alters fühlte er sich von jenem unklaren und fast peinlichen Gefühl erfaßt, das der Liebe vorausgeht. Katja öffnete das Klavier und fragte Arkadij, ohne ihn anzusehen:

»Was soll ich Ihnen spielen?«

»Was Sie wollen«, antwortete Arkadij in gleichgültigem Ton.

»Welcher Musik geben Sie den Vorzug?« versetzte Katja, ohne sich umzuwenden.

»Der klassischen«, antwortete Arkadij im selben Tone.

»Lieben Sie Mozart?«

»Ja.«

Katja nahm jenes Meisters C-Moll-Fantasie mit der Sonate vor. Sie spielte sehr gut, obgleich ihr Vortrag gemessen und sogar ein wenig trocken war. Sie hielt sich unbeweglich, starr auf die Noten sehend und mit gepreßten Lippen; doch gegen das Ende des Stückes belebte sich ihr Gesicht, und eine kleine Haarflechte, die sich gelöst hatte, fiel auf ihre schwarzen Augenbrauen nieder.

Arkadij hörte mit Vergnügen den letzten Teil der Sonate, den, wo mitten in der reizenden Heiterkeit einer glücklichen Melodie plötzlich die Ergüsse eines herben, beinahe tragischen Schmerzes sich vernehmen lassen.

Aber die Gedanken, die Mozarts Musik in ihm weckte, bezogen sich keineswegs auf Katja. Bei ihrem Anblick kam ihm nur das eine in den Sinn: ›Das junge Mädchen spielt gut und ist nicht übel.‹

Als die Sonate zu Ende war, fragte ihn Katja, ohne die Hand von den Tasten zurückzuziehen:

»Ist's genug?«

Arkadij erwiderte, daß er ihre Güte nicht mißbrauchen wolle, und fing an, von Mozart zu sprechen; er fragte sie, ob sie diese Sonate selbst ausgewählt oder ob sie ihr jemand empfohlen habe. Allein Katja antwortete nur sehr einsilbig; sie hatte sich versteckt, sich sozusagen wieder in ihr Schneckenhaus zurückgezogen. Wenn sie diese Stimmung überfiel, währte es lange, ehe sie die Augen zu heben wagte, und ihre Züge nahmen den Ausdruck von Trotz an; man konnte sie dann für ein kleines, unbedeutendes Mädchen halten. Nicht, als ob sie schüchtern gewesen wäre; sie war vielmehr ein wenig scheu gemacht durch ihre Schwester, die, wie wir gesehen, ihre Erziehung überwachte und doch keine Ahnung davon hatte, was in ihr vorging.

Arkadij blieb nichts übrig, um seine Haltung zu bewahren, als Fifi, der wieder hereingekommen war, herbeizulocken, dem er gutmütig lächelnd den Kopf streichelte. Katja kehrte zu ihren Blumen zurück.

Basarow seinerseits machte Bete auf Bete. Madame Odinzowa spielte ausgezeichnet und auch Porfirij Platonytsch sehr gut. Basarow verlor, und obgleich der Verlust klein war, berührte er ihn doch unangenehm. Beim Nachtessen brachte Frau Odinzowa das Gespräch wieder auf die Botanik.

»Lassen Sie uns morgen früh spazierengehen!« sagte sie zu ihm. »Ich möchte Sie bitten, mir die lateinischen Namen der Feldblumen und auch ihre Eigenschaften zu nennen.«

»Wozu wollen Sie lateinische Namen lernen?« fragte Basarow.

»Es muß in allem Ordnung sein«, antwortete sie. —

»Welch bewundernswürdiges Weib, diese Odinzowa!« rief

Arkadij aus, als er mit seinem Freund auf dem ihnen angewiesenen Zimmer allein war.

»Ja«, antwortete Basarow, »es fehlt der Gevatterin nicht an Gehirn, und sie weiß sich auch zu helfen.«

»Wie ist das zu verstehen?«

»Das läßt sich auf zweierlei Art verstehen, mein Bester! Ich bin gewiß, daß sie ihr Vermögen charmant verwaltet. Wenn hier jemand bewundernswürdig ist, so ist's ihre Schwester.«

»Wie? Die kleine schwarze Hexe?«

»Ja, die kleine schwarze Hexe; die ist frisch und unberührt und schüchtern und schweigsam; die verdiente, daß man sich mit ihr beschäftigt. Aus dieser Natur könnte man noch machen, was man wollte, während die andere ...«

Arkadij gab Basarow keine Antwort, und jeder von ihnen legte sich mit seinen eigenen Gedanken schlafen. — Frau Odinzowa dachte diesen Abend auch an ihre Gäste, Basarow gefiel ihr durch seine völlige Anspruchslosigkeit und selbst durch sein schneidendes Urteil. Er war für sie noch etwas ganz Neues, und sie war neugierig.

Frau Odinzowa war ein sonderbares Wesen. Ohne Vorurteil, ja sogar ohne festen Glauben, wich sie vor nichts zurück, und doch schritt sie nicht viel vorwärts. In vielem sah sie scharf, interessierte sich für vieles, und nichts konnte sie befriedigen; ich weiß nicht einmal, ob sie eine volle Befriedigung wünschte. Ihr Geist war wißbegierig und gleichgültig zugleich; nie verschwanden ihre Zweifel, ohne eine Spur zu hinterlassen, und nie wurden sie stark genug, um sie zu beunruhigen. Wäre sie nicht reich und unabhängig gewesen, so hätte sie sich vielleicht ins Getümmel gewagt und dabei die Leidenschaften kennengelernt ... Aber so hatte sie ein ungetrübtes Dasein, obgleich sie manchmal ein Gefühl von Langerweile überkam, und sie fuhr fort, ohne sich je zu beeilen und nur selten erregt von Tag zu Tag zu leben. Manchmal traten nur allzu verführerische Bilder vor ihre Augen, aber wenn das Bild verschwunden war, sank sie in ihre Seelenruhe zurück und bedauerte nichts. Ihre Einbildungskraft überschritt oft die Grenzen des nach den gewöhnlichen Regeln der Moral Erlaubten; aber selbst dann floß das Blut in ihrem schönen, immer frischen und friedlichen Körper so ruhig wie gewöhnlich. Oft wenn sie morgens warm und voll Wohlgefühl aus ihrem duftenden Bade stieg, konnte sie anfangen zu träumen über die Eitelkeit des Lebens, über seine Freudlosigkeit und seine Mühe und Arbeit... Ein plötzlicher Aufschwung erfaßte sie; sie fühlte ein edles Streben in ihrem Innern erwachen; da drang ein Zug durch ein halboffenes Fenster, und Frau Odinzowa schauerte, beklagte sich, sie bezwang sogar nur mühsam eine Zornesregung und verlangte für den Augenblick nur das eine, daß der garstige Wind aufhöre. Wie alle Frauen, denen es nicht gegeben ist, zu lieben, wünschte sie beständig etwas, ohne selbst recht zu wissen, was. In der Tat wünschte sie nichts, obgleich es ihr vorkam, als ob sie alles in der Welt wünsche. Kaum hatte sie ihren Gatten ertragen mögen. Sie hatte sich aus Berechnung vermählt; wahrscheinlich würde sie nicht eingewilligt haben, wenn sie Herrn Odinzow nicht für einen galanten Mann gehalten hätte; aber sie hatte sich getäuscht, und es war ihr ein geheimer Widerwille gegen die Männer überhaupt geblieben, die sie sich alle unreinlich, plump, träg, beständig gelangweilt und energielos vorstellte. Doch war sie auf ihrer Reise einem jungen, schönen Schweden begegnet, einem Mann von ritterlichem Aussehen, mit blauen, ehrlichen Augen und hoher, freier Stirn; er hatte einen tiefen Eindruck auf sie gemacht, aber das hatte sie nicht abgehalten, nach Rußland zurückzukehren.

»Dieser Doktor ist ein sonderbarer Mensch!« sagte sie zu sich aus den Spitzenkissen ihres prächtigen Bettes unter der leichten seidenen Decke. Anna Sergejewna hatte etwas von ihres Vaters Liebe für den Luxus geerbt. Sie hatte ihren Vater sehr geliebt, so lasterhaft er war, und er betete seine Tochter an, scherzte mit ihr wie mit einem Freunde, bewies ihr ein grenzenloses Vertrauen und zog sie oft zu Rat. Von ihrer Mutter war ihr bloß eine dunkle Erinnerung geblieben.

»Dieser Doktor ist ein sonderbarer Mensch!« sagte sie wiederholt im Gedanken an ihn. Sie streckte sich in ihrem Bett, lächelte, legte den Arm unter den Kopf; dann, nachdem sie zwei oder drei Seiten eines schlechten französischen Romans überflogen hatte, ließ sie das Buch fallen und schlief, weiß, rein und kalt, in ihrem duftenden Bett ein.

Am andern Morgen nach dem Frühstück ging Frau Odinzowa mit Basarow botanisieren und kam erst zum Mittagessen wieder; Arkadij, der nicht ausgegangen war, hatte fast eine Stunde mit Katja verbracht. Er hatte sich nicht gelangweilt, sie hatte sich erboten, ihm die Sonate vom Tag zuvor zu spielen; als aber endlich Frau Odinzowa zurückkehrte, als er sie wiedersah, zog sich sein Herz unwillkürlich zusammen. Sie kam sichtlich etwas müde den Garten herauf; ihre Wangen waren gerötet, und ihre Augen glänzten mehr als gewöhnlich unter dem runden Strohhut. Sie drehte den zarten Stiel einer Feldblume zwischen den Fingern; ihre leichte Mantille war von den Schultern auf die Arme geglitten, und die langen Bänder ihres Huts schmiegten sich an ihre Brust. Basarow ging festen Schritts, unbefangen wie immer, hinter ihr. Aber der Ausdruck ihres Gesichts, obgleich er heiter und sogar herzlich war, gefiel Arkadij nicht.

Basarow warf ihm ein ›Guten Morgen‹ zu und ging auf sein Zimmer. Frau Odinzowa drückte ihm zerstreut die Hand und schritt ebenfalls an ihm vorüber.

›Guten Morgen?‹ dachte Arkadij ... ›haben wir uns denn heute nicht schon gesehen?‹

SIEBZEHNTES KAPITEL

Die Zeit, die oft fliegt wie ein Vogel, schleicht ein andermal dahin wie eine Schildkröte; aber sie scheint nie angenehmer, als wenn man nicht weiß, ob sie schnell oder langsam geht. Und geradeso verbrachten Basarow und Arkadij fast vierzehn Tage bei Frau Odinzowa. Die Ordnung, die sie in ihrem Hause und in ihrer Lebensweise eingeführt hatte, trug ohne Zweifel viel hierzu bei. Sie selbst beobachtete diese streng, und wenn es galt, die andern dazu zu bringen, griff sie nötigenfalls zum Despotismus. Alles im Hause hatte seine festgesetzte Stunde. Morgens Punkt acht Uhr versammelte sich die ganze Gesellschaft zum Tee, nachher mochte jedes bis zum Frühstück tun, was ihm beliebte; die Herrin des Hauses erledigte während der Zeit die Geschäfte mit dem Verwalter, dem Haushofmeister und dem Oberschaffner. Vor Tisch versammelte man sich wieder zum Plaudern und Lesen; der Abend war den Spaziergängen, dem Spiel und der Musik gewidmet; Frau Odinzowa zog sich um zehneinhalb Uhr zurück, gab ihre Befehle für den folgenden Tag und legte sich schlafen. Dies regelmäßige und einigermaßen feierliche Leben behagte Basarow nicht sonderlich; er sagte, man meine auf Eisenbahnschienen dahinzurollen. Die Livreebedienten, die majestätischen Haushofmeister verletzten sein demokratisches Bewußtsein. Er war der Ansicht, daß man konsequenterweise auch nach englischer Sitte in Frack und weißer Halsbinde bei Tisch erscheinen müßte. Er erklärte sich eines Tages darüber gegen Anna Sergejewna, die jedem gestattete, seine Meinung offen auszusprechen. Sie ließ ihn ausreden und sagte: »Von Ihrem Standpunkt aus ist es wahr, daß ich ein wenig die Schloßherrin spiele. Allein auf dem Lande ist es unmöglich, ohne Ordnung zu leben; man würde rettungslos der Langenweile verfallen.« Sie fuhr nach ihrer Art fort; Basarow brummte, aber gerade deshalb, weil das Leben ›wie auf Eisenbahnschienen‹ rollte, erschien es ihm und Arkadij so angenehm. Übrigens war seit ihrer Ankunft eine bemerkenswerte Änderung mit ihnen vorgegangen. Basarow, den Frau Odinzowa sichtlich bevorzugte, obgleich sie selten seiner Meinung war, zeigte nachgerade eine an ihm ungewohnte Aufregung; er brauste leicht auf, sprach ungern, sah oft verdrießlich aus und konnte nirgends ruhig bleiben, als ob ihn fortwährend etwas umhertriebe. Arkadij seinerseits, der sich sofort gesagt hatte, daß er in Frau Odinzowa verliebt sei, überließ sich ohne weiteres einer stillen Schwermut, die ihn durchaus nicht hinderte, sich Katja zu nähern, sondern ihn einigermaßen mit dazu bestimmte. ›Sie schätzt mich nicht! Nun wohl! . . . aber hier ist ein gutes Geschöpf, das mich nicht von sich stößt‹, sagte er zu sich, und sein Herz genoß aufs neue das süße Glück, sich edelmütig zu fühlen, wie er es gegen seinen Vater gewesen war. Katja ahnte dunkel, daß er einigen Trost in ihrem Umgang suchte; sie versagte ihm die wohltuende Befriedigung nicht, die eine schüchterne und doch vertrauende Freundschaft gewährt, und gab sich selber diesem Gefühl hin. Sie sprachen in Gegenwart der Frau Odinzowa nicht miteinander. Katja wich dem hellsehenden Blick ihrer Schwester gewissermaßen aus, und Arkadij konnte, wie es einem Liebenden wohl ansteht, in Gegenwart seiner Angebeteten für irgend etwas anderes auch nicht die mindeste Aufmerksamkeit haben; behaglich fühlte er sich aber nur in Katjas Gesellschaft. Er war so bescheiden, sich nicht für würdig zu halten, Frau Odinzowa zu beschäftigen; er kam aus der Fassung, wenn er mit ihr allein war, und wußte ihr nichts zu sagen; Arkadij war zu jung für sie. Bei Katja dagegen fühlte er sich ganz behaglich; er behandelte sie mit Nachsicht, wehrte ihr nicht, ihm die Eindrücke mitzuteilen, die Musik, Romane, Gedichte und andere ›Albernheiten‹ auf sie machten, ohne zu bemerken oder sich gestehen zu wollen, daß diese ›Albernheiten‹ ihn selber auch beschäftigten. Katja ihrerseits wehrte ihm nicht, den Melancholischen zu spielen. Arkadij war es in Katjas, Frau Odinzowa in Basarows Gesellschaft wohl ... und deshalb trennten sich, wenn alle vier zusammentrafen, die beiden Paare gewöhnlich nach wenigen Augenblicken wieder, und jedes ging, besonders auf den Spaziergängen, seiner Wege. Katja betete die Natur an, und Arkadij liebte sie auch, obgleich er es nicht zu gestehen wagte; Frau Odinzowa war ziemlich gleichgültig dagegen, ganz so wie Basarow. Dies fast beständige Getrenntsein der beiden Freunde hatte zur Folge, daß ihr Verhältnis etwas von der früheren Innigkeit verlor. Basarow sprach mit Arkadij nicht mehr von Frau Odinzowa und kritisierte sogar ihre ›aristokratischen Manieren‹ nicht mehr; er fuhr fort, Katja zu loben, und riet Arkadij nur, die sentimentale Richtung, die er an ihr bemerkte, etwas zu mäßigen; aber sein Lob war kurz, sein Rat etwas trocken; er unterhielt sich mit Arkadij viel seltener als ehedem ... er mied ihn sogar; es schien fast, als schäme er sich vor ihm ... Arkadij bemerkte das alles ganz wohl; er vertraute es aber niemand an.

Der wahre Grund dieser ganzen Veränderung war das Gefühl, das Frau Odinzowa Basarow eingeflößt hatte, ein Gefühl, das ihn quälte und rasend machte, wogegen er sich aber mit verächtlichem Lächeln und zynischen Schimpfworten verwahrt haben würde, wenn sich jemand hätte beikommen lassen, auch nur von ferne darauf anzuspielen. Basarow liebte die Weiber und wußte die Schönheit zu schätzen, aber er erklärte die ideale oder, wie er sie nannte, die romantische Liebe für eine unverzeihliche Narrheit, für eine Dummheit und stellte die ritterlichen Gefühle mit physischen Krankheiten und Mißbildungen so ziemlich auf eine Stufe. Oft drückte er sein Erstaunen darüber aus, daß man den Ritter Toggenburg samt allen Minnesängern und Troubadours nicht ins Narrenhaus gesperrt habe ... »Behagt euch ein Weib«, sagte er, »so sucht zu eurem Zweck zu kommen; weist sie euch ab, so lasset sie in Frieden und wendet euch woandershin; die Erde ist groß genug.« Frau Odinzowa gefiel ihm; die Gerüchte, die über sie umliefen, ihr freies und unabhängiges Wesen, das Wohlwollen, das sie ihm bezeigte, alles schien wie gemacht, ihn zu ermutigen; aber er merkte bald, daß er mit ihr *nicht* zum Ziele komme, und doch fühlte er zu seinem großen Erstaunen nicht den Mut, sich woandershin zu wenden. Sobald er an sie dachte, wallte sein Blut; mit seinem Blut wäre er leicht fertig geworden, aber er empfand noch etwas anderes, was er nie zugegeben, etwas, worüber er sich stets lustig gemacht hatte und was seinen Stolz empörte. In seinen Unterhaltungen mit Frau Odinzowa legte er stärker als je seine Verachtung und Geringschätzung für jede Art von Romantik an den Tag, und wenn er mit sich allein war, erkannte er mit finsterm Unmut, daß sich die Romantik seiner selbst bemächtigt hatte. Er floh in die Wälder, durchlief sie im Sturmschritt, brach die Zweige, die ihm in den Weg kamen, und murmelte Verwünschungen über sich und über sie; ein andermal legte er sich in einen Heuschober, schloß die Augen mit Gewalt und versuchte, sich zum Schlafen zu zwingen, was ihm natürlich nicht immer gelang. Er durfte sich nur vorstellen, daß diese keuschen Arme eines Tages seinen Hals umschlingen, diese stolzen Lippen seine Küsse erwidern, diese intelligenten Augen mit Zärtlichkeit, ja, mit Zärtlichkeit auf den seinen ruhen würden ... so fühlte er sich vom Schwindel ergriffen, und er vergaß sich einen Augenblick, bis der Unmut von neuen in seinem ganzen Wesen ausbrach.

Er ertappte sich selbst über weibischen Gedanken, als ob der Böse ihn versuchen wollte. Bisweilen schien es ihm, daß mit Frau Odinzowa eine Veränderung vorgegangen sei, daß ihr Gesicht einen andern Ausdruck habe, daß vielleicht... Aber dann stampfte er plötzlich mit dem Fuß auf den Boden oder bedrohte sich zähneknirschend mit der eigenen Faust.

Dennoch war Basarow nicht ganz im Irrtum. Er hatte auf Frau Odinzowas Phantasie Eindruck gemacht; er beschäftigte sie sehr. Nicht bloß, daß sie sich fern von ihm langweilte oder ihn mit Ungeduld erwartete, sondern seine Ankunft belebte sie plötzlich, sie war gern mit ihm allein und hatte Gefallen an seiner Unterhaltung, selbst wenn er ihr widersprach oder gegen ihre eleganten Gewohnheiten und Neigungen verstieß. Sie schien sich selber dadurch kennenlernen zu wollen, daß sie ihn auf die Probe stellte.

Eines Tages, als er im Garten mit ihr spazierenging, kündigte er ihr kurz und barsch seine nah bevorstehende Abreise auf das Landgut seines Vaters an... Sie erbleichte, als ob sie einen Stich ins Herz erhalten hätte, und ihre Aufregung war so lebhaft, daß sie selbst darüber erstaunt war; sie verlor sich in Gedanken darüber, was das bedeuten könne. Basarow hatte ihr von seiner Abreise durchaus nicht deshalb gesprochen, um sie auf die Probe zu stellen und zu sehen, wie er sich dabei benähme; er war nicht der Mann, um jemals zu solchen Mitteln, zu Lügen, seine Zuflucht zu nehmen. Der Verwalter seines Vaters, sein einstiger väterlicher Freund Timofejitsch, hatte ihn frühmorgens besucht. Dieser Timofejitsch, ein gewandter, schlauer Alter, mit gelbschimmernden Haaren, luftgerötetem Gesicht und kleinen tränenden Augen, war unerwartet zu ihm gekommen, in einer Jacke von grobem blauem Tuch mit Ledergürtel und geschmierten Stiefeln.

»Ah, guten Morgen, Alter!« rief Basarow.

»Guten Morgen, Väterchen Jewgenij Wassiljitsch«, sagte der Greis mit freundlichem Lächeln, das sein ganzes Gesicht mit kleinen Runzeln durchzog.

»Was führt dich her? Suchst du mich?«

»Wie könnt Ihr das glauben?« stammelte Timofejitsch (Basarows Vater hatte ihm ausdrücklich befohlen, nicht merken zu lassen, daß er ihn schickte). »Ich hab für den Herrn Aufträge in der Stadt zu besorgen, und da ich hörte, daß Ihr hier seid, machte ich den kleinen Umweg, um Euer Ehren zu sehen. Ich wäre Euch sonst nicht lästig gefallen!«

»Geh, lüg nicht!« antwortete Basarow. »Das Dorf liegt durchaus nicht auf deinem Weg.« — Timofejitsch wandte sich etwas zur Seite, ohne zu antworten.

»Ist mein Vater wohl?«

»Gott Lob und Dank, es geht ihm gut.«

»Und meine Mutter?«

»Arina Wlasjewna ebenfalls, Gott sei gelobt.«

»Sie erwarten mich, nicht wahr?«

Der Alte neigte seinen Kopf auf die Seite.

»Ach, Jewgenij Wassiljitsch, wie sollten sie Euch nicht erwarten? Glaubt mir, das Herz blutet einem, wenn man Eure Eltern ansieht . . .«

»'s ist gut, 's ist gut, keine Schilderungen! Sag ihnen, daß ich bald komme!«

»Ich werde nicht ermangeln«, antwortete Timofejitsch mit einem Seufzer. Vor dem Hause zog er seine Mütze mit beiden Händen über die Ohren, stieg auf ein kleines Fuhrwerk, das er vor dem Tor gelassen hatte, und fuhr in kurzem Trab davon, aber nicht in Richtung der Stadt.

Am Abend desselben Tages saß Frau Odinzowa mit Basarow im Salon, während Arkadij auf und ab ging und Katja zuhörte, die Klavier spielte. Die Fürstin war auf ihr Zimmer gegangen; sie konnte die Besuche nicht leiden, und namentlich nicht diese hergelaufenen Burschen neuesten Datums, wie sie sie nannte. Solange sie sich im Salon befand, war ihre Laune noch erträglich; aber vor ihrer Kammerfrau überließ sie sich solchen Zornausbrüchen, daß ihre Haube und ihre Haartour auf dem Kopfe tanzten. Frau Odinzowa wußte es.

»Wie können Sie daran denken, abzureisen?« sagte sie zu Basarow. »Und Ihr Versprechen?« Basarow zitterte . . .

»Welches Versprechen?«

»Haben Sie's vergessen? Sie wollten mich ein wenig in der Chemie unterrichten.«

»Unglücklicherweise erwartet mich mein Vater. Ich kann unmöglich länger zögern. Übrigens brauchen Sie ja nur Pelouze et Fremy, ›Notions Générales de Chimie‹ zu lesen, das ist ein gutes Buch und leicht zu verstehen. Sie werden dort alles finden, was Sie wissen wollen.«

»Sie haben mir aber doch vor wenigen Tagen selbst gesagt, daß ein Buch nie an die Stelle . . . ich erinnere mich nicht mehr des Ausdrucks, dessen Sie sich bedient haben, aber Sie wissen schon, was ich sagen will . . ., nicht wahr?«

»Wie soll ich's machen?« antwortete Basarow.

»Warum abreisen?« fragte Frau Odinzowa mit gedämpfter Stimme.

Er sah sie an, sie lag zurückgelehnt in ihrem Sessel, die bis zum Ellenbogen bloßen Arme über die Brust gekreuzt. Das Licht der mit einem Schirm von ausgeschnittenem Papier bedeckten Lampe machte sie noch bleicher. Ein langes weißes Kleid umhüllte sie mit kleinen weichen Falten; kaum sah man die Spitzen ihrer Füße, die sie ebenfalls übereinandergeschlagen hatte.

»Und warum soll ich bleiben?« antwortete Basarow.

Frau Odinzowa wandte ein wenig den Kopf.

»Wie, warum? Gefällt es Ihnen hier nicht? Denken Sie, daß man Sie hier nicht vermissen wird?«

»Ich zweifle.«

»Sie haben unrecht, so zu denken«, antwortete Frau Odinzowa nach kurzem Schweigen. »Übrigens glaube ich Ihnen nicht. Sie können das unmöglich im Ernst meinen.« — Basarow blieb unbeweglich. — »Jewgenij Wassiljitsch, warum antworten Sie nicht?«

»Was soll ich Ihnen sagen? Niemand ist wert, daß man ihn vermißt, und ich noch weniger als ein anderer.«

»Warum das?«

»Ich bin ein nüchterner, uninteressanter Mensch, ich verstehe nicht, liebenswürdig zu sein.«

»Sie wollen Komplimente haben?«

»Das ist nicht meine Art; wissen Sie nicht selber, daß die elegante Seite des Lebens, gerade die, auf welche Sie so großen Wert legen, mir fremd ist?«

Frau Odinzowa biß in ihr Taschentuch.

»Denken Sie, was Sie wollen, aber ich werde mich langweilen, wenn Sie fort sind.«

»Arkadij bleibt«, sagte Basarow. Frau Odinzowa zuckte ein wenig die Achseln.

»Ich werde mich langweilen«, wiederholte sie.

»Wahrhaftig? Nun, Sie werden sich nur kurze Zeit langweilen.«

»Woraus schließen Sie das?«

»Sie haben mir selbst gesagt, daß, um sich gelangweilt zu fühlen, Sie in Ihren Gewohnheiten gestört werden müßten. Ihr Leben ist so vollkommen geregelt, daß es weder der Langeweile noch dem Kummer, noch sonst einem schmerzlichen Gefühl Raum gibt.«

»Sie finden, daß ich ganz ... oder wenigstens, daß mein Leben sehr geregelt und geordnet ist?«

»Gewiß! Da wird es zum Beispiel in wenigen Minuten zehn Uhr schlagen, und ich weiß im voraus, daß Sie mich dann wegschicken.«

»Nein, ich werde Sie nicht wegschicken, Sie können bleiben. Öffnen Sie das Fenster, es scheint mir zum Ersticken heiß.«

Basarow stand auf und öffnete das Fenster. Es ging plötzlich und mit Geräusch auf. Er hatte nicht gedacht, daß es sich so leicht öffnen würde, denn seine Hände zitterten. Die weiche, laue Nacht mit ihrem dunkeln Himmel wurde sichtbar, und das leise Rauschen der Bäume mischte sich mit dem stärkenden Hauch einer frischen, reinen Luft.

»Lassen Sie den Vorhang herab und setzen Sie sich«, fuhr Frau Odinzowa fort, »ich möchte vor Ihrer Abreise mit Ihnen plaudern. Erzählen Sie mir etwas aus Ihrem Leben; Sie sprechen nie von sich selbst.«

»Ich versuche, von nützlichen Dingen mit Ihnen zu sprechen.«

»Sie sind bescheiden... indessen möchte ich gern etwas von Ihnen, Ihrer Familie und Ihrem Vater hören, dem zuliebe Sie uns verlassen wollen.«

›Warum sagt sie mir dies alles?‹ fragte sich Basarow. »Das alles«, setzte er laut hinzu, »würde Sie sehr wenig interessieren. Gerade Sie; wir sind kleine Leute.«

»Ich bin also Ihrer Ansicht nach eine Aristokratin?«

Basarow blickte Frau Odinzowa an.

»Ja«, sagte er mit starkem Nachdruck. Sie lächelte.

»Ich sehe, Sie kennen mich schlecht«, erwiderte sie; »obgleich Sie behaupten, daß alle Naturen gleich sind und daß man sich nicht die Mühe zu geben brauche, sie einzeln zu studieren. Ich erzähle Ihnen vielleicht einmal mein Leben... aber zuerst müssen Sie mir das Ihrige erzählen.«

»Sie sagen, ich kenne Sie schlecht«, antwortete Basarow. »Das ist möglich; vielleicht ist jeder Mensch wirklich ein Rätsel. Um zum Beispiel von Ihnen zu sprechen: Sie fliehen die Gesellschaft, sie ermüdet Sie; und doch laden Sie sich zwei Studenten ein. Warum wohnen Sie, schön und gescheit wie Sie sind, auf dem Lande?«

»Wie, was haben Sie da gesagt?« erwiderte Frau Odinzowa lebhaft. »Ich bin . . . schön . . .«
Basarow zog die Brauen zusammen.
»Das tut nichts zur Sache«, antwortete er nicht ohne Verwirrung, »ich wollte sagen, ich begreife nicht, warum Sie Ihren Wohnsitz auf dem Lande aufgeschlagen haben.«
»Sie begreifen es nicht, und doch erklären Sie es sich auf die eine oder andere Art?«
»Ja, ich nehme an, daß Sie an diesem Ort bleiben, weil Sie verwöhnt sind, weil Sie den Komfort lieben und weil Ihnen alles übrige höchst gleichgültig ist.«
Frau Odinzowa lächelte von neuem.
»Sie wollen also durchaus nicht glauben, daß ich fähig sei, mich von meiner Einbildungskraft leiten zu lassen?«
»Aus Neugierde vielleicht«, antwortete Basarow, indem er sie von unten herauf anblickte, »aber anders nicht.«
»Wahrhaftig, nun begreife ich, warum wir uns so gut verstehen. Sie sind mir in dieser Beziehung ganz und gar ähnlich.«
»Wir uns verstehen? . . .« wiederholte Basarow dumpf.
»Im Grunde, ja! Ich hatte vergessen, daß Sie abreisen wollen.«
Basarow erhob sich, die Lampe brannte schwach inmitten des halbdunkeln, von Wohlgeruch erfüllten Zimmers. Der Vorhang hob sich von Zeit zu Zeit und ließ die wollüstige Frische und die geheimnisvollen Laute der Nacht ins Zimmer dringen. Frau Odinzowa saß vollkommen unbeweglich; aber nach und nach bemächtigte sich ihrer eine geheime Erregung, die auch Basarow ergriff. Es kam ihm plötzlich zum Bewußtsein, daß er sich mit einer schönen und jungen Frau allein befand . . .
»Wohin?« fragte sie gedehnt.
Er antwortete nicht und sank auf seinen Sessel zurück.
»Also halten Sie mich für glücklich, verwöhnt vom Schicksal«, fuhr sie im selben Tone fort, die Augen auf das

Fenster gerichtet. »Und ich weiß im Gegenteil, daß ich das Recht habe, mich für sehr unglücklich zu halten.«

»Sie unglücklich? Wieso? Wär's möglich, daß Sie gegen dummen Klatsch empfindlich wären?« Über Frau Odinzowas Gesicht zog eine Wolke des Mißvergnügens. Es verdroß sie, so schlecht verstanden worden zu sein.

»Dieser Klatsch kann mich nicht einmal lachen machen, Jewgenij Wassiljitsch, und ich bin zu stolz, um davon verwundet zu sein. Ich bin unglücklich, weil das Leben . . . nichts hat, was mich reizt, was mich anzieht. Sie sehen mich zweifelnd an, Sie sagen sich: ›Da sitzt eine mit Spitzen bedeckte Aristokratin in ihrem Samtsessel und spricht so?‹ Ich leugne es nicht, ich liebe das, was Sie Komfort nennen, und doch liegt mir nichts am Leben. Vereinigen Sie diese Widersprüche, wie Sie wollen; übrigens müssen Sie all das für Romantik halten.«

»Sie sind gesund, unabhängig, reich«, erwiderte Basarow mit Kopfschütteln, »was wollen Sie mehr?«

»Was ich will?« sagte Frau Odinzowa seufzend. »Ich fühle mich sehr müde, ich bin alt; es scheint mir, daß ich schon seit langer, langer Zeit lebe. Ja, ich bin alt«, wiederholte sie und zog langsam die Enden ihrer Mantille über die bloßen Arme. Ihre Augen begegneten denen Basarows, und sie errötete ein wenig.

»Ich habe schon so viele Erinnerungen hinter mir; ein glänzendes Leben in Petersburg; dann in Armut, dann den Tod meines Vaters, meine Ehe, meine Reise durch Deutschland . . . und all das, was danach kam . . . wieviel Erinnerungen, und keine, bei der man verweilen möchte! Und vor mir ein langer Weg, und kein Ziel und Zweck . . . auch habe ich keine Lust, weiterzugehen.«

»Das Leben hat keinen Reiz mehr für Sie?« fragte Basarow.

»Das nicht«, antwortete Frau Odinzowa nach kurzem Besinnen, »aber es hat mir keine Befriedigung gewährt. Es

scheint mir, daß, wenn ich mich mit Macht an etwas an-
klammern könnte ...«

»Sie möchten lieben«, antwortete Basarow ... »und Sie
können's nicht. Das ist Ihr ganzes Unglück!«

Frau Odinzowa spielte mit dem Saum ihrer Mantille.

»Kann ich wirklich nicht lieben?« fragte sie.

»Ich bezweifle es! Nur hatte ich unrecht, das ein Unglück
zu nennen. Mit dem im Gegenteil muß man Mitleid haben,
dem ein solcher Unfall zustößt.«

»Welcher Unfall?«

»Zu lieben.«

»Woher wissen Sie das?«

»Vom Hörensagen,« antwortete Basarow bitter. ›Du
spielst die Kokette‹, dachte er, ›du hast Langeweile, und
zum Zeitvertreib machst du mich rasend; aber ich ...‹

Sein Herz schlug in der Tat heftig.

»Zudem sind Sie vielleicht zu wählerisch«, fügte er hinzu
und spielte vorgeneigt mit den Quasten des Sessels.

»Vielleicht! Alles oder nichts, das ist's, was ich will. Einen
vollkommenen Austausch der Gefühle; wenn ich gebe, so
ist's, um zu empfangen, und das ohne Reue, ohne Um-
kehr. Sonst lieber nichts.«

»Im ganzen«, erwiderte Basarow, »scheinen mir die Bedingungen verständig, und ich bin erstaunt, daß Sie bisher
noch nicht gefunden haben, was Sie suchen.«

»Sie glauben also, daß sich leicht Gelegenheit findet, diesen loyalen Tausch zu machen?«

»Leicht? Nein, wenn man kalt überlegt, wenn man berech-
net, auswählt und sich selber hoch anschlägt; aber es ist
sehr leicht, sich ohne Überlegung hinzugeben.«

»Warum sollte man sich nicht ein wenig hoch anschlagen?
Wenn man nichts wert ist, wozu sich geben?«

»Das ist nicht die Sache dessen, der sich gibt, der andere
muß schätzen, was man wert ist. Das Wesentliche ist, daß
man sich zu geben weiß.«

Madame Odinzowa zuckte ein wenig mit den Achseln.

»Sie sprechen ganz, wie wenn Sie all das an sich selber erfahren hätten«, sagte sie zu Basarow.

»Reiner Zufall, Anna Sergejewna; denn derartige Angelegenheiten schlagen, wie Sie wissen, nicht in mein Fach.«

»Aber Sie verstünden, sich zu geben?«

»Ich weiß das nicht; ich will mich nicht rühmen.«

Frau Odinzowa antwortete nicht, und Basarow schwieg. Die Töne des Klaviers trafen ihr Ohr.

»Wie spät Katja heut abend noch spielt«, sagte Frau Odinzowa.

Basarow erhob sich.

»Es ist in der Tat sehr spät; Sie sollten schlafen gehen.«

»Warten Sie, warum so eilen . . . Ich habe Ihnen noch ein Wort zu sagen.«

»Welches Wort«?

»Warten Sie«, wiederholte Frau Odinzowa halblaut, und ihre Augen ruhten auf Basarow. Sie schien ihn aufmerksam zu prüfen.

Basarow machte einige Schritte durchs Zimmer, dann näherte er sich plötzlich Frau Odinzowa, sagte rauh zu ihr: »Adieu!« und verließ das Zimmer, indem er ihr die Hand drückte, daß sie fast geschrien hätte. Sie führte ihre noch aneinandergepreßten Finger zum Munde und blies darauf; dann erhob sie sich plötzlich und ging rasch nach der Tür, als ob sie Basarow zurückrufen wollte. Eine Kammerfrau trat mit einer Flasche auf silberner Platte ins Zimmer. Frau Odinzowa blieb stehen, hieß sie gehen, warf sich wieder in den Sessel und versank von neuem in Nachdenken. Eine Flechte ihres Haares löste sich und rollte sich wie eine schwarze Schlange über ihre Schulter. Die Lampe brannte noch lange im Salon, und Frau Odinzowa blieb immer unbeweglich; zuweilen nur fuhr sie über die nackten Arme, da sie die frische Nachtluft zu fühlen begann.

Fast zwei Stunden später kam Basarow auf sein Zimmer, mit wildem Blick, die Haare in Unordnung, die Stiefel feucht vom Tau. Arkadij saß noch an seinem Tisch, ein Buch in der Hand und den Rock bis ans Kinn zugeknöpft.

»Du schläfst noch nicht?« fragte Basarow fast ärgerlich.

»Du bist heute abend sehr lange bei Frau Odinzowa geblieben«, versetzte Arkadij, ohne auf die Frage zu antworten.

»Ja, ich bin so lange geblieben, wie du mit Katerina Sergejewna Klavier gespielt hast.«

»Ich habe nicht gespielt«, erwiderte Arkadij und sagte nichts weiter. Er fühlte, daß seine Augen feucht wurden, und er wollte vor seinem Freund, dessen spöttische Launen er fürchtete, nicht weinen.

ACHTZEHNTES KAPITEL

Am andern Morgen, als Frau Odinzowa zum Tee kam, saß Basarow lange über seine Tasse geneigt da; dann plötzlich heftete er die Augen auf sie ... sie wandte sich gegen ihn, als ob er sie gestoßen hätte, und er glaubte zu bemerken, daß sie noch bleicher sei als tags zuvor. Sie ging bald auf ihr Zimmer zurück und zeigte sich erst wieder beim Frühstück. Der Vormittag war regnerisch. Die ganze Gesellschaft war im Salon beisammen. Arkadij nahm die neueste Nummer einer Revue und las laut daraus vor. Die Fürstin, nach ihrer Gewohnheit, schien darüber erst höchlich erstaunt, als ob er etwas sehr Unschickliches begangen hätte; dann maß sie ihn mit bösen Blicken, was er aber nicht beachtete.

»Jewgenij Wassiljitsch«, sagte Frau Odinzowa, »kommen Sie auf mein Zimmer ... Ich möchte Sie fragen ... Sie haben mir gestern den Titel eines Werkes genannt ...«

Sie erhob sich und ging nach der Tür. Die Fürstin blickte rundumher, und in ihrem Gesicht stand deutlich geschrieben: ›Seht, seht, wie ich darüber erstaune!‹ Sie blickte Arkadij wiederholt an, aber er wechselte einen raschen Blick mit Katja, die neben ihm saß, und las mit erhobener Stimme weiter. Frau Odinzowa ging raschen Schrittes nach ihrem Zimmer. Basarow folgte ihr, ohne die Augen aufzuschlagen, und hörte das leichte Rauschen der seidenen Robe, die vor ihm hinglitt. Anna Sergejewna setzte sich in denselben Sessel wie tags zuvor, und Basarow nahm auch den gleichen Platz wieder ein. »Wie nannten Sie das Buch? ...« sagte sie nach einem Augenblick Schweigen.

»Pelouze et Fremy, ›Notions Générales‹«, antwortete Basarow. »Übrigens kann ich Ihnen auch noch Ganots ›Traité élémentaire de physique expérimentale‹ empfehlen; die Zeichnungen sind detaillierter, und das Buch ist im ganzen ...«

»Entschuldigen Sie, Jewgenij Wassiljitsch«, sagte Frau Odinzowa und streckte die Hand aus; »ich habe Sie nicht hierher eingeladen, damit wir uns über Handbücher unterhalten. Ich möchte unser Gespräch wiederaufnehmen. Sie haben mich so rasch verlassen ... es wird Ihnen doch nicht langweilig sein?«

»Ich stehe zu Diensten ... aber wovon sprachen wir doch gestern abend?« Frau Odinzowa sah Basarow ein wenig von unten herauf an.

»Ich glaube«, sagte sie, »wir sprachen vom Glück. Ich unterhielt Sie von mir. Aber weil ich eben das Wort Glück gebraucht habe, muß ich Ihnen eine Frage vorlegen: Warum, selbst wenn wir zum Beispiel den Genuß einer Musik, eines schönen Abends, einer Unterhaltung mit irgend jemand, der uns sympathisch ist, gehabt haben, warum scheint uns dieser Genuß mehr eine Andeutung irgendeines unbekannten Glücks zu sein, das sich irgendwo findet, als ein wirkliches Glück, ein Glück, das wir selber genießen? Antworten Sie mir ... aber möglicherweise haben Sie ein ähnliches Gefühl noch gar nicht gehabt.«

»Sie kennen das Sprichwort: ›Uns ist nur da wohl, wo wir nicht sind‹«, antwortete Basarow; »übrigens haben Sie mir gestern selbst gesagt, daß Sie sich unbefriedigt fühlen. Ich gestehe, daß mir dergleichen Gedanken nie in den Sinn kommen.«

»Sie erscheinen Ihnen vielleicht lächerlich?«

»Das nicht, sie sind mir nur niemals in den Kopf gekommen.«

»Wirklich? Da möchte ich nun aber gern wissen, was Sie denken.«

»Wieso? Ich verstehe Sie nicht.«

»Hören Sie; längst schon wünschte ich, mich mit Ihnen auszusprechen. Ich brauche Ihnen nicht zu sagen, daß Sie kein gewöhnlicher Mensch sind, Sie wissen es sehr gut. In Ihrem Alter hat man noch einen langen Weg vor sich. Auf was bereiten Sie sich vor? Welche Zukunft erwartet Sie? Auf welches Ziel steuern Sie los? Wohin gehen Sie? Was haben Sie auf dem Herzen? Mit einem Wort: wer sind Sie, und was sind Sie?«

»Sie setzen mich in Erstaunen, Madame, Sie wissen ja, daß ich mich mit den Naturwissenschaften beschäftige; und was meine Person betrifft . . .«

»Ja, wer sind Sie?«

»Ich habe bereits die Ehre gehabt, Ihnen zu sagen, daß ich ein künftiger Distriktsarzt bin.«

Frau Odinzowa machte ein Zeichen von Ungeduld.

»Warum sprechen Sie so mit mir?« sagte sie; »Sie glauben selber nicht an das, was Sie sagen. Arkadij hätte mir so antworten können, aber Sie?«

»Aber worin ist Arkadij . . .«

»Gehen Sie doch; ist es möglich, daß ein so bescheidener Wirkungskreis Sie befriedigen kann? Gestehen Sie nicht selber, daß Sie nicht an die Medizin glauben? Ein Distriktsarzt? Sie! Mit Ihrem Selbstgefühl! Sie antworten mir nur so, um meiner Frage auszuweichen. Ich flöße Ihnen kein Vertrauen ein, doch, Jewgenij Wassiljitsch, darf ich Sie versichern, daß ich Sie zu verstehen vermocht hätte; ich war selber arm und voll Selbstgefühl wie Sie; ich habe vielleicht dieselben Prüfungen durchgemacht wie Sie.«

»Das alles ist sehr schön, Anna Sergejewna, aber Sie müssen entschuldigen . . . ich bin nicht gewöhnt, andern mein Herz zu erschließen, und zudem ist zwischen uns beiden eine solche Kluft . . .«

»Gehen Sie! Wollen Sie mir noch einmal sagen, daß ich

eine Aristokratin bin? Ich glaube, Ihnen bewiesen zu haben ...«

»Außerdem«, erwiderte Basarow, »begreife ich das Vergnügen nicht, das man darin finden kann, von der Zukunft zu sprechen, die im allgemeinen nicht von uns abhängt. Zeigt sich eine Gelegenheit, etwas zu leisten, um so besser, im andern Falle wird man sich wenigstens sehr glücklich schätzen, sich keinem unnützen Geschwätz hingegeben zu haben.«

»Sie nennen freundschaftliches Geplauder Geschwätz ... Nach allem halten Sie mich vielleicht als Weib Ihres Vertrauens nicht würdig? Sie haben eine geringe Meinung von unserem Geschlecht!«

»Ich habe keine geringe Meinung von Ihnen, Anna Sergejewna, und Sie wissen das sehr gut.«

»Nein, ich weiß nichts ...; aber gesetzt, es wäre so. Ich begreife, daß Sie nicht von Ihrer Zukunft sprechen wollen; aber das, was heute in Ihnen vorgeht ...«

»Vorgeht?« wiederholte Basarow. »Bin ich zufällig ein Staat oder eine Gesellschaft? Jedenfalls scheint mir das nicht sehr interessant; und zudem, soll denn jeder von uns laut verkünden, was in ihm ›vorgeht‹?«

»Ich wüßte in der Tat nicht, warum man nicht alles, was man auf dem Herzen hat, gestehen sollte.«

»Könnten Sie das?«

»Ja«, antwortete Frau Odinzowa nach kurzem Besinnen. Basarow verneigte sich.

»Sie sind glücklicher als ich«, sagte er.

Anna Sergejewna sah ihn an, als ob sie eine Erklärung von ihm fordern wollte. »Sie haben gut reden«, erwiderte sie, »aber ich fühle mich darum nicht weniger geneigt, zu glauben, daß wir uns nicht umsonst begegnet sind, daß wir gute Freunde sein werden. Ich bin gewiß, daß Ihre — wie soll ich sagen? — Ihre Starrheit, Ihre Verschlossenheit auf die Dauer schwinden wird.«

»Sie finden mich also verschlossen ... oder wie doch? Starr.«

»Ja.«

Basarow stand auf und trat ans Fenster.

»Und Sie wollen die Beweggründe dieser Verschlossenheit kennenlernen, Sie möchten wissen, was in mir vorgeht?«

»Ja«, antwortete Frau Odinzowa mit einem Schrecken, über den sie sich noch keine Rechenschaft gab.

»Und Sie wollen nicht böse werden?«

»Nein.«

»Nein?« Basarow wandte ihr den Rücken zu. »So wissen Sie denn, daß ich Sie unvernünftig, ja bis zum Wahnsinn liebe ... das ist es, was Sie mich Ihnen zu sagen zwingen.«

Frau Odinzowa streckte die Hände aus, und Basarow drückte seine Stirn an die Fensterscheibe. Er erstickte beinahe, ein krampfhaftes Zittern lief durch alle seine Glieder, aber es war weder die Aufregung, wie sie die Schüchternheit der Jugend hervorruft, noch der süße Schrecken, den eine erste Liebeserklärung erzeugt; es war die Leidenschaft, die in ihm kämpfte, jene starke, bedrängende Leidenschaft, die der Bosheit gleicht und vielleicht nicht weit davon entfernt ist ... Frau Odinzowa empfand Furcht und Mitleid zugleich.

»Jewgenij Wassiljitsch!« sagte sie, und in ihrer Stimme verriet sich eine unwillkürliche Zärtlichkeit.

Er kehrte sich rasch um, warf ihr einen verzehrenden Blick zu und zog sie, ihre beiden Hände mit Macht ergreifend, an seine Brust.

Sie konnte sich ihm nicht sogleich entwinden ... Einige Augenblicke nachher hatte sie sich in die entlegenste Ecke des Zimmers geflüchtet. Er stürzte auf sie los ...

»Sie haben mich nicht verstanden!« stieß sie mit leiser, vor Schreck erstarrter Stimme hervor. Einen Schritt weiter, und sie hätte wahrscheinlich einen Schrei ausgestoßen;

ihre ganze Haltung kündete es an. Basarow biß sich in die Lippen und verließ das Zimmer.

Eine halbe Stunde später übergab ein Stubenmädchen Anna Sergejewna ein Billett von Basarow. Es enthielt nur eine Zeile: ›Muß ich heute noch abreisen, oder kann ich bis morgen bleiben?‹ Frau Odinzowa antwortete: ›Warum abreisen? Ich habe Sie nicht verstanden, und Sie haben mich nicht verstanden.‹ Indem sie diese Worte schrieb, sagte sie zu sich: ›Ich habe mich in der Tat selber nicht verstanden.‹

Sie zeigte sich erst beim Mittagessen wieder und ging den ganzen Morgen mit gekreuzten Armen in ihrem Zimmer auf und ab, blieb von Zeit zu Zeit bald vor dem Spiegel, bald vor dem Fenster stehen und strich beständig mit einem Taschentuch über den Hals; sie glaubte da einen glühenden Flecken zu spüren. Sie fragte sich, warum sie Basarow, wie er selbst sagte, ›gezwungen‹ habe, sich zu erklären, und ob sie es nicht schon längst geahnt habe . . . »Ich bin schuldig«, sagte sie mit lauter Stimme, »aber ich kann ja das alles nicht vorhersehen.« Sie wurde nachdenklich und errötete in der Erinnerung an den beinahe wilden Ausdruck, den Basarows Gesicht angenommen hatte, als er auf sie losstürzte. »Oder doch . . .«, sagte sie plötzlich wieder, indem sie stehen blieb und ihre Locken schüttelte. Als sie im Spiegel den leicht zurückgesunkenen Kopf, das geheimnisvolle Lächeln in den halbgeschlossenen Augen und auf den halboffenen Lippen bemerkte, schien ihr das Bild etwas zu sagen, was sie tief bewegte.

»Nein, nein«, sagte sie endlich, »Gott weiß, wohin das führen würde; mit dergleichen soll man nicht spaßen. Die Ruhe ist doch noch das Beste, was es auf der Welt gibt.«

Ihre Ruhe war nicht gestört, aber sie wurde traurig und vergoß sogar einige Tränen, ohne recht zu wissen, warum. Es war nicht Scham über die Demütigung, was sie weinen machte, sie fühlte sich nicht einmal gedemütigt, sie fühlte sich vielmehr schuldig. Unter dem Einfluß verschiedener unklarer Gefühle, des Bewußtseins ihres verrauschenden Lebens und des Verlangens nach etwas Neuem war sie bis an eine gewisse Grenze vorgegangen, und als sie über diese hinaus noch einen Blick warf, hatte sie drüben zwar keinen Abgrund, aber die Leere oder die Häßlichkeit gewahrt.

NEUNZEHNTES KAPITEL

Obgleich sich Frau Odinzowa sehr in der Gewalt hatte und über viele Vorurteile erhaben war, konnte sie doch ein unbehagliches Gefühl nicht ganz unterdrücken, als sie im Speisesaal erscheinen mußte. Übrigens ging die Mahlzeit ohne Zwischenfall vorüber. Porfirij Platonytsch erschien und erzählte verschiedene Anekdoten. Er kam aus der Stadt zurück. Unter anderen Neuigkeiten hatte er gehört, daß der Gouverneur den Beamten in seiner unmittelbaren Umgebung vorgeschrieben habe, Sporen zu tragen, damit es schneller gehe, falls er einen zu Pferde fortschicken sollte. Arkadij plauderte leise mit Katja und erwies, als feiner Diplomat, der Fürstin kleine Aufmerksamkeiten. Basarow schwieg beharrlich. Frau Odinzowa warf, als sie ihn so finster mit niedergeschlagenen Augen dasitzen sah, zwei- oder dreimal einen verstohlenen Blick auf sein strenges, galliges Gesicht mit dem Gepräge verächtlicher Festigkeit und sagte sich: ›Nein, nein, nein!‹ Nach Tisch begab sie sich mit der ganzen Gesellschaft in den Garten, ging, da sie merkte, daß Basarow sie zu sprechen wünschte, einige Schritte voraus und blieb dann stehen. Er trat zu ihr hin und sagte, die Augen fortwährend niedergeschlagen, mit dumpfer Stimme:

»Ich muß mich bei Ihnen entschuldigen. Es ist unmöglich, daß Sie mir nicht zürnen.«

»Nein, ich bin Ihnen nicht böse«, antwortete Frau Odinzowa ... »aber ich bin betrübt.«

»Um so schlimmer. Jedenfalls bin ich gestraft genug. Meine Stellung ist, wie Sie zugeben werden, so albern wie möglich. Sie haben mir geschrieben: ›Warum abreisen?‹ Und ich kann und will nicht bleiben. Morgen werde ich abreisen.«

»Jewgenij Wassiljitsch, warum . . .«

»Warum ich abreise?«

»Nein, das wollte ich nicht sagen.«

»Geschehenes läßt sich nicht ungeschehen machen, Anna Sergejewna, und früher oder später mußte es so kommen. Sie sehen, ich muß durchaus fort. Ich könnte nur unter einer Bedingung hierbleiben. Diese Bedingung wird nie erfüllt werden. Verzeihen Sie meine Kühnheit: aber nicht wahr, Sie lieben mich nicht und werden mich nie lieben.«

Basarows Augen funkelten einen Augenblick unter den schwarzen Brauen.

Anna Sergejewna antwortete ihm nicht — ›Dieser Mensch macht mir angst‹, sagte sie sich in diesem Augenblick.

»Adieu!« sagte Basarow, als ob er in ihrer Seele gelesen hätte, und lenkte seine Schritte gegen das Haus.

Anna Sergejewna folgte ihm langsam. Sie rief Katja zu sich und nahm ihren Arm, den sie bis zum Abend nicht wieder losließ. Sie setzte sich nicht zum Spiel und lächelte gezwungen bei jedem Anlaß, was keineswegs zu ihrem bleichen, müden Gesicht paßte. Arkadij verstand von alledem nichts und beobachtete wie alle jungen Leute, das heißt, er fragte sich beständig: ›Was bedeutet das?‹ Basarow hatte sich auf seinem Zimmer eingeschlossen; doch erschien er beim Tee. Frau Odinzowa hätte gern einige freundliche Worte an ihn gerichtet; aber sie wußte nicht, was sie ihm sagen sollte. Ein unerwarteter Umstand kam ihr zu Hilfe: der Haushofmeister meldete Sitnikow an. Es wäre schwer, das sonderbare Benehmen des jungen Fortschrittsmannes bei seinem Eintritt genau zu schildern. Mit der ihm eigenen Unverschämtheit hatte er sich zwar entschlossen, eine Frau zu besuchen, die er kaum kannte und die ihn nie eingeladen hatte, bei der aber, soviel er wußte, im Augenblick geistvolle Männer seiner Bekanntschaft zu Besuch waren; gleichwohl war er furchtbar verlegen, und anstatt sich in auswendig gelernten leeren Entschuldigungen und Komplimenten zu ergehen, stotterte er allerlei närrisches Zeug daher, wie: Jewdoxija Kukschina schicke ihn, um sich nach dem Befinden Anna Sergejewnas zu erkundigen, und Arkadij Nikolajewitsch habe sich über letztere stets in der schmeichelhaftesten Weise geäußert. Mitten in diesen Dummheiten blieb er stecken und verlor den Kopf derart, daß er sich auf seinen eigenen Hut setzte. Da ihn jedoch niemand fortjagte und Anna Sergejewna ihn sogar ihrer Tante und ihrer Schwester vorstellte, gewann er bald soviel Fassung, um in gewohnter Weise zu schwatzen. Die Erscheinung der menschlichen Dummheit hat manchmal ihr Gutes in dieser Welt; sie lockert allzu straff gespannte Saiten und beruhigt allzu stolze und eitle Gefühle, indem sie uns erinnert, daß Dummheit und Geist einen gemeinsamen Ursprung und fast etwas von Ähnlichkeit haben. Die Ankunft Sitnikows gab allem im Hause eine gewöhnlichere und einfachere Wendung. Alle aßen sogar mit größerem Appetit zu Nacht, und man trennte sich eine halbe Stunde früher als gewöhnlich.

»Jetzt«, sagte Arkadij vom Bett aus zu Basarow, der sich anschickte, sich gleichfalls niederzulegen, »kannst du dir wiederholen, was du mir einmal gesagt hast: ›Warum bist du so traurig? Wahrscheinlich hast du irgendeine heilige Pflicht erfüllt?‹«

Seit einiger Zeit hatten die jungen Leute die Gewohnheit angenommen, sich in dieser bittersüßen Weise zu hänseln, was immer ein Zeichen von geheimem Verdruß und Verdacht ist, die man verbergen will.

»Ich gehe morgen fort zum Vater«, sagte Basarow.

Arkadij kehrte sich um und lehnte sich auf den Ellbogen.

Diese Nachricht überraschte und erfreute ihn zu gleicher Zeit.

»Oh«, antwortete er, »bist du deshalb traurig?«

»Viel Wissen macht Kopfweh«, sagte Basarow gähnend.

»Und Anna Sergejewna?« fragte Arkadij.

»Nun was? Anna Sergejewna?«

»Ich wollte sagen: Läßt sie dich fort?«

»Ich bin ihr nicht verpfändet.«

Arkadij wurde nachdenklich, und Basarow drehte sich mit dem Gesicht gegen die Wand.

Die beiden Freunde schwiegen mehrere Minuten lang.

»Jewgenij!« rief Arkadij plötzlich.

»Was?«

»Ich werde morgen mit dir abreisen.«

Basarow gab keine Antwort.

»Aber ich kehre nach Hause zurück«, fuhr Arkadij fort; »wir fahren zusammen bis zum Chochlowskischen Weiler, wo du dich mit Fedot über deine Weiterreise verständigen kannst. Ich hätte gern die Bekanntschaft deiner Eltern gemacht, aber ich fürchte, sie und dich selbst zu genieren. Und dann hoffe ich doch, daß du später nochmals einen Augenblick bei uns einkehrst?«

»Ich habe mein Gepäck bei dir gelassen«, antwortete Basarow, ohne sich umzuwenden.

›Wie kommt's, daß er mich nicht fragt, warum ich abreise? Und dazu noch so unvermutet, wie ich?‹ fragte sich Arkadij. ›Im Grunde, warum reisen wir ab, er und ich?‹ Diese Fragen blieben ungelöst in Arkadijs Kopf, und sein Herz war von geheimer Bitterkeit erfüllt. Er fühlte, daß es ihm schwerfallen werde, dies Leben, an das er sich gewöhnt hatte, zu verlassen, aber nach Basarows Abreise allein dazubleiben, schien ihm noch schwerer. ›Ohne Zweifel ist etwas zwischen ihnen vorgefallen‹, sagte er sich; ›warum aber sollte ich nach seiner Abreise ihr vor Augen bleiben? Ich würde ihr entschieden mißfallen und es ganz bei ihr verderben.‹ Anna Sergejewnas Gestalt trat lebhaft vor seine Seele, dann aber verdrängten andere Züge nach und nach das Bild der jungen Witwe . . .

»Katja macht mir auch Kummer!« flüsterte Arkadij in sein Kopfkissen, auf das er eine Träne fallen ließ . . . Plötzlich aber strich er sich die Haare zurück und rief:

»Warum, zum Teufel, ist nur der Dummkopf von Sitnikow hergekommen?«

Basarow rührte sich in seinem Bett.

»Ich sehe, mein Lieber, daß du noch sehr dumm bist«, sagte er endlich. »Leute wie Sitnikow sind uns unentbehrlich. Idioten seiner Art sind mir absolut notwendig. Verstehst du mich? Die Götter sind nicht dazu da, Töpfe zu machen[24].«

›Ei, ei!‹ dachte Arkadij; und zum erstenmal erschien ihm Basarows Eigenliebe in ihrer ganzen Größe.

»Wir sind also Götter, du und ich? Oder vielmehr du; denn ich, sollte ich zufällig nicht auch ein Idiot sein?«

»Ja«, erwiderte Basarow, »du bist noch dumm.«

Frau Odinzowa zeigte keine große Überraschung, als ihr Arkadij am nächsten Morgen ankündigte, daß er mit Basarow abreisen werde; sie sah zerstreut und müde aus. Katja blickte ihn ernst an und sagte nichts; die Fürstin bekreuzte sich unter ihrem Schal derart, daß er's bemerken mußte; Sitnikow aber kam bei der Nachricht gänzlich außer Fassung. Er hatte soeben zum Frühstück einen neuen Frack angelegt, der diesmal nichts vom Slawophilen verriet; tags zuvor schien der Bediente, der ihm aufzuwarten hatte, ganz erstaunt, als er die Masse Weißzeug sah, die der neue Gast mitgebracht — und da verließen ihn seine Genossen! Er lief angstvoll und unentschlossen hin und her wie ein verfolgter Hase am Saum des Waldes; ganz außer sich, erklärte er plötzlich fast mit einem Schrei, daß auch er entschlossen sei, abzureisen. Frau Odinzowa drang nicht in ihn, zu bleiben.

»Mein Wagen ist sehr bequem«, sagte der unglückliche Jüngling zu Arkadij, »ich kann Sie nach Hause fahren. Jewgenij Wassiljitsch darf dann nur Ihren Tarantas nehmen; so macht sich's sogar viel bequemer.«

»Wo denken Sie hin, unser Gut liegt durchaus nicht auf Ihrem Wege; Sie müßten einen großen Umweg machen.«

»Das hat nichts zu sagen; ich habe viel Zeit übrig, und zudem rufen mich Geschäfte in jene Gegend.«

»Pachtgeschäfte?« fragte Arkadij in fast zu verächtlichem Ton.

Aber Sitnikow war so bestürzt, daß er nicht einmal nach seiner Gewohnheit zu lachen anfing

»Ich versichere Sie, daß mein Wagen sehr bequem ist«, fuhr er fort, »und daß er für alle Platz hat.«

»Kränken Sie Herrn Sitnikow nicht durch eine Weigerung«, sagte Anna Sergejewna.

Arkadij blickte sie an und verneigte sich tief.

Die Abreise fand nach dem Frühstück statt. Beim Abschied gab Frau Odinzowa Basarow die Hand und sagte:

»Auf Wiedersehen! Nicht wahr?«

»Wie Sie es wünschen!«

»In diesem Fall sehen wir uns wieder.«

Arkadij ging zuerst die Treppe hinab und nahm in Sitnikows Wagen Platz. Der Haushofmeister half ihm ehrerbietig einsteigen, er aber hatte nicht übel Lust, ihn zu prügeln oder zu weinen. Basarow setzte sich in den Tarantas. Als sie beim Chochlowskischen Weiler angekommen waren, wartete Arkadij, bis der Wirt Fedot seine Pferde an den Tarantas gespannt hatte; dann näherte er sich dem Fuhrwerk und sagte mit der früheren Herzlichkeit zu Basarow:

»Jewgenij, nimm mich mit, ich habe Lust, dich zu begleiten.«

»Steig ein«, murmelte Basarow.

Als Sitnikow, der pfeifend um den Wagen herumging,

diese Worte hörte, sperrte er vor Erstaunen den Mund weit auf; Arkadij nahm ruhig seinen Koffer, setzte sich neben Basarow, grüßte Sitnikow höflich und rief: »Fort!« Die Pferde zogen an, und wenig später war der Tarantas seinen Blicken entschwunden. Sitnikow, der sich von seinem Erstaunen gar nicht erholen konnte, warf dem Kutscher, der dem Handpferd eben leicht die Peitsche gab, einen grimmigen Blick zu, sprang in den Wagen, schrie zwei vorübergehenden Bauern zu: »Setzt die Hüte auf, ihr Esel!« und fuhr nach der Stadt zurück, wo er sehr spät ankam. Anderntags aber, im Salon der Madame Kukschina, ließ er an ›den beiden hochmütigen, groben Burschen‹, die er soeben verlassen, keinen guten Faden, wie es ihr Benehmen verdiente.

Arkadij drückte Basarow kräftig die Hand, als er sich neben ihn setzte, und sprach lange nichts. Basarow schien diesen Händedruck und dies Schweigen zu verstehen. Die vorhergehende Nacht hatte er weder geschlafen noch geruht; seit mehreren Tagen aß er auch beinahe nichts mehr. Sein finsteres, eingefallenes Gesicht zeichnete sich scharf ab unter dem Schirm seiner Reisemütze.

»Nun, Freund«, sagte er endlich, »gib mir eine Zigarre . . . Ich muß eine belegte Zunge haben. Sieh mal!«

»Ja«, antwortete Arkadij.

»Dacht ich's doch . . . Deshalb schmeckt mir auch die Zigarre nicht. Die Maschine ist in Unordnung.«

»In der Tat, du hast dich in letzter Zeit sehr verändert«, meinte Arkadij.

»Hat nichts zu sagen, ich werde mich schon wieder erholen. Nur eins beunruhigt mich, die Zärtlichkeit meiner Mutter. Wenn man sich nicht den Bauch vollpfropft und zehnmal des Tages ißt, dann muß man sehen, wie sie sich grämt. Mein Vater ist nicht so, gottlob! Er ist in der Welt herumgekommen, er ist, was man so nennt, gesiebt und gebeutelt.«

154

»Unmöglich, zu rauchen!« sagte er ärgerlich und warf seine Zigarre in den Straßenstaub.

»Euer Gut ist etwa fünfundzwanzig Werst von hier?« fragte Arkadij.

»Ja! Da ist übrigens ein Philosoph, der es uns sagen kann.« Dabei zeigte er auf den Bauern, der auf dem Bock saß und dem Fedot seine Pferde anvertraut hatte.

Der Bauer beschränkte sich zu antworten: »Wer weiß? Die Werste sind hier nicht gemessen«, dann schien er wieder halblaut mit seinem Gabelpferd zu brummen, das den Kopf schüttelte und sich ins Zeug legte.

»Ja, ja«, sagte Basarow, »das sollte uns zur Lehre dienen, mein junger Freund; ich glaube wahrhaftig, hier hat der Teufel seine Hand im Spiel. Der Mensch hängt nur an einem Fädchen, und jeden Augenblick kann sich ein Abgrund unter seinen Füßen auftun; aber an dieser traurigen Aussicht hat er nicht genug, er ersinnt noch Gott weiß was für Dummheiten, die sein Leben noch elender machen.«

»Worauf spielst du an?« fragte Arkadij.

»Auf nichts, wie ich auch ohne alle Beziehung sage, daß wir uns beide wie rechte Esel benommen haben. Übrigens habe ich in unserer Klinik schon öfters bemerkt, daß die Kranken, die ihr Zustand ungeduldig machte, stets davonkamen.«

»Ich verstehe dich nicht ganz«, erwiderte Arkadij, »mir scheint, du hast durchaus keinen Grund gehabt, dich zu beklagen.«

»Weil du mich nicht recht verstehst, will ich dir's folgendermaßen erklären: Meiner Meinung nach tut man besser, Steine auf der Straße zu klopfen, als einer Frau auch nur die Spitze vom kleinen Finger zu geben. All das ist . . .«
Basarow war im Begriff, seinen Lieblingsausdruck ›Romantik‹ zu gebrauchen, aber er hielt an sich. — »Du wirst mir jetzt nicht glauben«, fuhr er fort, »und doch ist's voll-

kommen wahr, was ich dir sage. Wir sind beide zusammen in Weibergesellschaft geraten, und dieses Leben erschien uns sehr behaglich; aber es ist ebenso angenehm, eine solche Gesellschaft zu verlassen, als sich bei heißem Wetter mit kaltem Wasser zu begießen. Ein Mann hat wahrhaftig Besseres zu tun, als sich mit solchen Lappalien abzugeben. Ein Mann muß wild sein, sagt ein weises spanisches Sprichwort. Du zum Beispiel, mein Freund«, wandte er sich an unseren Kutscher, »hast du ein Weib?«

Der Bauer wandte sich um und zeigte den beiden Freunden sein plattes, schlitzäugiges Gesicht.

»Ein Weib? Freilich, wie sollt ich keins haben?«

»Schlägst du sie?«

»Mein Weib? Da kann's allerhand geben . . . Ohne Grund schlägt man sie nicht.«

»Das versteht sich! Und sie, schlägt sie dich auch?«

Der Bauer tat einen Ruck mit dem Zügel.

»Was sagst du da, Herr?« fragte er. »Ich glaube, du beliebst zu scherzen.«

Die Frage hatte ihn offenbar verletzt.

»Hörst du, Arkadij Nikolajewitsch, und doch sind wir beide geschlagen worden. Das haben wir davon, zivilisierte Menschen zu sein!«

Arkadij lächelte gezwungen, Basarow aber kehrte sich um und tat während der ganzen übrigen Reise den Mund nicht mehr auf.

Die fünfundzwanzig Werst kamen Arkadij so lang wie fünfzig vor. Das kleine Dorf, wo Basarows Eltern wohnten, zeigte sich endlich am Abhang eines niedrigen Hügels. Nicht weit davon erhob sich aus einer Gruppe junger Birken das Herrenhaus mit seinem Strohdach. Am Eingang des Dorfes standen, die Mützen auf dem Kopf, zwei Bauern, die sich stritten.

»Du bist ein großes Schwein«, sagte der eine zum andern.

»Und du bist nichts als ein Ferkel, und dein Weib ist eine Hexe«, erwiderte der andere.

»Diese liebenswürdige Vertraulichkeit«, sagte Basarow zu Arkadij, »und der heitere Ton dieses Wortwechsels können dir beweisen, daß meines Vaters Bauern nicht allzu streng gehalten werden. Doch da streckt er selbst die Nase ins Freie; wahrscheinlich hat er die Schellen klingeln hören; er ist's, richtig, ich kenne seinen Schädel. Ei, ei, wie er weiß geworden ist, der arme Teufel!«

ZWANZIGSTES KAPITEL

Basarow lehnte sich aus dem Tarantas; Arkadij bemerkte über die Schultern seines Freundes weg auf der Vortreppe des Herrenhauses einen großen, hageren Mann mit einer feinen Adlernase in einem alten Soldatenmantel. Mit zerzaustem Haar, die Beine gespreizt, eine lange Pfeife in der Hand, stand er da und blinzelte mit den Augen, als ob er sich vor der Sonne schützen wollte. Die Pferde hielten.

»Da wärst du endlich«, rief Basarows Vater und rauchte beharrlich weiter, obgleich das Pfeifenrohr zwischen seinen Fingern zu tanzen schien. — »Komm, steig aus, steig aus, damit wir uns ordentlich umarmen können!«

Er schloß den Sohn in seine Arme.

»Jenjuscha! Jenjuscha!« rief eine zitternde Stimme im Innern des Hauses. Die Vortür ging auf, und es erschien eine kleine Matrone in weißer Haube und kurzer, großgemusterter Jacke. Sie stieß einen Schrei aus, wankte und wäre unfehlbar gefallen, wenn sie Basarow nicht gehalten hätte. Ihre kleinen rundlichen Arme schlangen sich um seinen Hals, und sie drückte das Gesicht an seine Brust. Es trat eine tiefe Stille ein. Man hörte nur noch halberstickte Seufzer und heftiges Schluchzen... Basarows Vater blinzelte mit den Augen noch mehr als vorhin.

»Geh, Arischa! Hör auf, es ist genug jetzt«, sagte er endlich zu seiner Frau und warf Arkadij, der unbeweglich am Wagen stand, einen Blick zu, während selbst der Bauer auf dem Bock sich gerührt abwandte. »Das ist ganz unnötig, ich bitte dich, hör doch auf!«

»Aber Wassilij Iwanowitsch!« erwiderte die Alte, immer noch schluchzend. »Wenn ich denke, daß er da ist, unser Jenjuschetschka, unser Herzblatt!« — Und ohne ihn aus den Armen zu lassen, hob sie das tränenfeuchte Gesicht, sah Basarow mit einem komisch-glücklichen Ausdruck an und drückte ihn noch einmal an sich.

»Nun ja! Das ist alles natürlich«, sagte Wassilij Iwanitsch, »nur wär's besser, wir gingen ins Haus hinein. Jewgenij hat uns einen Besuch mitgebracht. Entschuldigen Sie uns«, fügte er hinzu und wandte sich mit leichter Verbeugung gegen Arkadij . . . »Sie verstehen, weibliche Schwäche . . . außerdem das Mutterherz . . .«

Während er so sprach, war er selbst dermaßen gerührt, daß ihm Lippen, Augenbrauen und Kinn zitterten. Er bemühte sich jedoch sichtlich, kalt zu bleiben, ja eine gleichgültige Miene anzunehmen.

Arkadij verbeugte sich.

»Komm, Mutter!« sagte Basarow. »Wir wollen hineingehen.« Und damit führte er die gute Alte, die in Tränen zerfloß, in das Besuchszimmer. Er setzte sie in einen bequemen Lehnstuhl, umarmte noch einmal rasch seinen Vater und stellte ihm Arkadij vor.

»Sehr erfreut, Ihre Bekanntschaft zu machen«, sagte Wassilij Iwanitsch, »aber Sie müssen vorlieb nehmen; bei uns ist alles einfach, auf militärischem Fuß. — Arina Wlasjewna, beruhigen Sie sich doch in Gottes Namen, tun Sie mir den Gefallen! Welche Schwäche! Was soll unser verehrter Gast von Ihnen denken!«

»Väterchen«, sagte die Alte mit weinerlicher Stimme, »ich habe nicht die Ehre, Ihren Vor- oder Vatersnamen zu kennen.«

»Arkadij Nikolajitsch«, erwiderte Wassilij Iwanowitsch halblaut mit gemessener Haltung.

»Verzeihen Sie mir einfältigem Weibe.« — Die Alte schneuzte sich und trocknete, den Kopf bald rechts, bald links geneigt, ein Auge nach dem andern. – »Entschuldigen Sie. Ich glaubte ja, sterben zu müssen, ohne meinen . . . meinen armen Sohn wiedergesehen zu haben!«

»Und nun haben Sie ihn also wiedergesehen, Madame!« fiel Wassilij Iwanowitsch lebhaft ein. – »Tanjuschka!« wandte er sich jetzt an ein Mädchen von zwölf bis dreizehn Jahren, die barfuß, in einem türkischroten Kattunrock, furchtsam blickend an der Tür stand. – »Bring deiner Herrin ein Glas Wasser auf einem Teebrett, verstehst du wohl! Und ihr, meine Herren«, fuhr er mit einer gewissen Ungeniertheit, die nach der alten Schule schmeckte, fort, »erlaubt mir, daß ich euch einlade, in das Kabinett des Veteranen zu treten.«

»Laß mich dich nur noch ein letztes Mal umarmen, Jenjuschetschka«, sagte Arina Wlasjewna seufzend. Basarow neigte sich zu ihr herab. – »Was bist du für ein schöner Bursche geworden!«

»Das nun zwar nicht«, versetzte Wassilij Iwanowitsch, »aber, wie der Franzose sagt, ein ›hommefé‹[25] ist er geworden. Übrigens, jetzt, Arina Wlasjewna, nachdem du dein mütterliches Herz gesättigt hast, wirst du dich hoffentlich mit der Speisung unserer teuren Gäste beschäftigen, denn du weißt ja, die Nachtigall lebt nicht vom Singen[26].«

Die alte Mutter erhob sich.

»Der Tisch wird sogleich gedeckt sein, Wassilij Iwanowitsch; ich eile selber in die Küche und sorge, daß aufgetragen wird. Im Augenblick wird alles fertig sein, alles. Drei Jahre ist's, daß ich ihn nicht gesehen, daß ich ihm nichts zu essen und zu trinken gegeben habe. Das will was heißen!«

»Spute dich, du Schaffnerin! Schaffe für vier, daß du mit Ehren bestehst. Und ihr, meine Herren, folgt mir. Da kommt Timofejitsch, Jewgenij, und will dich begrüßen. Der wird auch froh sein, der alte Pudel. Nicht wahr, alter

Pudel? Meine Herren, haben Sie die Güte, mir zu folgen.«

Wassilij Iwanowitsch eröffnete den Zug mit wichtiger Miene und schlürfte mit seinen alten Pantoffeln über den Boden hin.

Sein ganzes Haus bestand aus sechs kleinen Zimmern. Das, wohin Wassilij Iwanowitsch unsere jungen Freunde führte, hieß das Kabinett. Ein schwerer hölzerner Tisch, mit vom Staub fast schwarz geräuchert aussehenden Papieren bedeckt, stand am Pfeiler zwischen zwei Fenstern; an den Wänden hingen Türkenflinten, Kosakenpeitschen, ein Säbel, zwei große Landkarten, anatomische Zeichnungen, das Bildnis Hufelands, eine aus Haaren geflochtene Krone in schwarzem Rahmen und ein Diplom, ebenfalls unter Glas; zwischen zwei riesigen Bücherschränken aus karelischer Birke stand ein abgeschabtes, mehrfach zerrissenes Ledersofa; Bücher, Schächtelchen, ausgestopfte Vögel, Arzneigläser, Retorten standen durcheinander in den Fächern; in einer Ecke des Zimmers endlich sah man eine Elektrisiermaschine außer Dienst.

»Ich habe euch vorher gesagt, meine teuren Gäste«, sagte Wassilij Iwanowitsch, »daß wir hier sozusagen wie im Biwak leben . . .«

»Hör doch auf mit deinen Entschuldigungen!« antwortete Basarow; »Kirsanow weiß recht gut, daß wir keine Krösusse sind und daß unser Haus kein Palast ist. Wo sollen wir logieren? Das ist die Frage.«

»Sei ruhig, Jewgenij, ich hab im Flügel ein prächtiges Zimmer, dein Freund wird sich dort sehr behaglich fühlen.«

»Du hast also in meiner Abwesenheit einen Flügel gebaut?«

»Wie denn! Da, wo das Bad ist«, sagte Timofejitsch.

»Das heißt, neben dem Bad«, fiel Wassilij Iwanowitsch rasch ein; »überdies, im Sommer . . . Ich gehe gleich hin, um das Nötige anzuordnen; Timofejitsch, es wird gut sein, wenn du indessen das Gepäck der Herren holen gehst. Dich, Jewgenij, werde ich selbstverständlich in meinem Studierzimmer unterbringen: suum cuique.«

»Ein komischer Kerl!« sagte Basarow, als sein Vater sich entfernt hatte. »Er ist so merkwürdig wie der deine, nur in anderer Art. Er schwatzt ein wenig zuviel.«

»Deine Mutter scheint auch eine vortreffliche Frau zu sein«, antwortete Arkadij.

»Ja, sie ist nicht bösartig. Du sollst sehen, was sie uns zu Mittag auftragen wird.«

»Man erwartete Euch heute nicht, Väterchen, wir haben gar kein Fleisch«, sagte Timofejitsch, der soeben Basarows Koffer brachte.

»Man wird sich ohne Fleisch behelfen; wo nichts ist, da hat der Kaiser sein Recht verloren. Armut ist keine Sünde, sagt man.«

»Wieviel Bauern hat dein Vater?« fragte Arkadij.

»Das Gut ist nicht Vaters Eigentum, es gehört meiner Mutter, und ich glaube, daß es höchstens so an fünfzehn Seelen hat.«

»Zweiundzwanzig, mit Verlaub«, sagte Timofejitsch in gekränktem Ton.

Das Klappern der Pantoffeln ließ sich aufs neue vernehmen, und Wassilij Iwanowitsch erschien wieder im Kabinett.

»Noch einige Minuten«, rief er triumphierend, »und das Zimmer wird bereit sein, Sie zu empfangen, Arkadij ... Nikolajitsch . . .? Das ist doch, wenn ich nicht irre, Ihr werter Name? Und dieser hier wird Sie bedienen«, fügte er hinzu und wies auf einen Diener, der mit ihm ins Zimmer getreten war, einen jungen Burschen mit kurzgeschnittenen Haaren, in einer blauen Bluse mit Löchern in den Ellenbogen und mit Stiefeln, die nicht ihm gehörten, an den Füßen. — »Er heißt Fedjka. Haben Sie Nachsicht mit uns, ich muß Sie wiederholt darum bitten, obgleich mir's mein Sohn verboten hat. Übrigens versteht der Bursche sehr gut, eine Pfeife zu stopfen. Sie rauchen doch?«

»Ich rauche meist Zigarren«, antwortete Arkadij.

»Und Sie tun sehr wohl daran. Ich ziehe auch die Zigarre vor, aber es hält außerordentlich schwer, sich in dieser von der Hauptstadt so weit entfernten Provinz gute zu verschaffen.«

»Hör doch auf mit den Klageliedern«, sagte Basarow, »setz dich lieber aufs Sofa und laß mich dich betrachten.«

Wassilij Iwanowitsch setzte sich lachend aufs Sofa. Er glich seinem Sohn sehr; nur war seine Stirn niedriger und schmaler, sein Mund etwas breiter, auch hatte er die Gewohnheit, fortwährend mit den Achseln zu zucken, als ob der Ärmelausschnitt seines Rockes zu eng wäre; er blinzelte, hustete und spielte anhaltend mit den Fingern, während sein Sohn sich durch eine gewisse sorglose Unbeweglichkeit auszeichnete.

»Klagelieder!« versetzte Wassilij Iwanowitsch. »Bilde dir nicht ein, daß ich das Mitleid unseres Gastes erregen will. Namentlich fällt mir nicht ein, ihm zu verstehen geben zu wollen, daß wir hier darauf beschränkt sind, in einer Wüste zu leben. Ja, ich denke im Gegenteil, daß es für einen denkenden Menschen gar keine Wüste gibt. Auf alle Fälle tu ich mein möglichstes, kein Moos auf mir wachsen zu lassen, wie man zu sagen pflegt, nicht hinter dem Jahrhundert zurückzubleiben.«

Wassilij Iwanowitsch zog ein nagelneues, gelbseidenes Taschentuch heraus, das er sich geholt hatte, als er auf Arkadijs Zimmer ging, und fuhr, es in der Luft schwenkend, fort:

»Ich will mich zum Beispiel nicht rühmen, daß ich mir meine Bauern zu Dank verpflichtet habe, indem ich ihnen die Hälfte meiner Ländereien abtrat, obgleich mir das bedeutenden Verlust verursacht. Ich hielt es für eine Pflicht, der einfache Menschenverstand befiehlt es, so zu handeln; ich wundere mich, daß nicht alle Grundbesitzer das einsehen. Was ich sagte, bezieht sich auf die Wissenschaften und die Bildung im allgemeinen.«

»Wahrhaftig, ich sehe, du hast den ›Gesundheitsfreund‹[27] für das Jahr 1855«, sagte Basarow.

»Ein alter Freund hat ihn mir zum Andenken geschickt«, antwortete Wassilij Iwanowitsch rasch.

»Wir haben aber auch einige Ideen von der Phrenologie, zum Beispiel«, fuhr er, übrigens hauptsächlich zu Arkadij gewendet, fort und zeigte auf einen kleinen Gipskopf, der auf dem Schrank stand und oben in eine Menge Felder eingeteilt war, »die Namen Schönlein und Rademacher sind uns nicht unbekannt.«

»Man glaubt im Gouvernement X. noch an Rademacher?« fragte Basarow.

Wassilij Iwanowitsch hustete.

»Im Gouvernement X. . .«, wiederholte er. »Ohne Zweifel müßt ihr Herren mehr davon wissen als wir; wir dürfen nicht daran denken, euch einzuholen. Ihr seid bestimmt, uns zu ersetzen. Ja, zu meiner Zeit, erinnere ich mich, kamen uns der ›Humoralpatholog‹ Hoffmann oder Brown mit seinem ›Vitalismus‹ sehr spaßig vor, und doch hatten sie zu ihrer Zeit Aufsehen erregt. Irgendein neuer Gelehrter wird Rademacher ersetzt haben, und ihr nehmt ihn an, aber möglicherweise spottet man in zwanzig Jahren über ihn.«

»Ich kann dir zum Trost sagen«, versetzte Basarow, »daß wir jetzt über die ganze Medizin im allgemeinen lachen und keinen Meister anerkennen.«

»Wie das? Du widmest dich aber doch der Medizin?«

»Ja, aber das eine schließt das andere nicht aus.«

Wassilij Iwanowitsch stieß den Finger in die Pfeife, in der noch ein wenig warme Asche war.

»Mag sein, mag sein«, sagte er, »ich will nicht streiten. Was bin ich am Ende? Ein pensionierter Regimentsarzt, ›volatou‹. Jetzt bin ich Landmann geworden. Ich stand bei der Brigade Ihres Großvaters«, fügte er, wieder zu Arkadij gewendet, hinzu. »Ja ja! Ich hab gar vieles gesehen in meinem Leben. In welchen Gesellschaften war ich nicht, wem bin ich nicht alles begegnet! Ich selber, ich, wie ich da vor euch stehe, habe den Fürsten Wittgenstein und Shukowskij den Puls gefühlt. Ebenso hab ich in der Südarmee die Männer des Vierzehnten[28] gekannt; ihr versteht mich!«

Wassilij Iwanowitsch begleitete diese Worte mit einem höchst bedeutungsvollen Einkneifen der Lippen.

»Ich wußte sie alle an den Fingern herzuzählen. Übrigens mische ich mich nicht in Dinge, die mich nichts angehen; man versteht sich auf seine Lanzette, und damit Punktum. Ich muß Ihnen sagen, daß Ihr Großvater ein sehr würdiger Mann, ein echter Soldat war.«

»Er war ein echter Klotz, gesteh's nur«, warf Basarow hin.

»Aber Jewgenij! Wie kannst du solche Ausdrücke gebrauchen! Das ist unverzeihlich . . . Sicherlich gehörte der General Kirsanow nicht zu den . . .«

»Geh! Laß ihn in Ruh!« erwiderte Basarow. »Im Hereinfahren hab ich mit Vergnügen bemerkt, daß dein Birkenwäldchen hübsch herangewachsen ist.«

Wassilij Iwanowitsch belebte sich plötzlich.

»Das ist noch nichts; du mußt den Garten sehen. Ich hab ihn mit eigener Hand gepflanzt! Wir haben da Obstbäume, alle möglichen Sträucher und Arzneipflanzen. Ihr habt gut schwatzen, ihr jungen Leute, aber der alte Paracelsus hat darum doch eine große Wahrheit verkündigt: In herbis, verbis et lapidibus . . . Ich meinesteils hab, wie du weißt, die Praxis aufgegeben; doch kommt's noch zwei- oder dreimal die Woche vor, daß ich mein altes Hand-

werk wiederaufnehme. Man kommt, mich zu konsultieren;
da kann ich doch die Leute nicht aus dem Hause werfen.
Oft melden sich Arme; zudem ist kein Arzt im Ort. Ich
hab einen Nachbar, einen Major, der mir ins Handwerk
pfuscht. Ich frage ihn einmal, ob er Medizin studiert habe.
Da gibt er mir zur Antwort: Nein, er hat nicht Medizin
studiert, er tut's aus Menschenliebe . . . Hahaha! Aus
Menschenliebe! Haha! Wie findst du das? Hahaha!«
»Fedjka! Stopf mir eine Pfeife«, rief Basarow brüsk.
»Wir haben noch einen andern Doktor«, nahm Wassilij
Iwanowitsch wieder das Wort, und seine Stimme verriet
eine gewisse Ängstlichkeit. »Stell dir vor, daß er eines
Tages zu einem Kranken kommt, der schon ad patres
gegangen war. Der Bediente will ihn nicht hereinlassen
und sagt: ›Man braucht Sie jetzt nicht mehr.‹ Der Dok-
tor, der auf diese Antwort nicht gefaßt war, kommt in
Verwirrung und fragt den Diener: ›Hat der Kranke den
Schlucken gehabt, ehe er starb?‹ — ›Ja.‹ — ›Sehr heftig?‹ —
›Ja.‹ — ›Ah! Das ist sehr gut!‹ Und damit entfernte er
sich, hahaha!«
Der Alte lachte allein; Arkadij lächelte aus Gefälligkeit,
Basarow blies eine Tabakswolke in die Luft. Die Unterhaltung dauerte so fast eine Stunde; Arkadij begab sich
dann auf sein Zimmer, das, wie es sich herausstellte, als
Badevorzimmer diente, gleichwohl aber ganz wohnlich
war. Endlich erschien Tanjuschka und meldete, daß das
Essen fertig sei.
Wassilij Iwanowitsch erhob sich zuerst.
»Kommt, ihr Herren, und entschuldigt gütigst, wenn ich
euch gelangweilt habe. Ich hoffe, meine Hausfrau wird
euch besser zufriedenstellen als ich.«
Das Essen, obgleich in der Eile zubereitet, war sehr gut,
sogar reichlich; nur der Wein ließ zu wünschen übrig; der
Xeres von fast schwarzer Farbe, den Timofejitsch bei
einem Weinhändler in der Stadt, einem seiner Bekannten,

gekauft hatte, hatte einen Nachgeschmack von Kolophonium und Kupfer. Auch die Mücken waren sehr lästig; gewöhnlich wehrte sie ein kleiner Diener mit einem Baumzweig ab; aber Wassilij Iwanowitsch hatte ihn von diesem Amt dispensiert, um sich der Kritik der jungen Fortschrittsmänner nicht auszusetzen. Arina Wlasjewna hatte Zeit gefunden, Toilette zu machen; sie trug eine große Bänderhaube und einen blauen geblümten Schal. Sie fing aufs neue zu weinen an, sobald sie ihren Jenjuscha erblickte, aber es war nicht nötig, daß ihr Gatte behilflich war, sie zu beruhigen; sie selber trocknete eiligst die Tränen, da sie fürchtete, ihren Schal zu verderben.

Die jungen Leute taten dem Essen alle Ehre an; die Wirte, die schon zu Mittag gespeist hatten, aßen nicht mit. Die Aufwartung besorgten Fedjka, den seine Stiefel sehr inkommodierten, und ein einäugiges Weib mit männlichen Zügen namens Anfissuschka, welche die Verrichtungen des Kellermeisters, der Wäscherin und des Hühnermädchens in ihrer Person vereinigte.

Während des ganzen Essens ging Wassilij Iwanowitsch mit einem glücklichen, wahrhaft verzückten Gesicht im Zimmer auf und ab, wobei er die grausamen Befürchtungen auseinandersetzte, die ihm die Politik des Kaisers Napoleon und die Dunkelheit der italienischen Frage verursachten. Arina Wlasjewna schien Arkadij gar nicht zu sehen: das Kinn auf die Hand gestützt, zeigte sie ihr ganzes rundes Gesicht, dem kleine, aufgequollene kirschrote Lippen und Schönheitsmale auf den Wangen und über den Augenbrauen einen ganz eigentümlichen Ausdruck von naiver Güte gaben. Die Augen auf ihren Sohn geheftet, seufzte sie fortwährend; sie hätte für ihr Leben gern gewußt, auf wie lange er gekommen sei, wagte es aber nicht, ihn drum zu fragen. ›Wenn er mir antwortete: nur auf zwei Tage?‹ sagte sie sich, und ihr Herz schlug vor Furcht. Nach dem Braten verschwand Wassilij Iwano-

witsch auf einen Augenblick, kam aber bald wieder mit
einer halben Flasche Champagner, die er geöffnet hatte.

»Obgleich wir in einer wilden Gegend leben«, sagte er,
»so fehlt es uns doch nicht an Stoff zur Erheiterung bei
den großen Gelegenheiten.«

Er füllte drei große und ein kleines Glas, erklärte, daß er
aufs Wohl der ›teuern Besucher‹ trinke, leerte sein Glas
nach Soldatenart auf einen Zug und zwang Arina Wlasjewna, das kleine Glas bis auf den letzten Tropfen auszu-
trinken. Als man an das Eingemachte kam, hielt es Arkadij, der die süßen Speisen nicht mochte, doch für schick-
lich, dreierlei frischbereitete Arten zu kosten, um so mehr,
als es Basarow rundweg abschlug und sich eine Zigarre
anzündete. Nach dem Dessert kam Tee mit Rahm, Brezeln
und Butter; alsdann führte Wassilij Iwanowitsch seine
Gesellschaft in den Garten, den Abend zu genießen, der
prachtvoll war. An einer Bank vorübergehend, flüsterte er
Arkadij ins Ohr:

»An diesem Platze hier lieb ich's, zu philosophieren im
Anblick des Sonnenuntergangs, das schickt sich für den
Einsiedler. Ein wenig weiter vorn hab ich Horazens Lieb-
lingsbäume gepflanzt.«

»Was für Bäume?« fragte Basarow brüsk.

»Aber . . . Akazien, ich denke . . .«

Basarow gähnte.

»Ich glaube, daß unsere Reisenden gut daran täten, in
Morpheus' Arme zu sinken«, sagte Wassilij Iwanowitsch.

»Das heißt, daß es Zeit ist, ins Bett zu gehen«, nahm Basarow das Wort. »Ich billige den Vorschlag. Kommt!«

Und damit sagte er seiner Mutter gute Nacht und küßte
sie auf die Stirn; sie aber machte, während sie ihn umarmte, dreimal das Zeichen des Kreuzes hinter seinem
Rücken. Wassilij Iwanowitsch geleitete Arkadij auf sein
Zimmer und verließ ihn, nachdem er ihm ›die süße Ruhe,
deren er selbst in diesem glücklichen Alter genossen‹, ge-

wünscht hatte. In der Tat schlief Arkadij sehr gut in seinem kleinen Stübchen; es roch nach frischen Hobelspänen, und zwei hinter dem Ofen versteckte Grillen machten eine einschläfernde Musik. Wassilij Iwanowitsch ging von Arkadijs Zimmer in sein eigenes Kabinett, setzte sich unten aufs Bett seines Sohnes, das heißt, auf das Sofa, und schickte sich an, ein wenig zu plaudern; aber Basarow hieß ihn sofort wieder gehen, weil er schläfrig sei; gleichwohl schloß er die ganze Nacht kein Auge. Er ließ seinen mürrischen Blick durch die Finsternis schweifen; die Jugenderinnerungen hatten keine Macht über ihn, und die traurigen Eindrücke vom Tag zuvor erregten noch immer seinen Geist. Arina Wlasjewna betete andächtig vor ihren Heiligenbildern; dann blieb sie noch lange bei Anfissuschka, welche gleich einer Bildsäule vor ihrer Herrin stand und sie mit ihrem einen Auge anstarrte, während sie ihr geheimnisvoll und leise eine Menge Bemerkungen und Vermutungen über Jewgenij Wassiljewitsch mitteilte. Freude, Wein und Tabakrauch hatten das Hirn Arinas so erschüttert, daß ihr der Kopf schwindelte; ihr Gatte wollte noch mit ihr plaudern, bald aber verzichtete er darauf und ging mit einer resignierten Handbewegung ab.

Arina Wlasjewna war ein wahrer Typus des kleinen russischen Adels der alten Zeit; sie hätte zwei Jahrhunderte früher, zur Zeit der Großfürsten von Moskau, auf die Welt kommen sollen. Leicht erregbar und von großer Frömmigkeit, glaubte sie an alle Vorbedeutungen, Ahnungen, Zaubereien und Träume; sie glaubte an die › Jurodiwys‹[29], an Haus- und Waldgeister, an Unglück bringende Begegnungen, an das böse Auge, an Hausmittel, an die Kraft des am Gründonnerstag auf den Altar gelegten Salzes und an den baldigen Untergang der Welt; sie glaubte, daß es eine gute Buchweizenernte bedeute, wenn die Kerzen in der Ostermitternachtsmesse nicht erlöschen,

daß die Champignons nicht mehr wachsen, sobald sie vom
Blick des Menschen getroffen werden, daß der Teufel sich
gern an wasserreichen Orten aufhalte und daß alle Juden
einen Blutflecken auf der Brust haben; sie fürchtete die
Mäuse, die Nattern, die Frösche, die Sperlinge, die Blutegel, den Donner, das kalte Wasser, die Zugluft, die
Pferde, die Böcke, die rothaarigen Menschen und die
schwarzen Katzen und hielt Grillen und Hunde für un-
reine Geschöpfe; sie aß weder Kalbfleisch noch Tauben,
noch Krebse, noch Käse, noch Spargel, noch Topinambur,
noch Hasen, noch Wassermelonen (weil eine angeschnit-
tene Melone an das abgeschlagene Haupt Johannes' des
Täufers erinnert), und der bloße Gedanke an Austern, die
sie nicht einmal vom Sehen kannte, machte sie schaudern;
sie aß gern viel und gut und fastete streng; sie schlief
zehn Stunden täglich und legte sich gar nicht zu Bett,
wenn Wassilij Iwanowitsch über Kopfweh klagte. Das
einzige Buch, das sie gelesen hatte, führte den Titel:
›Alexis oder die Hütte im Walde‹; sie schrieb einen, aller-
höchstens zwei Briefe im Jahr und verstand sich vortrefflich auf eingemachte Früchte und Gemüse, obgleich sie
nirgends selbst Hand anlegte und sich überhaupt nicht
gern von der Stelle rührte.
Arina Wlasjewna war übrigens herzensgut und nicht ohne
einen gewissen gesunden Menschenverstand. Sie wußte,
daß es in der Welt Herren gebe zum Befehlen und Volk
zum Gehorchen; deshalb hatte sie auch nichts gegen die
Unterwürfigkeit der Untergebenen und ihre Verneigungen
bis zur Erde einzuwenden; aber sie behandelte sie mit
großer Milde, ließ keinen Bettler ohne Almosen gehen
und kritisierte niemand, ohne darum dem Klatsch abhold
zu sein. In ihrer Jugend hatte sie ein hübsches Gesicht
gehabt, sie hatte Klavier gespielt und etwas Französisch
gesprochen. Aber während der langen Reisen ihres Mannes, den sie wider Willen geheiratet hatte, war sie dick

geworden und hatte Musik und Französisch verlernt. Ihren Sohn betete sie an, fürchtete ihn aber gewaltig; ihr Gut verwaltete Wassilij Iwanowitsch, und sie ließ ihm in dieser Beziehung vollkommene Freiheit; sie seufzte, fächelte sich mit ihrem Taschentuch Luft zu und zog die Augenbrauen in die Höhe vor lauter Angst, wenn ihr alter Mann von den in der Ausführung begriffenen Reformen und von seinen eigenen Plänen zu sprechen anfing. Sie war mißtrauisch, erwartete beständig irgendein großes Unglück und fing gleich zu weinen an, sobald sie sich an etwas Trauriges erinnerte... Frauen dieser Art fangen an, selten zu werden; Gott weiß, ob man sich darüber freuen soll.

EINUNDZWANZIGSTES KAPITEL

Sobald Arkadij aufgestanden war, öffnete er das Fenster, und sein erster Blick fiel auf Wassilij Iwanowitsch, der, in einem Buchara-Schlafrock und mit einem Taschentuch umgürtet, im Küchengarten arbeitete. Als er seinen jungen Gast erblickte, stützte er sich auf seinen Spaten und rief ihm zu: »Guten Morgen! Wie haben Sie geschlafen?«

»Sehr gut«, antwortete Arkadij.

»Sie sehen eine Art Cincinnatus vor sich«, fuhr der Alte fort; »ich richte ein Beet für Herbstrüben her. Wir leben in einer Zeit — und ich bin weit entfernt, mich darüber zu beklagen —, wo sich jeder durch seiner Hände Arbeit erhalten muß; man darf sich nicht auf andere verlassen; man muß selber zupacken. Mag man immerhin das Gegenteil behaupten, Jean-Jacques Rousseau hatte recht. Vor einer halben Stunde, mein lieber Herr, hätten Sie mich bei einer ganz anderen Beschäftigung getroffen, als bei der Sie mich jetzt sehen. Eine Bäuerin war da, um mich wegen eines Ruhranfalls zu konsultieren; ich habe ihr ... wie soll ich sagen? ... ich habe ihr eine Dosis Opium ›eingeführt‹; einer anderen hab ich einen Zahn ausgezogen. Ich hatte ihr vorgeschlagen, sich chloroformieren zu lassen, aber sie wollte es nicht. Selbstverständlich tue ich das alles gratis — ›an amater‹. Übrigens brauche ich mich dessen nicht zu schämen; ich bin ein Plebejer, ein homo novus; ich habe kein Wappenschild wie meine vielgeliebte Gattin ... Aber wäre es Ihnen nicht gefällig, hier im Schatten vor dem Frühstück die Frische des Morgens zu atmen?«

Arkadij ging zu ihm hinaus.

»Seien Sie mir herzlich willkommen«, fuhr Wassili Iwanowitsch fort, indem er militärisch grüßend die Hand an
das fettige Käppchen legte, das seinen Kopf bedeckte; »ich
weiß, Sie sind an jeden ausgesuchtesten Luxus gewöhnt,
aber selbst die Großen dieser Erde verschmähen es nicht,
einige Zeit unter dem Dache einer Hütte zu leben.«

»Wie können Sie mich einen Großen dieser Erde nennen!«
rief Arkadij aus. »Und dann bitte ich Sie, zu glauben, daß
ich durchaus nicht an Luxus gewöhnt bin.«

»Erlauben Sie, erlauben Sie«, erwiderte Wassilij Iwanowitsch mit lächelnder Miene, »obgleich ich jetzt zum alten
Eisen gehöre, hab ich mich doch einst in der Welt um-
getan, und ich kenne den Vogel am Fluge. Auch bin ich
ein wenig Psycholog und Physiognomiker. Ohne diese
Gabe, wie ich's nennen möchte, wäre ich längst verloren;
man hätte mich zertreten, mich armes Erdenwürmchen,
das ich bin. Ich sag's Ihnen ohne Kompliment: Die Freundschaft, die, soviel ich sehe, zwischen Ihnen und meinem
Sohn besteht, erfreut mich außerordentlich. Ich komme
eben erst von ihm her; er ist nach seiner Gewohnheit, die
Sie kennen, sehr früh aufgestanden und durchstreift die
Umgegend. Erlauben Sie mir eine Frage: Ist es lange her,
daß Sie meinem Sohne nahestehn?«

»Wir lernten uns vergangenen Winter kennen.«

»Wahrhaftig? Erlauben Sie mir noch eine Frage . . . Aber
wir könnten uns setzen! Erlauben Sie mir, Sie mit der
Offenherzigkeit eines Vaters zu fragen, was Sie von meinem Jewgenij halten.«

»Ihr Sohn ist einer der hervorragendsten Männer, die mir
jemals begegnet sind«, antwortete Arkadij lebhaft.

Die Augen Wassilij Iwanowitschs öffneten sich plötzlich
weit, und eine leichte Röte färbte seine Wangen. Er ließ
den Spaten fallen, den er in der Hand hatte.

»Also Sie glauben . . .«, nahm er wieder das Wort.

»Ich bin gewiß«, fuhr Arkadij fort, »daß Ihr Sohn eine

große Zukunft vor sich hat; er wird Ihren Namen berühmt machen. Davon war ich gleich bei unserer ersten Begegnung überzeugt.«

»Wie ... Wie das? ...«, brachte Wassilij Iwanowitsch nur mit Mühe heraus. Ein verzücktes Lächeln legte sich auf seine breiten Lippen und verließ sie nicht mehr.

»Sie wollen wissen, wie wir Bekanntschaft geschlossen haben?«

»Ja ... und überhaupt ...«

Arkadij fing an, noch begeisterter von Basarow zu sprechen als an dem Abend, wo er mit Frau Odinzowa eine Masurka tanzte.

Wassilij Iwanowitsch hörte ihm zu, schneuzte sich, ballte sein Taschentuch mit beiden Händen zusammen, hustete, fuhr sich durchs Haar, endlich aber konnte er sich nicht länger halten, neigte sich gegen Arkadij und küßte ihn auf die Schulter.

»Sie haben mich zum Glücklichsten der Menschen gemacht«, sagte er, immerfort lächelnd; »ich muß Ihnen gestehen, daß ich ... daß ich meinen Sohn vergöttere. Ich spreche nicht von meiner armen Frau, sie ist Mutter und fühlt als solche. Aber ich, ich wag's nicht, meinem Sohn auszudrücken, wie sehr ich ihn liebe, das würde ihm unangenehm sein. Er kann derartige Herzensergießungen nicht leiden; viele tadeln ihn sogar wegen dieser Charakterfestigkeit und schreiben sie dem Stolz und der Gefühllosigkeit zu; aber Männer wie er dürfen nicht mit derselben Elle gemessen werden wie gemeine Sterbliche, nicht wahr? Ein anderer zum Beispiel hätte an seiner Stelle des Vaters Geldbeutel fortwährend zur Ader gelassen. Er aber hat nie eine Kopeke zuviel von uns verlangt, das kann ich Ihnen versichern.«

»Er ist ein uneigennütziger, makelloser Mensch«, sagte Arkadij.

»Wie Sie sagen, ein Muster von Uneigennützigkeit. Was

mich betrifft, Arkadij Nikolajitsch, ich bete ihn nicht bloß an, ich bin stolz auf ihn, und was meinem Stolz am meisten schmeichelt, ist der Gedanke, daß man einst in seiner Lebensbeschreibung folgende Zeilen lesen wird: ›Sohn eines einfachen Regimentsarztes, der jedoch frühzeitig sein Talent erkannte und für seine Ausbildung alles tat . . .‹«
Die Stimme des Greises erlosch.

Arkadij drückte ihm die Hand.

»Was meinen Sie?« fragte Wassilij Iwanowitsch nach kurzem Schweigen. »In der medizinischen Karriere wird er sich wohl nicht den Ruhm holen, den Sie ihm prophezeien?«

»Ohne Zweifel nicht, obgleich er auch in diesem Fach bestimmt ist, zu den Gelehrtesten zu gehören.«

»Welches ist dann die Karriere, in der . . .«

»Das kann ich Ihnen jetzt gleich nicht sagen, aber er wird ein berühmter Mann sein.«

»Ein berühmter Mann!« wiederholte der Greis und versank in tiefe Träumerei.

»Arina Wlasjewna läßt Sie bitten, zum Tee zu kommen«, sagte Anfissuschka, die mit einer ungeheuren Schüssel Himbeeren vorüberging.

Wassilij Iwanowitsch fuhr zusammen, richtete sich aber wieder auf.

»Gibt es Rahm zu den Himbeeren?« fragte er.

»Ja, es gibt welchen.«

»Daß er nur ja recht kalt ist, hörst du! Machen Sie keine Umstände, Arkadij Nikolajitsch, nehmen Sie mehr! Wo bleibt Jewgenij so lange?«

»Ich bin hier«, antwortete Basarow aus Arkadijs Zimmer.

Wassilij Iwanowitsch wandte sich rasch um.

»Ah! Du wolltest wohl unsern Gast überraschen; aber du kommst zu spät, care amice, denn wir plaudern schon seit einer Stunde zusammen. Komm nun aber zum Tee, deine

Mutter erwartet uns. — Apropos, ich wollte dich etwas fragen.«

»Was denn?«

»Es ist hier ein Bauer, der an einem Icterus leidet.«

»Das heißt, er hat die Gelbsucht.«

»Ja, er hat einen Anfall von chronischem und hartnäckigem Icterus. Ich habe ihm Tausendgüldenkraut und Quecken verschrieben; auch hieß ich ihn gelbe Rüben essen und Sodawasser trinken. Aber das sind lauter Palliative; man sollte ihm etwas Kräftigeres verabreichen. Obgleich du dich über die Medizin lustig machst, kannst du mir doch gewiß einen guten Rat geben.«

»Wir wollen später darüber reden. Kommt zum Tee.«

Wassilij Iwanowitsch sprang leicht von der Bank auf und stimmte das Lied aus ›Robert der Teufel‹ an:

> »Der Wein, der Wein, das Spiel, die Schönen,
> Sie lieb, sie lieb, sie lieb ich nur allein.«

»Welche Lebenskraft!« sagte Basarow, während er vom Fenster zurücktrat. —

Es war um die Mittagszeit. Trotz des feinen Vorhangs weißlicher Wolken, die den Himmel bedeckten, war es erstickend heiß. Ringsum herrschte Stille, nur die Hähne im Dorf krähten, und die langgezogenen Töne verursachten allen, die sie hörten, ein sonderbares Gefühl von Trägheit und Langerweile. Von Zeit zu Zeit erhob sich aus dem Wipfel eines Baumes wie ein Klageruf der durchdringende Schrei eines jungen Sperbers. Arkadij und Basarow lagen in den Schatten eines kleinen Heuschobers hingestreckt, auf einem Haufen Gras, das bei der geringsten Bewegung raschelte, obgleich es noch grün und duftig war.

»Diese Espe da«, sagte Basarow, »ruft mir meine Kindheit zurück; sie steht am Rand eines Grabens, der sich auf dem Platz einer ehemaligen Ziegelei gebildet hat. Ich war damals überzeugt, daß dieser Baum und dieser Graben die

Kraft eines Talismans haben: ich langweilte mich nie in ihrer Nähe. Ich begriff damals noch nicht, daß ich mich nur darum nicht langweilte, weil ich ein Kind war. Jetzt, da ich groß geworden bin, hat der Talisman seine Kraft verloren.«

»Wie viele Jahre hast du im ganzen hier verbracht?« fragte Arkadij.

»Zwei Jahre hintereinander; später kamen wir nur von Zeit zu Zeit hierher. Wir führten ein Nomadenleben und zogen fast immer von einer Stadt zur andern.«

»Ist das Haus schon lange gebaut?«

»Ja ... Mein Großvater hat es gebaut, der Vater meiner Mutter.«

»Was war er, dein Großvater?«

»Der Teufel soll mich holen, wenn ich's weiß! Ich glaube, Major zweiter Klasse. Er hat unter Suworow gedient und erzählte beständig von ihrem Übergang über die Alpen; wahrscheinlich schnitt er gehörig auf.«

»Deshalb hängt in eurem Wohnzimmer das Bildnis Suworows! Ich liebe solche alten warmen Häuschen wie das eure sehr; sie haben auch einen ganz eigentümlichen Geruch.«

»Ja. nach Öl[30] und Wäsche«, erwiderte Basarow. »Und die Menge Mücken in diesen niedlichen Wohnungen! Pah!«

»In deiner Kindheit«, fuhr Arkadij nach kurzem Schweigen fort, »hat man dich nicht streng gehalten?«

»Du kennst meine Eltern, sie sind keine Menschenfresser.«

»Du liebst sie sehr, Jewgenij?«

»O ja, Arkadij!«

»Sie hängen sehr an dir!«

Basarow antwortete nichts.

»Weißt du, an was ich denke?« sagte er endlich, indem er die Hand unter den Kopf schob.

»Nein, sprich!«

»Ich denke, daß das Leben für meine Eltern sehr süß ist! Mein Vater interessiert sich für alles, obgleich er seine sechzig Jahre hinter sich hat; er spricht von Palliativmitteln, behandelt Kranke, spielt den Großmütigen bei den Bauern und ist dabei seelenvergnügt. Meine Mutter kann sich auch nicht beklagen; ihr Tag ist von so vielerlei Geschäften, ›Ohs!‹ und ›Ahs!‹ ausgefüllt, daß sie überhaupt keine Zeit hat, zu sich selber zu kommen; und ich . . .«

»Und du?«

»Und ich, ich sage mir: Da lieg ich neben diesem Schober . . . Der Platz, den ich einnehme, ist so unendlich klein im Vergleich zu dem übrigen Raum, wo ich nicht bin und wo man sich aus mir nichts macht, und die Zeit, die mir zu leben vergönnt sein wird, ist so kurz neben der Ewigkeit, in der ich nicht war und in der ich nie sein werde . . . und doch, in diesem Atom, in diesem mathematischen Punkt kreist das Blut, arbeitet das Gehirn und will auch etwas . . . Welcher Unsinn! Welche Albernheit!«

»Erlaub mir, dir eine Bemerkung zu machen: was du da sagst, paßt im ganzen für alle Menschen . . .«

»Das ist richtig«, erwiderte Basarow, »ich wollte sagen, daß diese braven Leute, ich meine nämlich meine Eltern, sich beschäftigen und nicht an ihr Nichts denken; es ekelt und stinkt sie nicht an, während ich nur Langeweile und Haß zu empfinden vermag.«

»Haß? Warum das?«

»Warum? Welche Frage! Hast du denn vergessen?«

»Ich erinnere mich an alles, aber ich glaube nicht, daß es dir ein Recht gibt, zu hassen . . . Du bist unglücklich, ich gebe es zu, aber . . .«

»Ei, ei! Arkadij Nikolajitsch, ich sehe, du verstehst die Liebe wie alle jungen Leute von heut; du lockst die Henne put, put, put! Und sobald die Henne kommt, nimmt man Reißaus! Das ist die Art nicht, wie ich es mache. Doch lassen wir das. Wenn in einer Sache nicht zu helfen ist, so ist es eine Schande, sich mit ihr abzugeben.« — Er legte sich auf die Seite und fuhr fort: »Ah, da ist eine Ameise, die lustig eine halbtote Mücke schleift. Immerzu, Alte, immerzu! Mach dir nichts aus ihrem Sträuben. Du kannst in deiner Eigenschaft als Tier jedes Gefühl von Erbarmen verschmähen. Das ist nicht wie bei unsereinem, die wir uns freiwillig vernichtet und zerbrochen haben.«

»Du solltest nicht so sprechen, Jewgenij! Wann hättest du dich zerbrochen, wie du sagst?«

Basarow richtete den Kopf auf.

»Ich glaube das Recht zu haben, stolz darauf zu sein. Ich habe mich nicht selbst zerbrochen, und einem Weib wird das sicher nie gelingen. Amen! Es ist aus! Du wirst kein einziges Wort mehr über diesen Gegenstand von mir hören.« Die beiden Freunde lagen einige Augenblicke da, ohne zu sprechen.

»Ja«, nahm Basarow wieder das Wort, »der Mensch ist ein sonderbares Wesen. Wenn man so von der Seite und von weitem das dunkle Leben betrachtet, welches hier die ›Väter‹ führen, so scheint es, als ob alles vollkommen sei. Iß, trink und lebe deiner Meinung nach so weise und regelmäßig wie möglich — es ist doch nichts; die Langeweile packt dich bald. Man empfindet das Verlangen, unter andere Menschen zu gehen, wär's auch nur, um mit ihnen zu streiten — gleichviel, man muß eben unter sie gehen.«

»Man müßte das Leben so einrichten, daß jeder Augenblick eine Bedeutung hätte«, sagte Arkadij nachdenklich.

»Gewiß! Es ist immer angenehm, etwas zu bedeuten. selbst wenn es mit Unrecht geschähe. Man würde sich zur Not sogar die unbedeutenden Dinge gefallen lassen ... Aber die Kleinigkeiten, die Erbärmlichkeiten ... das ist das Übel!«

»Es gibt keine Kleinigkeiten für den, der keine anerkennen will.«

»Hm! Du hast da einen umgekehrten Gemeinplatz aus-gesprochen.«

»Wie? Was meinst du damit?«

»Die Versicherung zum Beispiel, daß die Zivilisation nütz-lich sei, ist ein Gemeinplatz, die Behauptung aber, daß die Zivilisation schädlich sei, ist ein umgekehrter Gemein-platz. Das lautet ein wenig vornehmer, aber im Grund ist es absolut ein Ding.«

»Aber die Wahrheit, wo muß man sie denn suchen?«

»Wo? Ich antworte dir wie das Echo: wo?«

»Du bist heute zur Schwermut aufgelegt, Jewgenij!«

»Wahrhaftig! Es scheint, die Sonne hat mir auf den Kopf gebrannt, und dann, wir haben zuviel Himbeeren ge-gessen.«

»Da wäre ein Schläfchen angebracht«, sagte Arkadij.

»Sei es; nur schau mich nicht an ... man sieht immer dumm aus, wenn man schläft.«

»Es ist dir also nicht gleichgültig, was man von dir denkt?«

»Ich weiß nicht recht, was ich darauf antworten soll. Ein Mann, der dieses Namens wahrhaftig würdig ist, dürfte sich um das, was man von ihm denkt, nicht kümmern; der wahre Mann ist der, der andern nichts zu denken gibt, sondern sie zwingt, ihm zu gehorchen oder ihn zu ver-abscheuen.«

»Das ist sonderbar! Ich verabscheue niemand«, sagte Ar-kadij nach kurzem Besinnen.

»Und ich verabscheue viele Leute! Du hast eine milde Seele, ein wahres Pflaumenkompott, wie könntest du ver-abscheuen? ... Du bist zu furchtsam, du hast kein Selbst-vertrauen ...«

»Und du«, erwiderte Arkadij, »du hast noch viel Selbst-vertrauen? Du schätzest dich sehr hoch?«

Basarow antwortete ihm nicht sogleich.

»Wenn ich einmal einem Menschen begegne, der in meiner

Gegenwart nicht die Ohren hängen läßt«, versetzte Basarow langsam, »dann werde ich meine Meinung über mich selber ändern. — Verabscheuen?« fuhr er fort... »aber halt einmal, du hast vor kurzem gesagt, als wir an der großen und saubern Isba eures Starosten Philipp vorübergingen: Rußland werde so lange nicht auf seiner Höhe angekommen sein, bis der letzte Bauer eine solche Wohnung habe, und jeder von uns müsse dazu beitragen... Nun wohlan, ich habe sofort diesen Bauer verabscheut, er heiße Philipp oder Sidor, für dessen Wohl ich schanzen soll, ohne daß er mir's im mindesten Dank wüßte. Und doch, was sollt ich mit seiner Dankbarkeit tun? Wenn er in seiner guten Isba wohnt, dann werde ich die Nesseln auf dem Kirchhof düngen. Und was dann?«

»Schweig, Jewgenij, wenn man dich heute hört, ist man fast versucht, denen recht zu geben, die uns vorwerfen, daß wir keine Grundsätze haben.«

»Du sprichst genau wie dein würdiger Onkel. Es gibt keine Grundsätze. Hast du denn das bis jetzt noch nicht gewußt? Es gibt nur Sensationen. Alles hängt von Sensationen ab.«

»Wieso?«

»Jawohl. Nimm mich zum Beispiel: Wenn ich vom Geist der Verneinung und des Widerspruchs beherrscht bin, so hängt das von meinen Sensationen ab. Es ist mir angenehm, zu verneinen, mein Hirn ist so gebaut, und damit Punktum! Warum habe ich Gefallen an der Chemie? Warum ißt du gerne Äpfel? Alles kraft der Sensationen. Da liegt die Wahrheit, und nie werden die Menschen tiefer dringen. Man gesteht sich's nicht gerne, und selbst ich werde dir's nicht mehr wiederholen.«

»Aber von diesem Standpunkt aus wäre die Tugend selber nichts als eine Sensation?«

»Ohne allen Zweifel!«

»Jewgenij!« erwiderte Arkadij in betrübtem Ton.

»Ah! Wahrhaftig? Der Bissen ist nicht nach deinem Geschmack«, sagte Basarow. »Nein, mein Lieber, wenn man einmal entschlossen ist, alles abzumähen, darf man seine eigenen Beine nicht schonen. — Aber nun Schluß! Wir haben genug philosophiert. Die Natur lädt uns zur Ruhe des Schlummers ein, sagt Puschkin.«

»Er hat nie etwas Ähnliches gesagt«, erwiderte Arkadij.

»Wenn er's nicht gesagt hat, hätte er's in seiner Eigenschaft als Dichter sagen können oder sollen. Apropos, er war doch Soldat?«

»Puschkin war nie Soldat.«

»Geh doch! auf jeder Seite ruft er aus: ›Zu den Waffen! Zu den Waffen! Für die Ehre Rußlands!‹«

»Woher nimmst du alle diese Erfindungen? Ich nenne das verleumden.«

»Verleumden? Wie hübsch! Glaubst du mich mit diesem Worte zu erschrecken? Welche Verleumdungen man auch immer über einen Menschen verbreitet, er verdient noch zwanzigmal mehr.«

»Versuchen wir lieber zu schlafen«, sagte Arkadij verletzt.

»Mit dem größten Vergnügen«, antwortete Basarow. Aber sie konnten beide nicht einschlafen, ein Gefühl von Feindseligkeit hatte sich in ihr Herz geschlichen. Nach wenigen Minuten öffneten sie die Augen und blickten sich schweigend an.

»Sieh«, sagte Arkadij plötzlich, »sieh nur dies verdorrte Blatt, das sich soeben von einer Platane löste und zur Erde fällt, es flattert in der Luft, ganz wie ein Schmetterling. Ist das nicht sonderbar? Das Traurigste und Toteste, was es gibt, gleicht dem Heitersten und Lebendigsten!«

»Mein teurer Arkadij Nikolajewitsch«, rief Basarow spöttisch aus, »ich bitte dich um Gottes willen, sprich nicht so poetisch!«

»Ich spreche so, wie ich's verstehe ... Aber wahrhaftig,

das streift an Tyrannei. Wenn mir ein Gedanke kommt, warum soll ich ihn nicht ausdrücken?«

»Das ist richtig; aber warum soll ich nicht gleichfalls sagen, was ich denke? Ich finde es unanständig, poetisch zu sprechen.«

»Es ist deiner Meinung nach ohne Zweifel anständiger, Grobheiten zu sagen?«

»Hehe! Ich sehe, du bist entschlossen, in die Fußstapfen deines Onkels zu treten. Wie glücklich wäre dieser Idiot, wenn er dich hören könnte!«

»Wie hast du Pawel Petrowitsch genannt?«

»Wie er es verdient: einen Idioten.«

»Das wird unerträglich!« rief Arkadij aus.

»Ah, der Familiensinn ist erwacht!« erwiderte Basarow ruhig. »Ich habe bemerkt, daß er bei allen Menschen tief eingewurzelt ist. Sie sind fähig, auf alles zu verzichten, alle Vorurteile abzulegen; aber anzuerkennen zum Beispiel, daß ein Bruder, der Taschentücher gestohlen hat, ein Dieb ist, das geht über ihre Kräfte. In der Tat, eine Person, die mir so nahe steht, ›mein‹ Bruder, müßte er nicht ein Genie sein?«

»Ich habe einzig dem Sinn für Gerechtigkeit und keineswegs dem für die Familie gehorcht«, antwortete Arkadij lebhaft. »Aber da du für diesen Sinn kein Verständnis hast, da diese ›Sensation‹ dir fehlt, solltest du gar nicht davon sprechen.«

»Das kommt darauf hinaus: Arkadij Kirsanow ist mir zu hoch, als daß ich ihn verstehen könnte; ich beuge mich und verurteile mich zum Stillschweigen.«

»Hör doch auf, Jewgenij! Ich bitte dich; wir bekommen schließlich noch Händel.«

»Ach, ich beschwöre dich, Arkadij, wir wollen Händel anfangen, wir wollen uns tüchtig prügeln, bis zur Vertilgung der tierischen Wärme.«

»Das führt am Ende in Wirklichkeit zu . . .«

»Zu Faustschlägen?« fiel Basarow ein. »Ja warum nicht? Hier auf diesem Heuhaufen, in dieser ganzen idyllischen Umgebung, entfernt von der Welt und den Blicken der Menschen, es könnte gar nicht schöner sein. Aber du bist nicht imstande, dich mit mir zu messen. Ich werde dich bei der Kehle packen...«

Basarow streckte seine knochigen Finger aus ... Arkadij wandte sich lachend um und schickte sich zur Verteidigung an ... Aber das Gesicht seines Freundes, das Grinsen, welches seine Lippen verzog, und das düstere Feuer, das in seinen Augen glühte, schien ihm eine solch ernste Drohung auszudrücken, daß ihn unwillkürlich ein Gefühl von Furcht überkam ...

»Ah, find ich euch endlich!« rief in diesem Augenblick Wassilij Iwanowitsch, der in einem Wams von zu Hause gewebter Leinwand und mit einem Strohhut aus derselben Fabrik vor den jungen Leuten erschien. »Ich habe euch gesucht und gesucht ... Aber ihr habt einen prächtigen Platz gewählt und überlaßt euch einem süßen Zeitvertreib. ›Auf der Erde liegend den Himmel betrachten‹ ... wißt ihr, daß diese Lage eine ganz eigentümliche Bedeutung hat?«

»Ich betrachte den Himmel nur, wenn ich niesen will«, sagte Basarow mürrisch, und sich Arkadij zuwendend, setzte er leise hinzu: »Es tut mir leid, daß er uns verhindert hat.«

»Geh, es ist genug!« sagte Arkadij und drückte ihm verstohlen die Hand.

»Ich schau euch an, meine jungen Freunde«, fuhr Wassilij Iwanowitsch kopfschüttelnd fort, wobei er seine gefalteten Hände auf einen Stock stützte, den er selbst kunstvoll spiralförmig gewunden und oben mit einem Türkenkopf verziert hatte, »ich schau euch an und kann es nicht satt bekommen. Wieviel Kraft, Jugend, Fähigkeit, Talent steckt in euch ... Kastor und Pollux!«

»Gut!« rief Basarow aus. »Jetzt stürzt er sich in die Mythologie! Man sieht sofort, daß er seinerzeit im Latein stark war. Hast du nicht eine silberne Medaille für deine Schularbeiten erhalten?«

»Dioskuren! Dioskuren!« wiederholte Wassilij Iwanowitsch.

»Geh, Vater, sei vernünftig, bitte etwas weniger Zärtlichkeit!«

»Einmal von Zeit zu Zeit macht noch keine Gewohnheit«, stotterte der Greis. »Im übrigen bin ich nicht gekommen, meine Herren, um euch Komplimente zu machen, sondern erstens, um euch anzukündigen, daß wir bald essen werden, und zweitens, um dich zu benachrichtigen, Jewgenij... Du bist ein Bursche von Geist, du kennst die Männer und die Frauen, wirst also verzeihen ... deiner Mutter lag sehr daran, Dankgebete für deine Ankunft lesen zu lassen. Denke nicht, daß ich dich auffordern will, der Zeremonie beizuwohnen; sie ist schon vorüber. Aber der Pater Alexej ...«

»Der Pope?«

»Ja! Der Priester ist drinnen ... und wird zum Essen bleiben. .. Ich hab es selber nicht vermutet und riet ihm sogar ab ... aber ich weiß nicht, wie es kam ... er hat mich nicht verstanden ... zudem, Arina Wlasjewna ... immerhin aber ist er ein sehr gescheiter und in jeder Hinsicht angenehmer Mann.«

»Ich hoffe, er wird mir meine Portion bei Tische nicht wegessen?« fragte Basarow.

Wassilij Iwanowitsch lachte.

»Nein, gewiß nicht!« erwiderte er.

»Mehr verlange ich nicht, meinethalben kannst du zu uns an den Tisch setzen, wen du willst.«

»Ich wußte ja wohl, daß du über alle Vorurteile erhaben bist. Es wäre auch etwas stark. Habe doch ich, der ich bereits das dreiundsechzigste angetreten, ebenfalls keine.

(Wassilij Iwanowitsch wagte nicht zu gestehen, daß es ihm nicht minder um die Gebete zu tun war als seiner Frau, denn er war ebenso religiös wie sie.) Aber der Pater Alexej wünschte sehr, deine Bekanntschaft zu machen. Ich bin überzeugt, daß er dir gefallen wird. Er macht sehr gern ein Spielchen und — doch das bleibt unter uns — raucht sogar seine Pfeife wie ein anderer.«

»Nun, wir werden nach Tisch eine Partie Jeralasch[31] machen, und ich werde euch das Geld abnehmen.«

»Hehehe! Das wollen wir sehen.«

»Wie, willst du von gewissen Talenten Gebrauch machen?« fragte Basarow mit ganz besonderer Betonung.

Eine leichte Röte überzog die bronzefarbenen Wangen Wassilij Iwanowitschs.

»Schämst du dich nicht, Jewgenij ... was vorbei ist, ist vorbei. Nun ja, ich will's vor unserem jungen Freund bekennen, daß ich in meiner Jugend diese Leidenschaft hatte, aber ich hab's teuer bezahlt! Wie heiß es heute ist! Erlaubt mir, neben euch Platz zu nehmen, wenn ich euch nicht störe?«

»Keineswegs!« antwortete Arkadij.

Wassilij Iwanowitsch setzte sich auf das Heu und hob mit weinerlicher Stimme an:

»Dies Lager da, meine teuren Herren, erinnert mich an mein Soldatenleben, an Biwak und Ambulanzen; das spielte auch so neben einem Schober, wenn noch einer da war!« — er tat einen Seufzer — »Ach, ich hab gräßliche Szenen gesehen in meinem Leben! Ich will euch, wenn ihr's erlaubt, eine Episode von der Pest erzählen, die uns in Bessarabien dezimiert hat.«

»Und die dir den Sankt-Wladimir-Orden eingetragen hat«, sagte Basarow, »ich kenn's! ich kenn's! ... Apropos, warum trägst du ihn nicht?«

»Ich sagte dir ja eben, daß ich keine Vorurteile habe«, antwortete Wassilij Iwanowitsch verlegen (er hatte das

rote Band erst tags zuvor aus dem Knopfloch trennen lassen). Und er fing an, die fragliche Episode zu erzählen.

»Sehen Sie den! Er ist eingeschlafen«, flüsterte er plötzlich
Arkadij ins Ohr, indem er auf Basarow zeigte und Arkadij vertraulich zublinzelte.

»Jewgenij, auf!« setzte er laut hinzu. »Wir wollen zum
Essen gehen!« —

Pater Alexej, ein kräftiger, hochgewachsener Mann mit
dichtem, sorgfältig gekämmtem Haar und breitem ge-
sticktem Gürtel über dem lilaseidenen Rock, benahm sich
mit viel Verstand und Takt. Er schüttelte den jungen Leuten zuerst die Hand, als ob er im voraus gewußt hätte,
daß ihnen keineswegs etwas daran gelegen sei, seinen
Segen zu empfangen; und ohne seinem Stand etwas zu
vergeben, verstand er es sehr gut, niemand zu verletzen.
Er scheute sich nicht, gelegentlich über das Latein, das
man in den Seminarien lehrt, einige Scherze zu machen,
und nahm sich gleich darauf wieder seines Erzbischofs an;
nachdem er zwei Glas Wein getrunken hatte, schlug er
das dritte aus; er nahm die Zigarre an, die ihm Arkadij
gab, rauchte sie aber nicht, sondern sagte, daß er sie mit-
nehmen wolle. Doch hatte er die weniger angenehme Gewohnheit, jeden Augenblick die Hand langsam und vorsichtig dem Gesicht zu nähern, um die Mücken zu fangen,
die sich daraufgesetzt hatten, wobei es ihm manchmal
widerfuhr, daß er sie zerquetschte. Er setzte sich an den
Spieltisch, ohne besonderes Vergnügen dabei zu verraten,
und gewann Basarow schließlich zwei Rubel fünfzig Kopeken Papier ab (von ›Rubel Silber‹ hatte man im Hause
der Arina Wlasjewna keine Vorstellung). Arina, die nie
spielte, saß neben ihrem Sohn, das Kinn nach ihrer Gewohnheit auf die Hand gestützt, und stand nur auf, um
weitere Erfrischungen zu bestellen. Sie fürchtete, zuviel
Aufmerksamkeit für Basarow zu zeigen, und er ermun-
terte sie keineswegs dazu; überdies hatte ihr Wassilij

Iwanowitsch eingeschärft, Jewgenij nicht zu quälen. »Die jungen Leute lieben das nicht«, sagte er ihr wiederholt. (Wir dürfen nicht vergessen zu bemerken, daß an dem Mittagessen nichts gespart war. Timofejitsch hatte sich mit Tagesanbruch in Person nach der Stadt begeben, um dort Fleisch erster Qualität zu kaufen; der Starost verfügte sich anderswohin, um Nalimes[32], Barsche und Krebse aufzutreiben; den Bauernweibern bezahlte man bis vierzig Kopeken für die Champignons.) Die Augen Arinas, beständig auf Basarow geheftet, drückten jedoch nicht bloß Hingebung und Zärtlichkeit aus; man las darin auch eine mit Neugier und Furcht und selbst mit einer Art stillen Vorwurfs gemischte Traurigkeit. Übrigens bekümmerte sich Basarow sehr wenig um das, was die Augen seiner Mutter ausdrücken mochten, er sprach fast nichts mit ihr und beschränkte sich darauf, ganz kurze Fragen an sie zu richten, doch bat er sie um ihre Hand, in der Hoffnung, daß ihm das Glück bringen werde. Arina Wlasjewna legte ihr zartes, weiches Händchen in die breite, rauhe Hand des Sohnes.

»Nun«, fragte sie ihn einen Augenblick darauf, »hilft es?«

»Es geht noch schlechter«, antwortete er mit sorglosem Lächeln.

»Der Herr spielt viel zu verwegen«, sagte Pater Alexej in bedauerndem Ton und streichelte seinen schönen Bart.

»So machte es Napoleon«, versetzte Wassilij Iwanowitsch und spielte ein As aus.

»Und so muß Napoleon auf der Insel Sankt Helena gestorben sein«, erwiderte der Pater Alexej und stach das As mit einem Trumpf.

»Jenjuschetschka, willst du ein Glas Johannisbeerwein?« fragte Arina Wlasjewna ihren Sohn.

Basarow zuckte bloß die Achseln. —

»Nein!« sagte Basarow am andern Morgen zu Arkadij.

»Ich muß wieder fort von hier. Ich langweile mich hier, ich möchte arbeiten, und doch ist mir's unmöglich, etwas zu tun. Ich will zu euch zurückkehren, wo ich all mein Material gelassen habe. In eurem Hause kann man doch wenigstens allein sein, wenn man will. Aber hier wiederholt mir mein Vater beständig: ›Du kannst über mein Studierzimmer verfügen; da stört dich kein Mensch‹, und er selbst verläßt mich nicht mit einem Schritt. Auch würde ich mir doch einigermaßen ein Gewissen daraus machen, ihm meine Tür zu verschließen. Meine Mutter stört mich kaum weniger; ich höre sie beständig in ihrem Zimmer seufzen, und wenn ich zu ihr hineingehe, weiß ich ihr nichts zu sagen.«

»Deine Abreise wird sie sehr betrüben, und deinen Vater auch«, antwortete Arkadij.

»Ich komme wieder.«

»Wann?«

»Auf der Rückreise nach Petersburg.«

»Deine Mutter besonders dauert mich.«

»Warum das? Etwa weil sie dir so gute Früchte zu essen gegeben hat?«

Arkadij schlug die Augen nieder.

»Du kennst deine Mutter nicht«, sagte er zu Basarow, »sie hat nicht nur ein vortreffliches Herz, sie ist auch sehr gescheit. Wir haben diesen Morgen mehr als eine halbe Stunde zusammen geplaudert, und ihre Unterhaltung ist höchst verständig und interessant.«

»Ohne Zweifel war ich deren Gegenstand?«

»Wir haben auch von anderen Dingen gesprochen.«

»Es ist möglich, daß du recht hast, man sieht so etwas als Zuschauer oft besser; wie beim Billard. Wenn eine Frau imstande ist, für eine halbe Stunde die Kosten der Unterhaltung zu tragen, so ist das schon ein gutes Zeichen. Alles das kann mich aber nicht abhalten abzureisen.«

»Ich weiß nicht, wie du's angreifen willst, ihnen diese

Nachricht beizubringen. Sie scheinen zu glauben, daß wir wenigstens noch vierzehn Tage hierbleiben.«

»Das kommt mir sehr ungelegen. Zudem hatte ich heute den dummen Einfall, meinen Vater zu necken, weil er neulich einen Bauern hat peitschen lassen, und zwar mit Recht. Ja ja, mit Recht, sieh mich nicht mit so großen Augen an; er hat sehr wohl daran getan, ihn zu strafen, weil's ein unverbesserlicher Dieb und Trunkenbold ist; nur glaubte mein Vater nicht, daß ich in dieser Sache so gut unterrichtet sei, wie man zu sagen pflegt. Er ist darüber ganz betroffen gewesen; und gerade jetzt muß ich ihm den Kummer verursachen ... Doch was liegt daran! Das heilt bis zur Hochzeit.«

Obgleich Basarow diese letzten Worte in ziemlich entschiedenem Ton gesprochen hatte, konnte er sich doch nicht entschließen, die Abreise seinem Vater früher anzukündigen als in dem Augenblick, wo er ihm in seinem Studierzimmer gute Nacht wünschte. Mit gezwungenem Gähnen sagte er:

»Noch eins ... Fast hätte ich vergessen, es dir mitzuteilen ... Man wird morgen unsere Pferde zu Fedot vorausschicken müssen.«

Wassilij Iwanowitsch blieb wie betäubt.

»Will uns Herr Kirsanow verlassen?« fragte er endlich.

»Ja, und ich reise mit ihm.«

Wassilij Iwanowitsch fuhr betroffen zurück.

»Du willst uns verlassen?«

»Ja ... ich habe zu arbeiten. Habe die Güte, die Pferde vorauszuschicken.«

»'s ist gut«, stammelte der Greis, »zum Relais ... ganz gut, recht ... nur ... nur ... ist das möglich?«

»Ich muß auf einige Tage zu Kirsanow. Ich komme dann wieder.«

»So? Auf einige Tage ... es ist gut.«

Wassilij Iwanowitsch nahm sein Taschentuch heraus und

schneuzte sich, indem er sich fast bis zum Boden bückte.
»Gut! Nun ja . . . es soll besorgt werden. Aber ich dachte,
daß du . . . länger . . . drei Tage . . . nach drei Jahren Abwesenheit, das ist nicht . . . das ist nicht viel, Jewgenij!«
»Ich sagte dir ja eben, daß ich bald wiederkomme, es ist
unumgänglich notwendig . . .«
»Unumgänglich. . . Nun ja! Seine Pflicht muß man vor
allem erfüllen . . . Du willst, daß ich die Pferde voraus-
schicke? Es ist gut, aber wir waren nicht darauf gefaßt,
Arina und ich! Sie hat jetzt eben bei einer Nachbarin Blumen geholt, um dein Zimmer damit zu schmücken.«
Wassilij Iwanowitsch sagte nicht, daß er jeden Morgen
mit Tagesanbruch barfuß und in Pantoffeln Timofejitsch
aufsuchte und ihm eine ganz zerrissene Banknote einhändigte, die er mit zitternden Händen aus dem untersten
Säckel hervorholte; diese Banknote war zum Einkauf verschiedener Vorräte bestimmt, hauptsächlich von Eßwaren
und rotem Wein, dem die jungen Leute stark zusprachen.
»Es gibt nichts Köstlicheres als die Freiheit; das ist mein
Grundsatz . . . man muß den Leuten keinen Zwang antun
. . . man muß . . .«
Wassilij Iwanowitsch verstummte plötzlich und ging nach
der Tür.
»Wir sehen uns bald wieder, Vater, ich verspreche dir's.«
Aber Wassilij Iwanowitsch wandte sich nicht um, er verließ das Zimmer mit einer Handbewegung. Beim Eintritt
ins Schlafzimmer fand er seine Frau schon eingeschlafen;
er betete leise, um sie nicht zu stören, dennoch wachte sie
auf.
»Bist du's, Wassilij Iwanowitsch?« fragte sie.
»Ja, Mutter!«
»Du kommst gerade von Jenjuscha? Ich fürchte, daß er
auf seinem Sofa nicht gut liegt. Ich habe übrigens Anfissuschka gesagt, daß sie ihm deine Feldmatratze und die
neuen Kissen gibt; ich hätt ihm gern unser Federbett ab-

getreten, aber ich glaube mich zu erinnern, daß er nicht gern weich liegt.«

»Das tut nichts, Mutter, beruhige dich. Er hat über nichts zu klagen. ›Herr, vergib uns unsere Sünden!‹« fuhr er in seinem Gebet fort. Mehr sagte Wassilij Iwanowitsch nicht; er wollte seiner armen Frau die Nachricht nicht mitteilen, die ihre Ruhe gestört hätte.

Am anderen Morgen reisten die beiden jungen Leute ab. Alles im Hause hatte von früh an ein trauriges Ansehen gewonnen; Anfissuschka ließ die Platten fallen, die sie trug; Fedjka sogar kam aus der Fassung und fuhr schließlich aus seinen Stiefeln. Wassilij Iwanowitsch machte sich noch mehr zu schaffen als sonst; er zwang sich, seinen Kummer zu verbergen, sprach sehr laut und trat mit Geräusch auf; aber sein Gesicht war eingefallen, und seine Augen suchten dem Sohn immer auszuweichen. Arina Wlasjewna weinte still; sie hätte den Kopf ganz verloren, wenn ihr der Mann nicht in aller Frühe eine lange Vorlesung gehalten hätte. Als Basarow sich endlich mit der wiederholten Versicherung, daß er vor Ablauf eines Monats wiederkommen werde, den Armen, die ihn zurückhielten, entwunden hatte und in dem Tarantas saß, als die Pferde anzogen und der Ton der Glocke sich mit dem Rollen der Räder mischte, als es vergeblich war, dem Wagen länger nachzublicken, als der Staub sich gänzlich gelegt hatte und Timofejitsch wankend und ganz gebrochen sein Lager wieder aufsuchte, als endlich die beiden Alten sich wieder allein in ihrem Hause befanden, das ihnen noch enger und älter vorkam, warf sich Wassilij Iwanowitsch, der wenige Minuten zuvor von der Treppe herab so stolz mit dem Tuch gewinkt hatte, in einen Sessel und ließ das Haupt auf die Brust sinken. »Er hat uns verlassen!« sagte er mit zitternder Stimme. »Verlassen! Er langweilte sich bei uns. Da bin ich nun wieder allein, allein!« sagte er wiederholt und streckte jedesmal den

Zeigefinger der rechten Hand aus[33]. Arina Wlasjewna trat
zu ihm, legte ihr weißes Haupt auf das weiße Haupt des
Greises und sagte: »Was ist da zu machen, Wassilij! Ein
Sohn gleicht dem jungen Falken; es beliebt ihm zu kommen, und er kommt; es beliebt ihm zu gehen, und er fliegt
davon; wir zwei aber, du und ich, wir sind wie zwei
kleine Schwämme in einem hohlen Baum; eins neben dem
andern, bleiben wir da für alle Zeit. Ich allein, ich werde
nicht von dir lassen, wie du von deiner alten Frau nicht
lassen wirst!«

Wassilij Iwanowitsch erhob das Gesicht, das er mit beiden Händen bedeckt hatte, und drückte seine Frau, seine
Lebensgefährtin, inniger an sich, als er es je, selbst in seiner Jugend, getan; sie hatte ihm Trost gegeben in seinem
Leid.

ZWEIUNDZWANZIGSTES KAPITEL

Die beiden Freunde wechselten beinahe kein Wort, bis sie
an Fedots Haus angekommen waren. Basarow war mit
sich selber nicht zufrieden, und Arkadij war ärgerlich auf
seinen Freund. Er fühlte überdies jene unbestimmte
Traurigkeit, die nur jungen Leuten beim ersten Eintritt
in das Leben bekannt ist. Als umgespannt war und der
Kutscher wieder auf dem Bock saß, fragte er, ob er rechts
oder links fahren solle.
Arkadij erbebte. Der Weg zur Rechten führte nach der
Stadt und von da auf das Gut seines Vaters, der zur Lin-
ken führte zu Frau Odinzowa.
Er sah Basarow an.
»Links, Jewgenij?« sagte er.
Basarow wandte sich ab.
»Welche Dummheit!« murmelte er durch die Zähne.
»Ich weiß wohl, daß es eine Dummheit ist«, antwortete
Arkadij. »Aber was tut's, 's ist nicht die erste, die wir
begehen.«
Basarow schlug den Schirm seiner Mütze herunter.
»Tu, was du willst!« sagte er zuletzt.
»Fahr links!« rief Arkadij dem Kutscher zu.
Der Tarantas rollte in der Richtung von Nikolskoje dahin.
Die beiden Freunde aber, nachdem sie jetzt entschlossen
waren, eine Dummheit zu machen, beobachteten ein noch
hartnäckigeres Schweigen als zuvor: sie schienen beinahe
ergrimmt.
Aus der Art, wie der Haushofmeister der Frau Odinzowa
sie auf der Treppe des Hauses empfing, merkten unsere

jungen Reisenden sogleich, daß es unbesonnen gewesen war, ihrem Einfall Folge zu leisten. Es war leicht zu bemerken, daß man sie durchaus nicht erwartete. Eingeladen, in den Salon zu treten, mußten sie längere Zeit warten und spielten da eine traurige Figur. Frau Odinzowa erschien endlich; sie redete sie mit ihrer gewöhnlichen Liebenswürdigkeit an, schien aber über ihre schnelle Wiederkehr erstaunt; sie war nicht besonders entzückt, sie wiederzusehen, soviel sich nach ihren gemessenen Worten und Bewegungen urteilen ließ. Sie beeilten sich, ihr mitzuteilen, daß sie nur im Vorbeikommen vorgesprochen hätten und daß sie in zwei oder drei Stunden nach der Stadt zurückzukehren gedächten. Ihre ganze Antwort war ein schwacher Ausruf der Überraschung; sie bat Arkadij, seinen Vater von ihr zu grüßen, und schickte nach ihrer Tante; die Fürstin kam ganz verschlafen an, was den gewöhnlich bösen Ausdruck ihres gelben und welken Gesichts noch erhöhte. Katja war unwohl und verließ ihr Zimmer nicht. Arkadij empfand in diesem Augenblick, daß er Katja ebenso sehr wie die Herrin des Hauses zu sehen gewünscht hätte.

So vergingen vier Stunden in gleichmütigem Gespräch; Frau Odinzowa sprach und hörte zu, ohne zu lächeln. Nur im Augenblick der Abreise schien ihre alte Freundlichkeit wieder aufzuleben.

»Sie müssen mich recht mürrisch finden«, sagte sie, »aber bekümmern Sie sich nicht darum, und besuchen Sie mich beide bald wieder; hören Sie?«

Basarow und Arkadij antworteten nur mit einer Verbeugung, stiegen wieder in den Wagen und ließen sich direkt nach Marino zurückfahren, wo sie ohne Aufenthalt am Abend des folgenden Tages ankamen. Während der Fahrt sprach weder der eine noch der andere Frau Odinzowas Namen aus; Basarow beobachtete sogar beständiges Schweigen und starrte hartnäckig ins Weite.

In Marino wurden sie mit offenen Armen empfangen. Die lange Abwesenheit seines Sohnes hatte eben begonnen, Kirsanow zu beunruhigen; er stieß einen Schrei aus, sprang auf das Sofa und stampfte mit den Füßen, als Fenitschka mit freudestrahlenden Augen ins Zimmer trat und ihm die ›jungen Herren‹ meldete. Selbst Pawel empfand eine angenehme Überraschung und lächelte mit Gönnermiene, als er den Neuangekommenen die Hand drückte. Man plauderte von der Reise; Arkadij war es, der am meisten sprach, besonders beim Abendessen, und das Mahl zog sich weit über Mitternacht hinaus. Kirsanow hatte mehrere Flaschen Porter auftragen lassen, der von Moskau kam, und er mundete ihm so vortrefflich, daß seine Wangen purpurrot wurden und er aus einem kindlichen und zugleich nervösen Lachen nicht herauskam. Diese allgemeine gute Laune ergriff sogar die Dienerschaft. Dunjascha tat nichts als wie närrisch hin und her laufen und die Türen hinter sich zuschlagen, und Pjotr versuchte es noch morgens zwei Uhr vergeblich, einen Kosakenwalzer auf der Gitarre zu spielen. Die Saiten des Instruments ließen in der ländlichen Stille wehmütigliebliche Töne durch die Nacht erklingen. Aber der gebildete Kammerdiener kam nie über die ersten Läufe hinaus. Die Natur hatte ihm das musikalische Talent versagt, wie überhaupt jedes Talent.

Gleichwohl waren die Bewohner Marinos nicht frei von jeder Sorge, und der arme Kirsanow hatte sein gut Teil davon. Der Gutshof verursachte ihm jeden Tag mehr Ärger, kleinen, erbärmlichen Ärger. Die gedungenen Arbeiter bereiteten ihm wahrhaft unerträgliche Verlegenheiten. Die einen forderten eine Lohnerhöhung und verlangten Abrechnung, die anderen liefen davon, nachdem sie Vorschuß erhalten hatten; die Pferde wurden krank, die Fuhrwerke waren jeden Augenblick dienstuntüchtig, die Arbeit wurde schlecht bestellt. Eine Dreschmaschine, die man von Moskau hatte kommen lassen, wurde als zu schwer für den Gebrauch befunden; eine andere zerbrach am ersten Tag, als man sie probierte. Infolge der Nachlässigkeit einer alten halbblinden Viehmagd, die bei starkem Winde ihre kranke Kuh mit brennenden Kohlen hatte entzaubern wollen, brannte der Viehhof zur Hälfte nieder, und dieselbe Alte versicherte später, das Unglück sei erfolgt, weil der Herr sich habe beikommen lassen, Käsebereitung und derartige Neuerungen anzufangen. Der Verwalter wurde plötzlich faul und fett, wie jeder Russe, der auf Kosten eines anderen lebt. Seine ganze Tätigkeit beschränkte sich darauf, einem Ferkel, das vorüberging, einen Stein nachzuwerfen oder ein kleines halbnacktes Kind zu schelten, sobald er Kirsanow bemerkte. Er schlief beinahe die ganze übrige Zeit. Die Bauern, die Zins zu zahlen hatten, zahlten nichts und stahlen Holz; die Wächter fingen nachts manchmal, ohne auf starken Widerstand zu stoßen, Bauernpferde ein, die auf den Gutswiesen weideten. Kirsanow hatte eine Strafe auf dieses Vergehen gesetzt; aber meist wurden die gepfändeten Tiere ihren Eigentümern zurückgegeben, nachdem sie einige Tage in dem Stall des Gutsherrn gefüttert worden waren. Um der Verwirrung die Krone aufzusetzen, fingen die Bauern auch noch untereinander Händel an; Brüder verlangten die Teilung, weil ihre Weiber nicht mehr unter dem gleichen Dach leben konnten; jeden Augenblick kam eine Schlacht im Dorfe vor; ein Haufen Bauern rottete sich, plötzlich und als ob er einem Befehlsworte gehorchte, vor der Amtsstube des Verwalters zusammen, ging von da mit zerschlagenem Gesicht und oft betrunken zu dem Gutsherrn und forderte mit lautem Geschrei Gerechtigkeit; und in all dem Lärm mischte sich das Schluchzen und gellende Jammern der Weiber mit dem Geschrei und Geschimpf der Männer. Man mußte den Streit schlichten, die Stimme erheben, bis man heiser wurde, und wußte doch im voraus, daß all diese Anstrengung vergeblich war. Bei der Ernte fehlte es an Händen; ein benachbarter ›Odnodworjez‹[34], dessen ehrliches Gesicht das größte Vertrauen einflößte und der sich verbindlich gemacht hatte, zum Preise von zwei Rubeln für die Deßjatine Arbeiter herbeizuschaffen, brach auf die schmählichste Weise sein Wort; die Bauernweiber des Ortes forderten einen unerhörten Tagelohn, und inzwischen fing das Getreide an auszufallen; dieselbe Not wiederholte sich bei der Heuernte, und als ob an all diesen Sorgen noch nicht genug gewesen wäre, forderte die Pupillenkammer unter Drohungen die sofortige Bezahlung der rückständigen Zinsen.

»Ich bin mit meinen Kräften zu Ende!« rief Nikolai Petrowitsch mehr als einmal. »Es ist nicht möglich, daß ich diese Leute da selber bessern kann, und meine Grundsätze erlauben mir nicht, die Hilfe der Polizei dazu in Anspruch zu nehmen. Gleichwohl werden sie ohne Furcht vor Strafe nie etwas tun.«

»Du calme, du calme!« sagte Pawel Petrowitsch, schien jedoch, während er seinem Bruder Ruhe empfahl, selber sehr unruhig zu sein und strich sich den Schnurrbart.

Basarow blieb von all dieser ›Misere‹ unberührt, zudem erlaubte ihm seine Stellung im Hause nicht wohl, anders zu handeln. Den Tag nach seiner Rückkehr hatte er seine Untersuchungen über die Frösche und Infusorien und über gewisse chemische Verbindungen wiederaufgenommen und war ganz in diese Arbeiten vertieft. Was Arkadij betrifft, so hielt er es für seine Pflicht, wo nicht seinem Vater zu Hilfe zu kommen, doch wenigstens seine Bereitwilligkeit dazu zu zeigen. Er hörte ihn geduldig an und wagte es eines Tages, ihm einen Rat zu geben, nicht so ganz in der Hoffnung, ihn befolgt zu sehen, als um wenigstens seinen guten Willen zu beweisen. Die häuslichen Geschäfte erregten ihm keinen Widerwillen; er nahm sich sogar vor, sich dereinst mit Liebe der Landwirtschaft zu widmen; für den Augenblick aber hatte er andere Gedanken im Kopf. Zu seiner großen Verwunderung mußte er beständig an Nikolskoje denken; früher hätte er die Achseln gezuckt, wenn ihm jemand gesagt hätte, daß er sich unter dem gleichen Dach mit Basarow, und unter welchem Dach noch dazu! unter dem väterlichen Dach würde langweilen können; aber er langweilte sich in der Tat und wäre gern weit weg gewesen. Er nahm sich vor, lange Spaziergänge zu machen, aber das half ihm nichts.

Als Arkadij eines Tages mit seinem Vater plauderte, erfuhr er, daß dieser mehrere ziemlich interessante Briefe aufbewahrte, die Frau Odinzowas Mutter einst an seine Frau gerichtet hatte, und er bat ihn so inständig darum, daß Nikolai Petrowitsch sie nicht ohne Mühe unter seinen alten Papieren hervorsuchte und ihm einhändigte. Einmal im Besitz dieser halbverblaßten Briefe, fühlte er sich ruhiger, als ob er endlich das Ziel gefunden hätte, nach dem er streben müsse. ›Und zwar beide; hören Sie! hat sie von selber hinzugesetzt.‹ Dieser Gedanke wollte ihm nicht aus dem Kopf. ›Ich gehe hin! Ich gehe hin, ja, der Teufel soll mich holen!‹ Wenn er sich dann aber an den letzten Besuch in Nikolskoje und den kalten Empfang erinnerte, gewann seine Schüchternheit wieder die Oberhand. Endlich jedoch trug das ›Wer weiß‹ der Jugend, der stille Wunsch, sein Glück zu versuchen, seine Kräfte ohne Zeugen, ohne Beschützer zu erproben, den Sieg davon. Noch waren keine zehn Tage seit der Rückkehr der jungen Leute nach Marino verflossen, als er unter dem Vorwand, die Einrichtung der Sonntagsschulen zu studieren, aufs neue in die Stadt und von da nach Nikolskoje reiste. Die Art, wie er den Kutscher beständig zur Eile antrieb, erinnerte an die eines jungen Offiziers, der zum Kampfe eilt; Freude, Furcht und Ungeduld teilten sich in sein Herz. ›Vor allem darf man nicht reflektieren‹, wiederholte er sich unaufhörlich. Der Kutscher, der ihn fuhr, war ein durchtriebener Bauer, der vor jeder Kneipe anhielt und fragte: »Soll man nicht den Wurm umbringen?«

Wenn aber der Wurm umgebracht war, stieg er wieder auf seinen Bock und schonte die Pferde nicht. Endlich zeigte sich den Blicken Arkadijs das hohe Dach des wohlbekannten Hauses.

›Was tu ich da?‹ fragte er sich plötzlich, aber es war nicht mehr möglich, umzukehren.

Die Pferde waren im vollen Lauf; der Kutscher feuerte sie mit Schreien und Pfeifen an.

Schon dröhnt die kleine hölzerne Brücke unter den Hufen der Pferde und unter den Rädern; da ist die lange Allee von Tannen, die wie Mauern verschnitten sind. Ein rosa Kleid hebt sich von dem dunkeln Grün ab; ein jugendliches Gesicht blickt unter den feinen Fransen eines Sonnenschirms hervor ... Arkadij hat Katja erkannt und sie ihn auch. Er befiehlt dem Kutscher, die Pferde anzuhalten, die immer noch im Galopp liefen, springt aus dem Wagen und eilt ihr entgegen.

»Sie sind's!« rief Katja, leicht errötend. — »Kommen Sie zu meiner Schwester; sie ist hier im Garten, es wird ihr sehr angenehm sein, Sie wiederzusehen.«

Katja führte Arkadij in den Garten. Ihre Begegnung schien ihm glückverheißend; das Wiedersehen erfüllte ihn mit einer Freude, als ob sie eine seiner nahen Verwandten gewesen wäre. Alles ging zum besten. Kein Haushofmeister mit seinen feierlichen Gebärden, kein Warten im Salon.

Er gewahrte Frau Odinzowa am Ende einer Allee; sie kehrte ihm den Rücken zu und wandte sich beim Geräusch der Schritte ruhig um. Arkadij war nahe daran, aufs neue aus der Fassung zu kommen, aber die ersten Worte, die sie sprach, gaben ihm wieder seine volle Sicherheit.

»Guten Tag, Flüchtling!« sagte sie mit ihrer gleichmäßigen und schmeichelnden Stimme; damit ging sie ihm lä-

chelnd und vor Sonne und Wind mit den Augen blinzelnd entgegen. — »Wo hast du ihn gefunden, Katja?«
»Ich bringe Ihnen etwas«, begann Arkadij, »was Sie wohl schwerlich erwarten . . .«
»Sie haben sich selber gebracht, das ist die Hauptsache.«

DREIUNDZWANZIGSTES KAPITEL

Nachdem er Arkadij mit ironischem Bedauern und gewissen Worten, die zu verstehen gaben, daß er den wahren Zweck seiner Reise wohl errate, an den Wagen begleitet hatte, fing Basarow an, ganz zurückgezogen zu leben; er schien von einem Arbeitsfieber erfaßt zu sein. Er stritt nicht mehr mit Pawel, da dieser bei solchen Gelegenheiten gar zu aristokratische Manieren annahm und weniger mit Worten als mit unartikulierten Lauten antwortete. Ein einziges Mal hatte sich Pawel in einen Streit mit dem Nihilisten eingelassen über die Rechte des Adels in den baltischen Provinzen, welche damals an der Tagesordnung waren; er brach jedoch plötzlich ab und sagte mit kalter Höflichkeit:

»Übrigens werden wir uns nie verständigen. Ich wenigstens habe nicht die Ehre, Sie zu begreifen.«

»Ich zweifle nicht daran«, rief Basarow. »Der Mensch kann alles begreifen: die Schwingungen des Äthers und die Veränderungen, die in der Sonne vorgehen; aber er wird nie begreifen, daß man sich anders schneuzen könne, als er es tut.«

»Sie finden das geistreich?« erwiderte Pawel und setzte sich ans andere Ende des Zimmers.

Gleichwohl kam es ihn an, Basarow um die Erlaubnis zu bitten, seinen Versuchen beiwohnen zu dürfen. Pawel näherte sogar einmal sein gewaschenes und mit den seltensten Essenzen parfümiertes Gesicht dem Mikroskop; denn es galt, ein durchsichtiges Infusorientier ein winziges grünes Etwas verschlingen zu sehen, das es mit gewissen in seinem Schlund befestigten Ansätzen hin und her drehte. Nikolai Petrowitsch kam viel öfter auf Basarows Zimmer als sein Bruder; er wäre alle Tage gekommen, um seinen Unterricht zu nehmen, wie er sagte, wenn ihn die häuslichen Geschäfte nicht anderswohin gerufen hätten. Er störte den jungen Naturforscher durchaus nicht; er setzte sich in eine Ecke des Zimmers, folgte den Versuchen mit Aufmerksamkeit und erlaubte sich nur selten, eine bescheidene Frage an ihn zu stellen. Beim Mittag- und Abendessen suchte er die Unterhaltung auf Physik, Geologie oder Chemie zu leiten, da alle andern Gegenstände, selbst landwirtschaftliche Fragen — von politischen Angelegenheiten, wohlverstanden, gar nicht zu reden — vielleicht Streit oder doch wenigstens unangenehme Erörterungen herbeiführen konten. Kirsanow war überzeugt, daß die Abneigung seines Bruders gegen Basarow nicht abgenommen habe. Ein übrigens unbedeutender Umstand bestärkte ihn in dieser Ansicht. Die Cholera fing an, sich in der Umgegend zu zeigen, und hatte sogar zwei Bewohner Marinos weggerafft. Pawel wurde in einer Nacht ziemlich heftig von ihr befallen; er litt Schmerzen bis zum Morgen, ohne zu der Kunst Basarows seine Zuflucht zu nehmen. Als ihn dieser am andern Morgen besuchte und fragte, warum er ihn nicht habe rufen lassen, antwortete er ihm, noch ganz bleich, aber gleichwohl sorgfältig gekämmt und rasiert:

»Ich meine Sie sagen gehört zu haben, daß Sie nicht an die Medizin glauben.«

Das alles hinderte Basarow nicht, seine einsamen Arbeiten unablässig fortzusetzen; gleichwohl gab es im Hause jemand, dem er sich zwar nicht ganz erschloß, dessen Gesellschaft ihm aber sehr angenehm war: das war Fenitschka. Er begegnete ihr gewöhnlich des Morgens früh im Garten oder im Hof; er betrat ihr Zimmer niemals, und sie näherte sich nur ein einziges Mal seiner Tür, um ihn

zu fragen, ob sie wohl daran tun würde, Mitja zu baden.
Und doch hatte sie, weit entfernt, ihn zu fürchten, das
vollste Vertrauen zu ihm und fühlte sich in seiner Gegenwart sogar freier und ungezwungener als vor Nikolai
Petrowitsch. Es wäre ziemlich schwer, den Grund hier-
von anzugeben; vielleicht war es, weil sie instinktiv begriff, daß Basarow durchaus nichts vom ›gnädigen Herrn‹,
vom ›Baron‹ an sich habe, nichts von jener Art Überlegenheit, die zugleich anzieht und einschüchtert. Er war
in ihren Augen ein vortrefflicher Doktor und ein braver
Mann. Seine Gegenwart hinderte sie nicht, sich mit ihrem
Kinde abzugeben, und einmal, als sie sich plötzlich von
Schwindel und Kopfweh befallen fühlte, nahm sie von
seiner Hand einen Löffel Arznei. In Nikolai Petrowitschs
Anwesenheit zeigte sie sich weniger vertraut mit Basarow, keineswegs aus Berechnung, sondern aus einer Art
von Schicklichkeitsgefühl. Pawel flößte ihr mehr als jemals
Furcht ein; er schien seit einiger Zeit ihr Benehmen aus-
zukundschaften und kam, als ob er aus der Erde gestiegen
wäre, in seinem englischen Anzug, mit seinem unbeweglichen Gesicht, seinem durchbohrenden Blick und die
Hände in den Taschen, plötzlich hinter Fenitschkas Rük-
ken zum Vorschein. »Man bekommt einen förmlichen
Schauder vor ihm«, sagte Fenitschka zu Dunjascha, und
diese antwortete mit einem Seufzer, den ihr die Erinnerung an einen andern Gefühllosen erpreßte. Das war Basarow, der, ohne es zu wissen, der grausame Tyrann ihres
Herzens geworden war.
So wie Basarow Fenitschka gefiel, gefiel sie ihm. Wenn er
mit dem jungen Mädchen sprach, bekam sein Gesicht
einen ganz anderen Ausdruck, es wurde heiterer, beinahe
sanft, und zugleich mischte sich eine Art spöttischer Artigkeit mit seinem gewöhnlichen nachlässigen Wesen. Fenitschka wurde von Tag zu Tag schöner. Es kommt eine
Zeit für die jungen Frauen, wo sie plötzlich anfangen,

sich zu entfalten und aufzublühen wie die Sommerrosen: diese Zeit war für Fenitschka gekommen. Alles trug dazu bei, selbst die Hitze des Juli, der eben begonnen hatte. In ihrem leichten weißen Kleide erschien sie selber noch weißer und leichter; die Sonne verbrannte sie nicht, und die Hitze, vor der man sich unmöglich bergen konnte, färbte ihre Wangen und Ohren mit zartem Rot, verbreitete über ihr ganzes Wesen eine süße Mattigkeit und verlieh, indem sie ihren schönen Augen das Schmachten des Halbschlummers gab, ihren Blicken eine unwillkürliche Zärtlichkeit. Sie konnte beinahe nichts arbeiten, die Hände glitten ihr sozusagen von den Knien. Kaum fühlte sie sich imstande, zu gehen, und sie hörte nicht auf, über eine ›komische Entkräftung‹ zu klagen.

»Du solltest öfter baden«, sagte Kirsanow zu ihr. Er hatte zu diesem Behuf ein großes Zelt über einem seiner Teiche errichten lassen, der noch nicht ganz ausgetrocknet war.

»Oh! Nikolai Petrowitsch! Aber ehe ich an den Teich komme, bin ich tot, oder ich sterbe auf dem Rückwege. Sie wissen ja, daß es in dem Garten gar keinen Schatten gibt.«

»Das ist wahr«, erwiderte Kirsanow und rieb sich die Stirn.

Eines Morgens gegen sieben Uhr traf Basarow bei seiner Rückkunft vom Spaziergang Fenitschka in der Fliederlaube, die zwar schon lange abgeblüht, aber noch frisch und grün war. Fenitschka saß auf der Bank, das Haupt mit einem weißen Taschentuch bedeckt; neben ihr ein Haufen roter und weißer Rosen, auf denen noch der Tau lag. Er bot ihr guten Morgen.

»Ah! Jewgenij Wassiljitsch«, sagte sie, indem sie einen Zipfel des Taschentuchs aufhob, um ihn anzusehn, wobei sich ihr Arm bis zum Ellbogen entblößte.

»Was machen Sie da?« fragte Basarow, indem er sich neben sie setzte. »Sträuße?«

»Ja, um sie beim Frühstück auf die Tafel zu stellen. Nikolai Petrowitsch liebt das sehr.«

»Aber man frühstückt ja noch nicht so bald. Welche Masse Blumen!«

»Ich pflückte sie eben, ehe die Hitze mich am Ausgehen hindert. Man kann ja nur um diese Zeit atmen. Ich kann nicht mehr vor Hitze; ich fürchte, ich werde krank.«

»Wo denken Sie hin! Kommen Sie, ich will Ihnen einmal den Puls fühlen.«

Basarow nahm ihre Hand, legte den Daumen auf die feine, unter einer zarten, feuchten Haut wohlverborgene Pulsader und gab sich nicht einmal die Mühe, die ruhigen Schläge zu zählen. »Sie werden hundert Jahre alt«, sagte er, ihre Hand lassend.

»Ach, Gott bewahre mich davor!« rief sie.

»Warum? Liegt Ihnen denn nichts daran, lange zu leben?«

»Hundert Jahre? Meine Großmutter ist achtzig alt geworden, und sie war ein wahres Marterbild! Ganz schwarz, taub, entstellt, immer hustend, wahrhaft sich selber zur Last. Heißt das leben?«

»Es ist also besser, jung zu sein?«

»Ich denke wohl!«

»Und warum? Sagen Sie mir das.«

»Wie? Aber nehmen Sie mich zum Beispiel; ich bin noch jung und kann alles tun; ich gehe, ich komme, ich bediene mich selbst und habe niemand nötig, was braucht's mehr?«

»Was mich betrifft, mir liegt nichts daran, ob ich jung oder alt bin; das ist mir gleichgültig.«

»Wie können Sie sagen, daß Ihnen das gleichgültig ist? Es ist unmöglich, daß Sie so denken.«

»Urteilen Sie selbst, Fedosja Nikolajewna: was hab ich von der Jugend? Ich lebe allein, eine wahre Waise...«

»Das hängt nur von Ihnen ab!«

»Da täuschen Sie sich. Es will sich niemand meiner erbarmen.«

Fenitschka sah ihn verstohlen an, antwortete aber nichts.

»Was haben Sie da für ein Buch?« fragte sie ihn einige Augenblicke darauf.

»Das ist ein gelehrtes Werk und schwer zu verstehen.«

»Sie studieren immer! Langweilt Sie denn das nicht? Sie sollten doch schon alles wissen, mein ich.«

»Mir scheint's nicht so. Versuchen Sie's einmal, ein wenig in diesem Buche zu lesen.«

»Aber ich werde nichts davon verstehen. Ist es russisch?« fragte Fenitschka, indem sie den dicken Band, den Basarow hielt, mit beiden Händen faßte: »Wie dick er ist!«

»Gewiß ist es russisch.«

»Das ist einerlei, ich verstehe es doch nicht.«

»Ich weiß es wohl, aber ich möchte Sie lesen sehen. Wenn Sie lesen, bewegt sich Ihre Nasenspitze so allerliebst.«

Fenitschka, die halblaut eine Abhandlung ›Über das Kreosot‹, zu entziffern suchte, fing an zu lachen und stieß das Buch zurück, das zu Boden fiel.

»Ich liebe auch Ihr Lachen«, versetzte Basarow.

»Gehen Sie doch!«

»Ich liebe auch, Sie sprechen zu hören; es klingt wie eines Bächleins Murmeln.«

Fenitschka wandte sich ab.

»Wie drollig sind Sie doch!« sagte sie und fuhr mit der Hand über die Blumen. »Wie sollten Sie auf mich hören, da Sie sich sicher schon mit vielen gelehrten Damen unterhalten haben!«

»Ach, Fedosja Nikolajewna! Glauben Sie mir, alle gelehrten Damen der Welt sind nicht einmal soviel wert wie Ihre Ellbogen.«

»Was Ihnen nicht alles einfällt!« sagte Fenitschka halblaut und die Arme an den Körper drückend.

Basarow hob das Buch auf.

»Das ist ein medizinisches Buch«, sagte er, »warum haben Sie's auf den Boden geworfen?«

»Ein medizinisches Buch?« wiederholte Fenitschka und wandte sich nach ihm um. »Erinnern Sie sich, daß Sie mir Tropfen gegeben haben? Nun, seit der Zeit schläft Mitja wie verzaubert. Wie dank ich's Ihnen! Sie sind so gut! Wahrhaftig.«

»Strenggenommen müßte jede Arznei bezahlt werden«, erwiderte Basarow lächelnd, »die Ärzte sind, wie Sie wissen, habsüchtige Leute.«

Fenitschka sah Basarow an; der weißliche Schein, der den oberen Teil ihres Gesichts erhellte, gab ihren Augen eine noch tiefere Färbung. Sie wußte nicht, ob er im Ernst oder im Scherz sprach.

»Mit Vergnügen«, antwortete sie, »nur muß ich mit Nikolai Petrowitsch darüber sprechen . . .«

»Sie glauben also, daß ich Geld will«, nahm Basarow das Wort. »Nein, Geld ist's nicht, was ich von Ihnen will.«

»Was denn?«

»Was?« wiederholte Basarow. »Raten Sie!«

»Weiß ich's?«

»So will ich's Ihnen sagen: Ich möchte eine von diesen Rosen haben.«

Fenitschka fing aufs neue an zu lachen und klatschte sogar in die Hände, so sonderbar kam ihr die Bitte Basarows vor. Sie fühlte sich zugleich sehr geschmeichelt. Basarow sah sie fest an.

»Gern! Gern!« sagte sie und beugte sich über die Bank, um eine Rose zu suchen. »Wollen Sie eine rote oder eine weiße?«

»Eine rote, und nicht zu groß.«

Fenitschka richtete sich wieder auf.

»Da!« sagte sie, zog aber im gleichen Augenblick die schon ausgestreckte Hand zurück, biß die Lippen zusammen, sah nach dem Eingang der Laube und lauschte.

»Was haben Sie?« fragte Basarow. »Ist's Nikolai Petrowitsch?«

»Nein, er ist auf dem Felde . . . und zudem fürchte ich ihn nicht. Aber Pawel Petrowitsch . . .; ich glaubte . . .«

»Wie, warum fürchten Sie Pawel Petrowitsch?«

»Er macht mir bange. Nicht, daß er mit mir spricht, nein, aber er sieht mich mit einem so sonderbaren Ausdruck an! Übrigens lieben Sie ihn ja auch nicht. Ich erinnere mich, daß Sie sich seinerzeit immer mit ihm stritten. Ich wußte nicht, worum es sich handelte, aber ich begriff, daß Sie ihn hübsch heimschickten . . . so . . . so . . .«

Fenitschka machte mit den Händen nach, wie sie meinte, daß Basarow Pawel Petrowitsch ›heimgeschickt‹ hatte.

Basarow lächelte.

»Und wenn's den Anschein gehabt hätte, daß er den Sieg über mich davontrüge, hätten Sie mir geholfen?«

»Könnt' ich Ihnen helfen? Aber man wird mit Ihnen nicht so leicht fertig.«

»Glauben Sie? Nun, ich kenne eine Hand, die mich mit einem Finger umwerfen könnte.«

»Was für eine Hand ist das?«

»Als ob Sie's nicht wüßten! Da, riechen Sie an der Rose, die Sie mir gegeben haben; sie riecht so gut!«

Fenitschka beugte sich vor und näherte ihr Gesicht der Blume . . . das Taschentuch fiel ihr vom Kopf auf die Schulter und ließ ihr volles, glänzend schwarzes, etwas in Unordnung geratenes Haar sehen.

»Halt, ich will mit Ihnen dran riechen«, sagte Basarow, bückte sich und preßte einen kräftigen Kuß auf die halbgeöffneten Lippen des jungen Mädchens.

Sie zitterte und stemmte beide Hände gegen Basarows Brust, aber nur schwach, und er konnte ihr einen zweiten Kuß geben. Ein trockener Husten ließ sich hinter dem Gebüsch vernehmen. Fenitschka warf sich rasch an das andere Ende der Bank. Pawel trat vor, grüßte leicht, sagte langsam, aber mit dem Ausdrucke bitterer Traurigkeit: »Sie sind hier?« und ging weiter.

Fenitschka raffte schnell ihre Rosen zusammen und verließ die Laube.

»Das ist sehr schlimm für Sie, Jewgenij Wassiljitsch«, murmelte sie halblaut und eilte fort.

Basarow rief sich eine ähnliche noch neue Szene ins Gedächtnis zurück; diese Erinnerung erweckte in seinem Herzen ein gewisses Gefühl von Scham und fast von Selbstverachtung. Aber alsbald schüttelte er den Kopf, beglückwünschte sich ironisch, ›auf den Wegen Seladons zu wandeln‹, und ging auf sein Zimmer.

Pawel seinerseits verließ den Garten und ging langsam dem Gehölz zu. Er blieb lange aus, und als er zum Frühstück wiederkam, fragte ihn Kirsanow besorgt, ob er sich unwohl befinde, so sehr war sein Gesicht verdüstert.

»Du weißt, daß ich an Gallenergießungen leide«, antwortete ihm Pawel ruhig.

VIERUNDZWANZIGSTES KAPITEL

Zwei Stunden später klopfte es an Basarows Tür. »Entschuldigen Sie, wenn ich Sie in Ihren gelehrten Beschäftigungen störe«, sagte Pawel Petrowitsch, nahm auf einem Sessel am Fenster Platz und stützte sich mit beiden Händen auf einen eleganten Stock mit Elfenbeinknopf (er ging für gewöhnlich ohne Stock), »aber ich sehe mich gezwungen, Sie um fünf Minuten Ihrer Zeit zu bitten, nicht mehr.«

»Meine Zeit steht ganz zu Ihrer Verfügung«, antwortete Basarow, dem ein leichtes Zucken über das Gesicht glitt, sobald Pawel über die Schwelle des Zimmers trat.

»Fünf Minuten werden hinreichen; ich bin gekommen, eine Frage an Sie zu richten.«

»Eine Frage? Und welche?«

»Hören Sie mich an. Im Anfang Ihres hiesigen Aufenthalts, als ich mir noch nicht das Vergnügen Ihrer Unterhaltung versagte, war es mir vergönnt, Ihre Meinung über viele Gegenstände kennenzulernen; aber soviel ich mich erinnere, haben Sie in meiner Gegenwart nie gesagt, wie Sie über das Duell denken ... das Duell im allgemeinen. Erlauben Sie mir, Sie darum zu fragen?«

Basarow, der sich erhoben hatte, um Pawel entgegenzugehen, setzte sich auf den Rand des Tisches und schlug die Arme übereinander.

»Meine Meinung«, sagte er, »ist die ... Das Duell ist vom theoretischen Standpunkt aus eine Abgeschmacktheit; etwas anders aber ist es in der Praxis.«

»Sie wollen sagen, wenn ich Sie recht verstehe, daß Sie

in der Praxis Ihre theoretische Ansicht über das Duell beiseite setzen und nicht gestatten würden, daß man Sie beschimpft, ohne Genugtuung zu verlangen.«

»Sie haben meine Gedanken vollkommen richtig aufgefaßt.«

»Das ist sehr gut. Ich bin entzückt, zu erfahren, daß Sie die Sache so ansehen. Das macht meiner Unwissenheit ein Ende . . .«

»Ihrer Ungewißheit, wollen Sie sagen.«

»Das ist gleichgültig, mein Herr; es liegt mir einzig daran, mich verständlich zu machen; ich bin keine ›Seminarratte‹. Ihre Worte entheben mich einer gewissen ziemlich traurigen Notwendigkeit. Ich bin entschlossen, mich mit Ihnen zu schlagen.«

Basarow riß die Augen auf.

»Mit mir?«

»Ja, mit Ihnen in Person«.

»Aus welcher Ursache? Ich begreife nichts davon.«

»Ich könnte Ihnen das auseinandersetzen«, erwiderte Pawel, »aber ich ziehe vor, es nicht zu tun. Ich finde Sie hier zuviel; ich kann Sie nicht leiden, ich verachte Sie, und wenn Ihnen das nicht genug scheint . . .«

Die Augen Pawels funkelten vor Zorn; die Basarows erglänzten ebenfalls urplötzlich.

»Sehr wohl«, sagte er, »jede weitere Erklärung ist überflüssig. Sie sind in der Laune, Ihre ritterliche Glut an mir auszulassen. Ich hätte mich weigern können, Ihnen dies Vergnügen zu verschaffen, aber es mag sein.«

»Ich bin Ihnen sehr verbunden«, versetzte Pawel, »ich darf also hoffen, Sie nehmen meine Herausforderung an, ohne daß Sie mich nötigen, zu Zwangsmitteln meine Zuflucht zu nehmen.«

»Was, ohne Metapher gesprochen, heißen soll, zu diesem Stock?« erwiderte Basarow kalt. »Sie haben vollkommen recht. Sie können sich's ersparen, mich zu beschimpfen, um so mehr, als das nicht unbedingt ohne Gefahr für Sie wäre. Fahren Sie fort, sich als Gentleman zu betragen, ich werde meinerseits Ihre Herausforderung als Gentleman annehmen.«

»Gut!« versetzte Pawel und stellte seinen Stock in die Ecke. — »Wir haben also nur noch die Bedingungen des Kampfes festzustellen; ich möchte aber vorher wissen, ob es Ihnen notwendig scheint, irgendeinen Streit zu erfinden, der als Vorwand für die Affäre dienen könnte.«

»Nein, das scheint mir gänzlich unnütz.«

»Das ist auch meine Ansicht, ich denke ebenfalls, daß es unnütz ist, die wahre Ursache unseres Zwistes genau zu untersuchen. Wir können uns nicht leiden, was braucht es mehr!«

»Ganz richtig, was braucht es mehr!« wiederholte Basarow ironisch.

»Was die Bedingungen unserer Affäre betrifft, so erlaube ich mir, da wir keine Zeugen haben ... denn wo sollen wir sie hernehmen? ...«

»Ganz richtig, wo sollen wir sie hernehmen?«

»Ich erlaube mir, Ihnen folgenden Vorschlag zu machen: Wir schießen uns morgen, etwa um sechs Uhr, hinter dem Gehölz mit Pistolen; auf zehn Schritt Distanz.«

»Auf zehn Schritt, gut. Wir verabscheuen uns hinlänglich, um uns auf diese Entfernung zu schlagen.«

»Auf acht Schritte, wenn Sie wollen!«

»Warum nicht? Gern.«

»Wir wechseln zwei Schüsse, und zu größerer Sicherheit wird jeder von uns einen Brief in der Tasche tragen, worin er sich für den Fall des Todes selber für den Täter erklärt.«

»Diese letzte Klausel scheint mir nicht notwendig«, versetzte Basarow, »das sähe wohl sehr unwahrscheinlich aus; wir würden geradezu in einen französischen Roman verfallen.«

»Vielleicht ja. Aber gleichwohl werden Sie zugeben, daß es unangenehm ist, für einen Mörder gehalten zu werden.«

»Ohne Zweifel. Aber es gibt ein Mittel, sich gegen diesen peinlichen Verdacht zu schützen. Wir werden keine Zeugen im eigentlichen Sinne des Wortes haben, aber nichts hindert, daß nicht jemand unserem Kampfe beiwohnt.«

»Wen würden Sie dazu wählen? Gestatten Sie mir die Frage.«

»Nun, Pjotr zum Beispiel.«

»Welchen Pjotr?«

»Den Kammerdiener Ihres Bruders. Das ist ein Mann, der ganz auf der Höhe der heutigen Zivilisation steht und seine Rolle sicherlich mit dem in solchen Fällen nötigen ›comme il faut‹ spielen wird.«

»Ich glaube, Sie scherzen, mein teurer Herr?«

»Keineswegs, mein Herr; überlegen Sie sich meinen Vorschlag, und Sie werden finden, daß er ebenso vernünftig wie natürlich ist. ›Einen Pfriem kann man nicht in einem Sack verbergen[35].‹ Ich übernehme es, Pjotr auf die Umstände vorzubereiten und auf den Kampfplatz mitzubringen.«

»Sie scherzen immer noch«, sagte Pawel im Aufstehen. »Aber nach der liebenswürdigen Zuvorkommenheit, die Sie soeben gezeigt, habe ich nicht das Recht, es übelzunehmen. Also ist alles abgemacht... Haben Sie Pistolen?«

»Wozu sollte ich welche haben, Pawel Petrowitsch? Ich bin kein Krieger.«

»In diesem Falle biete ich Ihnen die meinigen an. Ich habe mich derselben seit mehr als fünf Jahren nicht bedient, und Sie dürfen mir aufs Wort glauben.«

»Diese Versicherung ist absolut geeignet, mich zu beruhigen.«

Pawel nahm seinen Stock.

»Und nun, mein teurer Herr«, fuhr er fort, »habe ich

Ihnen nur noch meinen Dank zu wiederholen und überlasse Sie Ihren Studien. Ich habe die Ehre, mich Ihnen zu empfehlen.«

»Auf Wiedersehen«, antwortete Basarow, seinen Besuch zur Tür geleitend.

Pawel ging, und Basarow, der an der Tür stehengeblieben war, rief aus:

»Hol mich der Teufel, das ist sehr schön, aber sehr dumm! Welche Posse haben wir da gespielt! Die klugen Hunde, die auf den Hinterfüßen tanzen, machen's nicht besser. Unmöglich konnte ich mich weigern; er hätte mich geschlagen, und dann . . .« Basarow erbleichte bei diesem Gedanken, der seinen ganzen Stolz empörte. »Mir wäre nichts anderes übriggeblieben, als ihn zu erwürgen wie ein Hühnchen.«

Er kehrte zu seinem Mikroskop zurück, aber er war aufgeregt, und die zu seinen Beobachtungen unerläßliche Ruhe war verschwunden.

›Er hat uns heute gesehen‹, sagte er zu sich selber, ›aber ist es möglich, daß er sich seines Bruders wegen die Sache so zu Herzen genommen hat? Überdies ein Kuß! Das ist was Rechtes! Da steckt etwas dahinter. Sollte er selbst verliebt sein? Es muß so sein, ich lege meine Hand dafür ins Feuer! Da bin ich in eine schöne Klemme geraten!‹

»Schlimme Geschichte!« sagte er nach einigem Nachdenken. »Schlimme Geschichte! Erst soll man sein Leben wagen und vielleicht die Flucht ergreifen. Dann . . . Arkadij . . . und dieses Herrgottsvieh von Nikolai Petrowitsch! Schlimm, schlimm!«

Der Tag verging noch stiller als gewöhnlich. Man hätte glauben sollen, Fenitschka sei aus der Welt verschwunden; sie hielt sich in ihrem Zimmer wie eine Maus im Loch. Kirsanow sah sorgenvoll drein; man hatte ihm kurz zuvor gesagt, daß in seinen Weizen, auf den er große Hoffnungen setzte, der Brand gekommen sei. Pawels eisige Höflichkeit war drückend für alle, sogar für Prokofitsch. Basarow fing einen Brief an seinen Vater an, zerriß ihn aber und warf ihn unter den Tisch. ›Wenn ich sterbe‹, dachte er, ›werden sie's schon erfahren; aber ich werde nicht sterben. Ja, ich werde mich noch lange auf der Erde hinschleppen.‹ Er erteilte Pjotr den Befehl, am anderen Morgen mit Tagesanbruch wegen eines wichtigen Geschäfts zu ihm zu kommen; Pjotr bildete sich ein, daß er ihn mit sich nach Petersburg nehmen wolle. Basarow ging spät zu Bett, und wunderliche Träume quälten ihn die ganze Nacht... Frau Odinzowa erschien ihm fortwährend; sie war zugleich seine Mutter. Ein Kätzchen mit schwarzem Schnurrbart folgte ihr, und dieses Kätzchen war Fenitschka. Er sah Pawel in Gestalt eines Baumstammes, war aber nichtsdestoweniger gezwungen, sich mit ihm zu schlagen. Pjotr weckte ihn um vier Uhr morgens; Basarow kleidete sich an und verließ sofort mit ihm das Haus.

Der Morgen war prächtig und frischer als an den vorhergehenden Tagen. Buntscheckige Wölkchen zogen wie Flocken über den blaßblauen Himmel; die Blätter der Bäume waren leicht betaut, die Spinnweben funkelten wie Silber auf den Grashalmen; auf dem feuchten dunkeln Boden schien noch ein Hauch des Frührots zu liegen, und der Gesang der Lerchen tönte ringsum aus der Höhe.

Basarow ging bis zu dem Gehölz, setzte sich im Schatten nieder und belehrte Pjotr über den Dienst, den man von ihm verlangte. Der gebildete Kammerdiener wurde von einem Todesschrecken ergriffen; Basarow beruhigte ihn indes durch die Versicherung, daß er nichts zu tun habe, als aus der Ferne zuzusehen, ohne die geringste Verantwortung.

»Inzwischen«, setzte er hinzu, »überleg dir die wichtige Rolle, die du ausfüllen wirst.«

Pjotr rang die Hände, ließ den Kopf hängen und lehnte sich, das Gesicht ganz grün vor Furcht, an einen Baum.

Die Straße, die nach Marino hinführte, lief an einem Wäldchen entlang; der leichte Staub, der auf ihr lag, war seit dem Tag zuvor weder von einem Rad noch von einem Fuß berührt worden. Basarow blickte unwillkürlich die Straße entlang, pflückte und kaute einen Grashalm und wiederholte sich dabei unaufhörlich: ›Welche Dummheit!‹ In der Kühle des Morgens schauerte er ein paarmal... Pjotr sah ihn traurigen Blickes an; aber Basarow begnügte sich, zu lachen; er hatte nicht die mindeste Furcht.

Auf der Straße hörte man Pferdegetrappel... Gleich darauf erschien ein Bauer; er kam aus dem Dorf und trieb zwei Pferde vor sich her, die Fesseln an den Füßen hatten. Als er an Basarow vorbeiging, sah er ihn verwundert an, ohne an die Mütze zu greifen, was Pjotr eine schlimme Vorbedeutung zu sein schien und ihn sichtlich beunruhigte. ›Dieser Mensch‹, dachte Basarow, ›ist auch früh aufgestanden, er tut aber wenigstens etwas Nützliches, während wir...‹

»Ich glaube, der Herr kommt«, sagte Pjotr plötzlich halblaut.

Basarow blickte auf und erkannte Pawel, der eiligst auf der Straße daherschritt, bekleidet mit einem farbigen Wams und schneeweißen Beinkleidern; er trug ein grünes Etui unter dem Arm.

»Entschuldigen Sie, ich fürchte, ich habe Sie warten lassen«, sagte er, zuerst Basarow und dann Pjotr begrüßend, den er in diesem Augenblick als eine Art Sekundanten betrachtete; »ich wollte meinen Kammerdiener nicht wecken.«

»Schon gut«, erwiderte Basarow, »wir kommen eben erst an.«

»Ah, um so besser!« Pawel sah sich in der Runde um.

»Niemand sieht uns, wir werden ungestört sein. Gehen wir ans Werk!«

»Mit Vergnügen!«

»Ich setze voraus, daß Sie keine weiteren Erklärungen wünschen?«

»Nicht die geringsten.«

»Wollen Sie sich der Mühe des Ladens unterziehen?« sagte Pawel, während er die Pistolen aus dem Kästchen nahm.

»Nein, laden Sie selbst. Ich will die Distanz messen. Ich habe längere Beine«, fügte Basarow mit boshaftem Lächeln hinzu. »Eins . . . zwei . . . drei . . .«

»Jewgenij Wassiljewitsch«, stotterte Pjotr mit Anstrengung — er zitterte wie in einem Fieberanfall —, »tun Sie, was Sie wollen, ich . . . ich werde mich ein wenig zurückziehen.«

»Vier . . . fünf . . . Zieh dich zurück, mein Braver, zieh dich nur zurück, du darfst dich sogar hinter einen Baum stellen und dir die Ohren verstopfen, aber die Augen halte offen; wenn einer von uns fällt, lauf, fliege, eile, ihn aufzuheben. Sechs . . . sieben . . . acht . . .« Basarow hielt an. — »Genug?« fragte er, gegen Pawel gewandt, »oder noch zwei kleine Schritte?«

»Wie Sie wollen«, antwortete Pawel, indem er die zweite Kugel in den Lauf stieß.

»Also zwei Schritte weiter!« — Basarow zog mit der Stiefelspitze einen Strich auf dem Boden. — »Das ist die Barriere! Apropos, wir haben die Entfernung nicht festgestellt, in der wir uns von der Barriere aufstellen! Das ist auch wichtig. Wir haben diese ernste Frage gestern nicht debattiert.«

»Zehn Schritte, denk ich«, erwiderte Pawel und hielt ihm die beiden Pistolen hin; »machen Sie mir das Vergnügen, zu wählen.«

»Ich werde Ihnen dies Vergnügen verschaffen, Sie müssen

mir aber zugeben, daß unser Duell bis zur Lächerlichkeit sonderbar ist; sehen Sie sich einmal die Physiognomie unseres Sekundanten an.«

»Sie scherzen noch immer«, erwiderte Pawel; »ich leugne nicht, daß unsere Begegnung ziemlich wunderlich ist, ich glaube Ihnen jedoch nicht verhehlen zu dürfen, daß ich mich ernstlich zu schlagen gedenke. A bon entendeur salut!«

»Oh, ich zweifle gar nicht, daß wir entschlossen sind, uns den Garaus zu machen; aber warum nicht ein wenig lachen und zum utile das dulce fügen? Sie sehen, wenn Sie französisch zu mir sprechen, kann ich Ihnen auf lateinisch antworten.«

»Ich werde mich ernstlich schlagen«, wiederholte Pawel und nahm seinen Platz ein.

Basarow zählte ebenfalls zehn Schritte ab und blieb stehen.

»Sind Sie fertig?« fragte Pawel.

»Ja.«

»Vorwärts!«

Basarow ging langsam vorwärts, Pawel desgleichen; er hatte die linke Hand in der Tasche und hob langsam die Mündung seiner Pistole . . . ›Er zielt gerade nach meiner Nase‹, sagte sich Basarow, ›und wie er das Auge zukneift, um seinen Schuß sicher zu machen, der Bandit! Keine angenehme Sensation, wahrhaftig. Ich will seine Uhrkette ins Auge fassen . . .‹

Pfeifend flog etwas hart am Ohr Basarows vorüber, und im selben Augenblick ertönte ein Knall. ›Ich hab's gehört, also hab ich nichts‹, hatte er Zeit zu denken. Er ging noch einen Schritt vor und drückte los, ohne zu zielen.

Pawel machte eine leichte Bewegung und fuhr mit der Hand an sein Bein. Ein Blutstrahl färbte sein weißes Beinkleid. Basarow warf die Pistole weg und eilte zu ihm.

»Sie sind verwundet?« fragte er.

»Sie hatten das Recht, mich bis an die Barriere vorgehen zu lassen«, erwiderte Pawel; »die Wunde ist unbedeutend. Nach unserer Übereinkunft hat jeder von uns noch einen Schuß.«

»Sie müssen mir schon erlauben, die Partie auf ein andermal zu verschieben«, antwortete Basarow und legte seinen Arm um Pawel, der bleich zu werden anfing. — »Ich bin im Augenblick nicht mehr Duellant, sondern Doktor, und vor allem muß ich Ihre Wunde untersuchen. Pjotr! Komm her, Pjotr, wo steckst du?«

»Es ist absolut nichts . . . Ich habe niemandes Hilfe nötig«, antwortete Pawel, dem das Sprechen schwer wurde; »und wir müssen. . . noch einmal . . .«

Er wollte sich den Schnurrbart streichen, aber sein Arm sank zurück, seine Augen verdrehten sich, und er sank in Ohnmacht.

»Das ist etwas stark! Er hat das Bewußtsein verloren, wegen solcher Kleinigkeit!« rief Basarow unwillkürlich aus und legte Pawel auf den Rasen. »Sehen wir einmal nach, was er hat!« Er zog sein Taschentuch heraus, stillte das Blut und untersuche die Wundränder. »Der Knochen ist unversehrt«, murmelte er, »die Kugel ist nicht tief eingedrungen und hat nur einen einzigen Muskel verletzt, den Vastus externus. In drei Wochen kann er tanzen, wenn er Lust hat. Das ist wohl der Mühe wert, in Ohnmacht zu fallen. Ah! Diese nervösen Leute tun's nicht anders! Wie zart seine Haut ist!«

»Ist der Herr tot?« fragte Pjotr hinter seinem Rücken mit zitternder Stimme.

Basarow wandte sich um.

»Geh, hole Wasser, Kamerad, und fürchte nichts, der lebt länger als du und ich.«

Aber der perfekte Diener schien nicht zu begreifen, was man ihm sagte, und blieb unbeweglich stehen. Inzwischen öffnete Pawel langsam wieder die Augen.

»Er gibt seinen Geist auf!« versetzte Pjotr, sich bekreuzigend.

»Sie haben recht . . . Welche lächerliche Physiognomie!« sagte der verwundete Edelmann mit erzwungenem Lächeln.

»Hol doch Wasser, Dummkopf!« rief Basarow.

»Es ist nicht nötig . . . der Schwindel hat sich ganz verloren . . . helfen Sie mir, daß ich mich setze . . . so, so . . . wenn man den Ritz mit irgend etwas verbindet, werde ich zu Fuß nach Hause gehen, man kann mir auch eine Droschke schicken. — Wir können's dabei bewenden lassen, wenn Sie wollen. Sie haben sich als Mann von Ehre benommen . . . heute . . . heute, wohlgemerkt!«

»Es ist unnötig, auf das Vergangene zurückzukommen, und was die Zukunft betrifft, so beunruhigen Sie sich deshalb nicht, denn ich denke mich so rasch wie möglich davonzumachen. Jetzt lassen Sie mich Ihr Bein verbinden. Ihre Wunde ist leicht, aber es ist immer besser, das Blut zu stillen. Vor allem muß ich in diesem Sterblichen da das Gefühl der Existenz zurückrufen.«

Basarow ergriff Pjotr beim Kragen, schüttelte ihn heftig und befahl ihm, eine Droschke zu holen.

»Erschrecke meinen Bruder nicht«, sagte Pawel, »und laß dir ja nicht beikommen, ihm das mindeste mitzuteilen.«

Pjotr entfernte sich schleunig, und während er nach einer Droschke lief, blieben die beiden Gegner nebeneinander sitzen, ohne zu sprechen. Pawel vermied es, Basarow anzublicken; er hatte keine Lust, sich mit ihm zu versöhnen, er warf sich sein Ungestüm, seine Ungeschicklichkeit, sein ganzes Verhalten in dieser Angelegenheit vor, obgleich er sehr wohl fühlte, daß diese in möglichst günstiger Weise beigelegt worden sei. ›Er wird uns wenigstens von seiner Gegenwart befreien‹, sagte er sich zum Trost, ›damit ist immerhin etwas gewonnen.‹ Das Stillschweigen, das die beiden Gegner beobachteten, fing an peinlich und lästig zu werden. Jeder hatte die Gewißheit, daß der andere ihn vollständig verstehe. Diese Gewißheit ist angenehm für Freunde, für Feinde aber ist sie sehr unangenehm, namentlich wenn sie sich weder erklären noch trennen können.

»Habe ich Ihr Bein nicht zu fest verbunden?« fragte endlich Basarow.

»Nein, durchaus nicht! Alles ist ganz gut«, erwiderte Pawel, und wenige Augenblicke darauf setzte er hinzu: »Es wird nicht möglich sein, meinen Bruder zu täuschen; ich werde ihm erzählen, daß wir über eine politische Frage Streit bekommen haben.«

»Ganz recht!« antwortete Basarow. »Sie können sagen, daß ich in Ihrer Gegenwart alle Anglomanen angegriffen habe.«

»Richtig! Apropos, was glauben Sie, was dieser Mann von uns denkt?« fuhr Pawel fort, indem er mit der Hand auf denselben Bauern deutete, der kurz vor dem Duell, seine Pferde treibend, an Basarow vorübergegangen war und der diesmal, als er die Herren bemerkte, das Haupt entblößte und von der Straße bog.

»Wer weiß das!« antwortete Basarow. »Wahrscheinlich nichts. Der russische Bauer gleicht ganz dem geheimnisvollen Unbekannten, von dem so viel in den Romanen der Anna Ratcliffe die Rede ist. Wer kennt ihn? Er kennt sich selber nicht.«

»Ah, glauben Sie?« erwiderte Pawel; plötzlich aber rief er aus: »Sehen Sie die Dummheit Ihres Pjotr! Da kommt mein Bruder selbst mit.«

Basarow wandte sich um und gewahrte das bleiche Gesicht Kirsanows, der in der Droschke saß. Er sprang heraus, noch ehe der Kutscher hielt, und lief auf seinen Bruder zu.

»Was bedeutet das?« fragte er mit bewegter Stimme; »Jewgenij Wassiljewitsch, wie ist das möglich?«

»Es ist gar nichts«, antwortete Pawel, »es war unrecht, dich zu stören. Wir haben einer augenblicklichen Aufwallung nachgegeben, Herr Basarow und ich; ich wurde ein wenig dafür gestraft, das ist das Ganze.«

»Aber aus welcher Veranlassung, großer Gott?«

»Wie soll ich dir's erklären? Herr Basarow hat sich in meiner Gegenwart in unziemlicher Weise über Sir Robert Peel[36] ausgedrückt. Ich muß jedoch gleich hinzufügen, daß ich allein an allem schuld bin und daß sich Herr Basarow höchst ehrenhaft betragen hat. Ich habe ihn provoziert.«

»Ich sehe Blut?«

»Dachtest du denn, ich hätte Wasser in den Adern? Ich versichere dich, daß mir dieser kleine Aderlaß sehr gut tun wird. Nicht wahr, Doktor? Hilf mir in die Droschke steigen, und überlaß dich keinen trüben Gedanken. Morgen bin ich wieder ganz wohl. So, es könnte mir gar nicht besser zumute sein. Fort, Kutscher!« Kirsanow folgte der Droschke zu Fuß, Basarow war zurückgeblieben.

»Ich muß Sie bitten, meinen Bruder in Behandlung zu nehmen«, sagte Kirsanow zu ihm, »bis man einen Arzt aus der Stadt geholt hat.«

Basarow verneigte sich schweigend.

Eine Stunde darauf lag Pawel in seinem Bett, und ein kunstgerechter Verband umhüllte sein Bein. Das ganze Haus war in Aufregung; Fenitschka war unwohl geworden. Kirsanow rang in der Stille die Hände, und Pawel lachte und scherzte, besonders mit Basarow. Er hatte ein Batisthemd und eine elegante Morgenjacke angelegt und einen Fes aufgesetzt; er verlangte, daß man die Vorhänge nicht herunterlasse, und beschwerte sich scherzend über die Diät, zu der er sich verdammt sähe.

Gegen Abend stellte sich jedoch ein leichtes Fieber ein, und er bekam Kopfschmerzen. Ein Arzt aus der Stadt erschien. Kirsanow hatte den Wunsch seines Bruders nicht beachtet, und Basarow selbst hatte verlangt, daß man einen Kollegen rufe. Bis zu dessen Ankunft hatte er sich fast beständig in seinem Zimmer gehalten; er sah gereizt und gelb aus und beschränkte sich darauf, dem Verwundeten kurze Besuche abzustatten. Zwei- oder dreimal begegnete er Fenitschka, die ihm aber mit einem gewissen Schrecken auswich. Der neue Doktor verordnete kühle Getränke und bestätigte die Ansicht Basarows, daß die Wunde wenig zu bedeuten habe. Kirsanow sagte ihm, daß sein Bruder sich aus Unvorsichtigkeit selbst verwundet habe, worauf der Doktor mit einem »Hm« antwortete; da er aber im gleichen Augenblick einen Fünfundzwanzigrubelschein in seine Hand gleiten fühlte, fügte er hinzu: »In der Tat! Das ist ein Fall, der sehr häufig vorkommt.« Im ganzen Haus war niemand, der sich zu Bett legte oder die Augen schloß.

Kirsanow schlich jeden Augenblick auf den Zehen in das Zimmer seines Bruders und verließ es ebenso wieder. Der Verwundete schlummerte auf Augenblicke ein, stieß leise Seufzer aus, sagte zu seinem Bruder: »Couchezvous!« und verlangte zu trinken. Kirsanow hieß Fenitschka ihm ein Glas Limonade reichen; Pawel sah sie fest an und trank das Glas bis zum letzten Tropfen aus. Das Fieber nahm gegen Morgen zu, und der Verwundete delirierte ein wenig. Er sprach in unzusammenhängenden Worten, dann öffnete er plötzlich die Augen, und als er seinen Bruder erblickte, der sich über ihn beugte und ihn sorgenvoll betrachtete, sagte er zu ihm:

»Nicht wahr, Nikolai, Fenitschka hat etwas von Nelly?«

»Welche Nelly meinst du, Pawel?«

»Wie kannst du fragen! Die Fürstin R.! Namentlich im oberen Teil des Gesichts. C'est de la même famille.«

Kirsanow antwortete nichts und verwunderte sich über die Zähigkeit der Gefühle des menschlichen Herzens. ›Wie so etwas doch immer wieder an die Oberfläche dringt!‹ dachte er.

»Ach, wie liebe ich dieses Geschöpf ... dieses unbedeutende!« rief Pawel mit schmerzlichem Ton aus und legte den Arm unter den Kopf. — »Ich werde nie dulden, daß ein Unverschämter sie zu berühren sich erlaube ...«, murmelte er kurz darauf.

Kirsanow seufzte; er hatte keine Ahnung, auf wen sich diese Worte bezogen.

Am andern Morgen erschien Basarow gegen acht Uhr bei ihm, er hatte inzwischen seine Effekten gepackt und alle seine Frösche, Vögel und Insekten in Freiheit gesetzt.

»Sie kommen, mir Lebewohl zu sagen«, sagte Kirsanow aufstehend.

»Mein Gott, ja!«

»Ich verstehe Sie, und ich gebe Ihnen vollkommen recht. Mein armer Bruder hat ohne Zweifel unrecht gehabt, ist auch dafür gestraft. Ich weiß es von ihm selber, daß er Sie in die Unmöglichkeit versetzt hatte, anders zu handeln, als Sie taten. Ich glaube, daß es Ihnen sehr schwer geworden wäre, dies Duell zu vermeiden, das ... das sich bis zu einem gewissen Grad aus dem beständigen Widerstreit Ihrer gegenseitigen Ansichten erklärt.« (Nikolai Petrowitsch verwirrte sich in seinen Worten und atmete schwer.) »Mein Bruder ist reizbarer Natur, eigensinnig den alten Ideen zugetan ... Ich danke Gott, daß alles so ohne weitere Folgen abgelaufen ist; übrigens habe ich alle Vorkehrungen getroffen, daß die Sache nicht ruchbar wird ...«

»Ich werde Ihnen meine Adresse hinterlassen, und falls man aus alledem eine Geschichte machen wollte, können Sie mich immer wiederfinden«, warf Basarow hin.

»Hoffentlich ist diese Vorsicht unnötig, Jewgenij Wassiljitsch ... Ich bedaure sehr, daß Ihr Aufenthalt in unserem Hause ein ... derartiges Ende genommen hat. Das bekümmert mich um so mehr, als Arkadij ...«

»Vermutlich werde ich ihn wiedersehen«, erwiderte Basarow, den jede Art von ›Auseinandersetzung‹ oder ›Erklärung‹ ungeduldig machte. — »Andernfalls bitte ich Sie, ihn von mir zu grüßen und ihm mein ganzes Bedauern auszudrücken.«

»Auch ich bitte Sie ...«, antwortete Kirsanow, sich verbeugend.

Basarow wartete jedoch das Ende der Phrase nicht ab und ging.

Als Pawel erfuhr, daß Basarow im Begriff sei, abzureisen, äußerte er den Wunsch, ihn zu sehen, und drückte ihm die Hand, Basarow aber zeigte sich nach seiner gewöhnlichen Art kalt wie Eis; er merkte sehr wohl, daß Pawel den Großmütigen spielen wollte. Von Fenitschka konnte er nicht Abschied nehmen; er begnügte sich damit, ihr einen Blick zum Fenster hinauf zuzuwerfen. Sie kam ihm traurig vor. ›Sie weiß sich vielleicht nicht zu helfen?‹ dachte er ... ›Übrigens, warum nicht?‹ Pjotr war derart gerührt, daß er, an die Schulter Basarows gelehnt, so lange fortweinte, bis dieser ihn mit der Frage zur Ruhe brachte, ›ob seine Augen vielleicht in feuchtem Boden stünden‹. Dunjascha mußte in das Gehölz laufen, um ihre Bewegung zu verbergen. Der Urheber all dieser Schmerzen bestieg eine Telege, steckte sich eine Zigarre an, und als er vier Werst weiter bei einer Wendung des Weges zum letztenmal das Haus Kirsanows mit seiner ganzen Umgebung erblickte, spie er aus, murmelte zwischen den Zähnen: »Verfluchte Krautjunker!« und hüllte sich in seinen Mantel. —

Das Befinden Pawels besserte sich rasch; doch hütete er beinahe noch eine Woche lang das Bett. Er ertrug diese Gefangenschaft, wie er es nannte, ziemlich geduldig, verwandte aber einen großen Teil seiner Zeit auf seine Toilette und ließ ständig das Zimmer mit dem Duft von Kölnischem Wasser erfüllen. Kirsanow las ihm die Zeitung vor, und Fenitschka bediente ihn wie gewöhnlich, sie

brachte ihm Fleischbrühe, Limonade, weiche Eier, Tee.
Aber ein geheimer Schreck bemächtigte sich ihrer jedesmal, wenn sie in sein Zimmer trat.

Pawel Petrowitschs jugendlicher Streich hatte alle Bewohner des Hauses, und namentlich Fenitschka, erschreckt; Prokofitsch war der einzige, der mit der größten Seelenruhe davon sprach; zu seiner Zeit, sagte er, hätten sich die Herren oft so geschlagen, »aber streng unter sich und nie mit solchen Lumpen wie der da. Man ließ damals solche Leute im Stall durchhauen, wenn sie unverschämt wurden.«

Das Gewissen machte Fenitschka keinen Vorwurf, sie fühlte sich aber doch sehr beunruhigt, sooft eine Ahnung von der wahren Ursache des Streites über sie kam; zudem sah Pawel sie so sonderbar an ... selbst wenn sie ihm den Rücken wandte, glaubte sie die Wirkung seines Blickes zu spüren. Infolge dieser beständigen Aufregung wurde sie mager und dadurch, wie dies bei Frauen dieses Alters immer der Fall ist, nur noch hübscher.

Eines Morgens hatte Pawel, der sich viel besser fühlte, sein Bett verlassen und sich auf das Sofa gelegt; Kirsanow kam, um zu fragen, wie er sich befinde, und ging dann, um nach den Dreschern zu sehen.

Fenitschka brachte eine Tasse Tee, stellte sie auf den Tisch und war im Begriff, sich wieder zu entfernen, als Pawel sie zurückhielt.

»Warum wollen Sie mich so rasch verlassen, Fedosja Nikolajewna?« sagte er zu ihr. »Haben Sie etwas zu tun?«

»Nein ... Ja ... Ich muß drunten den Tee einschenken.«

»Dunjascha wird das in Ihrer Abwesenheit besorgen; bleiben Sie ein wenig bei einem armen Kranken. Zudem habe ich mit Ihnen zu reden.«

Fenitschka setzte sich schweigend auf den Rand eines Lehnsessels.

»Hören Sie«, fuhr Pawel, seinen Schnurrbart zupfend,

fort, »ich wollte Sie schon lange fragen, warum Sie, wie es scheint, Angst vor mir haben.«

»Wer? Ich?«

»Ja, Sie ... Sie sehen mir nie gerade ins Gesicht; es scheint, daß Ihr Gewissen nicht ganz rein ist.«

Fenitschka errötete, sah Pawel Petrowitsch aber an. Der Ausdruck seines Gesichts schien ihr so unheimlich, daß sie im Grunde ihres Herzens erbebte.

»Ist Ihr Gewissen rein?« fragte er sie.

»Warum sollt es nicht?« sagte sie mit leiser Stimme.

»Was weiß ich? Übrigens, gegen wen könnten Sie sich etwas haben zuschulden kommen lassen? Gegen mich unmöglich. Gegen irgend jemand anders im Hause? Das scheint mir gleichfalls nicht annehmbar. Gegen meinen Bruder ... Nein, denn Sie lieben ihn.«

»Ja, gewiß, ich liebe ihn!«

»Von ganzem Herzen? Aus voller Seele?«

»Ich liebe Nikolai Petrowitsch von ganzem Herzen!«

»Wahrhaftig? Sehen Sie mich ein wenig an, Fenitschka!« (Es war zum erstenmal, daß er ihr diesen Namen gab.) »Sie wissen ..., daß Lügen eine große Sünde ist.«

»Ich lüge nicht, Pawel Petrowitsch. Wenn ich Nikolai Petrowitsch nicht liebte, verdiente ich nicht zu leben.«

»Und Sie werden ihn für niemand hingeben?«

»Für wen sollte ich ihn denn hingeben?«

»Für wen? Wer weiß! Da ist zum Beispiel der Herr, der uns vor kurzem verlassen hat.«

Fenitschka stand auf.

»Um des Himmels willen! Pawel Petrowitsch, warum quälen Sie mich so? Was hab ich Ihnen getan? Wie kann man so etwas sagen?«

»Fenitschka«, erwiderte Pawel Petrowitsch traurig, »ich habe alles gesehen ...«

»Was haben Sie gesehen?«

»Da unten ... in der Laube ...«

Fenitschka wurde plötzlich über und über rot.

»Ist das meine Schuld?« stotterte sie.

Pawel richtete sich auf.

»Sie sind nicht schuldig? Nicht? In keiner Weise?«

»Es ist nur ein Mann auf Erden, den ich liebe und lieben werde, Nikolai Petrowitsch«, erwiderte Fenitschka mit plötzlicher Energie, obgleich ihr die erstickten Seufzer fast die Kehle zuschnürten, »und über das, was Sie gesehen haben, hab ich mir, das kann ich am Jüngsten Tag beschwören, keine Vorwürfe zu machen; lieber auf der Stelle sterben, wenn's sein muß, als in dem abscheulichen Verdacht stehen, daß ich mich gegen meinen Wohltäter Nikolai Petrowitsch vergangen habe . . .«

Ihre Stimme erlosch, und sie fühlte im selben Augenblick, daß Pawel ihre Hand ergriff und mit Kraft drückte . . . Sie sah ihn an und stand wie versteinert. Er war noch bleicher als zuvor, seine Augen funkelten, und was noch überraschender war, eine einzige schwere Träne rollte langsam über seine Wange.

»Fenitschka«, sagte er mit dumpfer und erstickter Stimme, »lieben Sie, lieben Sie meinen Bruder! Er ist so gut, und so wert, geliebt zu werden! Geben Sie ihn für niemand in der Welt hin, und hören Sie auf niemandes Einflüsterungen. Nichts ist schrecklicher, glauben Sie mir, als unerwiderte Liebe! Bleiben Sie meinem armen Nikolai treu!«

Fenitschka hörte auf zu weinen; sie war so verwundert, daß sich ihre Angst verlor. Wie wurde ihr aber erst zumute, als Pawel ihre Hand ergriff und sie an seine Augen drückte, sie wieder ergriff und, ohne sie zu küssen, unter krampfhaftem Schluchzen zum Munde führte . . .

›Großer Gott!‹ dachte sie. ›Er bekommt am Ende einen Anfall!‹

Sie ahnte nicht, daß in diesem Augenblick die ganze Vergangenheit in Pawel Petrowitschs Herzen schmerzlich wiederauflebte. Die Stufen der Treppe knarrten unter raschen Schritten ... Er stieß Fenitschka weit von sich und legte den Kopf aufs Sofakissen. Die Tür ging auf, und Kirsanow trat ein, freudestrahlend, mit frischem und belebtem Antlitz. Mitja, ebenso frisch und blühend rot wie er, hüpfte im Hemdchen auf seinem Arm und stemmte die nackten Füßchen gegen die großen Rockknöpfe seines Vaters.

Fenitschka stürzte sich Kirsanow entgegen, und ihn und ihren Sohn heftig in ihre Arme schließend, lehnte sie das Haupt an seine Schulter. Kirsanow schien überrascht; Fenitschka, scheu und zurückhaltend, wie sie war, erlaubte sich sonst in Gegenwart eines Dritten nicht die mindeste Liebkosung.

»Was hast du?« fragte er sie und übergab, nachdem er seinen Bruder angesehen, das Kind seiner Mutter. — »Du fühlst dich doch nicht schlechter?« setzte er hinzu und trat an Pawel heran.

Dieser verbarg das Gesicht in seinem Batisttuch.

»Nein, gar nicht ... im Gegenteil ... ich befinde mich viel besser.«

»Du hättest das Bett nicht verlassen sollen«, sagte Kirsanow. »Wo gehst du hin?« fuhr er, gegen Fenitschka gewendet, fort; diese aber hatte die Tür bereits hinter sich zugezogen.

»Ich kam, um dir meinen kleinen Schlingel zu zeigen, er war es müde, seinen Onkel nicht zu sehen. Warum hat sie ihn fortgenommen? Aber was hast du denn? Ist etwas zwischen euch vorgefallen?«

»Bruder!« sagte Pawel Petrowitsch in feierlichem Ton.

Kirsanow zitterte. Er empfand ein Gefühl von Furcht, worüber er sich nicht Rechenschaft zu geben vermochte.

»Bruder!« wiederholte Pawel. »Versprich mir, die Bitte zu erfüllen, die ich an dich richten werde!«

»Was willst du, Pawel?«

»Etwas sehr Wichtiges; dein ganzes Lebensglück hängt davon ab. Ich habe seit einiger Zeit oft über das nachgedacht, was ich dir zu sagen im Begriff bin ... Bruder, erfülle deine Pflicht, die Pflicht des Ehrenmannes, mach dem unordentlichen, anstößigen Verhältnis, in dem du lebst, ein Ende, du, der beste der Männer!«

»Was soll das heißen, Pawel?«

»Heirate Fenitschka ... Sie liebt dich, sie ist die Mutter deines Sohnes.« Kirsanow fuhr einen Schritt zurück und schlug die Hände zusammen.

»*Du* gibst mir diesen Rat, Pawel? Du, den ich für den unversöhnlichsten Feind solcher Heiraten ansah? Du gibst mir diesen Rat? Aber wenn ich bis jetzt nicht erfüllt habe, was du mit Recht die heiligste der Pflichten nennst, so geschah es einzig mit Rücksicht auf dich!«

»Ich bedaure, daß du die Rücksicht auf mich so weit getrieben hast«, antwortete Pawel mit traurigem Lächeln. — »Ich fange an zu glauben, daß Basarow recht hatte, mich einen Aristokraten zu heißen. Ja, mein lieber Bruder, es ist Zeit, daß wir aufhören, immer nur im Hinblick auf die Welt zu handeln; wir sind schon alt, und das Leben hat uns bescheiden gemacht; laß uns all den eiteln Firlefanz beiseite werfen. Laß uns, wie du ganz richtig gesagt, unsere Pflicht erfüllen, und es ist höchst wahrscheinlich, daß wir das Glück noch obendrein in den Kauf bekommen.«

Kirsanow umarmte seinen Bruder stürmisch.

»Du hast mir die Augen vollends geöffnet!« rief er aus. »Ich habe dich immer für den besten und einsichtigsten der Männer gehalten; ich sehe jetzt, daß du zudem ebenso weise als großherzig bist.«

»Sachte, sachte!« erwiderte Pawel Petrowitsch. »Schone das Bein deines großherzigen Bruders, der sich mit seinen fünfundvierzig Jahren eben noch duelliert hat wie ein Unterleutnant. Also abgemacht, Fenitschka wird ma bellesoeur.«

»Mein lieber Pawel! . . . Aber was wird Arkadij sagen?«
»Arkadij? Er wird hocherfreut sein, verlaß dich darauf!
Die Ehe ist zwar gegen seine Grundsätze, aber es wird
seiner Liebe für die Gleichheit schmeicheln. In der Tat,
was bedeuten alle diese Unterschiede, diese Kasten au dix-
neuvième siècle!«
»Ach Pawel, Pawel, laß dich noch einmal umarmen!
Fürchte nichts, ich werde deinem Bein nicht wehe tun.«
Die beiden Brüder umarmten sich.
»Was meinst du, sollte man ihr deinen Entschluß nicht
sofort anzeigen?« fragte Pawel Petrowitsch.
»Warum so eilen?« antwortete Kirsanow. »Habt ihr davon gesprochen?«
»Davon gesprochen? Wir? Quelle idée!«
»Um so besser! Werde nur erst gesund; die Geschichte
läuft uns nicht davon, man muß reiflich erwägen . . .«
»Du bist aber doch fest entschlossen?«
»Gewiß, und ich danke dir aufrichtig, daß du mich dazu
gebracht hast. Ich laß dich jetzt allein, du mußt dich wieder legen, Aufregungen sind dir nicht zuträglich, wir
kommen noch darauf zurück. Versuch ein wenig zu schlafen, und Gott schenke dir baldigst die Gesundheit wieder.«
›Warum dieser überschwengliche Dank?‹ fragte sich Pawel, als er allein war. ›Als ob die Sache nicht von ihm ab-
hinge! Und ich — sobald er verheiratet ist — werde mich
irgendwo weit von hier, in Dresden oder Florenz, nieder-
lassen und dort leben, bis ich krepiere.‹
Pawel befeuchtete seine Stirn mit Kölnischem Wasser und
schloß die Augen. Im Licht des Tages, das voll ins Zimmer fiel, glich sein schöner, abgemagerter Kopf auf dem
weißen Kissen einem Totenantlitz . . . Er war in der Tat
ein Toter.

FÜNFUNDZWANZIGSTES KAPITEL

Wenige Tage später saßen Katja und Arkadij im Garten
von Nikolskoje auf einer Bank im Schatten einer alten
Esche; Fifi lag neben ihnen auf dem Boden, in jener gra-
ziösen Biegung des schlanken Leibes, die von den russischen Jägern wegen der Ähnlichkeit mit der des großen
Steppenhasen ›Russak-Lage‹ genannt wird. Arkadij und
Katja schwiegen beide; er hielt ein halbgeöffnetes Buch in
der Hand, sie sammelte Brotkrümchen auf dem Boden
ihres Korbes und warf sie einer kleinen Spatzenfamilie
hin, die mit der für sie bezeichnenden furchtsamen Frech-
heit zwitschernd bis an ihren Fuß herangehüpft war. Ein
leichter Wind, der in den Blättern des Baumes spielte,
trieb abwechselnd über die Allee und über den gelben
Rücken Fifis Flecken goldenen Lichtes hin, während Arkadij und Katja sich in eintönigem Schatten befanden; nur
in seltenen Zwischenräumen erschien ein leuchtender
Punkt, lebhaft wie eine Flamme, auf den Haaren des jungen Mädchens. Beide schwiegen, aber die Art, wie sie
schwiegen, eines neben dem anderen sitzend, zeugte von
vollkommener Harmonie; keins von beiden schien das andere zu beachten, während es sich doch glücklich fühlte,
an seiner Seite zu sitzen. Ihre Züge sogar hatten sich verändert, seit wir sie verlassen haben; Arkadij schien ruhiger, Katja belebter und kühner.
»Finden Sie nicht, daß die Esche auf russisch einen bezeichnenden Namen hat? Ich kenne keinen Baum, dessen
Laubwerk so leicht und durchsichtig ist[37].«
Katja blickte langsam auf und erwiderte:

»Ja.«

Und Arkadij dachte: ›Die tadelt mich wenigstens nicht, wenn ich mich poetisch ausdrücke.‹

»Heine«, sagte Katja mit einem Blick auf das Buch, das Arkadij auf den Knien hatte, »Heine lieb ich nicht, weder wenn er lacht, noch wenn er weint. Ich lieb ihn, wenn er traurig und träumerisch ist.«

»Und ich, ich lieb ihn, wenn er lacht«, antwortete Arkadij.

»Das ist ein alter Rest der satirischen Richtung Ihres Geistes.«

›Ein alter Rest!‹ dachte Arkadij. ›Wenn das Basarow hörte!‹

»Warten Sie nur, wir werden das schon ändern.«

»Wer das? Sie?«

»Wer? Meine Schwester; Porfirij Platonytsch, mit dem Sie bereits nicht mehr streiten; meine Tante, die Sie vorgestern zur Kirche begleitet haben.«

»Ich konnte das nicht abschlagen! Und Anna Sergejewna – von der wissen Sie, daß sie in vielen Punkten mit Jewgenij übereinstimmte.«

»Meine Schwester stand damals unter seinem Einfluß, so gut wie Sie.«

»So gut wie ich? Haben Sie denn bemerkt, daß ich mich diesem Einfluß schon entzogen habe?«

Katja antwortete nichts.

»Ich weiß«, fuhr Arkadij fort, »daß er Ihnen immer mißfallen hat.«

»Ich habe kein Urteil über ihn.«

»Wissen Sie was, Katerina Sergejewna? Jedesmal, wenn ich diese Antwort höre, glaube ich nicht daran. Meines Erachtens ist niemand zu hoch für unser Urteil. Das ist ganz einfach eine Ausrede.«

»Nun wohl! Ich will Ihnen sagen, daß er mir nicht geradezu mißfällt, aber ich fühle, daß wir zwei verschiedenen

Welten angehören und daß auch Sie im Grunde ihm völlig fremd sind.«

»Warum das?«

»Wie soll ich sagen ... er ist ein Raubvogel; er ist wild, und Sie und ich, wir sind gezähmt.«

»Auch ich, ich wäre gezähmt?«

Katja nickte bejahend.

Arkadij kraulte sich hinter dem Ohr.

»Wissen Sie, Katerina Sergejewna, daß das, was Sie mir da sagen, ein wenig beleidigend ist?«

»Möchten Sie lieber ein Raubvogel sein?«

»Nein, aber ich möchte stark und energisch sein.«

»Das hängt nicht von uns ab; Ihr Freund will's nicht sein, und doch ist er's.«

»Hm! Also meinen Sie, daß er einen großen Einfluß auf Anna Sergejewna habe?«

»Ja! Aber niemand kann sie lange beherrschen«, fügte Katja leise hinzu.

»Woraus schließen Sie das?«

»Sie ist sehr stolz ... oder nein, das wollte ich nicht sagen, sie hält viel darauf, unabhängig zu sein.«

»Darauf hält jeder von uns«, antwortete Arkadij, fragte sich aber gleich darauf: ›Wozu nützt es?‹ Katja hatte denselben Gedanken. Wenn sich junge Leute oft sehen, kommen ihnen die gleichen Gedanken im gleichen Augenblick.

Arkadij lächelte, und zu Katja geneigt, sagte er:

»Gestehen Sie, daß Sie sie ein wenig fürchten.«

»Wen?«

»Nun — sie«, erwiderte Arkadij mit bedeutungsvollem Ausdruck.

»Und Sie?« sagte Katja dagegen.

»Und ich auch; merken Sie, was ich sage: und ich auch.«

Katja erhob drohend den Finger.

»Das überrascht mich«, sagte sie; »nie war meine Schwester Ihnen so zugetan wie gegenwärtig; sie war es viel weniger bei Ihrem ersten Besuch.«

»Wahrhaftig?«

»Haben Sie's nicht bemerkt? Das ist Ihnen nicht angenehm?«

Arkadij wurde nachdenklich.

»Wodurch habe ich mir die Gewogenheit Anna Sergejewnas erworben? Vielleicht, weil ich ihr Briefe von Ihrer Mutter gebracht?«

»Ja; aber noch aus anderen Gründen, die ich Ihnen nicht sagen werde.«

»Warum?«

»Ich werde sie Ihnen nicht sagen.«

»Oh, ich zweifle keineswegs daran; Sie sind sehr eigensinnig.«

»Eigensinnig? Das ist wahr.«

»Und Sie beobachten sehr scharf.«

Katja blickte Arkadij von der Seite an.

»Hat Sie vielleicht etwas verstimmt? Woran denken Sie?«

»Ich frage mich, woher Sie Ihr Beobachtungstalent haben. Sie sind so furchtsam, so mißtrauisch; Sie vermeiden jedermann . . .«

»Ich habe viel allein gelebt, das lehrt uns nachdenken wider Willen. Aber Sie sagen, daß ich jedermann fliehe; haben Sie Grund, dies zu sagen?«

Arkadij warf Katja einen dankbaren Blick zu.

»Sie haben recht«, erwiderte er; »aber Leute in Ihrer Lage, das heißt, reiche Leute, haben selten Beobachtungstalent; gleich den gekrönten Häuptern kommt ihnen die Wahrheit nur durch Zufall.«

»Aber ich bin nicht reich.« Arkadij war ganz erstaunt und verstand sie zuerst nicht. ›In der Tat, das ganze Vermögen gehört ihrer Schwester‹, dachte er endlich, und dieser Gedanke war ihm durchaus nicht unangenehm. — »Wie gut Sie das gesagt haben«, setzte er laut hinzu.

»Wie meinen Sie das?«

»Sie haben es gut gesagt: ohne gemachte Einfachheit, ohne falsche Scham und ohne Ziererei. Ich denke mir nämlich, daß jeder, der weiß und sagt, daß er arm ist, etwas wie Stolz empfinden muß.«

»Ich habe nichts dergleichen empfunden, dank meiner Schwester; ich weiß nicht, wie es kam, daß ich mit Ihnen von meiner Lage gesprochen habe.«

»Sei es; aber gestehen Sie, daß das fragliche Gefühl, ich wollte sagen, der Stolz, Ihnen nicht ganz und gar fremd ist.«

»Wie das?«

»Zum Beispiel, und ich hoffe, daß meine Frage Sie nicht beleidigt, könnten Sie sich entschließen, einen reichen Mann zu heiraten?«

»Wenn ich ihn sehr liebte ... aber nein, ich glaube, daß ich ihn selbst in dem Falle nicht heiraten würde.«

»Ah! Sehen Sie«, rief Arkadij, »und warum könnten Sie sich nicht dazu entschließen?«

»Weil selbst die Lieder von einer ungleichen Heirat abraten.«

»Sie lieben vielleicht zu herrschen, oder ...«

»O nein, wozu taugt es? Im Gegenteil, ich wäre gern bereit, mich zu unterwerfen, aber die Ungleichheit scheint mir etwas Unerträgliches. Sich selbst achten und sich unterwerfen, ich begreif es, das ist das Glück; aber die Ungleichheit, ein Leben voll Unterordnung ... nein, das hab ich satt.«

»Sie haben es satt«, wiederholte Arkadij, »ja so! Sie haben nicht umsonst dasselbe Blut in den Adern wie Anna Sergejewna. Sie haben denselben Unabhängigkeitssinn, wissen sich aber besser zu verstellen. Ich bin überzeugt, daß Sie nie zuerst eine Neigung eingestehen würden, wie heilig und mächtig sie auch wäre ...«

»Aber das scheint mir doch ganz natürlich«, sagte Katja.

»Sie sind beide klug; Sie haben ebensoviel und vielleicht mehr Charakter als jene.«

»Vergleichen Sie mich nicht mit meiner Schwester, ich bitte Sie«, versetzte Katja hastig, »da bin ich zu sehr im Nachteil. Sie scheinen vergessen zu haben, daß meine Schwester alles für sich hat, Schönheit, Geist und ... Sie besonders, Arkadij Nikolajitsch, Sie sollten so etwas gar nicht sagen, und dazu noch in so ernstem Ton.«

»Was verstehen Sie unter dem ›Sie besonders‹, und weshalb setzen Sie voraus, daß ich scherze?«

»Gewiß scherzen Sie.«

»Glauben Sie? Und wenn ich meiner Sache gewiß wäre, wenn ich sogar glaubte, noch viel mehr sagen zu können?«

»Ich verstehe Sie nicht.«

»In der Tat? Nun, ich sehe, daß ich Ihr Beobachtungstalent zu hoch gerühmt habe.« »Wieso?«

Arkadij antwortete nichts und wandte sich ab; Katja fand noch einige Krümchen in ihrem Korb und wollte sie den Sperlingen zuwerfen. Aber der Schwung, den sie ihrer Hand gab, war zu stark, und die Vögel flogen davon, ohne etwas aufzupicken.

»Katerina Sergejewna«, ergriff Arkadij plötzlich das Wort, »es ist Ihnen ohne Zweifel gleichgültig, aber ich muß Ihnen sagen, daß ich Sie nicht allein Ihrer Schwester, sondern jedem, wer es auch sei auf der Welt, vorziehe ...«

Damit stand er plötzlich auf und entfernte sich mit raschen Schritten, als ob er über die Worte erschrocken wäre, die er ausgesprochen hatte.

Katja ließ ihre Hände und das Körbchen auf die Knie sinken, neigte den Kopf und blickte Arkadij lange nach. Eine leichte Röte färbte allmählich ihre Wangen, aber ihr Mund lächelte nicht, und ihre Augen drückten ein gewisses Erstaunen aus; man sah, daß sie zum erstenmal ein Gefühl empfand, dessen Name ihr noch unbekannt war.

»Du bist allein?« fragte neben ihr Frau Odinzowa. »Ich glaubte, Arkadij hätte dich begleitet.«

Katja schlug die Augen zu ihrer Schwester auf, die, mit Geschmack, sogar mit Eleganz gekleidet, hochaufgerichtet in der Allee stand und mit der Spitze ihres Sonnenschirms die Ohren Fifis berührte.

»Ganz allein«, sagte Katja.

»Ich seh es wohl«, erwiderte ihre Schwester lachend; »er ist also auf sein Zimmer gegangen?«

»Ja.«

»Ihr habt zusammen gelesen?«

»Ja.«

Frau Odinzowa nahm Katja am Kinn und hob ihr den Kopf in die Höhe.

»Ich hoffe nicht, daß ihr in Streit geraten seid?«

»Nein«, erwiderte Katja, indem sie die Hand ihrer Schwester sanft entfernte.

»Wie ernst du mir antwortest! Ich glaubte ihn hier zu finden und wollte ihm einen Spaziergang vorschlagen. Er hat mich schon lange darum gebeten. Man hat deine Stiefeletten aus der Stadt gebracht, geh und probiere sie an. Ich habe gestern bemerkt, daß du sie nötig hast; die du trägst, sind abgenützt. Ich finde, daß du dich in dieser Beziehung sehr vernachlässigst, und doch hast du einen reizenden Fuß! Deine Hand ist auch schön ... aber sie ist ein wenig groß, deshalb müßtest du mehr Aufmerksamkeit auf deine Füße wenden, aber du bist nicht kokett.«

Frau Odinzowa entfernte sich, indem sie ihr elegantes Kleid leicht dahinrauschen ließ. Katja stand von der Bank auf, nahm den Band Heine und ging ins Haus zurück; sie probierte jedoch die Stiefeletten nicht an.

›Ein reizender Fuß ...‹, dachte sie, während sie leicht und langsam die Terrasse hinaufging, deren Stufen die Sonne erwärmt hatte. ›Nun, er wird bald zu meinen reizenden Füßen liegen.‹

Fast sogleich aber überkam sie ein Gefühl von Scham, und sie lief rasch ins Haus.

Arkadij ging den Korridor entlang nach seinem Zimmer; der Haushofmeister kam ihm nach und meldete ihm, daß Basarow ihn erwarte.

»Jewgenij!« rief er fast erschrocken. »Ist er schon lange angekommen?«

»In dieser Minute; aber er hat befohlen, Anna Sergejewna seine Ankunft nicht zu melden, und er hat sich sofort auf Ihr Zimmer führen lassen.«

›Sollte es zu Hause ein Unglück gegeben haben?‹ dachte Arkadij, stieg eiligst die Treppe hinan und riß die Tür weit auf.

Kaum hatte er Basarow erblickt, als er sich beruhigte, obgleich einem geübteren Auge ohne Zweifel der Ausdruck innerer Aufregung in den immer energischen, aber etwas abgemagerten Zügen seines Freundes nicht entgangen wäre. Er saß auf dem Fenstersims, den staubbedeckten Mantel um die Schultern und die Mütze auf dem Kopf; er rührte sich nicht, sogar als Arkadij sich ihm um den Hals warf und einen Freudenschrei ausstieß.

»Das ist einmal eine Überraschung! Durch welchen Zufall?« wiederholte dieser, im Zimmer auf und ab gehend wie einer, der sich einbildet, entzückt zu sein, und es zu verstehen geben will. — »Wie steht's zu Hause? Hoffentlich befinden sich alle wohl und ist alles in Ordnung?«

»In Ordnung ist alles, aber nicht alle befinden sich wohl«, antwortete Basarow. »Nun sei nur ruhig, laß mir ein Glas Kwaß bringen, setz dich und höre, was ich dir in wenig Worten, aber hoffentlich hinreichend klar und deutlich sagen werde.«

Arkadij wurde ruhig, und Basarow erzählte ihm sein Duell mit Pawel Petrowitsch. Arkadij war sehr erstaunt, sogar ergriffen, hielt es aber nicht für nötig, das kundzugeben. Er fragte bloß, ob die Wunde seines Onkels wirklich ungefährlich sei, und als Basarow ihm antwortete, sie sei sehr interessant, aber durchaus nicht vom medizinischen Gesichtspunkt aus, zwang er sich zu einem Lächeln, empfand jedoch in seinem Innersten etwas wie Scham und Schrecken. Basarow schien sehr wohl zu verstehen, was in seinem Freunde vorging.

»Ja ja«, sagte er, »so ist's, wenn man unter einem adeligen Dache lebt, man nimmt selber die Gewohnheiten des Mittelalters an, man wird ein Raufbold. Ich will jetzt die Alten wieder besuchen, habe aber unterwegs angehalten ... um dir die ganze Geschichte zu beichten, könnte ich sagen, wenn ich nicht eine unnütze Lüge für eine Dummheit hielte. Nein, ich bin hierhergekommen, der Teufel weiß, warum! Siehst du! Es ist manchmal gut, sich beim Schopf zu fassen und sich rauszureißen wie eine Rübe aus der Rabatte, und das ist's, was ich jetzt getan habe ... Es hat mich aber die Lust angewandelt, zum letztenmal die Stelle zu sehen, die ich verließ, die Rabatte, in der ich Wurzel geschlagen hatte.«

»Ich hoffe, daß diese Worte nicht mir gelten«, sagte Arkadij in bewegtem Ton; »ich hoffe nicht, daß du beabsichtigst, dich von mir zu trennen?«

Basarow sah ihn fest und durchdringend an.

»Du, sollte dir das wahrhaftig Kummer machen? Mir scheint, daß du dich bereits von mir getrennt hast. Du bist so frisch, so sauber ... Ich vermute, deine Sachen mit Frau Odinzowa gehen wunderschön.«

»Welche Sachen meinst du?«

»Hast du nicht ihretwegen die Stadt verlassen, mein Vögelchen? Apropos, wie steht's mit den Sonntagsschulen dort? Bist du etwa nicht verliebt, oder bist du schon in der Periode der Ehrbarkeit angelangt?«

»Jewgenij, du weißt, daß ich immer offen zu dir war; nun, ich schwöre dir, ich nehme Gott zum Zeugen, daß du im Irrtum bist.«

»Hm! Gott zum Zeugen . . . Das ist ein neuer Ausdruck«, sagte Basarow halblaut; »warum nimmst du die Sache so pathetisch? Mir ist's vollkommen gleichgültig; ein Romantiker würde sagen: ich fühle, daß unsere Wege sich zu trennen beginnen; ich beschränke mich zu sagen, daß wir einander bis zum Überdruß satt haben.«

»Jewgenij . . .«

»Das Unglück ist nicht groß, mein Teurer, man bekommt noch ganz andere Dinge satt im Leben. Jetzt, glaub ich, könnten wir auseinandergehen. Seitdem ich hier bin, ist mir's ganz herzbrecherisch zumut, wie wenn ich mich an den Briefen Gogols an die Frau des Gouverneurs von Kaluga vollgestopft hätte. Ich habe die Pferde nicht ausspannen lassen.«

»Wo denkst du hin! Das ist unmöglich!«

»Und warum?«

»Von mir gar nicht zu reden, bin ich überzeugt, daß Frau Odinzowa es im höchsten Grad unschicklich finden würde, denn ganz sicher wünscht sie dich zu sehen.«

»Was das betrifft, so bist du, denk ich, im Irrtum.«

»Ich bin im Gegenteil sicher, daß ich recht habe«, antwortete Arkadij. »Wozu die Verstellung? Bist du, weil wir einmal auf dies Kapitel gekommen sind, nicht ihretwegen hierhergefahren?«

»Vielleicht; aber du bist darum nicht weniger im Irrtum.«

Arkadij hatte gleichwohl recht. Frau Odinzowa wünschte Basarow zu sehen und ließ es ihm durch den Haushofmeister sagen. Basarow kleidete sich um, ehe er zu ihr ging; sein neuer Frack war im Koffer obenauf gepackt, so daß man ihn herausnehmen konnte, ohne etwas in Unordnung zu bringen.

Frau Odinzowa empfing Basarow nicht in dem Zimmer, wo er ihr seine Liebe so unvermutet erklärt hatte, sondern in ihrem Salon. Sie reichte ihm mit herzlichem Ausdruck die Fingerspitzen, ihr Gesicht verriet jedoch einen unwillkürlichen Zwang.

»Anna Sergejewna«, sagte Basarow rasch, »vor allem muß ich Sie beruhigen. Sie sehen einen Sterblichen vor sich, der vollkommen wieder zur Vernunft gekommen ist und der hofft, daß die andern seine Dummheiten vergessen haben. Ich verreise auf lange Zeit, und obgleich ich nicht sentimental bin, wie Sie wissen, wär mir der Gedanke doch peinlich, daß Sie sich meiner mit Mißfallen erinnern . . .«

Frau Odinzowa atmete tief auf, wie jemand, der den Gipfel eines hohen Berges erreicht hat, und ein leichtes Lächeln belebte ihre Züge. Sie reichte Basarow nochmals die Hand; als er sie drückte, erwiderte sie diesen Druck.

»Möge derjenige von uns, der auf das Vergangene zurückkommt, eins seiner Augen verlieren[38]!« sagte sie zu ihm. »Um so mehr, als, ehrlich gestanden, ich selber damals auch gesündigt habe, wenn nicht aus Koketterie, so in irgendeiner anderen Weise. Mit einem Wort, lassen Sie uns Freunde sein wie zuvor; das Ganze war nur ein Traum, nicht wahr? Und wer erinnert sich eines Traums?«

»Wer erinnert sich dessen! Überdies ist die Liebe eine gemachte Empfindung.«

»In der Tat? Es freut mich sehr, das zu erfahren.«

So redete Frau Odinzowa, so redete seinerseits Basarow; sie glaubten beide, wahr zu sein. Wieweit waren sie es, indem sie so redeten? Sie wußten es vermutlich selber nicht, und dem Verfasser ist es auch nicht bekannt. Aber die Unterhaltung nahm eine Wendung, die dafür sprach, daß sie sich gegenseitig volles Vertrauen schenkten.

Frau Odinzowa fragte Basarow, was er bei den Kirsanows getan habe. Er war nahe daran, ihr sein Duell mit Pawel Petrowitsch zu erzählen, der Gedanke hielt ihn jedoch zurück, daß sie den Verdacht haben könnte, er wollte sich interessant machen, und so begnügte er sich zu sagen, er habe die Zeit mit Arbeiten zugebracht.

»Und ich«, erwiderte Frau Odinzowa, »ich habe zuerst den Spleen gehabt, Gott weiß, warum! ich war fast entschlossen, auf Reisen zu gehen; stellen Sie sich das vor! Ich habe mich jedoch allmählich wieder gefaßt; Ihr Freund Arkadij ist erschienen, und ich bin wieder ins Geleise gekommen, in meine wahre Rolle.«

»Was ist das für eine Rolle, wenn man fragen darf?«

»Die Rolle einer Tante, Gouvernante, Mutter, wie Sie's nennen wollen. Apropos, wissen Sie, daß ich lange Ihre intime Freundschaft mit Arkadij nicht begriffen habe? Ich fand ihn ziemlich unbedeutend. Jetzt aber hab ich ihn kennengelernt, und ich bin überzeugt, daß er sehr intelligent ist ... und vor allem jung, sehr jung ... Ach, wir sind es nicht mehr, Jewgenij Wassiljitsch!«

»Schüchtert ihn Ihre Gegenwart noch immer so ein?« fragte Basarow.

»Ist denn ...?« begann Frau Odinzowa, fuhr aber, sich plötzlich verbessernd, fort: »Er ist viel zutraulicher geworden und unterhält sich gern mit mir, früher hat er mich gemieden. Übrigens muß ich bekennen, daß auch ich seine Gesellschaft nicht suchte. Katja und er sind jetzt Freunde geworden.«

Basarow fühlte eine Aufwallung von Ungeduld. ›Das Weib kann das Heucheln nicht lassen‹, dachte er.

»Sie behaupten, er habe Sie gemieden«, versetzte er mit kaltem Lächeln, »aber die schüchterne Liebe, die Sie ihm eingeflößt haben, ist jetzt ohne Zweifel kein Geheimnis mehr für Sie?«

»Wie! auch er?« rief Frau Odinzowa unwillkürlich aus.

»Auch er«, wiederholte Basarow mit einer ehrerbietigen Verneigung. »Ist es möglich, daß Sie es nicht bemerkt haben und daß ich der erste bin, der Ihnen diese Neuigkeit mitteilt?«

Frau Odinzowa schlug die Augen nieder.

»Sie täuschen sich«, erwiderte sie.

»Ich glaub es nicht, aber ich hätte vielleicht schweigen sollen.«

Basarow dachte dabei: ›Das wird dich lehren, die Harmlose zu spielen.‹

»Warum hätten Sie nicht davon reden sollen? Ich glaube jedoch, daß Sie auch in diesem Falle einem vorübergehenden Eindruck eine zu große Bedeutung beigelegt haben. Ich fange an zu vermuten, daß Sie zur Übertreibung neigen.«

»Sprechen wir von etwas anderem, Madame.«

»Warum denn?« erwiderte sie, was sie jedoch nicht hinderte, auf einen anderen Gegenstand der Unterhaltung überzugehen.

Sie fühlte sich immer noch etwas unbehaglich Basarow gegenüber, obgleich sie sich eingeredet hatte, daß alles vergessen sei, wie sie ihm versichert. Bei der einfachsten Unterhaltung mit ihm, im Scherze sogar, empfand sie ein leises Gefühl von Furcht. So plaudert und scherzt man auf einem Dampfschiff auf hoher See geradeso sorglos wie auf dem festen Lande; aber beim geringsten widrigen Zufall, beim kleinsten unvorhergesehenen Umstand ist auf allen Gesichtern eine eigentümliche Unruhe zu lesen, die das fortwährende Bewußtsein einer fortwährenden Gefahr verrät.

Die Unterhaltung zwischen Frau Odinzowa und Basarow dauerte nicht lange. Anna Sergejewna wurde immer ernster, sie gab zerstreute Antworten und lud ihn schließlich ein, mit ihr in den Salon zu gehen. Sie fanden dort die Fürstin und Katja.

»Wo ist denn Arkadij Nikolajewitsch?« fragte Frau Odinzowa. Als sie hörte, daß er schon seit einer Stunde verschwunden sei, schickte sie nach ihm.

Nachdem man in allen Richtungen gesucht hatte, fand

man ihn endlich auf einer Bank am Ende des Gartens, das
Kinn in die Hände gestützt, in tiefem Nachdenken. Seine
Gedanken waren ernst, aber keineswegs traurig.

Er wußte, daß Frau Odinzowa mit Basarow allein war,
und empfand nicht die mindeste Eifersucht; er sah im
Gegenteil sehr heiter aus; er schien entschlossen, etwas zu
tun, was ihn zugleich erfreute wie verwunderte.

SECHSUNDZWANZIGSTES KAPITEL

Der Gatte der Frau Odinzowa war kein Freund von Neuerungen gewesen, aber immer bereit, ›den weisen Eingebungen eines geläuterten Geschmacks‹ nachzukommen, und infolge dieser Neigung hatte er in dem Garten zwischen der Orangerie und dem Weiher eine Art griechischer Säulenhalle aus Backsteinen errichten lassen. Die Wand, die den Hintergrund des Baues bildete, enthielt sechs zur Aufnahme von Statuen, die Herr Odinzow vom Ausland kommen lassen wollte, bestimmte Nischen. Diese Statuen sollten die Einsamkeit, das Schweigen, das Nachdenken, die Schwermut, die Scham und das Zartgefühl darstellen. Eine davon, die Göttin des Schweigens, mit dem Finger auf den Lippen, war angekommen und aufgestellt; aber noch am gleichen Tage schlugen ihr Gassenjungen die Nase ab, und obwohl ein benachbarter Stubenmaler sich anheischig gemacht hatte, ihr wieder eine ›doppelt so schöne Nase‹ anzusetzen, ließ sie Herr Odinzow doch wegnehmen, und man stellte sie in die Ecke einer Tenne, wo sie zum großen Schrecken abergläubischer Bäuerinnen stehen blieb. Seit vielen Jahren hatte dichtbelaubtes Gebüsch die Vorderseite der Halle überwachsen. Nur die Säulenkapitäle überragten noch die lebendige grüne Mauer. In der Säulenhalle war es immer angenehm kühl, selbst während der heißesten Jahreszeit.

Anna Sergejewna liebte den Ort nicht mehr, seit sie dort auf eine Natter gestoßen war; Katja aber kam oft und setzte sich auf eine große Steinbank, die unter einer der Nischen stand. Von der schattigen Kühle umfangen, las und arbeitete sie oder überließ sich dem süßen und sanften Gefühl einer tiefen Stille, ein Gefühl, das jeder kennt und dessen Reiz darin besteht, schweigend und fast unwillkürlich dem mächtigen Lebensstrom zu lauschen, der sich beständig rings um uns und in uns ergießt.

Am Morgen nach Basarows Ankunft saß Katja auf ihrer Lieblingsbank, und Arkadij befand sich wieder an ihrer Seite. Sie hatte eingewilligt, mit ihm nach der Säulenhalle zu gehen. Es war nur noch eine Stunde bis zum Frühstück; die Hitze des Tages hatte die Morgenfrische noch nicht vertrieben. Arkadijs Gesicht hatte den gleichen Ausdruck wie tags zuvor; Katja schien befangen. Ihre Schwester hatte sie gleich nach dem Tee in ihr Kabinett gerufen und ihr, nach einigen Liebkosungen, die Katja immer ein wenig erschreckten, den Rat gegeben, in ihrem Betragen gegen Arkadij etwas behutsamer zu sein und namentlich das Alleinsein mit ihm zu vermeiden, da diese allzu häufigen ›á parts‹ der Tante und dem ganzen Haus auffielen. Überdies war Anna Sergejewna schon abends zuvor schlecht aufgelegt gewesen, und Katja selber war in Unruhe, als ob sie sich etwas vorzuwerfen hätte. Als sie daher dem Wunsche Arkadijs willfahrte, hatte sie sich gelobt, daß dies das letztemal sein sollte.

»Katerina Sergejewna«, sagte plötzlich Arkadij mit einer unbeschreiblichen Mischung von Sicherheit und Befangenheit, »seitdem ich das Glück habe, mit Ihnen unter einem Dach zu leben, habe ich schon über eine Menge Dinge mit Ihnen geplaudert, eine Frage aber nie berührt . . . die sehr wichtig für mich ist. Sie haben gestern bemerkt, daß man mich hier zu einem anderen Menschen gemacht habe«, fügte er hinzu, indem er den fragenden Blick Katjas zu gleicher Zeit suchte und vermied; »in der Tat habe ich mich auch in vielen Dingen geändert, und Sie wissen es besser als irgend jemand, wem ich in Wirklichkeit diese Veränderung verdanke.«

»Ich . . . Sie . . .«, erwiderte Katja.

»Ich bin nicht mehr der anmaßende Bursche, der ich bei meiner Ankunft hier war«, versetzte Arkadij; »nicht umsonst habe ich mein dreiundzwanzigstes Jahr hinter mir. Meine Absicht ist immer noch, mich der Welt nützlich zu machen und alle meine Kraft der . . . dem Triumph der Wahrheit zu weihen; ich suche aber mein Ideal nicht mehr da, wo ich es ehemals suchte; es scheint mir . . . viel näher zu liegen. Bisher verstand ich mich selber nicht, ich befaßte mich mit Problemen, die über meine Kräfte gingen . . . Endlich sind mir die Augen aufgegangen, dank meinem Gefühl . . . Ich drücke mich vielleicht nicht ganz klar aus, aber ich hoffe, Sie verstehen mich.«

Katja antwortete nicht und sah Arkadij nicht mehr an.

»Ich denke«, fuhr er mit erregter Stimme fort, während über seinem Haupt ein Buchfink sein sorgloses Lied in den Zweigen einer Birke sang, »ich denke, daß es Pflicht jedes ehrlichen Mannes ist, sich offen und freimütig in bezug auf die zu zeigen . . ., auf die, welche . . . mit einem Wort, die, welche ihm teuer sind, und darum . . . bin ich entschlossen . . .«

Hier wurde Arkadij von seiner Beredtsamkeit im Stich gelassen; er verwickelte sich in seinen Phrasen, verlor die Fassung und mußte innehalten; Katja saß immer mit gesenkten Augen da; sie begriff nicht, wo er hinaus wollte, und doch schien sie etwas zu erwarten.

»Ich sehe voraus, daß ich Sie überrasche«, fuhr Arkadij fort, sobald er sich wieder gesammelt hatte, »um so mehr, als dies Gefühl gewissermaßen Bezug . . . gewissermaßen . . . wohlverstanden . . . auf Sie hat. Ich glaube mich zu erinnern, daß Sie mir gestern Mangel an Ernst vorgeworfen haben«, fügte er hinzu mit der Miene eines Mannes, der, in einen Sumpf geraten, fühlt, daß er mit jedem Schritt tiefer einsinkt, und nichtsdestoweniger weiter vorwärtsgeht, in der Hoffnung, rascher wieder herauszukommen. »Diesen Vorwurf macht man oft ... jungen Leuten, selbst dann, wenn sie ihn nicht mehr verdienen ... und wenn ich mehr Selbstvertrauen hätte ...« ›Komm mir doch zu Hilfe! Komm!‹ dachte Arkadij in seiner Verzweiflung; aber Katja rührte sich nicht. »Und wenn ich hoffen könnte ...«

»Wenn ich Ihren Worten Glauben schenken dürfte«, sagte plötzlich neben ihnen Frau Odinzowa mit ihrer ruhigen, klaren Stimme.

Arkadij schwieg augenblicklich, und Katja erbleichte. Ein kleiner Fußpfad führte hart an dem Gebüsch vorüber, das die Halle verbarg; Frau Odinzowa hatte ihn mit Basarow eingeschlagen. Sie konnte weder von Katja noch von Arkadij gesehen werden, diese hörten aber ihre Worte und beinahe ihren Atem. Die Spaziergänger machten noch einige Schritte und blieben wie mit Absicht gerade vor der Halle stehn.

»Sehen Sie«, fuhr Frau Odinzowa fort, »Sie und ich, wir haben uns getäuscht; keins von uns beiden steht mehr in der ersten Jugend, ich zumal; wir haben gelebt, wir sind beide müde, wir sind — warum soll ich's nicht aussprechen? — beide gescheit; wir haben uns erst gegenseitig interessiert, unsere Neugier wurde rege ... dann aber ...«

»Dann hab ich den Dummkopf gemacht«, fiel Basarow ein.

»Sie wissen, daß das nicht der Grund unseres Bruchs war. Das eine ist sicher, daß wir einander nicht nötig hatten; wir hatten zuviel ... — wie soll ich sagen? — zuviel Verwandtes. Wir haben das nicht sogleich eingesehen. Dagegen Arkadij ...«

»Den hatten Sie nötig?« fragte Basarow.

»Hören Sie auf, Jewgenij Wassiljitsch! Sie behaupten, ich sei ihm nicht gleichgültig, und in der Tat schien mir's auch immer, daß ich ihm gefiele. Ich weiß, daß ich seine ... Tante sein könnte, aber ich will Ihnen nicht verheh-

len, daß ich seit einiger Zeit öfters an ihn denke. Seine
Jugend und sein natürliches Wesen haben für mich eine
gewisse Anziehungskraft.«

»Einen gewissen Zauber . . . das ist das Wort, dessen man
sich in dergleichen Fällen bedient«, erwiderte Basarow
mit dumpfer und ruhiger Stimme, der man aber doch die
aufsteigende Galle anmerkte. — »Arkadij spielte gestern
noch den Geheimnisvollen und hat mit mir weder von
Ihnen noch von Ihrer Schwester gesprochen, das ist ein
ernstes Symptom.«

»Er ist mit Katja durchaus wie ein Bruder«, sagte Frau
Odinzowa, »und das gefällt mir, obgleich ich eine derartige Vertraulichkeit zwischen beiden nicht zulassen
sollte.«

»Ist's die Schwester, die in diesem Augenblick aus Ihnen
spricht?« fragte Basarow langsam.

»Gewiß . . . Aber warum bleiben wir stehen? Gehen wir
weiter! Welch sonderbare Unterhaltung wir führen, nicht
wahr? Ich hätte nie geglaubt, daß ich Ihnen so etwas sagen
könnte! Sie wissen, daß . . . obgleich ich Sie fürchte, ich
großes Vertrauen zu Ihnen habe, weil ich weiß, daß Sie
im Grunde sehr gut sind.«

»Erstens bin ich ganz und gar nicht gut, und zweitens bin
ich Ihnen sehr gleichgültig geworden, und doch sagen Sie
mir, daß ich gut sei! . . . Das ist, als ob Sie einen Blumen-
kranz aufs Haupt eines Toten setzten.«

»Jewgenij Wassiljitsch, wir sind nicht Herren über . . .«,
erwiderte Frau Odinzowa.

In diesem Augenblick aber bewegte ein Windstoß die
Blätter und verwehte ihre Worte.

»Aber Sie sind frei?« sagte einige Augenblicke darauf
Basarow.

Das war alles, was man von ihrer Unterhaltung verstehen
konnte. Das Geräusch ihrer Tritte verlor sich mehr und
mehr, und es war wieder still.

Arkadij wandte sich nach Katja um; sie war noch in derselben Stellung, nur den Kopf hatte sie etwas tiefer gesenkt.

»Katerina Sergejewna«, sagte er mit zitternder Stimme und gefalteten Händen, »ich liebe Sie mit Leidenschaft und wie das Leben, und liebe nur Sie allein auf der Welt. Ich wollte es Ihnen gestehen, und im Fall einer günstigen Antwort wollte ich um Ihre Hand bitten ... weil ich nicht reich bin und mich zu jedem Opfer fähig fühle ... Sie antworten nicht? Sie glauben mir nicht? Sie denken, daß ich das unbesonnen so hinsage? Aber rufen Sie sich diese letzten Tage zurück. Können Sie zweifeln, daß alles, verstehen Sie mich wohl, alles, auch der letzte Rest, spurlos verschwunden ist? Blicken Sie mich an, sagen Sie mir ein einziges Wort ... Ich liebe ... ich liebe Sie ... glauben Sie mir doch!«

Katja warf einen ernsten, klaren Blick auf Arkadij und sagte nach langem Besinnen mit unmerklichem Lächeln: »Ja.«

Arkadij sprang von der Bank.

»Ja! Sie haben ja gesagt, Katerina Sergejewna! Was bedeutet dieses Wort? Heißt es, daß Sie an die Aufrichtigkeit meiner Worte glauben ... oder gar ... oder gar ... ich wag es nicht auszusprechen ...«

»Ja!« antwortete Katja, und diesmal verstand er sie.

Er ergriff ihre großen schönen Hände und drückte sie an sein Herz; die Freude drohte ihn zu ersticken. Er taumelte und wiederholte beständig: »Katja! Katja!« Auch sie fing an zu weinen und lachte wieder unter ihren Tränen. Wer diese Tränen in den Augen eines geliebten Weibes nicht gesehen hat, der begreift es nicht, wie selig das von Dank und Leidenschaft trunkene Männerherz sein kann. —

Am andern Morgen früh ließ Frau Odinzowa Basarow zu sich in ihr Kabinett bitten und überreichte ihm mit gezwungenem Lächeln ein gefaltetes Briefpapier. Es war ein Brief von Arkadij, in dem er um die Hand Katjas anhielt.

Basarow durchflog ihn und mußte sich bezwingen, ein Gefühl boshafter Schadenfreude zu unterdrücken.

»Herrlich!« sagte er. »Gleichwohl behaupteten Sie gestern noch, daß er für Katerina Sergejewna nur die Liebe eines Bruders empfinde! Was denken Sie ihm zu antworten?«

»Was raten Sie mir?« erwiderte Frau Odinzowa, fortwährend lächelnd.

»Ich meine«, erwiderte Basarow ebenfalls mit Lachen, obgleich er sich nicht so sehr dazu zwingen mußte wie sie, »ich meine, Sie müssen den beiden Ihren Segen geben. Die Partie ist in jeder Beziehung gut; das Vermögen der Kirsanows ist ziemlich bedeutend; Arkadij ist der einzige Sohn, und sein Vater ist ein sehr braver Mann, der ihm in gar keiner Beziehung Schwierigkeiten machen wird.«

Frau Odinzowa ging einigemal im Zimmer auf und ab; sie wurde abwechselnd rot und bleich.

»Wenn Sie meinen . . .?« nahm sie das Wort. »Auch ich sehe keine Hindernisse. Es freut mich für Katja . . . und für Arakdij Nikolajewitsch. Ich werde, wohlverstanden, die Einwilligung seines Vaters abwarten, er selber mag gehen und sie holen. All das beweist aber nur, daß ich gestern abend recht hatte, als ich Ihnen sagte, daß wir alt sind, Sie und ich . . . Wie ich nur davon nichts merken konnte! Das beschämt mich wahrlich!«

Frau Odinzowa fing aufs neue an zu lachen und kehrte sich gleich darauf ab.

»Die heutige Jugend ist verteufelt schlau«, sagte Basarow seinerseits lachend. »Leben Sie wohl!« setzte er nach kurzem Schweigen hinzu. »Ich wünsche, daß Sie die ganze Angelegenheit möglichst erfreulich zu Ende führen; ich werde in der Ferne mein Vergnügen daran haben.«

Frau Odinzowa wandte sich rasch nach ihm um.

»Wollen Sie denn abreisen? Warum wollen Sie *jetzt* nicht

bleiben? ... Bleiben Sie doch! ... Ihre Unterhaltung ist so
angenehm ... Man glaubt am Rand eines Abgrunds hin-
zuwandeln. Im ersten Augenblick hat man Angst, dann
aber fühlt man eine Kühnheit, die uns überrascht. Bleiben
Sie!«

»Ich weiß Ihre Einladung zu schätzen, so sehr wie die
gute Meinung, die Sie von meiner geringen Unterhaltungs-
gabe haben. Aber ich finde, daß ich schon zu lange mit
einer Welt verkehre, die nicht die meine ist. Die fliegen-
den Fische können sich wohl eine Zeitlang in der Luft
halten, schließlich fallen sie aber doch in das Wasser zurück; erlauben Sie mir auch, in mein natürliches Element
unterzutauchen.«

Frau Odinzowa blickte Basarow an, ein bitteres Lächeln
verzog ihr bleiches Gesicht. ›Der hat mich geliebt‹ dachte
sie und reichte ihm mit der Miene freundlichen Bedauerns
die Hand. Aber auch er hatte sie verstanden.

»Nein!« sagte er, indem er einen Schritt zurücktrat. »Obgleich arm, hab ich noch nie ein Almosen angenommen.
Leben Sie wohl und gesund!«

»Ich weiß gewiß, daß wir uns nicht zum letzten Male
sehen«, versetzte Frau Odinzowa unwillkürlich bewegt.

»Was ereignet sich nicht alles in dieser Welt!« antwortete
Basarow. Damit grüßte er Anna Sergejewna und verließ
das Zimmer. —

»Du denkst dir also ein Nest zu bauen?« sagte Basarow zu
Arkadij, während er seinen Koffer packte. »Du hast recht!
Das ist ein guter Gedanke. Nur hattest du unrecht mit
deiner Geheimtuerei. Ich erwartete, daß du dich ganz wo-
anders hinwenden würdest. Du warst aber vielleicht selber darüber erstaunt?«

»Ich hab es in der Tat durchaus nicht vermutet, als ich
dich verließ,« antwortete Arkadij. »Du bist aber nicht
ganz ehrlich, wenn du sagst: ›Das ist ein guter Gedanke‹
— als ob ich deine Ansicht über die Ehe nicht kennte!«

»Ei, mein Teuerster«, versetzte Basarow, »wie sprichst du heute! Siehst du, was ich da mache? Ich habe einen leeren Raum in meinem Koffer entdeckt und stopfe ihn mit Heu aus, so gut ich kann; so muß man's auch mit dem Lebenskoffer machen; man muß ihn mit allem ausfüllen, was einem in die Hände kommt, wenn nur keine leere Stelle drin bleibt. Nimm mir's nicht übel, ich bitte dich; du erinnerst dich wahrscheinlich, wie ich immer von Katerina Sergejewna gedacht habe? Es gibt junge Mädchen bei uns, die für wahre Wunder gelten, einzig deshalb, weil sie bei der richtigen Gelegenheit zu seufzen wissen; aber die Deine wird sich durch andere Verdienste Geltung verschaffen, und zwar derart, daß du ihr untertänigster Diener sein wirst. Übrigens ist das ganz in Ordnung.«

Basarow schlug den Deckel des Koffers zu und richtete sich auf.

»Nun muß ich dir zum Abschied wiederholen — denn wir wollen uns nicht täuschen, wir scheiden für immer, und du mußt davon so gut überzeugt sein wie ich —: Du handelst weise; unser rauhes, trauriges Vagabundenleben paßt nicht für dich. Dir fehlt's an Verwegenheit und an Bosheit; zum Ersatz ward dir Jugendmut und Jugendfeuer gegeben. Das reicht aber nicht aus für das Werk, an dem wir arbeiten. Und dann kommt ihr Herren vom Adel niemals über eine hochherzige Entrüstung oder eine hochherzige Entsagung hinaus, was nicht viel heißen will. Ihr glaubt, große Männer zu sein, glaubt auf der Zinne menschlicher Vollkommenheit zu stehen, wenn ihr eure Dienerschaft nicht mehr prügelt, und wir, wir verlangen nichts, als geschlagen zu werden und wiederzuschlagen. Unser Staub würde dir die Augen röten, unser Kot dich beschmutzen. Du bist wahrlich nicht auf unserer Höhe. Du bewunderst dich mit Wohlgefallen, du freust dich, dir selber Vorwürfe machen zu können; aber das ist unsereinem langweilig; wir haben was anderes zu tun, als uns zu bewundern oder uns Vorwürfe zu machen, wir brauchen andere Mannschaft auf unserm Schiff. Du bist ein vortrefflicher Junge, aber nichtsdestoweniger ein süßes Herren, ein liberales Junkerchen, und ›volatou‹, um mit meinem edlen Vater zu reden.«

»Du sagst mir für immer Lebewohl, Jewgenij?« versetzte Arkadij traurig. »Ist das alles, was du mir zu sagen findest?«

Basarow kratzte sich den Nacken.

»Ich könnte noch etwas Gefühlvolles hinzusetzen, Arkadij, aber ich werde es nicht tun. Das hieße Romantik treiben, Bonbons lutschen. Nimm noch einen guten Rat von mir: Heirate möglichst rasch; richte dir dein Nest gut ein und zeuge viele Kinder! Es werden gewiß Leute von Geist sein, weil sie zu rechter Zeit kommen, nicht wie du und ich. Doch ich sehe, die Pferde sind da... Vorwärts! Ich habe von den andern allen Abschied genommen. Nun, sollen wir uns umarmen?«

Arkadij warf sich an den Hals seines alten Meisters und Freundes, während ein Tränenstrom über seine Wangen floß.

»Das ist die Jugend«, sagte Basarow ruhig; »aber ich rechne auf Katerina Sergejewna! Sie wird dich im Handumdrehen trösten.«

»Leb wohl, Bruder!« sagte er zu Arkadij, als er die Telege schon bestiegen hatte, und auf zwei Raben deutend, die auf dem Dach des Stalles nebeneinander saßen, setzte er hinzu: »Das ist ein gutes Beispiel! Versäume nicht, es zu befolgen.«

»Was willst du damit sagen?« fragte ihn Arkadij.

»Wie? Ich hielt dich für stärker in der Naturgeschichte. Weißt du nicht, daß der Rabe der achtbarste unter den Vögeln ist? Er liebt das Familienleben. Nimm ihn zum Vorbild! Addio, Signore!«

Die Telege setzte sich in Bewegung und rollte davon.

Basarow hatte wahr gesprochen. Arkadij vergaß noch am gleichen Abend im traulichen Gespräch mit Katja seinen Meister ganz und gar. Er fing schon an, sich ihr unterzuordnen, und Katja war hierüber keineswegs erstaunt. Am andern Morgen mußte er sich nach Marino zu Nikolai Petrowitsch verfügen. Frau Odinzowa war großmütig genug, den jungen Leuten zuliebe, die sie nur anstandshalber nicht gar zu lange allein ließ, die Fürstin zu entfernen, die durch die Nachricht von der bevorstehenden Heirat in einen Zustand weinerlicher Erregtheit geraten war. Anna Sergejewna selber fürchtete anfänglich, der Anblick des Glücks der beiden jungen Leute möchte ihr etwas peinlich sein, es kam aber ganz anders. Anstatt sie zu ermüden, interessierte sie dies Schauspiel und stimmte sie weich. Sie war darüber erfreut und betrübt zugleich.

›Es scheint, daß Basarow recht hatte‹, dachte sie, ›es ist nichts in mir als Neugierde, nur Neugierde, Liebe zur Ruhe und Egoismus ...‹

»Kinder«, sagte sie mit gepreßter Stimme, »ist es wahr, daß die Liebe eine gemachte Empfindung ist?«

Aber Katja und Arkadij verstanden diese Frage nicht; Frau Odinzowa flößte ihnen eine gewisse Furcht ein, das Gespräch, das sie ganz unabsichtlich belauscht hatten, wollte ihnen nicht aus dem Kopfe. Übrigens waren sie beide bald wieder beruhigt, und es war ganz natürlich, daß auch Frau Odinzowa bald ihre Ruhe wiederfand.

SIEBENUNDZWANZIGSTES KAPITEL

Die Ankunft Basarows erfreute seine Eltern um so mehr, als sie ihn gar nicht erwarteten. Arina Wlasjewna geriet darüber so außer sich, daß sie nichts anderes tat, als im Hause hin und her zu laufen. Ihr Mann verglich sie schließlich mit einem Rebhuhn; das aufgeschürzte Schleppchen ihres Hausrockes gab ihr in der Tat auch einige Ähnlichkeit mit einem Vogel. Wassilij Iwanowitsch ließ beständig ein behagliches Brummen hören, wobei er an der Bernsteinspitze seiner Pfeife sog, die er im Mundwinkel stecken hatte; dann griff er sich mit den Fingern an den Hals und drehte den Kopf krampfhaft, wie wenn er sich vergewissern wollte, daß er noch festsitze, und den Mund in ganzer Breite öffnend, lachte er geräuschlos vor sich hin.

»Ich komme auf wenigstens sechs Wochen, mein Alter«, sagte Basarow zu ihm, »ich will arbeiten und hoffe, daß du mich in Ruhe lassen wirst.«

»Ich werde dich dermaßen stören, daß du mein Gesicht ganz und gar vergessen sollst«, antwortete Wassilij Iwanowitsch.

Er hielt sein Versprechen. Nachdem er den Sohn, wie das erstemal, in seinem Studierzimmer einquartiert hatte, schien es, als ob er sich vor ihm verstecken wollte, und er duldete auch nicht, daß sich die Mutter ihm gegenüber allzu sichtbaren Gefühlsausbrüchen überließ.

»Ich glaube wohl«, sagte er, »daß wir Jenjuschetschka bei seinem ersten Aufenthalt etwas lästig geworden sind; wir müssen uns diesmal gescheiter betragen.«

Arina Wlasjewna stimmte ihrem Manne bei, hatte aber nicht viel davon, denn sie sah ihren Sohn nur zur Essenszeit und fürchtete sich, ihn anzureden. — »Jenjuschetschka . . .«, sagte sie, und ehe dieser nur Zeit hatte, sich umzudrehen, stammelte sie schon: »Nichts, nichts, es ist nichts!« wobei sie die Schnüre ihres Strickbeutels durch die Finger gleiten ließ; dann ging sie zu Wassilij Iwanowitsch und fragte, das Kinn in die Hand gestützt: »Wie können wir wohl erfahren, mein Schatz, was Jenjuscha heute lieber zu Mittag essen mag, Schtschi oder Borschtsch[39]?«

»Warum hast du ihn nicht gefragt?«

»Ich fürchtete, ihm lästig zu fallen.«

Basarow gab's bald selber auf, sich immer eingeschlossen zu halten; an die Stelle des Arbeitsfiebers, das sich seiner bemächtigt hatte, trat eine trübe, unruhige Langeweile. Eine seltsame Gedrücktheit machte sich in allen seinen Bewegungen bemerkbar; sogar sein sonst so fester und rascher Gang veränderte sich sichtlich, er machte keine einsamen Spaziergänge mehr und fing an, die Gesellschaft aufzusuchen; er trank den Tee im Wohnzimmer, ging mit Wassilij Iwanowitsch im Gemüsegarten auf und ab und rauchte bei ihm schweigend seine Pfeife; einmal erkundigte er sich sogar nach dem Befinden des Paters Alexej. Diese Veränderung machte Wassilij Iwanowitsch zuerst große Freude, aber sie war nicht von langer Dauer.

»Jenjuscha macht mir Sorge«, sagte er im Vertrauen zu seiner Frau; »nicht, als ob er unzufrieden und reizbar wäre, das würde mich nicht beunruhigen, aber er ist traurig und bekümmert, das bringt mich zur Verzweiflung. Er spricht nichts, es wäre mir lieber, wenn er mit uns brummen würde; dabei wird er mager und sieht schlecht aus.«

»Ach mein Gott! Mein Gott!« antwortete die Alte seufzend. »Ich würde ihm ja gern ein Säckchen mit Reliquien um den Hals hängen, aber er leidet es nicht.«

Wassilij Iwanowitsch machte wiederholt Versuche, Basarow vorsichtig über seine Beschäftigung, seine Gesundheit, über Arkadij auszufragen. Aber Basarow gab ihm unfreundliche Antworten und sagte schließlich ärgerlich: »Das ist ja, wie wenn du immer auf den Zehen um mich herumschlichest! Diese Manier ist noch schlimmer als die frühere.«

»Nun, nun! Dann werde ich es eben lassen«, fiel der arme Wassilij Iwanowitsch rasch ein. Die Unterhaltung über Politik hatte auch keinen bessern Erfolg. Als er eines Tages bei Gelegenheit der bevorstehenden Aufhebung der Leibeigenschaft die große Frage des Fortschritts berührte, bildete er sich ein, daß dies seinem Sohn Freude machen werde; aber dieser antwortete ihm gleichgültig: »Als ich gestern an der Gartenhecke hinging, hörte ich anstatt ihrer alten Lieder ein paar Bäuerlein mit dem Singsang sich heiser schreien: ›Der treuen Liebe Zeit ist da, die Herzen spüren sanfte Regung...‹ Da hast du deinen Fortschritt.«

Basarow begab sich manchmal ins Dorf und fing dort nach seiner Gewohnheit in spöttischem Ton ein Gespräch mit dem ersten besten Bauern an. »Setz mir einmal deine Gedanken auseinander«, sagte er zu ihm; »man will behaupten, ihr bildet die Kraft und die Zukunft Rußlands, mit euch beginne ein neuer Abschnitt unserer Geschichte; ihr werdet uns unsere wahre Sprache und gute Gesetze schaffen.« Der Bauer schwieg, oder er stotterte, wenn es hoch kam, einige Worte wie: »In der Tat, wir könnten's wohl, weil überdies... nach der Vorschrift zum Beispiel, die wir haben...«

»Erkläre mir, was euer ›Mir‹ ist«, fragte Basarow, »ist es der, der auf drei Fischen ruht[40]?«

»Die Erde ist's, die auf drei Fischen ruht«, entgegnete der Bauer im Tone der Überzeugung und mit singender Stimme, was seinen Worten etwas Patriarchalisches und

Naives gab, »und jedermann weiß, daß der Wille des Herrn gegenüber unserm ›Mir‹ allmächtig ist, denn ihr seid unsere Väter. Je strenger der Herr, um so freundlicher der Bauer.«

Als er einmal eine solche Rede hatte anhören müssen, zuckte Basarow verächtlich die Achseln und ließ den Bauern einfach stehen, der ruhig nach seiner Hütte zurückging.

»Worüber hat er mir dir gesprochen?« fragte diesen ein anderer Bauer, ein Mann in mittleren Jahren mit abstoßender Miene, der ihn von seiner Haustür aus mit Basarow hatte reden sehen. »Wahrscheinlich von den rückständigen Abgaben?«

»Ach, er wird wohl!« erwiderte der erste Bauer, und seine Stimme hatte nichts mehr von dem patriarchalisch-singenden Ton, sondern im Gegenteil etwas Rauhes, aus dem man die Geringschätzung heraushörte. »Er hat mit mir geschwatzt, weil ihm ohne Zweifel die Zunge prickelte. Die Herren sind alle gleich; versteht denn so einer etwas?«

»Wie sollten die was verstehen!« sagte der andere, und damit schoben sie ihre Mützen zurück, machten ihre Gürtel locker und unterhielten sich über Gemeindeangelegenheiten.

Ach, der junge Mann voll Selbstvertrauen, der sich eben mit verächtlichem Achselzucken entfernt hatte, dieser Basarow, der ›so gut mit den Bauern zu reden wußte‹, wie er sich in seinem Streit mit Pawel Petrowitsch gerühmt — er ahnte nicht im entferntesten, daß diese ihn für eine Art von Hanswurst ansahen.

Schließlich fand Basarow doch eine Beschäftigung, die ihm behagte. Eines Tages verband Wassilij Iwanowitsch in seiner Gegenwart einen Bauern, der sich am Bein verletzt hatte; die Hände des alten Mannes zitterten, und es fiel ihm sichtlich schwer, den Verband zu befestigen; Basarow kam ihm zu Hilfe. Von da an half er seinem Vater regelmäßig bei dessen ärztlichen Verrichtungen, wobei er es aber nicht unterließ, über die Mittel, die er selbst anordnete, und über den Eifer, mit dem sein Vater sie anwandte, zu spotten. Diese Scherze brachten übrigens Wassilij Iwanowitsch nicht aus der Fassung, er fand sie im Gegenteil ganz nach seinem Geschmack. Seine Pfeife rauchend und mit zwei Fingern die Schöße seines alten Schlafrockes zurückhaltend, hörte er Basarow mit wahrer Glückseligkeit zu; je giftiger die Worte seines Sohnes waren, desto herzlicher lachte der vergnügte Vater, daß man all seine schwärzlichen Zähne sah. Er wiederholte sogar die manchmal ungesalzenen oder sinnlosen Ausfälle seines Sohnes; so sagte er zum Beispiel mehrere Tage lang bei jeder Gelegenheit: »Das ist zum Nachtisch!« nur einzig und allein darum, weil sein Sohn diesen Ausdruck gebraucht hatte, als er hörte, daß der Alte in die Frühmesse gegangen sei.

»Gottlob!« sagte er im Vertrauen zu seiner Frau, »Jenjuscha hat seine Hypochondrie vergessen. Wie er heute mit mir umgegangen ist!« Andererseits war er außer sich vor Behagen, einen solchen Gehilfen zu haben, der Gedanke daran flößte ihm ein Gefühl begeisterten Stolzes ein. »Ja ja«, sagte er zu irgendeiner armen Bäuerin, die in den Armjak[41] ihres Mannes gehüllt war und eine Kitschka[42] mit Hörnern trug, als er ihr ein Glas Goulardsches Wasser und ein Töpfchen Bilsenkrautsalbe einhändigte, »du solltest Gott jeden Augenblick danken, meine Liebe, daß er meinen Sohn hierhergeführt hat; man behandelt dich jetzt nach der gelehrtesten und neuesten Methode, verstanden? Der französische Kaiser Napoleon selbst hatte keinen besseren Arzt.« Die Bäuerin, der er diese trostvolle Versicherung gab — sie hatte geklagt, daß es ihr sei, als ob sie ›von Fäustchen in die Höhe gehoben werde‹ (ein Ausdruck, dessen Sinn sie übrigens nicht weiter erklären konnte) —, hörte Wassilij Iwanowitsch zu, indem sie sich bis auf den Boden verneigte und aus ihrem Brusttuch drei in die Ecke einer Serviette eingewickelte Eier zog, die ihre Opfergabe ausmachten.

Basarow riß sogar einem fremden Kaufmann einen Zahn aus, und obgleich dieser Zahn nichts Besonderes hatte, bewahrte ihn Wassilij Iwanowitsch doch wie eine Rarität auf und wiederholte, als er ihn dem Pater Alexej zeigte, mehrmals:

»Sehen Sie, Pater, welche Wurzeln! Jewgenij muß eine famose Faust haben! Ich sah den Kaufmann in die Luft gehoben, es war prächtig, ich glaube wahrhaftig, ein Eichbaum hätte ihm nicht widerstanden.«

»Das ist verdienstlich!« erwiderte der Priester, der dem Entzücken des Greises nicht anders ein Ende zu machen wußte.

Ein benachbarter Bauer führte eines Tages seinen Bruder, der den Typhus hatte, zu Wassilij Iwanowitsch. Der Unglückliche lag sterbend auf einem Bund Stroh, schwärzliche Flecken bedeckten seinen Körper, er war seit langem bewußtlos. Wassilij Iwanowitsch bedauerte, daß man nicht früher daran gedacht, den Arzt zu dem Armen zu holen, und erklärte, daß es keine Möglichkeit gäbe, ihn zu retten. In der Tat konnte der Bauer nicht mehr nach Hause zurückgebracht werden, er starb unterwegs in seiner Telege.

Zwei oder drei Tage später kam Basarow zu seinem Vater und fragte ihn, ob er keinen Höllenstein habe.

»Ja! Was willst du damit machen?«

»Ich brauche ihn, um eine kleine Wunde zu ätzen.«

»Wer hat sich verwundet? Wie! Du? Wo ist die Wunde? Zeig sie mir!«

»Hier, an diesem Finger; ich war heute morgen in dem Dorf, von wo man uns den Bauern gebracht hat, der am Typhus gestorben ist; ich weiß nicht, warum man ihn öffnen lassen wollte; ich habe diese Art von Operation schon lange nicht mehr ausgeführt.«

»Nun, und?«

»Ich bat den Distriktsarzt, mich damit zu betrauen, und habe mich geschnitten.«

Wassilij Iwanowitsch erbleichte plötzlich, lief, ohne eine Silbe zu äußern, in sein Arbeitszimmer und kam mit einem Stück Höllenstein wieder; Basarow wollte es nehmen und das Zimmer verlassen.

»Um des Himmels willen!« rief Wassilij Iwanowitsch, »erlaube mir, daß ich es mache.« Basarow lächelte.

»Welche Leidenschaft für die Praxis!«

»Scherze nicht, ich beschwöre dich. Zeig mir deinen Finger; die Wunde ist nicht groß. Ich tu dir doch nicht weh?«

»Drück fest darauf, sei ohne Furcht.«

Wassilij Iwanowitsch hielt inne.

»Vielleicht wär's besser, sie mit einem heißen Eisen auszubrennen? Was meinst du?«

»Das hätten wir früher tun müssen. Jetzt wird es nicht mehr helfen als der Höllenstein; wenn ich den Krankheitsstoff schon aufgenommen habe, gibt es kein Mittel mehr.«

»Wie . . . kein Mittel mehr? . . .« stammelte Wassilij Iwanowitsch.

»Gewiß! Es sind mehr als vier Stunden, daß ich mich geschnitten habe.«

Wassilij Iwanowitsch betupfte die Wunde aufs neue mit Höllenstein.

»Der Distriktsarzt hatte also keinen Höllenstein?«

»Nein.«

»Großer Gott, das ist ja unglaublich, jeder Arzt muß damit versehen sein!«

»Wenn du erst seine Lanzetten gesehen hättest!« versetzte Basarow und verließ das Zimmer.

Am Abend und am folgenden Tag ersann Wassilij Iwanowitsch alle möglichen Vorwände, um in das Zimmer seines Sohnes zu kommen; und obgleich er nicht von dessen Wunde sprach und sich sogar anstrengte, über gleichgültige Dinge mit ihm zu plaudern, sah er ihn doch so fest an und beobachtete alle seine Bewegungen mit solcher Unruhe, daß Basarow die Geduld verlor und ihn gehen hieß. Wassilij Iwanowitsch versprach ihm, sich nicht mehr zu ängstigen, um so mehr, als Arina Wlasjewna, der er, wohlverstanden, nichts mitgeteilt hatte, mit Fragen in ihn drang, warum er so unruhig sei und die ganze Nacht kein Auge zugetan habe. Zwei Tage lang blieb er fest, obgleich ihn das Aussehen seines Sohnes, den er heimlich immer beobachtete, keineswegs beruhigte; am dritten Tag aber konnte er sich nicht mehr halten. Man war bei Tisch, und Basarow, der mit niedergeschlagenen Augen dasaß, aß nichts.

»Warum ißt du nicht, Jewgenij?« fragte ihn sein Vater mit scheinbar gleichgültigem Ton. »Die Platte scheint mir sehr gut zubereitet!«

»Ich esse nicht, weil ich kein Verlangen zu essen habe.«

»Du hast keinen Appetit? Und der Kopf«, setzte er hinzu, »tut er dir weh?«

»Ja, warum sollte er mir nicht weh tun?«

Arina Wlasjewna wurde aufmerksam.

»Bitte, werde nicht böse, Jewgenij«, fuhr Wassilij Iwanowitsch fort, »du mußt mir erlauben, dir den Puls zu fühlen.« Basarow stand auf.

»Ich kann dir sagen, ohne mir den Puls zu fühlen, daß ich Hitze habe.«

»Hast du auch Frost gehabt?«

»Ja, ich will mich ein wenig legen, schick mir einen Lindenblütentee. Ich muß mich erkältet haben.«

»Deshalb hab ich dich heute nacht husten hören«, versetzte Arina Wlasjewna.

»Ich habe mich erkältet«, wiederholte Basarow und ging hinaus.

Arina Wlasjewna schickte sich an, den Tee zu bereiten, und Wassilij Iwanowitsch ging in das Nebenzimmer, wo er sich die Haare raufte, ohne daß von ihm ein Laut zu hören war.

Basarow blieb den ganzen übrigen Tag im Bett und verbrachte die Nacht in einem Zustand dumpfer, ermattender Schlafsucht. Als er gegen ein Uhr morgens mühsam die Augen öffnete, bemerkte er beim Schimmer des Nachtlichts das blasse Gesicht seines Vaters, der an seinem Kopfkissen stand, und bat ihn, zu Bett zu gehen. Der Alte gehorchte, aber kam beinah sofort wieder auf den Zehen hereingeschlichen und fuhr, hinter der halbgeöffneten Tür eines Schrankes versteckt, fort, seinen Sohn zu beobachten. Auch Arina Wlasjewna legte sich nicht, sie kam alle Augenblicke an die Tür des Zimmers, um die Atemzüge Jenjuschas zu belauschen und sich zu vergewissern, daß Wassilij Iwanowitsch immer auf seinem Posten sei; sie konnte nur den unbeweglichen Rücken ihres vornübergebeugten Gatten sehen, aber das genügte, um sie ein wenig zu beruhigen. Als es Tag wurde, versuchte Basarow aufzustehen; er wurde aber von einem Schwindel erfaßt, dem bald Nasenbluten folgte, und legte sich wieder nieder. Wassilij Iwanowitsch half ihm schweigend. Arina Wlasjewna trat herzu und fragte, wie es ihm gehe. »Ich fühle mich besser«, antwortete er und kehrte sich gegen die Wand. Wassilij Iwanowitsch machte seiner Frau mit beiden Händen ein Zeichen, daß sie sich entfernen solle; sie biß sich auf die Lippen, um nicht zu weinen, und ging hinaus. Das ganze Haus schien wie verdüstert; alle Gesichter wurden lang, eine fremdartige Stille herrschte sogar im Hofe; einen krähenden Hahn, dem dieser Zustand verwunderlich erscheinen mochte, verbannte man ins Dorf. Basarow blieb im Bett, das Gesicht gegen die Wand gekehrt. Wassilij Iwanowitsch redete ihn mehrere Male an, aber seine Fragen belästigten den Kranken, weshalb der Alte unbeweglich in seinem Lehnstuhl sitzen blieb und nur von Zeit zu Zeit die Hände rang. Er ging auf einige Augenblicke in den Garten und stand dort wie eine Bildsäule; er schien von einem unsäglichen Staunen erfaßt zu sein (der Ausdruck der Überraschung verschwand kaum von seinem Gesicht). Dann kehrte er zu seinem Sohn zurück, wobei er seiner Frau auszuweichen suchte. Dieser gelang es endlich, ihn bei der Hand zu erwischen, und krampfhaft, fast mit drohendem Ton fragte sie ihn: »Was hat er denn?« Um sie zu beruhigen, versuchte Wassilij Iwanowitsch zu lächeln, aber zu seiner eigenen Verwunderung entfuhr ein lautes Lachen seinem Munde. Schon am Morgen hatte er nach einem Arzt in die Stadt geschickt; er hielt es für besser, seinen Sohn davon zu benachrichtigen, damit dieser ihm in Gegenwart seines Kollegen keine Vorwürfe mache.

Basarow drehte sich auf dem Diwan, wo er lag, plötzlich um, sah seinen Vater starr an und verlangte zu trinken. Wassilij Iwanowitsch gab ihm Wasser und benützte diesen Augenblick, um ihm die Hand auf die Stirne zu legen: sie war brennend heiß. »Alter«, sagte Basarow langsam und mit rauher Stimme, »das nimmt eine böse Wendung. Ich habe das Gift im Leibe, und in wenigen Tagen wirst du mich in die Erde legen.«

Wassilij Iwanowitsch schwankte, als ob er einen heftigen Schlag gegen die Beine bekommen hätte.

»Jewgenij«, stammelte er, »was sagst du da! Es ist eine einfache Erkältung.«

»Geh doch«, versetzte Basarow, »ein Arzt darf so was nicht sagen. Ich habe alle Symptome einer Ansteckung, du weißt es wohl.«

»Symptome . . . einer Ansteckung? . . . O nein . . . Jewgenij!«

»Was bedeutet denn das?« sagte Basarow und zeigte, den Ärmel seines Hemdes zurückstreifend, seinem Vater die unheilverkündenden rötlichen Flecken, die seine Haut bedeckten.

Wassilij Iwanowitsch erbleichte vor Schrecken.

»Gesetzt... wenn auch... das wäre... etwas... wie eine... epidemische Ansteckung.«

»Es ist eine Pyämie«, sagte sein Sohn.

»Ja... eine epidemische Ansteckung.«

»Eine Pyämie«, wiederholte Basarow bestimmt und in rauhem Ton; »hast du deine Kollegienhefte schon ganz vergessen?«

»Nun ja, ich geb's zu... ich geb's zu... aber gleichwohl werden wir dich kurieren.«

»Alles Redensarten! Laß uns vernünftig reden. Ich dachte nicht, so früh zu sterben; das ist ein Unfall, der, ich gestehe es, mir ziemlich unangenehm scheint. Meine Mutter und du, ihr werdet wohltun, eure Zuflucht zu eurem religiösen Glauben zu nehmen; es ist eine schöne Gelegenheit, ihn auf die Probe zu stellen.« — Er trank einen Schluck Wasser. — »Ich muß dich um etwas bitten, solang mein Kopf noch klar ist. Morgen oder übermorgen wird, wie du schon weißt, mein Gehirn seinen Dienst aufkündigen. Es ist sogar möglich, daß ich mich jetzt schon nicht mehr ganz deutlich ausdrücke. Eben noch glaubte ich mich von roten Hunden verfolgt, und du lauertest auf mich auf dem Anstand, wie man auf einen Birkhahn paßt. Ich komme mir vor wie betrunken. Verstehst du mich recht?«

»Gewiß, Jewgenij, du sprichst ganz vernünftig, wie gewöhnlich.«

»Um so besser. Du hast mir gesagt, daß du nach einem Arzt geschickt hast... ich habe dich nicht abgehalten, dir diese Beruhigung zu verschaffen... verschaff mir deinerseits auch eine, schicke einen Expressen...«

»An Arkadij Nikolajewitsch«, fiel der Greis rasch ein.

»Wer ist dieser Arkadij Nikolajewitsch?« entgegnete Basarow wie in einem Augenblick von Geistesabwesenheit, » . . . ach ja . . . dieser Zeisig! Nein, laß den in Ruhe, er hat sich jetzt in einen Raben verwandelt. Mach keine so großen Augen, das ist noch nicht das Delirium. Schick einen Expressen an Anna Sergejewna Odinzowa; es ist eine Gutsbesitzerin in der Umgegend. (Wassilij machte ein Zeichen mit dem Kopf, daß er sie kenne.) Laß ihr sagen: Jewgenij Basarow grüßt Sie und läßt Ihnen melden, daß er stirbt. Verstehst du mich?«

»Es soll geschehen . . . aber wie kannst du sterben? Du, Jewgenij! Urteile selber! . . . Wo wäre da noch eine Gerechtigkeit auf der Welt?«

»Das verstehe ich nicht; aber schick den Expressen fort.«

»Auf der Stelle, und ich will ihm einen Brief mitgeben.«

»Nein; das ist unnötig. Laß sie von mir grüßen, dies genügt. Und jetzt will ich wieder zu meinen roten Hunden zurückkehren. Das ist sonderbar! Ich wollte meine Gedanken auf den Tod richten, aber es will mir nicht gelingen, ich sehe eine Art Flecken . . . und weiter nichts.«

Er kehrte sich mühsam gegen die Wand, und Wassilij Iwanowitsch verließ das Kabinett. Im Zimmer seiner Frau angekommen, fiel er vor den Heiligenbildern auf die Knie.

»Laß uns beten, Arina, laß uns zu Gott beten!« schrie er schluchzend. »Unser Sohn stirbt!«

Der Distriktsarzt, derselbe, der keinen Höllenstein hatte, kam und riet, nachdem er den Kranken untersucht, zu einem zuwartenden Verfahren und fügte einige Phrasen bei, die geeignet waren, Hoffnung auf Genesung zu erwecken.

»Sie haben also Leute gesehen, die in meinem Zustand waren und nicht ins Elysium gereist sind?« fragte Basarow und stieß gleichzeitig mit dem Fuß an einen schweren Tisch neben dem Bett, daß dieser wankte und von der Stelle wich.

»Die Kraft«, sagte er, »die ganze Kraft ist noch da, und doch muß ich sterben; ein Greis hat wenigstens volle Zeit gehabt, sich des Lebens zu entwöhnen, aber ich: verneinen ... verneinen ... Ja, verneine einer einmal den Tod! Er verneint euch; damit ist alles gesagt. Ich höre da unten weinen!« fügte er nach kurzem Schweigen hinzu. »Es ist meine Mutter. Arme Frau, wem soll sie jetzt ihren trefflichen Borschtsch vorsetzen? Und auch du, Wassilij Iwanowitsch, bist dem Weinen nahe. Wenn dein Christentum nicht ausreichen will, so versuch's mit der Philosophie, denk an die Stoiker! Du rühmtest dich, glaube ich, Philosoph zu sein?«

»Ich ... Philosoph?« rief Wassilij Iwanowitsch aus, und Tränen rannen über seine Wangen.

Basarows Zustand verschlimmerte sich von Stunde zu Stunde; die Krankheit machte reißende Fortschritte, wie dies bei derartigen Blutvergiftungen der Fall ist. Er war noch bei voller Besinnung und verstand alles, was man mit ihm sprach; er kämpfte noch. »Ich will nicht delirieren«, murmelte er, die Fäuste ballend, vor sich hin, »das ist zu dumm!«, und gleich darauf fügte er hinzu: »Zehn von acht, wieviel bleibt?« Wassilij Iwanowitsch ging wie ein Toller im Zimmer auf und ab, schlug alle erdenklichen Mittel vor und deckte alle Augenblicke die Füße seines Sohnes zu.

»Man sollte ihn in nasse Tücher wickeln ... ein Brechmittel und Senfpflaster auf den Magen ... einen Aderlaß!« stammelte er mit Anstrengung.

Der Arzt, den er gebeten hatte, dazubleiben, stimmte ihm zu, gab dem Kranken Limonade und verlangte für sich selber bald eine Pfeife, bald etwas Stärkendes und Erwärmendes, das heißt einen Schnaps. Arina Wlasjewna blieb auf einer kleinen Bank neben der Tür sitzen und verließ diesen Platz nur auf Augenblicke, um zu beten. Wenige Tage zuvor hatte sie ihren Toilettenspiegel fallen lassen, und er war zerbrochen, was sie immer für eine der schlimmsten Vorbedeutungen angesehen hatte; sogar Anfissuschka wußte ihr nichts zu sagen. Timofejitsch war mit der Botschaft des Sterbenden zu Frau Odinzowa geeilt.

Die Nacht war schlecht... Basarow lag im Fieber, von der Glut verzehrt. Sein Zustand besserte sich mit Tagesanbruch ein wenig; er bat Arina Wlasjewna, ihm das Haar zu kämmen, küßte ihr die Hand und schluckte zwei oder drei Löffel Tee; Wassilij Iwanowitsch faßte wieder etwas Hoffnung.

»Gott sei gelobt!« sagte er wiederholt. »Die Krise ist eingetreten ... die Krise ist vorüber ...«

»Da seht«, sagte Basarow, »was ein Wort vermag! Das Wort Krise ist ihm in den Sinn gekommen, und er fühlt sich dadurch ganz getröstet. Es ist was Sonderbares um den Einfluß, den die Worte auf die Menschen haben! Nenne einer einen Menschen Dummkopf, ohne ihn zu schlagen, und er ist ganz betrübt! Man beglückwünsche ihn wegen seines Geistes, ohne im Geld zu geben, und er fühlt sich glücklich.« Dieses kurze Gespräch rief Wassilij Iwanowitsch die ausfälligen Reden zurück, deren sich Basarow in gesunden Tagen bedient hatte, und er schien davon entzückt.

»Bravo! Das ist sehr wahr und gut gesagt. Bravo!« rief er aus und tat, als ob er in die Hände klatsche.

Basarow lächelte traurig.

»Was ist deine wirkliche Meinung«, fragte er seinen Vater, »ist die Krise vorüber oder tritt sie erst ein?«

»Es geht besser, das sehe ich, und das freut mich«, versetzte Wassilij Iwanowitsch.

»Herrlich! Es ist immer gut, sich zu freuen. Aber hat man dorthin geschickt? Du weißt schon ...«

»Gewiß.«

Die Besserung war nicht von langer Dauer. Die Anfälle erneuerten sich. Wassilij Iwanowitsch wich nicht vom Bett seines Sohnes. Eine ganz absonderliche Angst schien den alten Mann zu quälen. Umsonst versuchte er mehrmals zu reden. »Jewgenij!« rief er endlich. »Mein Kind, mein lieber, guter Sohn!«

Dieser unerwartete Ruf machte Eindruck auf Basarow. Er wandte den Kopf ein wenig, versuchte es sichtlich, den Druck, der auf seinem Geiste lastete, abzuwälzen, und sagte: »Was denn, mein Vater?«

»Jewgenij«, fuhr Wassilij Iwanowitsch fort und sank neben Basarow in die Knie, obgleich dieser die Augen geschlossen hatte und ihn nicht sehen konnte, »Jewgenij, du fühlst dich besser und wirst mit Gottes Hilfe genesen. Aber benütze diesen Augenblick, tu, was deiner armen Mutter und mir die größte Beruhigung gewähren würde. Erfülle deine Christenpflicht! Es ist mir schwer angekommen, dir den Vorschlag zu machen. Aber es wäre noch schrecklicher ... Es handelt sich um die Ewigkeit, Jewgenij! Bedenke es wohl . . .« Die Stimme versagte dem Alten, und ein sonderbares Zucken glitt langsam über das ganze Gesicht seines Sohnes hin, der fortwährend mit geschlossenen Augen dalag.

»Wenn euch das Vergnügen machen kann, so habe ich nichts dagegen«, sagte er endlich; »es scheint mir aber keine Eile zu haben. Du hast soeben gesagt, daß es besser mit mir geht.«

»Besser allerdings, Jewgenij, aber man kann für nichts stehen. Alles hängt vom Willen Gottes ab, und um eine Pflicht zu erfüllen . . .«

»Ich will noch warten«, entgegnete Basarow, »du sagst ja selber, daß die Krise eben begonnen habe. Wenn wir uns täuschen, was liegt daran! Man gibt ja den Kranken die Absolution auch, wenn sie bewußtlos sind.«

Um des Himmels willen, Jewgenij . . .«

Ich will vorerst warten! Ich möchte gern schlafen; laß mich . . .«

Und er legte den Kopf wieder aufs Kissen. Der Greis erhob sich, setzte sich in seinen Lehnstuhl, stützte das Kinn in die Hand und zernagte sich die Finger.

Das Geräusch eines gefederten Wagens, dies Geräusch, das man in der ländlichen Stille so deutlich unterscheidet, schlug plötzlich an das Ohr des Alten. Das Rollen leichter Räder kam immer näher; man konnte schon das Schnauben der Pferde hören . . . Wassilij Iwanowitsch sprang aus dem Lehnstuhl auf und lief ans Fenster. Ein zweisitziger Reisewagen mit vier nebeneinander gespannten Pferden fuhr in den Hof seines kleinen Hauses ein. Ohne sich Rechenschaft zu geben, was dies bedeute, und unwillkürlich von einem freudigen Gefühl durchzuckt, lief er vor die Tür. Ein Livreebedienter öffnete den Wagen, und eine verschleierte Frau in schwarzer Mantille stieg aus.

Ich bin Frau Odinzowa«, sagte sie. »Lebt Jewgenij Wassiljewitsch noch? Sie sind sein Vater? Ich habe einen Arzt mitgebracht.«

Gottes Segen über Sie!« rief Wassilij Iwanowitsch aus, ergriff ihre Hand und drückte sie krampfhaft an seine Lippen, während der Arzt, von dem Frau Odinzowa gesprochen, ein kleiner Mann mit Brille und einer deutschen Physiognomie, langsam den Wagen verließ. — »Er lebt noch, mein Jewgenji, und wird jetzt gerettet werden! Frau! Frau! Es ist ein Engel vom Himmel zu uns gekommen . . .«

Was gibt's? Großer Gott!« stammelte Arina Wlasjewna, die aus dem Wohnzimmer gelaufen kam und, gleich im Vorzimmer zu den Füßen Anna Sergejewnas hinsinkend, wie eine Wahnsinnige den Saum ihres Kleides küßte.

Was machen Sie, was machen Sie!« sagte Frau Odinzowa zu ihr; aber Arina Wlasjewna hörte sie nicht, und Wassilij Iwanowitsch wiederholte fortwährend: »Ein Engel! Ein Engel vom Himmel!«

»Wo ist der Kranke?« fragte endlich auf deutsch der Arzt mit ungeduldiger Miene.

Diese Worte brachten Wassilij Iwanowitsch wieder zur Vernunft.

»Hier! Hier! Wollen Sie mir gefälligst folgen, wertester Herr Kollega«, fügte er gleichfalls auf deutsch und in Gedanken an seinen früheren Rang hinzu.

»Ah!« sagte der Deutsche mit bitterem Lächeln.

Wassilij Iwanowitsch führte ihn in sein Arbeitszimmer.

»Da ist ein Arzt, den Anna Sergejewna Odinzowa dir schickt«, sagte er, indem er sich zum Ohr seines Sohnes niederbeugte, »und sie selbst ist gleichfalls hier.«

Basarow öffnete sogleich die Augen.

»Was sagst du?«

»Ich habe dir die Nachricht gebracht, daß Anna Sergejewna Odinzowa hier ist und dir diesen ehrenwerten Doktor mitgebracht hat.«

Basarow ließ die Augen durchs Zimmer laufen.

»Sie ist hier? . . . Ich will sie sehen . . .«

»Du sollst sie sehen, Jewgenij . . . zuvor aber müssen wir ein wenig mit dem Herrn Doktor reden. Ich will ihm deine ganze Krankheitsgeschichte erzählen, weil Sidor Sidorytsch« (so hieß der Distriktsarzt) »weggegangen ist; dann können wir eine kleine Konsultation halten.«

Basarow blickte den Arzt an.

»Gut, mach es so schnell wie möglich mit ihm ab, aber sprecht nicht lateinisch, denn ich verstehe, was es heißt: iam moritur.«

»Der Herr scheint des Deutschen mächtig zu sein«, sagte der Schüler Äskulaps wieder auf deutsch, zu dem Alten gewandt. »Ick . . . abe . . . sprechen Sie russisch, das wird besser sein«, antwortete Wassilij Iwanowitsch.

»Bitte, wie Sie wünschen!« Und die Konsultation begann.

Eine Viertelstunde später trat Anna Sergejewna in Begleitung Wassilij Iwanowitschs in das Zimmer. Der Doktor hatte Zeit gefunden, ihr ins Ohr zu flüstern, daß der Zustand des Kranken hoffnungslos sei.

Sie richtete ihre Augen auf Basarow und blieb an der Tür stehen, einen so schrecklichen Eindruck machte auf sie das gerötete, obgleich schon sterbende Gesicht, diese irren Augen, die sie starr ansahen. Sie fühlte sich von einer eisigen Kälte und von einer erdrückenden Angst ergriffen; der Gedanke, daß sie etwas ganz anderes fühlen würde, wenn sie ihn wirklich geliebt hätte, durchzuckte sie.

»Dank!« sagte er mit Anstrengung. »Ich habe es nicht gehofft . . . Das ist eine gute Tat . . . Wir sehen uns noch einmal wieder, wie Sie mir vorhergesagt haben.«

»Anna Sergejewna hat die Güte gehabt . . .«

»Laß uns allein, lieber Vater . . . Anna Sergejewna, Sie erlauben es? Ich glaube, daß jetzt . . .«

Sie nickte, als ob sie sagen wollte, daß sie von einem Sterbenden nichts zu fürchten habe.

Wassilij Iwanowitsch verließ das Zimmer.

»Nun, vielen Dank!« wiederholte Basarow. »Das ist wahrhaft königlich . . . Man sagt, die Könige begeben sich so an das Lager der Sterbenden.«

»Jewgenij Wassiljewitsch, ich hoffe . . .«

»Nein, Anna Sergejewna, wir wollen uns nicht täuschen; für mich ist alles aus. Ich bin ein Todeskandidat. Sehen Sie wohl, daß ich recht hatte, mich nicht im voraus mit der Zukunft zu beschäftigen? Das Sterben ist eine alte Geschichte, doch bleibt sie immer neu für jeden. Bis jetzt habe ich keine Angst . . . Dann werde ich das Bewußtsein verlieren, und ft . . .« (dabei machte er ein leichtes Zeichen mit der Hand). — »Aber was könnte ich Ihnen noch sagen? ... Daß ich Sie geliebt habe? Das hatte früher keinen Sinn, und jetzt weniger als je. Die Liebe ist eine Form, und meine eigene Form ist in der Auflösung begriffen. Ich will Ihnen lieber sagen ... wie schön Sie sind! So, wie ich Sie da vor mir sehe ...«

Anna Sergejewna zitterte unwillkürlich.

»Es ist nichts, beunruhigen Sie sich nicht .. nehmen Sie da unten Platz ... nähern Sie sich mir nicht; die Krankheit, die ich habe, ist ansteckend.«

Anna Sergejewna durchschritt rasch das Zimmer und setzte sich in einen Lehnstuhl dicht neben dem Ruhebett.

»Welche Großmut!« sagte Basarow halblaut. »Wie nah sie ist! So jung, so frisch, so rein in diesem garstigen Zimmer! ... Nun, leben Sie wohl, leben Sie lange, es ist das Beste, was man tun kann, und genießen Sie das Leben, solang es nicht zu spät ist. Sehen Sie, welch häßliches Schauspiel; ein halbzertretener Wurm, der sich noch krümmt! Ich glaubte sicher, noch vieles zu leisten; sterben, ich? Ah bah! Ich habe eine Mission, ich bin ein Riese! Und zu dieser Stunde besteht die ganze Mission des Riesen darin, mit Anstand zu sterben, obgleich das keinen Menschen interessiert ... Was liegt daran, ich will nicht kuschen wie ein Hund.«

Basarow schwieg und suchte mit der Hand nach seinem Glas. Anna Sergejewna gab ihm zu trinken, ohne die Handschuhe abzuziehen und mit verhaltenem Atem.

»Sie werden mich vergessen«, fuhr er fort; »die Toten sind nichts mehr für die Lebenden. Mein Vater wird Ihnen sagen, daß Rußland in mir einen unersetzlichen Mann verliert ... Das sind Prahlereien, doch lassen Sie dem Greise diese Illusionen ... Sie wissen ... für ein Kind ist jeder Zeitvertreib recht[43] ... Trösten Sie ihn und auch meine Mutter. In Ihrer großen Welt werden Sie dergleichen Leute nicht finden, und wenn Sie mit der Laterne in der Hand suchten ... Ich — für Rußland notwendig! ...

Nein, es scheint nicht! Wer ist ihm denn notwendig? Ein Schuster ist ein notwendiger Mensch, ein Schneider ist notwendig, ein Metzger ... er verkauft Fleisch ... ein Metzger . . . Halt! Ich verwirre mich . . . Hier ist ein Brett ...« Basarow legte die Hand auf die Stirn.

Frau Odinzowa neigte sich zu ihm herab.

»Jewgenij Wassiljewitsch, ich bin noch immer da ...«

Er zog die Hand zurück und richtete sich mit einmal auf. »Leben Sie wohl!« sagte er mit plötzlichem Nachdruck, und seine Augen glänzten zum letztenmal. »Leben Sie wohl! ... Hören Sie ... ich habe Sie an jenem Tage nicht geküßt ... blasen Sie die sterbende Lampe aus, und sie erlösche ...«

Frau Odinzowa drückte ihre Lippen auf die Stirn des Sterbenden.

»Genug!« hauchte er, und sein Haupt sank zurück. »Jetzt die Finsternis ...« Frau Odinzowa verließ lautlos das Zimmer.

»Nun? ...« fragte Wassilij Iwanowitsch sie mit gedämpfter Stimme vor der Tür.

»Er ist eingeschlafen«, antwortete sie noch leiser.

Basarow sollte nicht wieder erwachen. Er wurde gegen Abend gänzlich bewußtlos und starb am andern Morgen. Der Pater Alexis übte an ihm die letzten Pflichten. Als man ihm die Letzte Ölung gab und das geweihte Öl auf seine Brust träufelte, öffnete sich eines seiner Augen, und es war, als ob beim Anblick dieses Priesters in seinem geistlichen Ornat, des rauchenden Weihgefäßes und der vor den Heiligenbildern brennenden Kerzen etwas wie ein schauderndes Entsetzen über das entstellte Gesicht hinging ... das dauerte aber nur einen Augenblick. Als er den letzten Seufzer ausgehaucht hatte und das Haus von Wehklagen ertönte, wurde Wassilij Iwanowitsch von plötzlichem Wahnsinn ergriffen. — »Ich habe gelobt, mich zu empören«, schrie er mit heiserer Stimme, mit erhitztem, verstörtem Gesicht und mit geballten Fäusten, als ob er jemand drohe, »und ich werde mich empören! Ich werde mich empören!«

Aber Arina Wlasjewna hing sich, in Tränen aufgelöst, an seinen Hals, und sie fielen zusammen mit dem Gesicht auf den Boden, »ganz wie zwei Lämmer«, erzählte nachher Anfissuschka im Vorzimmer, »wie zwei Lämmer in der ärgsten Hitze«; zu gleicher Zeit und nebeneinander sanken sie nieder.

Aber die Hitze des Tages vergeht, und der Abend kommt, und dann die Nacht, die Nacht, die alle Hartgeprüften und Müden in ein stilles Asyl geleitet . . .

ACHTUNDZWANZIGSTES KAPITEL

Sechs Monate waren vergangen, und der Winter war gekommen, der starre Winter mit dem grausamen Schweigen des Frostes, wo der dichte Schnee knistert, die Zweige
der Bäume leis angehaucht sind von rosig schimmerndem
Reif, wo Kuppeln dicken Rauchs über den Schornsteinen
vom blaßblauen, wolkenlosen Himmel sich abheben, Wir-
bel warmer Luft aus den geöffneten Haustüren hervor-
brechen, die roten Gesichter der Vorübergehenden wie
gezwickt erscheinen und die vor Kälte zitternden Pferde
in raschem Lauf dahintraben. Ein Tag des Monats Januar
neigte sich zu Ende; die Abendkälte verdichtete die un-
bewegliche Luft noch mehr, und die blutrote Dämmerung
erlosch mit reißender Schnelligkeit. Die Fenster des Herrenhauses zu Marino erhellten sich nacheinander; Prokofitsch, in schwarzem Frack und weißen Handschuhen,
legte mit besonderer Würde fünf Gedecke auf die Tafel
im Speisesaal. Acht Tage zuvor hatten in der kleinen
Kirche des Sprengels zwei Hochzeiten stattgefunden, still
und beinahe ohne Zeugen: Arkadij hatte sich mit Katja,
Kirsanow mit Fenitschka verbunden, und Kirsanow gab
seinem Bruder, der in Geschäften nach Moskau ging, einen
Abschiedsschmaus. Anna Sergejewna war gleichfalls dorthin gereist, nachdem sie den Neuvermählten reiche Ge-
schenke gemacht hatte.
Man setzte sich Punkt drei Uhr zu Tisch; Mitja war unter
den Gästen; er hatte bereits ein Kindermädchen mit einem
Kokoschnik[44] von goldgestickter Seide; Pawel Petrowitsch
hatte seinen Platz zwischen Katja und Fenitschka; die

jungen Ehemänner saßen neben ihren Frauen. Unsere alten Freunde hatten sich in letzter Zeit etwas verändert; sie waren hübscher oder doch wenigstens stärker geworden, nur Pawel Petrowitsch war magerer, was aber das Vornehme seiner Züge noch erhöhte. Auch Fenitschka war nicht mehr dieselbe. Im schwarzseidenen Kleid, eine breite Samtschleife in den Haaren, eine goldene Kette um den Hals, saß sie mit achtunggebietender Unbeweglichkeit da, nicht weniger achtunggebietend für sich selber als für ihre ganze Umgebung, und lächelte, als ob sie sagen wollte: »Entschuldigen Sie, ich bin nicht umsonst hier.« Übrigens hatten die Gäste alle ein Lächeln auf den Lippen, als ob sie ebenfalls um Entschuldigung bitten wollten; alle fühlten sich ein wenig befangen, ein wenig traurig und doch vollkommen glücklich. Jeder war gegen seinen Nachbarn von der freundlichsten Zuvorkommenheit, man schien sich das Wort gegeben zu haben, eine Art Komödie voll gutmütigen Wohlwollens miteinander zu spielen. Katja war die Ruhigste von allen; sie blickte zuversichtlich umher, und man konnte leicht bemerken, daß Kirsanow schon ganz in sie vernarrt war. Er erhob sich gegen das Ende der Tafel, ein Glas Champagner in der Hand, und sprach zu Pawel Petrowitsch gewendet:
»Du verläßt uns ... du verläßt uns, lieber Bruder, hoffentlich für kurze Zeit, doch kann ich dem Wunsch nicht widerstehen, dir auszudrücken, was ... ich ... was wir ... wie sehr ich ... wie sehr wir ... das Unglück ist, daß wir Russen keinen ›Speech‹ zu halten verstehen. Arkadij, rede du an meiner Stelle.«
»Nein, Papa, ich bin nicht darauf vorbereitet.«
»Du bist immer noch besser vorbereitet als ich! Kurz, lieber Bruder, erlaube mir, dich einfach zu umarmen und dir alles denkbare Glück zu wünschen; komm so bald als möglich wieder zu uns zurück.«
Pawel Petrowitsch umarmte sämtliche Mitglieder der Ge-

sellschaft, ohne, wohlverstanden, Mitja auszunehmen; er küßte außerdem Fenitschka die Hand, die sie ihm ziemlich linkisch darreichte; dann trank er ein zweites Glas Champagner aus und rief mit einem tiefen Seufzer:

»Seid glücklich, Freunde! Farewell!«

Dieses englische Wort blieb unbeachtet, die Gäste waren alle zu bewegt.

»Dem Andenken Basarows!« flüsterte Katja ihrem Mann ins Ohr und stieß mit ihm an. Arkadij drückte ihr die Hand, wagte aber nicht, den Toast auszubringen.

Damit, dünkt mich, ist die Geschichte zu Ende. Vielleicht aber wünschen einige unserer Leser zu wissen, wie sich die verschiedenen Personen unserer Erzählung zur Zeit befinden. Es macht uns Vergnügen, diesem Wunsche zu entsprechen.

Anna Sergejewna hat sich kürzlich verheiratet; sie hat eine Vernunftehe geschlossen. Der, den sie zu ihrem Gemahl genommen, ist einer unserer zukünftigen Aktionsmänner, ein bedeutender Rechtsgelehrter von ausgesprochen praktischem Sinn, mit starkem Willen und großer Redegewandtheit begabt; übrigens noch ziemlich jung, brav, aber von eisiger Kälte. Sie führen eine musterhafte Ehe und werden es schließlich zu häuslichem Glück, vielleicht gar bis zur Liebe bringen. Die Fürstin X. ist tot und seit dem Tage ihres Hinscheidens vergessen. Vater und Sohn Kirsanow haben sich in Marino eingerichtet; ihre Geschäfte fangen an, etwas besser zu gehen; Arkadij ist ein tüchtiger Landwirt geworden, und das Gut wirft bereits eine ziemlich beträchtliche Rente ab. Nikolai Petrowitsch wurde zum Friedensrichter[45] erwählt und erfüllt seine Amtspflichten mit dem größten Eifer, er durchreist unaufhörlich den ihm angewiesenen Bezirk, hält lange Reden, denn er ist der Ansicht, daß dem Bauern ›Vernunft beigebracht‹, das heißt, ihm dieselbe Sache bis zum Überdruß wiederholt werden müsse; indessen, um die Wahrheit zu gestehen, gelingt es ihm weder, die aufgeklärten Herren Edelleute, welche über die ›mancipation‹ bald geziert, bald schwermutsvoll diskutieren, noch die ungebildeten gnädigen Herren vollständig zu befriedigen, die diese unglückselige ›mancipation‹ offen verfluchen; die einen wie die andern finden ihn zu lau. Katerina Sergejewna hat einen Sohn bekommen, und Mitja ist schon ein drolliger Kerl, der artig genug läuft und schwatzt. Fenitschka, jetzt Fedosja Nikolajewna, liebt nach ihrem Gatten und Sohn niemand auf der Welt so sehr wie ihre Schwiegertochter, und wenn sich diese ans Piano setzt, würde sie gern den ganzen Tag an ihrer Seite bleiben. Auch dürfen wir Pjotr nicht vergessen; er ist ganz stupid und von Wichtigkeit aufgeblasener als je geworden; das hat ihn aber nicht verhindert, eine ziemlich vorteilhafte Ehe zu schließen; er hat die Tochter eines Gärtners aus der Stadt geheiratet, die ihn zwei anderen Verlobten vorzog, weil diese keine Uhr hatten, während er nicht nur eine Uhr, sondern auch lackierte Halbstiefel besaß!

Auf der Brühlschen Terrasse in Dresden kann man zwischen zwei und drei Uhr, der fashionabelsten Promenadenzeit, einem ganz weißköpfigen Mann in den Fünfzigern begegnen, der an der Gicht zu leiden scheint, aber noch schön ist, elegant gekleidet und von jenem besonderen Stempel, den die Gewohnheit der großen Welt aufprägt. Dieser Spaziergänger ist kein anderer als Pawel Petrowitsch Kirsanow. Er hat Moskau aus Gesundheitsrücksichten verlassen und sich in Dresden angesiedelt, wo er vornehmlich mit den englischen und russischen Fremden umgeht. Ersteren gegenüber beobachtet er ein einfaches, beinahe bescheidenes, aber immer würdiges Benehmen; sie finden ihn ein wenig langweilig, doch ist er für sie ›a perfect gentleman‹. Im Umgang mit den Russen fühlt er sich behaglicher, läßt seinem galligen Humor die Zügel schießen, verspottet sich selbst und schont die andern nicht; er tut aber dies alles mit liebenswürdigem Sich-gehenlassen und ohne jemals die gute Lebensart zu verletzen. Er bekennt sich überdies zu den Ansichten der Slawophilen, und bekanntlich gilt diese Anschauungsweise in der hohen russischen Welt als ›très distinguèe‹. Er liest kein russisches Buch, aber man sieht auf seinem Schreibtisch einen silbernen Aschenbecher in der Form eines bäuerlichen ›Lapot‹[46]. Von unseren Touristen wird er häufig aufgesucht. Matwej Iljitsch Koljasin, der augenblicklich in die Reihen der ›Opposition‹ getreten ist, hat ihm auf einer Reise in die böhmischen Bäder seine Aufwartung gemacht, und die Bewohner Dresdens, mit denen er übrigens keinen näheren Verkehr hat, scheinen eine Art Verehrung für ihn zu hegen. Niemand kann so leicht wie der ›Herr Baron von Kirsanow‹ eine Eintrittskarte in die Hofkapelle, eine Theaterloge usw. erhalten. Er tut Gutes, soviel er kann, und immer etwas akzentuiert; nicht umsonst ist er einst ein ›Löwe‹ gewesen. Aber das Leben ist ihm zur Last, mehr als er selber ahnt. Es genügt, ihn in der russischen Kirche zu sehen, wenn er, zur Seite an die Mauer gelehnt und den Ausdruck der Bitterkeit auf den festgeschlossenen Lippen, unbeweglich dasteht und träumt, dann plötzlich den Kopf schüttelt und sich fast unmerklich bekreuzt.

Frau Kukschina hat schließlich auch das Land verlassen. Sie ist gegenwärtig in Heidelberg und studiert nicht mehr die Naturwissenschaften, sondern die Architektur und hat da, wie sie sagt, neue Gesetze entdeckt. Wie ehemals, verkehrt sie mit den Studenten, und besonders mit den jungen russischen Physikern und Chemikern, von denen Heidelberg wimmelt und die, wenn sie die naiven deutschen Professoren in der ersten Zeit ihres Aufenthalts durch die Richtigkeit ihres Urteils in nicht geringes Erstaunen gesetzt haben, dieselben kurz darauf durch ihren vollständigen Müßiggang und ihre beispiellose Faulheit in noch viel größeres Erstaunen setzen. Mit zwei oder drei Chemikern dieser Gattung, die den Unterschied zwischen Sauerstoff und Stickstoff nicht kennen, aber alles kritisieren und sehr zufrieden mit sich selber sind, treibt sich Sitnikow in Petersburg herum und setzt in Begleitung des ›großen‹ Jelissewitsch und mit dem Bestreben, diesen Ehrentitel gleichfalls zu verdienen, Basarows ›Werk‹, wie er sich ausdrückt, fort. Man versichert, daß er kürzlich geprügelt wurde, jedoch nicht ohne sich Genugtuung zu verschaffen: er hat in einem obskuren Artikel, der in einem obskuren Blatt erschien, zu verstehen gegeben, daß sein Gegner eine feige Memme sei. Er nennt das Ironie. Sein Vater läßt ihn laufen, wie gewöhnlich; seine Frau heißt ihn einen Schwachkopf und Literaten.

In einem der fernsten Winkel Rußlands liegt ein kleiner Kirchhof. Wie beinahe alle Kirchhöfe unseres Landes bietet er einen höchst traurigen Anblick dar; die Gräben, die ihn einhegen, sind seit langem von Unkraut überwuchert und ausgefüllt, die hölzernen Kreuze liegen auf der Erde oder halten sich kaum noch, geneigt unter den einst bemalt gewesenen kleinen Dächern, die über ihnen angebracht sind; die Leichensteine sind von der Stelle gerückt, als ob sie jemand von unten weggestoßen hätte; zwei oder drei fast blätterlose Bäume geben kaum ein wenig Schatten; Schafe weiden zwischen den Grabhügeln. Einer jedoch ist da, den die Hand des Menschen verschont und die Tiere nicht mit Füßen treten; die Vögel allein kommen, setzen sich auf ihn nieder und singen da beim ersten Tageslicht ihr Morgenlied. Ein Eisengitter umgibt ihn, und an seinen Enden stehen zwei junge Tannen. Es ist das Grab Jewgenij Basarows. Zwei Leute, ein Mann und eine Frau, gebeugt von der Last der Jahre, kommen oft dahin aus einem Dörfchen in der Nachbarschaft; eins aufs andere gestützt, nähern sie sich langsamen Schritts dem Gitter, sinken auf die Knie und weinen lange und bitterlich, die Augen auf den stummen Stein geheftet, der ihren Sohn deckt; sie wechseln einige Worte, wischen den Staub ab, der auf der Platte liegt, richten einen Tannenzweig auf, fangen wieder an zu beten und können sich nicht entschließen, diesen Ort zu verlassen, wo sie ihrem Sohn, wo sie seinem Andenken näher zu sein glauben. Ist es möglich, daß ihre Gebete, ihre Tränen vergeblich wären? Ist es möglich, daß reine, hingebende Liebe nicht allmächtig sei? O nein! Wie leidenschaftlich, wie rebellisch das Herz auch war, das in einem Grabe ruht, die Blumen, die darauf erblühen, sehen uns freundlich mit ihren unschuldigen Augen an; sie erzählen uns nicht allein von der ewigen Ruhe, von der Ruhe der ›gleichgültigen‹ Natur, sie erzählen uns auch von der ewigen Versöhnung und von einem Leben, das kein Ende haben soll.

Nachwort

Den ersten Plan zu diesem Buche, welches mich — wie es scheint, für immer — um die Gunst der russischen Jugend gebracht hat, faßte ich im August 1860, als ich in Ventnor auf der Insel Wight das Seebad brauchte. Wiederholt hörte und las ich in kritischen Artikeln, daß ich ›mich von der Idee entfernt‹ oder ›eine Idee durchgeführt hätte‹, bald wurde ich dafür gelobt, bald dafür getadelt. Meinerseits will ich hierzu nur bemerken, daß ich, da mir keine überreiche Erfindungsgabe zu Gebote steht, von jeher darauf angewiesen war, auf gegebenem Boden Fuß zu fassen. Ich habe überhaupt nie ›Typen‹ geschildert, wenn ich nicht von einem ersten Ausgangspunkt, einem Gesicht, welches ich wirklich gesehen, die Anregung dazu erhalten hatte. So ist es mir auch mit dem Roman ›Väter und Söhne‹ ergangen; die Figur des Basarow ist das Ebenbild eines jungen, kurz vor dem Jahre 1860 verstorbenen, in der Provinz lebenden Arztes, den ich kennengelernt hatte und in dem mir das verkörpert schien, was man später Nihilismus nannte. Der Eindruck, den diese Persönlichkeit auf mich machte, war so stark, daß ich denselben nicht wieder loswerden konnte, obgleich es mir nie recht klar zum Bewußtsein kam. Ich suchte vielmehr in meiner Umgebung nach einer Bestätigung der eigenen Empfindung. Mich verwundert die Tatsache, daß in unserer gesamten Literatur nirgends eine Richtung zur Darstellung gebracht wurde, die mir selbst zu meinem Erstaunen allenthalben begegnete. Allen Ernstes fragte ich mich, ob ich nicht vielleicht Gespenster sähe. Ich entsinne mich, daß ich

meinen Gedanken einem jungen, auf der Insel Wight ba-
denden Landsmann und sehr feinen Kunstkenner mitteilte
und dieser zu meiner nicht geringen Verwunderung mir
zur Antwort gab: »Hast du nicht schon einen ähnlichen
Typus im Rudin geschildert?« Ich schwieg; was hätte ich
auch sagen sollen? Rudin und Basarow sollten ein und
derselbe Typus sein!

Diese Bemerkung hatte zur Folge, daß ich den Gedanken
an die geplante Arbeit für einige Wochen vollständig auf-
gab, ja, ihn förmlich zu fliehen suchte. Nach Paris zurückgekehrt, nahm ich den Plan dennoch wieder auf, die Fabel
des Buches entwickelte sich allmählich in mir, und im
Laufe des Winters schrieb ich die ersten Kapitel; der
Schluß der Erzählung wurde im Juli 1861 in Rußland auf
dem Lande geschrieben, den Herbst und Winter über an
demselben gefeilt und das Ganze im März des folgenden
Jahres (1862) im ›Russki Westnik‹ zum Abdruck gebracht.

Ich will hier nicht erörtern, welchen Eindruck das Erscheinen des Romans gemacht hat. Ich bemerke nur, daß,
als ich einige Wochen später, gerade am Tage der großen
Feuersbrunst im Apraxin-Dwor, in Petersburg eintraf, das
Wort ›Nihilist‹ bereits auf tausend Lippen lag. »Sehen
Sie, das haben *Ihre* Nihilisten getan, sie stecken Petersburg
in Brand«, waren die ersten Worte, welche der erste mir
auf dem Newski-Prospekt begegnende Bekannte sagte.
Bald wurde ich gewahr, daß mich viele mir bis dahin
nahestehende Personen kalt, zuweilen unfreundlich emp-
fingen, daß andere, die im gegnerischen Lager standen und
die ich als Gegner ansah, mir Glückwünsche spendeten. Es
hat mich das in Überraschung, ja selbst in Bitterkeit versetzt; aber mein Gewissen blieb rein, ich wußte, daß ich
mich gegen den von mir vorgeführten Typus nicht nur
vorurteilslos und ehrlich, sondern sogar sympathisch verhalten hatte und daß ich den Beruf des Künstlers und

Schriftstellers zu hoch stellte, um in einer solchen Angelegenheit krumme Wege zu gehen. Das Wort ›hochstellen‹ ist hier eigentlich nicht am Platz; ich verstehe einfach nicht anders zu arbeiten, und außerdem war gar keine Veranlassung dazu vorhanden.

Die Herren Kritiker können sich wahrscheinlich keinen Begriff machen von dem, was in der Seele eines Autors vorgeht, worin seine Freuden und Leiden, sein Streben, Gelingen und Mißlingen besteht. Sie ahnen ferner nichts von dem Genuß, dessen auch Gogol gedachte, bei der Darstellung erfundener Gestalten über eigene Mängel zu Gericht zu sitzen. Sie wollen nicht glauben, daß es eine Hauptaufgabe des Schriftstellers ist, die Wahrheit, die Realität genau zu reproduzieren, selbst wenn dieselbe auch nicht mit seinen eigenen Sympathien übereinstimmt. Ich erlaube mir, ein kleines Beispiel anzuführen. Ich bin immer ein eingefleischter Anhänger des Westens gewesen und habe niemals ein Hehl daraus gemacht. Trotzdem habe ich in ›Panschin‹ (Adeliges Nest) alle komischen und abgeschmackten Seiten dieser Richtung geschildert. Ich ließ den Slawophilen Lawretzki ihn ›in allen Punkten schlagen‹. Und warum tat ich dies, ich, der ich die Bestrebungen der Slawophilen für falsch und unfruchtbar halte? Darum, weil im gegebenen Fall dies aus dem Leben gegriffen war und ich vor allem den Wunsch hatte, lebenswahr zu sein. Beim Zeichnen der Figur des Basarow stellte ich ihn als allem Künstlerischen abgeneigt dar und gab ihm einen scharfen, rücksichtslosen Ton, und zwar nicht in der ungereimten Absicht, das junge Geschlecht zu kränken, sondern weil ich das bei meinem Bekannten, dem Doktor D., und ähnlichen Persönlichkeiten so beobachtet hatte. ›Das Leben hat sie so gemacht‹, sagte mir meine ehrliche, wenn auch vielleicht irrtümliche Erfahrung. Ich konnte nicht klügeln, sondern wollte nur eine bestimmte Person zeichnen.

Meine persönlichen Neigungen kamen dabei wenig in Betracht, und es werden viele meiner Leser erstaunt sein, wenn ich behaupte, daß ich, mit Ausnahme von Basarows Kunstansichten, dennoch beinahe alle seine Ansichten teile. Man nimmt vielmehr an, ich hätte auf Seiten der ›Väter‹ gestanden ... ich, der in der Gestalt Pawel Kirsanows beinahe gegen die künstlerische Wahrheit verstieß, seine schwachen Seiten karikierte, ja ihn selbst lächerlich machte. Der Grund des Mißverständnisses liegt darin, daß dem von mir geschilderten Typus des Basarow nicht jene Übergangsphasen vorausgingen wie den andern literarischen Typen. Er folgte nicht, wie Onegin oder Petschorin, einer Epoche der Idealisierung, der Gefühlsherrschaft; mit dem Augenblicke, wo der neue Typus des Basarow erschien, trat ihm auch der Autor kritisch, objektiv gegenüber. Das hat dem Verständnis seiner Persönlichkeit wesentlich Eintrag getan, und vielleicht mag darin der Grund zu den Irrtümern, der Ungerechtigkeit liegen. Der Typus des Basarow hat ein gleiches Anrecht auf Idealisierung wie seine Vorgänger. Schon oben habe ich angedeutet, daß durch ein direktes Verhältnis des Autors zu der von ihm geschaffenen Gestalt dem Verständnis des Lesers Abbruch geschieht: es sagt ihm nicht zu, daß der Autor zu dem von ihm gezeichneten Charakter in Beziehung steht wie zu einem lebenden Wesen, daß er seine guten und schlechten Eigenschaften zeigt und hauptsächlich seine Sympathien und Antipathien mit demselben klarlegt. Der Leser will nicht einen schon eingeschlagenen Weg verfolgen, er will selbst einen finden. ›Wozu alle Mühe?‹ denkt er unwillkürlich; ›Bücher sollen zerstreuen, nicht Kopfzerbrechen machen; warum schreibt mir der Autor vor, was ich über seine Gestalten denken soll — warum sagt er mir, was er selber über sie denkt?‹ Ist aber das Verhältnis des Autors zu dem dargestellten Charakter noch unbestimmt, ist er sich selbst nicht klar, ob er ihn liebt oder nicht (wie es mir mit Basarow ging, zu dem ich mich, wie mein Tagebuch sagt, ›unwillkürlich hingezogen fühlte‹) — dann steht es allerdings schlimm. Um aus einer unangenehmen Ungewißheit herauszukommen, ist der Leser imstande, dem Autor gar nicht vorhandene Sympathien oder Antipathien unterzuschieben.

»Der wahre Titel Ihres Buches«, sagte mir einmal eine geistreiche Dame, »sollte heißen ›Weder Väter noch Söhne‹, denn Sie sind selbst der Nihilist.« Ähnliche Ansichten wurden später bei dem Erscheinen von ›Rauch‹ noch nachdrücklicher ausgesprochen. Ich will nicht darüber streiten. Vielleicht hatte die Dame wahr gesprochen. Bei der Schriftstellerei tut jeder (hier urteile ich nach mir selbst) nicht das, was er will, sondern das, was er kann, und zwar insoweit es ihm gelingt. Ich gebe zu, daß belletristische Werke en gros beurteilt werden müssen, und zwar ruhig, wenn auch nicht gleichgültig, und daß die Kritik strenge Gewissenhaftigkeit in jedem einzelnen Punkt von dem Autor verlangen darf. Der Gewissenlosigkeit kann ich mich, trotz meines Wunsches, den Kritikern gefällig zu sein, nicht für schuldig erklären.

In bezug auf ›Väter und Söhne‹ besitze ich noch eine merkwürdige Sammlung von Briefen und anderen Dokumenten. Es wird nicht ohne Interesse sein, wenn ich auf einige derselben näher eingehe. Während die einen mich beschuldigen, das junge Geschlecht beleidigt zu haben, andere mir mitteilen, daß sie ›mit kalter Verachtung meine Photographie verbrannt hätten‹, werfen mir wieder andere Verehrung desselben jungen Geschlechts vor. ›Sie kriechen vor Basarow‹, ruft ein Korrespondent aus, ›Sie verurteilen ihn nur scheinbar; im Grunde verehren Sie ihn und empfangen ein kaltes Lächeln von ihm wie eine Gnade!‹ — Ein anderer Kritiker, der sich in kräftiger und beredter Weise direkt an mich wendet, stellt mich und Herrn Katkow wie zwei Verschwörer dar, die in einem

einsamen Kabinett im Halbdunkeln ihren schwarzen An-
schlag zur Verleumdung des jungrussischen Geschlechts
planen. Wie sah es aber in Wirklichkeit um diese Verschwörung aus? Als Herr Katkow von mir das Manuskript
›Väter und Söhne‹ erhalten hatte, von dessen Inhalt er
schlechterdings nichts wußte, geriet er in Unwillen. Der
Typus des Basarow schien ihm nichts weiter als eine Apo-
theose des ›Sowremennik‹, und ich hätte mich nicht ge-
wundert, wenn er die Aufnahme meines Romans in seine
Zeitschrift verweigert hätte. ›Et voilà, comme on écrit
l'histoire!‹ könnte ich ausrufen, wenn man ein so großes
Wort auf so unwichtige Dinge anwenden dürfte.
Andererseits begreife ich, daß mein Buch bei gedachter
Partei Unwillen erregte. Es war das nicht ohne Grund,
und es ist nicht falsche Demut, wenn ich ihren Tadel in
gewisser Hinsicht für berechtigt halte. Das von mir ge-
fundene Wort ›Nihilist‹ wurde von vielen aufgegriffen,
die nur auf eine Gelegenheit, einen Vorwand warteten,
die Bewegung, die sich der russischen Gesellschaft bemächtigt hatte, aufzuhalten. Nicht im Sinne eines Vorwurfs,
einer Kränkung hatte ich dieses Wort gebraucht, vielmehr
als einzig richtigen Ausdruck für ein historisches Faktum.
Es wurde aber zu einem Werkzeug falscher Anklagen, ja,
beinahe zu einem Brandmal der Schande gemacht. Einige
traurige Ereignisse, die damals stattfanden, gaben diesem
Argwohn Nahrung, und da sie nur die immer mehr um
sich greifenden Befürchtungen bestätigten, rechtfertigten
sie die Bestrebungen und Pläne unserer ›Vaterlandsretter‹
— denn auch bei uns in Rußland traten damals ›Vaterlandsretter‹ auf. Die bei uns noch so unselbständige öf-
fentliche Meinung stürzte sich in eine rückläufige Bewegung. Auf meinem Namen aber lag ein Schatten. Ich
täusche mich nicht: der Schatten wird nie von meinem
Namen schwinden. — Aber es haben andere, solche, vor
deren Namen ich mir meiner eigenen Nichtigkeit tief be-

wußt bin, das große Wort gesprochen: ›Périssent nos noms, pourvu que la chose publique soit sauvée!‹ Nach ihrem Beispiel kann ich mich mit dem Gedanken an gestifteten Nutzen trösten. Dieser Gedanke nimmt dem unverdienten Vorwurf einen Teil seiner Bitterkeit. Übrigens, weshalb der Sache solche Wichtigkeit beilegen? Wer wird in zwanzig, dreißig Jahren noch an den Sturm im Wasserglas denken — oder an meinen Namen mit oder ohne Schatten? Ich habe genug über mich gesprochen, und es ist an der Zeit, diese Erinnerungsskizzen zu schließen, die, wie ich fürchte, dem Leser wenig Vergnügen bereitet haben werden. Ich will nur, bevor ich schließe, noch einige Worte an meine jungen Zeitgenossen richten, die gleich mir die gefährliche Laufbahn der Literatur betreten haben. Schon einmal habe ich gesagt, daß ich in bezug auf meine Stellung durchaus nicht verblendet bin. Mein zwanzigjähriger ›Musendienst‹ endete mit einer allmählichen Erkaltung des Publikums — und ich habe nicht Grund anzunehmen, daß es sich wieder für mich erwärmen sollte. Neue Zeiten sind gekommen und neue Menschen nötig. Die literarischen Veteranen sind wie die Soldaten zu Invaliden geworden, — und wohl dem, der rechtzeitig seinen Abschied zu nehmen weiß! Nicht in belehrenden Ton will ich meine Abschiedsworte fassen, sondern in den Ton eines alten Freundes, dem man halb herablassend, halb ungeduldig zuhört, wenn man sich überhaupt in ein so überflüssiges Gespräch einläßt.

Also, meine jungen Kollegen, euch gilt das Wort.

›Greift nur hinein ins volle Menschenleben‹, möchte ich euch mit den Worten Goethes, des Lehrers unser aller, zurufen.

> ›Ein jeder lebt's — nicht vielen ist's bekannt,
> Und wo ihr's packt, da ist es interessant!‹

Die Kraft zu diesem Packen, Greifen verleiht zwar allein das Talent, doch Talent allein genügt nicht. Es bedarf der steten Gemeinschaft mit dem, was man produzieren will; es bedarf der Rechtlichkeit, der unerbittlichen Wahrhaftigkeit in bezug auf die eigene Empfindung, der vollen Freiheit des Gesichtskreises, und endlich — sind Bildung und Kenntnisse notwendig. »Ah, wir verstehen, wohin Sie zielen«, ruft hier vielleicht der eine oder andere aus: »das sind die Ideen Potugins — Zivilisation, prenez mon ours!« Dergleichen Einwürfe können mich nicht in Erstaunen setzen, mich nicht um ein Jota zurückweichen machen. Wissen ist nicht allein, wie das Sprichwort sagt, Licht, sondern auch Freiheit. Nichts wirkt so befreiend auf den Menschen wie Wissen, und nirgends ist die Freiheit so unumgänglich notwendig wie in Sachen der Kunst, der Poesie: nicht umsonst spricht man von den ›freien Künsten‹. Kann der Mensch das ›packen‹, ›ergreifen‹, was ihn umgibt, wenn er selbst innerlich gebunden ist? Puschkin hat das tief gefühlt; nicht umsonst hat er in jenem unsterblichen Sonett, das jeder angehende Schriftsteller wie ein Gebot auswendig wissen sollte, gesagt:

> Geh hin auf freiem Wege,
> Wohin der freie Geist dich führt.

Der Mangel an Freiheit zeigt sich unter anderem darin, daß keiner der Slawophilen, trotz ihrer großen Gaben, je etwas Lebendiges geschrieben hat. Keiner von ihnen hat sich — und sei es auch nur für einen Augenblick — seiner gefärbten Brille zu entledigen gewußt. Dasselbe traurige Beispiel des Mangels an wahrer Freiheit, entspringend aus dem Mangel an wahrer Bildung. Es zeigt sich das besonders in dem letzten Werk des Grafen L. Tolstoi (›Krieg und Frieden‹), welches, was schöpferische und poetische Begabung anlangt, zu dem Besten gehört, was unsere Literatur seit dem Jahre 1840 hervorgebracht hat. Nein

Ohne Bildung, ohne Freiheit im weitesten Sinn, in bezug auf sich selbst, seine vorgefaßten Ideen und Systeme, selbst auf sein Volk und dessen Geschichte, ist kein wahrer Künstler denkbar; ohne ihren Hauch kann niemand atmen.

Was die letzten Resultate, die endliche Schätzung der sogenannten ›literarischen Karriere‹ betrifft, so brauche ich nur an die Worte Goethes zu erinnern:

Sind's Rosen, nun, sie werden blühn.

Wahres Genie wird nicht verkannt, aber auch das Verdienst überlebt seine Zeit nicht: ›Jeder wird früher oder später zu den Toten geworfen‹, pflegte der selige Belinski zu sagen. Wer zu seiner Zeit ein Scherflein hat beitragen können, darf schon dankbar sein. Nur wenigen Auserwählten wird es zuteil, nicht allen, den Inhalt sowohl als auch die Form ihrer Ideen und Gesichtspunkte, selbst ihre Persönlichkeit, mit welcher die Menge gewöhnlich nichts anzufangen weiß, auf die Nachwelt zu übertragen. Die gewöhnlichen Individuen sind verdammt, mit ihren Zielen der Vergessenheit anheimzufallen. Sie haben ihre Kraft erhöht, ihre Sphäre erweitert und vertieft, und was sollte es weiter geben?

Ich lege die Feder fort ... Noch einen Rat und eine letzte Bitte habe ich an die jungen Schriftsteller: Meine Freunde, rechtfertigt euch niemals, wessen euch auch die Verleumdung beschuldigen mag; gebt euch nie die Mühe, Mißverständnisse aufzuklären, ›das letzte Wort zu behalten‹. Tut eure Pflicht, und laßt es dabei bewenden. Jedenfalls laßt erst einen gewissen Zeitraum verstreichen, und betrachtet dann die Sache aus einem historischen Gesichtspunkt, wie ich es hier zu tun den Versuch gemacht habe. Folgendes Beispiel mag euch zum Trost dienen: Im Laufe meiner literarischen Karriere habe ich nur ein einziges Mal versucht, ›Tatsachen zu konstatieren‹, und zwar, als die Redaktion des ›Sowremennik‹ ihren Subskribenten mitteilte, daß sie ihre Verbindung mit mir gelöst habe wegen meiner falschen Überzeugungen (in Wahrheit hatte ich mit dem ›Sowremennik‹ gebrochen, trotz aller Bitten, was ich auch mit schriftlichen Dokumenten beweisen kann); nur dieses eine Mal ließ ich mich hinreißen, das Publikum über den wahren Sachverhalt aufzuklären — und erlitt natürlich ein vollständiges Fiasko. Die Jugend fiel noch bittrer über mich her, hatte ich doch gewagt, die Hände gegen ihre Idole zu erheben. Was kam darauf an, ob ich recht hatte, ich sollte schweigen! Diese Lehre gereichte mir zum Besten, hoffentlich wird sie auch euch noch nützlich sein.

Meine Bitte aber besteht darin: Achtet unsere Sprache, unsere schöne russische Sprache, diesen Schatz, der uns von unseren Vorgängern überliefert worden ist, unter denen vor allem Puschkin glänzt. Achtet dieses mächtige Werkzeug, welches in verständigen Händen Wunder zu tun imstande ist! — Selbst denen, die an ›philosophischen Abstraktionen‹, an ›poetischen Feinheiten‹ keinen Geschmack finden, Leuten mit praktischem Sinn, denen die Sprache nichts anderes ist als ein Werkzeug, die Gedanken auszudrücken — auch ihnen sage ich: Zieht aus jedem Ding den größtmöglichen Nutzen. Denn der Leser, der dem dürren, kraftlos weitschweifigen Gerede eurer Journale begegnet, ist wirklich versucht zu glauben, daß die Sprache in euren Händen nichts als ein ganz gewöhnliches Mittel zum Zwecke geworden ist und daß ihr zu den Uranfängen der Mechanik zurückgekehrt seid.

Doch genug, sonst werde ich am Ende selber noch weitschweifig.

Baden-Baden, 1868/1869

Iwan Turgenjew

Anmerkungen

1 Russisches Flächenmaß. Eine Deßjatine = 1,09 ha.
2 Schafpelz.
3 Ein seltsamer Gebrauch der russischen Bauern.
4 Wegemaß im zaristischen Rußland. Eine Werst
  = 1,067 km.
5 Im häuslichen Dienst verwendete Leibeigene.
6 Im Original französisch, wie alle vorkommenden französischen Wörter und Redewendungen.
7 Nach einem Ukas des Kaisers Alexander I. sind alle
  Hauptstraßen in Rußland mit Weiden eingefaßt.
8 Es war kurz vor Aufhebung der Leibeigenschaft.
9 ›Galignani's Messenger‹, eine in englischer Sprache
  in Paris erscheinende Zeitung.
10 Eine Art kurzes Mäntelchen, das man über die Schultern zu werfen pflegt.
11 Russisches Sprichwort.
12 Dyticus marginalis (früher Dyticus marginatus),
  Gelbrand, häufiger Wasserkäfer.
13 Im Winter wird es in Petersburg um drei Uhr dunkel.
14 Russisches Sprichwort: ›Wer sich mit heißer Milch
  verbrannt hat, bläst das kalte Wasser.‹
15 Oberbefehlshaber der kaukasischen Armee unter Alexander I. (1777—1861).
16 Nach einem russischen Aberglauben bringt Lob den
  Kindern Unglück.
17 Diese populäre Darstellung der Grundsätze der ma-
  terialistischen Schule erschien 1855.
18 Ein in den ersten Regierungsjahren Alexanders II. zur

Bezeichnung der damaligen literarischen Bewegung üblicher Name.

19 Russisches Sprichwort.

20 Die einige Jahre zuvor unter den Bauern errichteten Mäßigkeitsvereine waren von kurzem Bestand.

21 Im Rußland des 19. Jahrhunderts Gemeindevorsteher.

22 Altrussisches Werk mit einer Schilderung der häuslichen Sitten im 16. Jahrhundert.

23 Berühmter Staatsmann unter Alexander I. (1772—1839).

24 Russisches Sprichwort.

25 Eine bei Wassilij Iwanowitsch noch mehrmals vorkommende sprachliche Nachlässigkeit.

26 Russisches Sprichwort.

27 Ein unbedeutendes medizinisches Journal.

28 Anspielung auf die Verschwörung der Dekabristen vom 14. Dezember 1825.

29 Die russische ›Jurodiwys‹ sind etwas Ähnliches wie die ›Innovents‹ des Mittelalters, Wichtelmänner.

30 Von den Lampen, die vor den Heiligenbildern brennen.

31 Eine Art Whist.

32 Ein delikater Fisch.

33 ›Allein wie ein Finger‹ ist ein russisches Sprichwort.

34 Freier Bauer von adeliger Abkunft.

35 Russisches Sprichwort.

36 Bedeutender englischer Staatsmann (1788—1850).

37 Wortspiel zwischen jassen, Esche, und jasno, durchsichtig.

38 Russisches Sprichwort.

39 Kohlsuppe oder Rübensuppe.

40 Das Wort ›Mir‹ kann im Russischen ›Gemeindeversammlung‹, aber auch ›Welt‹ bedeuten. Nach alter Legende ruht die Welt auf drei Walfischen.

41 Überzieher aus grobem Tuch.

42 Kopfputz der russischen Bäuerinnen.

43 . . . wenn's nur nicht weint. (Russisches Sprichwort.)
44 Kopfputz russischer Bauernmädchen.
45 Eine neugeschaffene Stelle, die unter anderem den
    Zweck hatte, durch Aufhebung der Leibeigenschaft
    zwischen den Bauern und ihren ehemaligen Herren
    entstehende Differenzen beizulegen.
46 Ein Bauernschuh aus Birkenrinde.

Zeittafel

1818   Am 9. November in Orel geboren.

1827   In einem Moskauer Pensionat erzogen.

1833—34 Literaturstudium in Moskau.

1834—37 Literaturstudium in Petersburg.

1838—41 In Berlin. Studium der Hegelschen Philosophie. Begegnung mit Bakunin.

1838   Erstdruck einiger Gedichte.

1841—43 Im Staatsdienst.

1844   Als Erstlingswerk erzählender Prosa erscheint: »Andrej Kolosow«.

1852   »Aufzeichnungen eines Jägers«.

1853   »Die Provinzalin«.

1855   Lebt seit dieser Zeit — mit kurzen Unterbrechungen — im Ausland. Vorzugsweise in Deutschland und Frankreich.

1856   »Faust«.

1859   »Ein Adelsnest«.

1860   »Erste Liebe«; »Hamlet und Don Quichote«.

1862—63 »Väter und Söhne«.

1867   »Dunst«.

1882   »Gedichte in Prosa«.

1883   Tod in Bougival bei Paris.

154/1/8.91

54/2/8.91